UPIÓR W RUDERZE

fabryka słów
WYDAWNICTWO

MMXX

ANDRZEJ PILIPIUK

UPIÓR W RUDERZE

ILUSTRACJE
ANDRZEJ ŁASKI

fabryka słów®
LUBLIN – WARSZAWA

Prolog

Liszków, 14 sierpnia 1812

Pałac zastygł w dusznym upale. Powietrze nad płytami dziedzińca drżało. Marcelina minęła klomb, przyspieszyła kroku i prawie wbiegła po schodkach. Z ulgą zanurzyła się w chłodnym cieniu holu. Większość okien zaciągnięto kotarami, by choć trochę uchronić wnętrza przed duchotą. Stojący na półpiętrze zegar wybił kwadrans. Palce małej służącej zabębniły na rzeźbionych płycinach drzwi, lecz z wnętrza pokoju nie dobiegła żadna odpowiedź. Dziewczyna westchnęła i nacisnęła klamkę.

Panieńska sypialnia tonęła w półmroku. Było tu jeszcze przyjemniej. Dwa cebrzyki z lodem, ustawione pośrodku pomieszczenia, roztaczały miły chłód. Pościel na łóżku była skołtuniona. Spod cienkiej kołdry wystawała zgrabna stopa. Służąca odstawiła na kolumienkę wazon z kwiatami.

W kącie na sztaludze ustawiono płótno wysmarowane byle jak farbami. Obraz przedstawiać miał róże pnące się po ścianie. Dziewczyna ujęła w dłoń jeden z pędzelków, zwilżyła włosie i poprawiła zręcznie cieniowanie kilku płatków. Westchnęła, oceniając krytycznie resztę bohomazu. Pora najwyższa wracać do obowiązków. Po chwili namysłu wyciągnęła z bukietu pojedyncze źdźbło i połaskotała dziedziczkę w piętę. Spod kołdry rozległo się gniewne fuknięcie i stopa skryła się pospiesznie.

– Jaśnie panienka wstać by już raczyła...

– A co, czyżby nadszedł ranek? – Spod prześcieradła wysunęła się rozczochrana głowa panny hrabianki Lukrecji Liszkowskiej.

– Południe minęło, obiad niebawem podadzą. Pieczyste już dochodzi, a kucharka obiecała, że sorbet albo kruszon na deser przygotuje. A pan Bazyli planuje dziś zarządzić trzepanie dywanów i mycie okien, więc prosił, żeby pokój udostępnić.

– Hmmm... No tak. Za godzinę przyjdź, muszę jeszcze poleżeć, bo mnie coś migrena bierze – zbyła służącą hrabianka.

– Jaśnie panienko, pozwolę sobie zauważyć, że migrena poranna utrzymująca się piętnasty dzień z rzędu może być objawem poważnej choroby. Czy mam po doktora posłać? Kataplazm może dobrze by panience zrobił? Albo pijawki za uszami przystawimy?

– Nie trza mi kataplazmów, zmęczona jestem... Muszę tylko porządnie wypocząć – wymamrotała dziedziczka, poprawiając poduszkę.

– Pragnę tylko przekazać słowa ochmistrzyni. Gdy ojciec jaśnie panienki, jaśnie pan hrabia Eustachy, z wojny do dom wróci i dowie się, jakie tu porządki panowały, nie będzie kontent. Jeszcze panienkę rózgą oćwiczyć każe. Ma on swoje poglądy na zbyt długie wylegiwanie się w łożu. – Służąca wyglądała na głęboko zmartwioną, choć w jej oczach migotały figlarne iskierki.

Młoda dziedziczka poskrobała się po głowie. Istotnie, papa miał jakąś chorobliwą wręcz obsesję na punkcie wczesnego wstawania. Uważał mianowicie, że już godzina jedenasta jest nieprzekraczalną granicą. Niestety, nie można było liczyć na dyskrecję służby. Zwłaszcza kamerdyner Bazyli pod nieobecność dziedzica zachowywał się, jakby wszystkie rozumy pozjadał, całą służbą dyrygował i nawet szlachetnie urodzone panienki musiały go słuchać.

– Jaśnie pani, nalegam, dla kłopotów uniknięcia.

– Dobrze już, dobrze. Zaraz wstanę. – Lukrecja ziewnęła rozdzierająco, ukazując popsute od nadmiaru słodyczy zęby trzonowe. – Czy kuzynka moja opuściła już łoże?

– Panna hrabianka Kornelia, proszę panienki, gdym ją budziła za pierwszym razem, raczyła cisnąć we mnie tym błękitnym chińskim dzbankiem, za drugim razem książką po francusku, a za trzecim poduszką. Po raz czwarty budzić jej chwilowo nie próbowałam.

– Dzbanek rozbity? – zaniepokoiła się dziedziczka.

– Nie, gdyż jego wartość znam i cudem jakimś pochwycić w porę zdołałam.

– Dłoń mi podaj, bom słaba i w głowie mi się kręci.

Po chwili panna Lukrecja wygrzebała się jakoś z pościeli. Wsunęła stopy w kapcie. Jedwabna koszula nocna, ozdobiona koronkami i falbankami, spływała do ziemi.

Dziedziczka w zadumie podrapała się po tłustym pośladku. Stanęła przed lustrem szafy i przeciągnęła się leniwie, olśniewając otoczenie urodą rozkwitającego nastoletniego ciała. To znaczy prawie olśniewając, bo w pomieszczeniu nikogo nie było, a służąca, zamiast patrzeć z pełną zachwytu zazdrością, spoglądała na półnagą chlebodawczynię z miną jakby nieco krytyczną.

– Czy może kąpiel przygotować panience? – zagadnęła.

– Kąpałam się wszak w zeszłym tygodniu. Twarz obmyję wodą różaną i starczy tych ablucji. Podaj mi nocnik... Nie ten, głupia, wszak sobota jest, a porcelanowy na niedzielę został przeznaczony!

Korzystając z pomocy dziewczyny, hrabianka wyplątała się z nocnego stroju, założyła gorset, pończoszki i niebieską sukienkę. Przejrzała się raz jeszcze w lustrze i zadowolona usiadła przed toaletką. Uśmiechnęła się, a trzy kryształowe zwierciadła odwzajemniły jej uśmiech.

– Lustereczko, powiedz przecie, kto jest najpiękniejszy w świecie... – mruknęła.

Lusterko nie odpowiedziało, a Marcysia miała na tyle rozsądku, by swoje zdanie zachować dla siebie. Ujęła grzebień i zabrała się do rozczesywania bujnych brązowych loków pani. Szło jej to opornie.

– Myślę, panienko, że warto by włosy umyć, bo resztki pomady wielce przeszkadzają w ułożeniu fryzury – zauważyła nieśmiało. – I farby tu i ówdzie chlapnęły.

– Za głupiutka jesteś, aby pojąć, że gdy się maluje w serdecznym porywie namiętności twórczej, nic w tym dziwnego, że farba chlapie – prychnęła dziedziczka.

– Można by też octem sabadylowym spryskać dla odstraszenia zwierzyny. – Służąca zgarnęła paprochy z grzebienia i przez chwilę oglądała je z niepokojem, ale żaden nie wyglądał na wesz.

Lukrecja westchnęła. Nijak nie mogła wdrożyć tej małej do pracy. Służąca nie rozróżniała porcelany, majoliki, bianchetti, biskwitu i fajansu. Myliła nocniki, zgubiła klucz do zegara. Gdy nikt nie patrzył, wyżerała kandyzowane owoce z pater. Pyskowała dzień i noc. Nawet teraz zapominała się co chwila.

– Czy ty, bezczelna wywłoko, sugerujesz, że jestem niechlujna? – fuknęła dziedziczka.

– Ależ gdzieżbym śmiała!? – Spojrzenie małej było najzupełniej niewinne. – O zdrowie jaśnie panienki się lękam, w niepewny wojenny czas przemarsz armii różne paskudztwa roznosi.

– Po niedzieli się umyję, to i loki się zrobi – zbyła ją zapatrzona w swoje odbicie Lukrecja.

Mlecznobiała skóra tworzyła doskonały podkład pod delikatny róż na policzkach i karmin na wargach. Brwi przyczerniła. Lustro złapało też odbicie Marcysi. Dziewczyna była kilka miesięcy młodsza od chlebodawczyni i z buzi trochę nawet podobna, choć znacznie szczuplejsza. Na szczęście opaliła się i obsypały ją piegi, a włosy i brwi wyblakły na słońcu. Do tego wszystkiego była ruda jak wiewiórka.

Oblicze mam okrągłe, a cerę jasną. Jedno w połączeniu z drugim sprawia, że twarz mi jaśnieje niczym tarcza księżyca. Obok takiej nieprzyzwoicie opalonej, chudej wieśniaczki wyglądam jeszcze bardziej zjawiskowo, pomyślała z zadowoleniem hrabianka. A i kuzynka Kornelia posiada znaczne defekty urody, zatem we dwie stanowią dla mnie odpowiednią oprawę. Na zasadzie kontrastu moje piękno zdaje się na tle ich szpetoty jeszcze wspanialsze. Szkoda jedynie, że odpowiednich mężczyzn w okolicy deficyt mamy, a co za przyjemność blask roztaczać, gdy brak stosownych kandydatów do olśnienia...

– Uroda moja jest zaiste zachwycającą – mruknęła na głos.

– Oczywiście, panienko. – Marcelina z szacunkiem schyliła głowę i opuściła powieki, by ukryć szelmowski błysk w oku.

– Przypudruj mi jeszcze pryszcze. A gdy skończysz, idź obudzić hrabiankę Kornelię – poleciła Lukrecja, a sama, patrząc w zwierciadlaną taflę, zaczęła ćwiczyć uwodzicielskie spojrzenia i uśmiechy.

– Masz pani oczy jak gwiazdy lśniące na firmamencie – rzuciła Marcysia od progu. – Jedno wyżej, drugie niżej – dodała szeptem, idąc już korytarzem.

Posiłek podano w altance na tarasie. Ta część ogrodu rozłożyła się malowniczo na skarpie ponad łąkami. Przez ogrodzenie widać było leżące w dole łąki, zagajnik oraz leniwie toczącą swe wody rzeczkę Liszkę. Opodal łąk unosiły się dymy nad dachami miasteczka Liszków, a dalej za lasem leżały jeszcze wioski Liszków Szlachecki i Liszków Pański. Pasmo wzgórz zamykało dolinę od wschodu. Po drugiej stronie pałacu, na zachodzie, znajdowały się przysiółki Liszkowe Pole, Liszkowy Wygon, Liszkowy Jar, Liszkowiny, Liszkowiec, Liszkowice i Nowy

Liszków. Na południu prapradziadek dziewcząt założył folwarki Wola Liszkowska i Majdan Liszkowski, a od północy, na Liszkowym Wzgórzu, wśród drzew czerwieniały ruiny zamku, który Liszkowscy z Liszek wznieśli jeszcze za czasów Kazimierza Wielkiego.

– Uwielbiam to nasze proste, pracowite wiejskie życie – westchnęła panienka Lukrecja, patrząc na chłopów mozolnie przewracających grabiami siano.

W dusznym upale ludzie poruszali się niemrawo, co rusz ocierali twarze z potu. Córka ekonoma z drugą dziewczyną przyniosły cebrzyki zimnej źródlanej wody i teraz roznosiły ją w kubkach pomiędzy pracującymi, ale to pomagało tylko na chwilę. Opodal pastuszkowie pilnujący krów ukryli się w cieniu drzew. Zwierzęta apatycznie przeżuwały trawę, popatrując leniwie w kierunku rzeczki i urządzonego przy niej wodopoju.

Stół nakryto skromnie i z prostotą, na atłasowym obrusie znalazły się tylko najniezbędniejsze sprzęty. Na talerzach jako przystawka czerwieniały gotowane raki, obok spoczywał faszerowany szczupak i galaretki. Potem podano kołduny i barszcz. Następnie na stół wjechała srebrna waza ze szparagami i półmisek z pieczonymi przepiórkami. Szparagi podano, rzecz jasna, białe i zielone, a pomiędzy przepiórkami złocił się dorodny kapłon. Hrabianki objadły się, ile tylko ciasno zesznurowane gorsety pomieściły. Gdy fiszbiny poczęły niepokojąco trzeszczeć, a sznurowania na plecach wpiły się w skórę, dziewczęta wezwały Marcysię, by zluzowała tasiemki. Po tej operacji poczuły natychmiastową ulgę, więc opychały się dalej. Ledwo uporały się z ptactwem, a już na stół wjechały naleśniki oraz patery z ciastami i owocami.

Kieliszki do wina ani przez chwilę nie pozostawały puste. Obiad w tych ciężkich wojennych czasach nie był oczywiście przesadnie wystawny, kucharka uznała, że siedem dań, osiem różnych sosów i trzy ciasta na deser w zupełności wystarczą.

W dwóch srebrnych kandelabrach osadzono świece, ale słońce stało wysoko, zatem nie było potrzeby ich zapalać. Rozmowa przy stole toczyła się gładko, niby sztuczny strumyk w parku romantycznym.

– Wasz majątek, droga kuzynko, jest zaiste zjawiskowy. – Kornelia kiwnęła głową i srebrną łopatką nałożyła sobie kolejną porcję. – Klucz wsi i folwarków wzorowo urządzony, pałac przestronny i rozkosznie umeblowany. Aż żal mi duszę ściska, żem z bocznej i biedniejszej gałęzi rodu.

– To jeszcze nic... – Dziedziczka upiła łyk kruszonu. – Umyśliłam tak: gdyby młynówkę zasypać, to łąki gromadzkie woda zaleje, tworząc przyjemny dla oka staw. Gęsi na różowo ufarbujemy, aby je do flamingów upodobnić. Młyn spalić by można, wokoło palmy w donicach rozstawić, a wtenczas ruiny sprawią wrażenie starożytnych rozwalisk, niczym na obrazach mistrzów z Italii. Papużki i kanarki można na krzewach osadzić, a żeby nie uleciały, za łapki je srebrnymi łańcuszkami przytwierdzimy.

– Pomysł to iście genialny w swojej prostocie! – zapaliła się Kornelia.

– Och, nie mój, to już księżna Izabela Czartoryska przed laty spraktykowała, urządzając park romantyczny we wsi Powązki opodal Warszawy. Artysta, który mój portret malował, bardzo zajmująco o tym opowiadał.

– Mniemam, iż pośrodku ruiny można by postawić na kolumnie biust jakiegoś bohatera. Umyśliłam sobie Napoleona. Ma takie romantyczne, gniewne i posępne oblicze.

– W czasach obecnych rozważyć też można Tadeusza Kościuszkę – zadumała się Lukrecja. – Bohater to wprawdzie plebejski, ale pewnych zasług dla ojczyzny odmówić mu nie sposób.

– No nie wiem, ten jego zadarty nos strasznie prostacko wygląda...

– To może generała Dąbrowskiego? – zastanawiała się dziedziczka. – Koniecznie rzezany w białym marmurze i wedle rzymskiego stylu. Zdobny na skroniach skromnym wieńcem laurowym, kutym w złoconym brązie.

– Nijak ten wieniec nie będzie pasował do jego uczesania – powątpiewała Kornelia. – Może lepszy byłby książę Józef z burzą rozwianych włosów... Niełatwa to decyzja. Kogo postawimy, jeszcze się na spokojnie pomyśli. A ja bym ławeczkę kazała umieścić opodal, celem romantycznych schadzek.

– Widzę, moja droga, że myśli nasze dążą podobnymi ścieżkami. Niestety, mój papa młyna zrujnować nie chce. Mówi, że dochód daje i pożytek ludziom. Wielkie mecyje – dochód. Wszak bogaci jesteśmy, a zboże na mąkę przecież u sąsiadów zemleć można! Łąki zatopić nie pozwolił, bo tam miasteczko bydełko wypasa. A że fetor nieznośny od krowich placków wiatr niesie, tego już nie zauważa. Na cóż nam w ogóle te krowy? Tylko krajobraz szpecą. Kozy angorskie gdyby sprowadzić i dziewczyny z Holandii do ich wyczesywania. To także księżna Izabela miała na Powązkach... W ogóle od dawna chodzi mi po głowie zamiar, aby park romantyczny na wzór angielski lub francuski tu założyć. A najlepiej francuski po jednej stronie, a angielski po drugiej. Skoro pańszczyzna ma być zniesiona, na cóż nam będą te darmozjady? Pognać i tyle. Niech idą precz... Wówczas folwarki i czworaki poburzyć by można, a na ich miejscu zagajniki zasadzić i świątynię dumania w greckim stylu zbudować.

– Idea doskonała! – zapaliła się kuzynka. – Ale, ale, przecież masz już w parku świątynię dumania. I to w greckim stylu.

– Tak, ale mała jest i brzydka. Nową trzeba wznieść, aby moje rozmyślania otrzymały należytą oprawę. Najlepiej, jak sądzę, na planie otwartej rotundy. Nie za dużą, tak na dwanaście kolumn. Widziałam takową w Puławach u Czartoryskich, choć tam ścianami przemurowano, przez co na lekkości i wdzięku bardzo straciła. Warto wzorce czerpać z najlepszych źródeł, ale nie kopiować niewolniczo nawet najwspanialszych budowli. A jeszcze należy coś od siebie oddawać, aby piękniejszymi je czynić. Niestety, papa ciągle, że nie i nie. On w ogóle wszelkie moje pomysły kontestuje. Chciałam, żeby akwedukt wzniesiono, książę Kazimierz, brat króla Stanisława Augusta, posiadał takowy w swoim ogrodzie romantycznym u stóp warszawskiej skarpy. Ale papie nawet to zbędnym się widzi. Mówi, że nie ma tu potrzeby wody z gór sprowadzać, a i gór odpowiednich brak w okolicy.

– To prawdziwy kłopot...

– To żaden kłopot, wystarczy chłopów zagonić i sztuczne usypać! Ale jego zdaniem to ponoć zbyt wiele roboty... Łuk triumfalny też by się przydał, wszak może się i tak zdarzyć, że cesarz czy książę Józef, z Rosji wracając, w strony nasze trafią. Jak wtedy bohaterów bez łuku triumfalnego godnie powitać? I jak do pałacu zaprosić bez szpaleru drzewek pomarańczowych? W naszej oranżerii ledwie dwadzieścia donic z sadzonkami się pomieściło! I jeszcze to miasteczko nasze, co to je widać tam, u skarpy podnóża...

– Liszków. Cóż z nim?

– Poburzyć te kamieniczki by trzeba. Szkaradne są i Żydów pełne, a oni gęsi trzymają. To ponoć podstawa ich kuchni. Gęga nieznośnie to pierzaste tałatajstwo przy karmieniu.

– Nic dziwnego, droga kuzynko, że cię migreny poranne dręczą! Mniemam, iż to skutek nieustannego hałasu, szpetoty otoczenia oraz ograniczania naturalnych porywów twej jakże wrażliwej artystycznej duszy! – Kornelia otarła łezkę. – A może i skutkiem tego, że z braku odpowiednio przestronnej świątyni dumania rozmyślać musisz w niegodnych warunkach.

– Takie jest i moje zdanie. Papa to w ogóle malkontent straszny. Wszystko ciągle na nie i na nie. Zawsze szuka dziury w całym. Wyobraź sobie – Lukrecja przyciszyła głos – przed wyruszeniem na wojnę samego cesarza Napoleona ośmielił się krytykować.

– Być to nie może – zmartwiła się kuzynka. – A w jakiż sposób?

– Taktykę jego genialną kontestuje. Uważa mianowicie, że maszerować na Moskwę sensu nie ma, bo wszak od przeszło wieku stolicą Rosji jest Petersburg.

Marcysia przyniosła kolejny dzban z kruszonem i z grzecznym dygnięciem nalała do pucharków. Wino zaprawiono siekanymi pomarańczami, limonką i gruszkami, następnie rozrobiono sokiem, pół na pół z kruszonym lodem. Pucharki momentalnie zapotniały. Służąca odeszła, a dziedziczka odprowadzała ją krytycznym spojrzeniem.

– Chłopi jednak z innej gliny ulepieni zostali. Popatrz, jak toto tyłkiem kręci a ramionami podryguje. Nieprzyuczona do dostojnego kroczenia w obecności jaśniepaństwa. I uśmiechnięta nieustannie. Nieznośna prostaczka. Jej kurzy rozumek po prostu nie pojmuje złożoności świata i trudów, jakie niesie egzystencja na tym zaścianku. Za długo w czworakach mieszkała, przesiąkła nieznośną plebejskością.

– Czemu zatem nie zwolnisz jej i nie sprawisz sobie służącej, którą od dziecka do roli przyuczano? – zdziwiła się Kornelia.

– Dawno bym jej drzwi pokazała, ale ojciec czegoś ją lubi i zwalniać nie kazał.

– Pech prawdziwy.

Tymczasem kilka chmurek napłynęło nad ogrody i nieznośny blask słoneczny odrobinę zelżał.

– W jaki sposób planujesz, droga kuzynko, zabić nudę popołudnia? – zapytała Kornelia.

– Proponuję przechadzkę, jeno parasolki i rękawiczki weźmiemy, aby to okropne słońce nie spaliło naszej delikatnej skóry... Jest tu pewien obiekt wielce interesujący, któregom ci jeszcze nie pokazała.

Wstały od stołu. Służąca przyniosła eleganckie parasolki, kapelusiki i białe jedwabne rękawiczki. Przez ramię przerzuciła kosz piknikowy.

– Weź tylko to, co absolutnie niezbędne: kieliszki, ciasto, ciastka, butelkę wina, czajniczek z herbatą, filiżanki, łyżeczki, widelczyki, nie zapomnij o głowie cukru, młoteczku, szczypczykach... – rzuciła dziedziczka.

– A owoce, jaśnie pani?

– Nie pytaj głupio, tylko dopakuj. I sole trzeźwiące dla panienki Kornelii, gdyby z wrażenia zasłabnąć raczyła.

– To może na wszelki wypadek jeszcze słoik z pijawkami, a także parawan i nocnik przyniosę?

Dziedziczka łypnęła podejrzliwie, ale służąca miała tak radosny, beztroski i zarazem plebejsko niewinny wyraz twarzy, że trudno było uznać jej pytanie za głupi żart. Ruszyły wysypaną żwirem alejką. Marcysia, posapując, dźwigała za nimi ciężki kosz. Minęły fontannę, zaczątek ogrodu różanego, pawilon w stylu chińskim i rzeźbę Artemidy.

Przed nimi wyrosła jakaś szopa, wzniesiona z poczerniałych, rozeschniętych belek. Podwalina z granitowych głazów była spękana, licha zaprawa wykruszyła się. Dach kryty gontem porastały płaty mchu. Budynek miał swoje lata, zapewne pamiętał czasy, gdy w miejscu pałacu stał jeszcze stary dwór obronny.

– Wybacz, moja droga, że przyprowadzam cię do tej rudery – sumitowała się dziedziczka – jednakowoż nawet tak niepozorne wiejskie szopy kryć w sobie mogą zaiste niezwykłe pamiątki przeszłości. Nie są to, rzecz wiadoma, skarby sztuki na miarę greckich lub rzymskich, mniemam jednak, że będziesz ich widokiem poruszona.

– Mamy zatem wejść do środka?

– Inaczej się nie da.

– No sama nie wiem. – Kornelia zmarszczyła brwi. – Tam mogą mieszkać pająki, a co gorsza, i myszy!

– Marcysia nas obroni... Marcysiu! Marcysia niech odstawi teraz ten kosz i weźmie miotłę dla naszej obrony! – rozkazała dziedziczka.

– Może lepiej kordelas myśliwski albo pałasz z pałacu przyniosę, albo i flintę jakowąś i szarpie do ran opatrywania, bo w starciu z dziką zwierzyną zamieszkującą lamus różnie być może – zaproponowała służąca.

– Marcysia niech nie będzie taka strachliwa!

Weszły do ciemnawego wnętrza. Faktycznie, po kątach wisiały pajęczyny, a woń mysich odchodów była wyraźnie wyczuwalna. Na ścianach udrapowano stare uprzęże oraz nieużywane od lat narzędzia. W kącie straszyły przeżarte przez korniki kufry i szafy. Pośrodku pomieszczenia znajdowało się coś dużego. Co to mogło być, Kornelia nie miała pojęcia, gdyż przedmiot nakryto starą zasłoną.

– Popatrz! – Lukrecja jednym ruchem ściągnęła tkaninę.

Wzbiła przy tym tyle kurzu, że przez chwilę nic nie było widać. Dopiero gdy opadł, w półmroku lamusa zielenią błysnęła zaśniedziała spiżowa lufa sporej armaty.

– A niech mnie! – zdumiała się kuzynka. – Masz tu własne działo! To przeciw sąsiadom czy może na wypadek buntu fornali?

– To pradziadunio nasz zdobył na Szwedach. Tatko myślał, żeby na Moskwę z tym iść, ale nowe armaty francuskie lepsze są i lżejsze. To doma ostawił... Owoż umyśliłam rzecz taką. Jutro piętnasty sierpnia, a w tym dniu oprócz święta przypadają także urodziny naszego ukochanego cesarza Napoleona. Więc aby je godnie uczcić, gruchniemy z armaty na wiwat!

– Pomysł to bardzo zacny – zapaliła się Kornelia. – Ale jak niby tego dokonamy?

– No... Po prostu, nabijemy ją i wystrzelimy. – Młoda dziedziczka od niechcenia stuknęła pantofelkiem w beczułkę z prochem. – To ci dopiero będzie niespodzianka!

– Może zawołamy jakiegoś sługę albo chłopaka gumiennego – zaproponowała kuzynka. – Strzelanie to jakby raczej męska rzecz. Pan kamerdyner Bazyli wygląda na bardzo łebskiego człowieka.

– Och, niby tak, ale wiesz, jacy są chłopcy. Oni strzelać lubią, zaczną się bawić armatą, jeszcze nam ją popsują. A kamerdyner to tchórz, a przy tym ponurak i służbista, bez rozkazu dziedzica na strzelanie zgody nie da. Tu potrzeba romantycznej kobiecej fantazji, a zarazem i niewieściej rozwagi oraz chłodnego umysłu. Lufę wpierw musimy prochem napełnić, to nie może być nadmiernie złożone zadanie! Marcysia nam pomoże. Tylko próbę trzeba dziś przeprowadzić, aby jutro przy ludziach nie było jakiego wstydu. Marcysiu! Niech Marcysia tu podejdzie!

Służąca była opodal, nadbiegła w podskokach.

– Słucham, jaśnie panienko.

– Marcysia nam tu zaraz armatę nabije, postrzelać chciałybyśmy na próbę.

– Tak, proszę panienki. – Dziewczyna skłoniła głowę. – Ale... khmmm... – Przyglądała się lufie jakby z pewnym wahaniem.

– Niech Marcysia nie udaje głupiej. Proch jest i kule takoż. Proch najpierw, potem kula. – Panienka Lukrecja rozkazującym gestem wskazała otwór lufy.

– Strzelby przed polowaniem czyścić trzeba. Tu warstwa grynszpanu zaległa, może wpierw działo wyszoruję? – zaproponowała służąca.

– Przed jutrzejszym strzelaniem wypucować warto. Ale dziś tylko próbę zrobimy. Marcysia niech się nie miga od roboty, tylko szybciutko nam armatę nabije.

– Ciekawe, ile tego trzeba... – Służąca zajrzała bezradnie do środka armaty.

– Nie musimy oszczędzać! Mamy całą beczkę – ucięła dziedziczka. – Na kilka salw spokojnie wystarczy. Syp, ile uważasz! Najwyżej huknie głośniej, żadne zmartwienie. Tylko zostaw trochę miejsca na kulę.

– No, przybitkę trzeba dać. Tak mi się zdaje – powiedziała Marcysia, marszcząc czoło.

– A co to jest ta przybitka? – zdumiała się Kornelia.

– Bo jak chłopi do polowania idą i nabijają strzelbę, to sypią proch, potem wpychają trochę pakuł, następnie kulę i jeszcze pakuł. Na te pakuły właśnie mówią, że to przybitka. A wszystko to dobijają ciasno takim kijkiem, co się pobojczyk nazywa – wyjaśniła służąca rezolutnie. – Armata to chyba rodzaj strzelby jest, tedy myślę, że i zasada działania ta sama.

– Ale czy tu będzie tak samo? – powątpiewała Lukrecja. – Wszak cyngla ani kurka nie widzę. Może tedy zasada działania jest odmienną?

– Pewnie z tą przybitką smarkula ma rację, bo pakuł cały tobół tu leży. – Kornelia wskazała pocięty przez myszy worek. – Marcysiu, niech Marcysia nie stoi jak cielę, tylko bierze się do roboty.

Służąca odszukała łom i całkiem zręcznie odbiła wieko. Zawartość nakryta była nawoskowanym płótnem, a na wierzchu leżał jeszcze gruby zwój lontu. W powietrzu rozszedł się zapach siarki i węgla drzewnego. Proch, choć od przeszło stu lat spoczywał w dębowej beczułce, był zupełnie suchy. Dziewczyna buszowała przez chwilę po lamusie i znalazła odpowiedni nabierak. Lufa pomieściła sześć szaflików prochu. Kul było kilka różnych, ale najlepiej pasowała taka nieduża, z otworem u boku. Służąca ubiła pakuły, z braku stempla używając kija od miotły. Potem, sapiąc z wysiłku, przesunęła nieco wylot lufy, by celował w bramę.

– Panienka rozkaże wrota otworzyć? – zapytała.

– Nie, strzelimy w środku, pamiętajcie, że to tylko próba – powiedziała dziedziczka. – Jak nam dobrze pójdzie, jutro po mszy wytoczymy działo do ogrodu i wtedy damy salut finalny! Marcysiu, jak to się uruchamia?

– Ja myślę, proszę panienki, że przez tę dziurkę ognia trzeba zadać. – Dziewczyna wskazała otwór z tyłu armaty. – Trza tu ciut prochu podsypać i lont wprawić. Tak chyba się to na wojnie robi.

– Mniemam, że rację masz, bo na obrazku w salonie widziałam, jak kanonierzy od tyłu działa stoją – pochwaliła ją Lukrecja. – A i kurek pradziadkowej strzelby, co w salonie wisi, też z tyłu lufy się znajduje. Marcysia lont przytnie i przyniesie, co trzeba.

– Krzesiwo mam przy sobie, proszę jaśnie panienki.

– No to rób, nie gadaj.

Służąca zakrzątnęła się przy armacie. Potem skrzesała zręcznie ognia, przypaliła koniec lontu, uzyskując nikły ognik. Po chwili lont syknął. Płomyk wskoczył do otworu, zadymiło, zasyczało, ale strzał nie padł. Wszystkie trzy spojrzały po sobie skonsternowane.

– No nie! – parsknęła ze złością Kornelia. – Zepsuła się ta armata!

– Ze starości zapewne. A może tylko coś się zatkało? Pewnie tej, eee... przybitki za wiele upchałyśmy. Marcysiu, niech Marcysia weźmie kij od miotły i pogrzebie w lufie! – poleciła hrabianka Lukrecja.

– Tak, proszę pani!

Służąca spełniła rozkaz. Bez skutku.

– Pogmeraj trochę mocniej na boki, postukaj, może kula się przykleiła czy coś – doradziła Kornelia. – Bo w środku jakby coś buczy, albo syczy raczej... – Przybliżyła różowe uszko do zaśniedziałej lufy.

– Marcysia niech rękę wsadzi do lufy i wyskubie część przybitki. Śmiało, nie ugryzie cię przecież – rozkazała dziedziczka.

Nagle z otworu na lont trysnął strumień płonących gazów. Armata buczała i trzęsła się jak w febrze. Służąca zorientowała się pierwsza. Rzuciła się w stronę drzwi. Jak na złość zacięły się...

– Marcysiu! Gdzie Marcysia ucieka?! – krzyknęła jej chlebodawczyni. – Nie kazałam się oddalać!

I w tym momencie armatę rozerwało.

Wszystkie trzy ocknęły się w jednej chwili. Siedziały w rzeźbionej, jakby kościelnej ławce. Tylko że na ławce Liszkowskich w kościele parafialnym zawsze przed mszą rozkładano poduszeczki, a tu miały tylko gołe deski. Rozejrzały się zdezorientowane. Pomieszczenie nie było duże, przypominało kaplicę. Otaczały je wzniesione z surowego

kamienia ściany, nad nimi pięły się wysoko ostrołukowe sklepienia. Okna oszklono witrażami. Kolorowe szybki ułożono w proste geometryczne wzory. W pomieszczeniu nie było ołtarza, tylko na murze zawieszono kamienne tablice, zapisane po hebrajsku, a powyżej umieszczono dużą, fikuśną mosiężną wagę. Pomieszczenie oświetlały świece osadzone w kinkietach. Patrząc na okna, trudno było się zorientować, czy na zewnątrz jest noc, czy dzień. Lukrecja pierwsza ocknęła się z zaskoczenia.

– Marcelino! – fuknęła oburzona. – Co, u licha, wyczyniasz?! Jak śmiałaś usiąść w ławce jaśniepaństwa?!

– Nie wiem, proszę panienki – bąknęła służąca. – Ale nie ma tu innej. No i chyba tak kazano. – Wskazała mosiężną tabliczkę, którą przykręcono do blatu.

Identyczne umieszczono przed szlachciankami.

– A to się ktoś pomylił głupio – zirytowała się już do reszty dziedziczka. – Lukrecja Liszkowska, Kornelia Liszkowska i – tu prychnęła – Marcelina Liszkowska... Oburzający błąd! Przecież ty masz na nazwisko Grucha!

– Gruszka – pisnęła nieśmiało służąca.

– Wszystko jedno, jak się nazywasz! Zwał, jak zwał... A gdzie się podziały nasze tytuły?!

– Wybacz, moja droga... Bo ja... Bo ja się tak zastanawiam, gdzie my niby jesteśmy? – Kornelia rozglądała się, coraz bardziej zirytowana. – I kto nas tak poprzebierał!?

Teraz dopiero zauważyły, że wszystkie trzy mają na sobie zwiewne białe sukienki z cienkiego, śnieżnobiałego jedwabiu. Przy mankietach i kołnierzykach wykończono je zachwycająco delikatną włoską koronką.

– Aberracja jakaś! – prychnęła dziedziczka, widząc, że służąca odziana jest identycznie jak ona.

Marcysia nic nie mówiła, tylko w niemym zachwycie badała fakturę tkaniny. Stuknęła obcasikami eleganckich pantofelków. Obie kuzynki zapewne poczyniłyby jeszcze jakieś spostrzeżenia, ale witraże lekko pojaśniały, a świece w kinkietach zabłysły mocniej.

– Proszę wstać, sąd idzie – rozległo się gdzieś spod sufitu.

Poderwały się przestraszone. Po lewej otworzyły się drzwi, których jeszcze przed chwilą z całą pewnością tam nie było, i do pomieszczenia wszedł anioł. Z twarzy przypominał trochę Bonapartego, ale nosił sumiaste wąsy, a do tego był od cesarza dobry metr wyższy i całkiem już siwy. Z pleców wyrastały mu skrzydła pokryte białymi, jakby gęsimi piórami. Twarz posłańca niebios przeorały zmarszczki, nie wiadomo, czy z powodu wieku, czy może od nadmiaru trosk.

– Dzień dobry, dziewczęta – powiedział. – Siadajcie. Jestem Epifaniusz.

Dygnęły odruchowo. Anioł pstryknął palcami. Na podium pojawił się fotel i pulpit z grubą księgą, założoną w kilku miejscach kolorowymi wstążeczkami. Fotel miał w oparciu eleganckie wycięcia na skrzydła. Przybyły rozsiadł się wygodnie. Pulpit sam się przysunął i obniżył. Księga otwarła się z trzaskiem.

– Przepraszam, jasny panie aniele Epifaniuszu, czy my naprawdę... nie żyjemy? – zapytała pobladła służąca.

– Ano nie żyjecie. – Anioł bezradnie rozłożył jednocześnie ramiona i skrzydła. – Tak to bywa, gdy się kobiety dorwą do armaty. Broń palna to męska rzecz, przynajmniej w tej epoce. – Pogroził im palcem. – Co gorsza, jestem... to znaczy w zasadzie byłem waszym Aniołem

Stróżem i nie upilnowałem. Będę miał przez was naganę z wpisem do akt... – westchnął.

– Naszym, eee, aniołem? Ale jak to naszym? Znaczy się wspólnym? – zdziwiła się Kornelia. – Myślałam, że każdy ma własnego.

– Kiedyś tak było, ale same rozumiecie, że różne misje na cały świat rozesłano, chrzci się masowo Indian, Murzynów, ba, nawet Chińczyków. Braki kadrowe. Mam sześćdziesiąt takich jak wy nastoletnich trzpiotek pod opieką. To znaczy od teraz pięćdziesiąt siedem. Od razu powiem, że worek pcheł upilnować byłoby łatwiej!

– I że niby my, szlachetnie urodzone panienki, miałyśmy anioła wspólnego z chłopką służącą?! – zirytowała się Lukrecja. – I może jeszcze z jakimiś Chinkami albo co gorsza, Indiankami?!

– No tak. – Anioł skinął głową. – Białe, żółte, czarne, czerwone... Po tej stronie liczy się czyste sumienie i śnieżnobiała dusza, a nie kolor skóry.

– Ale jak to czarne? Toż to jakaś aberracja. Przecież i u was są różne rangi, archaniołowie, cherubiny, serafiny i tak dalej.

– Ano są – mruknął Epifaniusz powściągliwie. – Ale kto się czym w niebiosach zajmuje, to już nie wasza rzecz. – Pogroził palcem.

– A nie dałoby się tego wszystkiego jakoś odwołać? – odezwała się nagle Kornelia. – Młode jesteśmy, szlachetnie urodzone, bogate, rozliczne plany życiowe miałyśmy... Ja na ten przykład nigdy nie byłam w Paryżu ani w Nicei.

– Każdy, kto tu trafia, miał na ziemi jakieś plany – westchnął anioł. – Nawet stulatkowie zazwyczaj chcieliby jeszcze pożyć. Ale to nie do odkręcenia. Kto umarł, ten nie żyje i już. – Pstryknął palcami. – Finito.

– No ale przecież... Jakiś mały cud... Łazarzowi się udało. A jak wrócimy na ziemię, to o przysłudze przecież nie zapomnimy. Nie pożałujemy pieniędzy na nasz kościółek. A i obraz waszej świętobliwości mógłby w bocznym ołtarzu zawisnąć – kusiła dziedziczka. – Szkic wykonam osobiście, wszak talenta znaczne w sztukach malarskich posiadam... – tu urwała i zaczerwieniła się pod ironicznym spojrzeniem anioła. – Albo lepiej dobrego malarza portrecistę się najmie – dodała już znacznie pokorniejszym tonem.

Epifaniusz uciszył ją gestem i uśmiechnął się, jakby rozbawiony korupcyjną propozycją.

– To absolutnie niezgodne z przepisami. – Klepnął opasłą księgę, aż uniósł się złocisty kurz. – Wskrzeszenia dopuszczamy tylko w naprawdę wyjątkowych przypadkach! A wy ani nie zasługujecie, ani szczerze powiedziawszy, nie rokujecie. – Przeniósł spojrzenie na Marcysię i lekko ściągnął brwi, jakby zadumał się nad własnymi słowami.

– Przecież nikt nie musi wiedzieć. My też zachowamy absolutną dyskrecję – zakwiliła Kornelia. – Nikomu nie piśniemy słowa. A jeśli macie jakieś wątpliwości, to z pewnością macie możliwość, by zatrzeć nam te wypadki w pamięci.

– Niestety, to niemożliwe. Nie będę mazał w Księdze Życia! To najsurowiej zabronione. Poza tym zbyt wiele osób widziało ciała... To znaczy – skrzywił się – ich resztki. Jesteście martwe i nic na to nie poradzimy.

– Resztki?! Ale jak to resztki? Cóż się tam wydarzyło? – zdumiała się Kornelia.

– A coście myślały? – Anioł westchnął z ubolewaniem i zarazem jakby irytacją. – Prawie pud doskonałego angielskiego prochu napchałyście do lufy!

– To nie my, tylko ona! – Lukrecja oskarżycielskim gestem wskazała służącą. – Ona nabijała, a potem jeszcze ogień zadała! Ja bym nawet nie potrafiła lontu wprawić!

Marcysia wtuliła głowę w ramiona. Epifaniusz spojrzał na dziedziczkę jakoś ciężko i z naganą. Zaczerwieniła się.

– No dobrze, przyjmijmy, że wina jest częściowo wspólna i że to ja jej rozkazałam – ustąpiła niechętnie. – Ale co się właściwie stało? Jaką siłę ma taki pud prochu?

– No cóż, znaczną. Lamus rozniosło w drzazgi. W pożarze ogień dosięgnął beczułki i ona też wybuchła, a tam pięć pudów jeszcze było, więc i lewe skrzydło pałacu trzeba odbudować. Same rozumiecie... Wasze szczątki chłopi i służba po całym ogrodzie grabiami zbierali. I do jednej trumny... no, trumienki właściwie złożyli. Wszystkiego, rzecz jasna, nie odszukali, bo ptaszęta to i owo rozwlekły i pisklętom zaniosły.

– I tak nas razem pogrzebali? Że niby tak wymieszane, niczym salceson albo farsz do pierogów? – zdziwiła się Marcysia.

– Bardzo trafne porównanie z tym farszem – pochwalił wysłannik niebios. – Co tu dużo opowiadać. Rozpoznać, który, że się tak wyrażę, ochłapik z której pochodzi, nie zdołali. Niby teoretycznie niektóre można po kolorze skóry rozpoznać, bo panna Marcelina ładnie się tej wiosny opaliła i piegi ją zsypały, ale proch wszystko równo osmalił. No i nie bardzo mieli ochotę zbytnio się przypatrywać.

– Że służącą, to rozumiem. Ale nas też grabiami?! – obraziła się Kornelia. – A nie mogli chociaż z szacunkiem podnosić i przez jedwabną chusteczkę...

– W całym Lublinie tyle jedwabiu by nie kupił, co na te chusteczki byłoby potrzeba – westchnął Epifaniusz. – No i z wierzchołków jabłonek bez grabi niełatwo jelitka pościągać. Może oszczędzę wam szczegółów – zreflektował się. – W każdym razie nie był to przyjemny widok, a i robota nielekka. Twarde te wasze chłopy z czworaków, do wielu rzeczy przywykli, jednak praca była prawie ponad ich siły. Ochmistrzyni wódki nie żałowała, lała w opór. Niejeden kubek przytulili. Bez tego w ogóle nie byłoby mowy zadaniu sprostać. Ale i tak wszyscy się przy pracy porzygali, a kamerdyner Bazyli to nawet dwukrotnie omdlał. I potem przez całe tygodnie śniły im się koszmary.

– Ale że nas, szlachcianki, do jednej trumny z nią? – pieklila się Lukrecja. – Jakże to tak?

– W obliczu śmierci wszyscy równi. Jak to zapisał Święty Paweł Apostoł, nie masz już pana ani niewolnika. Na tamten świat każdy przechodzi boso i nagi, dźwigając jedynie swoje uczynki dobre i złe – zauważył sentencjonalnie anioł. – W przenośnym sensie nagi – dodał zaraz. – Ale nie musicie się przejmować. Popatrzcie na siebie, macie wszystko, co potrzeba, własne ręce i nogi, niczego nie pomyliliśmy. Nie było łatwo, ale poradziliśmy sobie, choć żeby to po ludzku wyglądało, techniką klonowania trzeba było się wspomagać. No ale my tu gadu-gadu, a inni w kolejce czekają. – Zerknął na okazały złoty zegarek.

– Czyli co niby? Teraz będzie sąd ostateczny? – Kornelia rozejrzała się niepewnie na boki. – Albo już trwa? Czy może szanowny pan anioł za prokuratora robi, albo za sędziego może? Czy też adwokata?

– Jako Anioł Stróż faktycznie jestem z urzędu waszym obrońcą. Ale ostatnio mieliśmy straszny nawał roboty. Same wiecie, ciągłe wojny, na tamten świat trafia takie mnóstwo ludzi, że musieliśmy trochę usprawnić procedury. Połączyliśmy funkcje oskarżyciela, obrońcy i sędziego. Nie ma to większego znaczenia, skoro nie mylimy się nigdy, a nasze wyroki są zawsze idealnie sprawiedliwe. W każdym razie takie lżejsze przypadki jak wasz załatwiamy na drodze administracyjnej, bez szczegółowych dochodzeń i rozprawy... Na początek dobra nowina. Zostałyście zbawione. Pójdziecie do nieba. Wasze szczęście, że w burzliwych czasach patrzy się trochę przez palce. Bo podczas pokoju trudniej by było przepisy nagiąć.

– Amen. – Marcysia złożyła dłonie i uniosła uduchowione spojrzenie ku sufitowi.

– Gorsza nowina jest taka, że zanim pójdziecie do tego nieba, wlepiono wam po pięćset lat czyśćca – dodał Epifaniusz. – Niby możecie się odwoływać od wyroku, ale szczerze powiedziawszy, odradzam. – Nic nie wskóracie, a gdy obcy sędziowie raz jeszcze dowodom winy się przypatrzą, mogą pomyśleć, że wyrok pierwotny wydano zbyt łagodny.

– Pięćset lat! Za co aż tyle!? – jęknęła Kornelia. – Paciorek co wieczór zmawiałyśmy. Przyznaję, rano to się czasem zapomniało. Ale posty zachowywałyśmy zawsze! Eee... prawie zawsze! No, w każdym razie... – Uciekła spojrzeniem w bok. – Częstokroć zdarzało nam się je zachowywać.

– Tatko na kościół niemały pieniądz dawał – poparła ją kuzynka. – A jak wróci z Rosji i dowie się o zaszłych wypadkach, na pewno niejedną mszę za nas opłaci!

– Ja to żem żadnego nabożeństwa nie przepuściła – bąknęła służąca. – O ile oczywiście dostałam wychodne. I kwiaty zbierałam do przystrojenia kapliczki, tej, co to na rozstajnych drogach dziadowie wystawili. I świeczkę na ołtarzyku co tydzień zapalałam. Sprawdźcie, panie, wszystko pewnie w waszych czcigodnych księgach odnotowane.

– Uhym... – mruknął anioł. – Odnotowane mamy. – Uśmiechnął się kwaśno. – Tu, po tej stronie, absolutnie wszystko mamy odnotowane. Kwiaty z pańskich ogrodów i oranżerii pałacowej pochodziły. Niejeden bukiet chyłkiem ciśnięty przez mur parku przeleciał. A te świeczki... No cóż, z pałacowych kandelabrów. W myśl idei, że jak się każdą trochę skróci, to z trzech sztuk łatwo można czwartą uzyskać. A jak kandelabr na siedem świec, to nikt nie zauważy, że tylko sześć osadzono. Zwłaszcza jak się siódme ramię odkręciło.

– Zabiję! – syknęła hrabianka Lukrecja.

– No niby jak ją zabijesz, skoro nie żyjesz, a i ona też już nie żyje? – Kornelia wykazała się pewnym rozsądkiem. – Szanowny panie aniele Epifaniuszu, może służąca mojej kuzynki istotnie ma to i owo na sumieniu, ale czemu niby jej wyrok z naszym zrównujecie? Wszak surowszą pokutę otrzymać powinna.

– Czyli powiadacie, że interesuje was uzasadnienie? – Anioł ponownie spojrzał na zegarek. – W sumie jest jeszcze kwadrans. Skoro sobie życzycie... – Otworzył księgę. – Najpierw panienki szlachetnie urodzone. Co my tu mamy? Z samego katalogu grzechów głównych większość zaliczona. Folgowałyście obżarstwu. Gdy ojciec wyjechał, także opilstwu, flaszka wina na dwie dziennie! Do tego kruszon, nalewki z apteczki, czasem też okowitka... I to w tak młodym wieku. – Pokręcił głową zdegustowany. – Lenistwo iście przerażające. Pycha, niecierpliwość, samochwalstwo... A to w sumie drobiazgi, bo mamy tu jeszcze na przykład cudzołóstwo. Utrata cnoty bez ślubu. Jedyna okoliczność łagodząca, że ci oficerowie przystojni byli. Ale spółkować z obcymi już pierwszego dnia po zawarciu znajomości? Do tego w wieku szesnastu lat i w panieńskich sypialniach, w panieńskich łożach... To nieomal jak profanacja!

Obie spiekły raka. To było miesiąc temu. Ojciec i bracia pojechali z ułanami, panienki zostały same, tylko ze służbą na gospodarstwie, a tu trafił się przemarsz wojsk. Staropolska gościnność nakazała żołnierzy godnie podjąć, nakarmić, napoić, a po kolacji, suto zakrapianej winem, jakoś tak wyszło, że oficerom oddały jeszcze, co miały najcenniejszego.

– Znali osobiście samego marszałka Murata... I obiecywali się ożenić – bąknęła Kornelia.

– Marszałka to kilka razy z daleka widzieli na defiladzie. Co do obiecanego ożenku, toby zostali bigamistami, albo i ściślej rzecz ujmując: poligamistami, gdyby tak chcieli każdej słowa dotrzymać – westchnął anioł. – Żeby to jakoś zalegalizować, musieliby chyba przyjąć wiarę

Mahometa. Choć i tam zaleca się nie brać więcej niż czterech żon naraz. Nawet sam prorok nie miał jednocześnie więcej niż dziewięć. Już bliżej by im było do biblijnego króla Salomona.

– Nie wiedziałyśmy – mruknęła dziedziczka.

– Tyle dobrze, że w ciążę nie zaszłyście i że nie zarazili was niczym paskudnym, to jednak polskie wojsko, wyższe standardy zdrowotne niż u, że się tak wyrażę, konkurencji. Co zaś do ciebie – anioł przeniósł ciężkie spojrzenie na służącą – o utracie cnoty nie ma nawet co mówić, a cudzołóstwo wiosenne było piętnaście razy w ciągu czterech nocy. Byłoby szesnaście, tylko ten ostatni zabłądził, biedak, po ciemku i nie trafił do stodoły. Byłoby i dwadzieścia razy, a kto wie czy nie jeszcze więcej, ale wymarsz oddziału nieoczekiwanie wcześniej nastąpił.

– No bo, jasny panie aniele, ja chciałam tylko... – zaczęła się tłumaczyć Marcysia. – Za służbę płacono mi marnie, a w domu bieda i akuratnie w ten czas różne potrzeby zaszły.

– Chwila, mój panie! – zirytowała się Lukrecja. – My zgrzeszyłyśmy jeden raz... no, to znaczy ja to w sumie dwa tamtej nocy, a nasza Marcysia piętnaście i wyrok ten sam? Ta rozpustna, rozwiązła wywłoka powinna w ogniu piekielnym...

– Trudno tu precyzyjnie wycenić winy – przerwał jej anioł. – Wy poszłyście do łoża z mężczyznami powodowane płochą dziewczęcą ciekawością i uprawiałyście miłość fizyczną, boście się głupich francuskich romansideł naczytały. Służąca wasza natomiast oddała się prostym polskim żołnierzom samotnym na wojnie i z dala od domu, co czyni z tego okoliczność łagodzącą.

No i faktycznie zdołała choć trochę pocieszyć poborowych chłopskich synów przerażonych wizją rychłej nagłej, a spodziewanej śmierci. Uznajemy to zatem jako czyn niemoralny wprawdzie, płynący z fałszywie rozumianej miłości bliźniego, ale zarazem szlachetny i motywowany patriotycznie. – Anioł w zadumie przekładał karty księgi. – W dodatku policzyła sobie za te usługi raptem ćwierć stawki przeciętnej lubelskiej ladacznicy, czyli skorzystali z jej wdzięków niemal za darmo. A te półtora talara drobną monetą, co zarobiła, faktycznie swoim starym dziadkom co do grosza oddała. I na doktora im starczyło, i na leki, a i słoninki połeć im kupiła, to podjedli sobie ostatni raz w życiu do syta.

– Ja rozumiem, że trochę nas poniósł wir namiętności, ale czy pięćset lat czyśćca za jedną noc obłapianki to aby nie za wiele? – jęknęła z płaczem Kornelia. – To nawet przyjemne nie było! Bolało i koszulę nocną krwią upaskudziłam.

– Ja to właściwie nie chciałam nawet – dodała płaczliwym głosem Lukrecja. – Ale w romansach tak to powabnie opisano, że bałam się przed światowcami wyjść na głupią gęś z prowincji.

– A ja się przyznaję do tego cudzołożenia, ale łaski dopraszam, jasny panie – chlipnęła Marcysia. – To dla bytu poprawy czyniłam! Gdybym wiedziała, że za to takie kary przewidujecie, tobym cnotę zachowała. Młynarczykowi bym nie dała ani rzeźnikowi. Ani za sukienki uszycie, ani za trzewiczków zelowanie. Ani temu żydkowi, co wstążkami handluje. Ani ślusarzowi za dorobienie wytryszku do cukiernicy! I kamerdynera też bym nie próbowała uwodzić.

– No ładnych rzeczy się dowiaduję! To ty, wywłoko łakoma, cukru tyle w stołowym wyżerałaś. – Dziedziczka chciała od razu wytargać służącą za uszy, ale anioł uniósł ostrzegawczo dłoń i poniechała zamiaru.

– Owszem, pewne kary są za te przewinienia przewidziane. – Pokiwał z frasunkiem głową, przekładając kartę. – Ale nie róbcie sobie aż takich wyrzutów. Te wasze przygody, nazwijmy je miłosnymi, znaczą doprawdy niewiele w porównaniu z morzem innych grzechów i wpływu na długość kary w zasadzie nie mają. Co do panienki Marcysi, tu oczywiście zarzutów jest więcej, ale opresyjna sytuacja ekonomiczna, w jakiej się znajdowała, sprawiła, że i na to możemy popatrzeć przez palce. Pan nasz nie raz do kobiet upadłych rękę wyciągał i widząc beznadzieję ich położenia, raczej łagodnymi słowami je upominał. Tu by się raczej winy dziedzica dopatrzyć należało, bo wedle tego, co w swoich księgach wypisują apologeci Sarmacji, na szlachcie właśnie spoczywa troska o lud, jego dostatek i moralność! Gdy hrabia Eustachy Liszka wreszcie do nas trafi, nie omieszkam mu tego wypomnieć.

– To już nic z tego nie rozumiem! – prychnęła Lukrecja. – Za co taki wyrok?

– Te pięć stuleci kary wlepiono wam przede wszystkim za karczmę.

– Jaką znowu karczmę?! – Kornelia wytrzeszczyła oczy. – Nigdy w życiu moja noga nie przestąpiła progu takiego przybytku rozpusty i pijaństwa!

– Moja także – zaperzyła się jej kuzynka.

Służąca nic nie powiedziała, tylko spiekła raka.

– Gdy armatę rozerwało, kula poleciała przez miasteczko i spadła na szynk pana Aarona. Wybuchła, podpaliła dach. Po pijanemu kiepsko się ucieka, więc było trzydzieści trupów. A potem jeszcze wiatr żagwie roz-niósł i pół osady się spaliło – wyjaśnił anioł. – W tym stodoły, obórki, spichrze... Tyle dobrze, że przed żniwami jeszcze, zboże z pól nie zostało zwiezione. Dziedzic na szczęście ludzkie panisko. Jak już wrócił z wojny, to pieniędzy nie szczędził, nakupił żywności po okolicy na jarmarkach i pogorzelcom rozdawał. Pozwolił też z pańskich lasów na odbudowę drzew naciąć, co mu potem na folwarkach odpracować musieli. A i ksiądz proboszcz ze swego spichlerzyka owieczki wspierał. Wyliczył mianowicie, że na chrzcinach i weselach więcej zarobić można niż na pogrzebach. Same rozumiecie, że jak wesoła okazja, człowiek mniej się z grosiwem liczy... Reasumując, dzięki tym działaniom pana i plebana nie tak znów wielu z głodu zimy tej pomarło. Gorzej było na przednówku, bo Rosjanie wkroczyli i złupili wszystko, co tylko nadawało się do złupienia.

– Ale jak to Rosjanie wkroczyli!? – wytrzeszczyła oczy Lukrecja. – Przecież to myśmy poszli ich pobić, a nie oni nas! A wiódł nasze wojska sam wielki cesarz Napoleon, największy niezwyciężony strateg wszech czasów i narodów!

Anioł spojrzał na nią ironicznie.

– Strategia wojenna to męska sprawa. Trudno mi rzecz przystępnymi słowami wytłumaczyć tak, abyście zrozumiały – westchnął. – Zapędzili się nasi trochę za daleko, zmitrężyli za wiele czasu i Rosjanie ich zaczęli wypierać. A gdy zrobiło się zimno, to już poszło...

– To z karczmą i trupami nieumyślnie przecież było! – jęknęła Kornelia.

– No, jakby było umyślnie, to dopiero byście wyrok dostały – uśmiechnął się dobrodusznie anioł. – Ale na koniec jeszcze jedna dobra wiadomość. Zazwyczaj karę czyśćca odbywa się w wyznaczonym sektorze piekła. No wiecie, to samo miejsce, tylko traktowanie łagodniejsze. Kotły do gotowania dusz są, ale nie ze smołą, tylko z ukropem, i diabły nie dźgają widłami, tylko szpicrutą sieką po tyłkach. A w niedzielę nawet kompot do obiadu dają. Ale tam teraz takie zagęszczenie, że załatwiłem wam odsiadkę w reżimie aresztu domowego.

– Co proszę? – nie zrozumiała dziedziczka.

– Będziecie snuć się po swoim pałacu jako duchy, aż się wyrok skończy – wyjaśnił. – Raz na jakiś czas możecie się zmaterializować, to znaczy odzyskać ciało, żeby móc spełniać dobre uczynki. Może uda się wam zapracować na jakieś małe skrócenie wyroku.

– Czyli poniekąd będzie jak do tej pory. – Dziedziczka odetchnęła z ulgą. – Tylko ciężko egzystować będziemy, gdyż z jednej tylko służącej pożytek niewielki.

– No tak, byłbym zapomniał. – Anioł uśmiechnął się kwaśno. – Żeby nie było niedopowiedzeń. Po tej stronie wprawdzie urodzenie i pochodzenie nie mają już żadnego znaczenia, ale informuję was oficjalnie, że panna Marcelina jest z wami spokrewniona, i to blisko, gdyż krótko przed narodzinami panny Lukrecji ojciec jej, hrabia Eustachy Liszka, raczył wydać talara, by nawiązać przelotny romans z matką Marcysi, wówczas ogrodniczką, a skonsumował go zaraz potem w krzakach za stajnią.

– Eee? Co niby skonsumował? – nie zrozumiała dziedziczka. – Warzywa jakieś mu dała? I czemu akurat w krzakach je zjadł?

Anioł westchnął ciężko.

– Czy wy aby wiecie, skąd się biorą dzieci?

– Aaa... – Panna Kornelia domyśliła się pierwsza i spiekła raka.

– Ha! Prawdę mateczka mówiła, a ja nie wierzyłam, żem hrabiowskiego rodu – ucieszyła się Marcysia. – Znaczy tatko hrabia jakoś się poczuwał trochę i dlatego posadę służącej w pałacu dostałam?

– Wyrzuty sumienia raczej nieczęsto nim targały, a gdy z kompanami po polowaniu i przy wódeczce wypadki podobne wspominał, to raczej z dumą niż wstydem. Ale istotnie tamtą chwilę słabości zapamiętał i pewne wnioski nawet wyciągnął, choć oczywiście nie na tyle się przejął, żeby o byt dziecka stosownie zadbać. Ale przynajmniej przed twoim urodzeniem mleczną krowę waszej rodzinie sprezentował i zadbał, żeby proboszcz ochrzcił cię bez ociągania i bez głupich dopisków w księgach parafialnych.

– Znaczy się to moja przyrodnia siostra. – Marcysia łypnęła podejrzliwie na dziedziczkę. – A jej kuzynka to także i kuzynka moja? I stąd to nazwisko na mojej tabliczce?

Anioł dostojnie kiwnął głową. Obie arystokratki gwałtownie nabrały powietrza.

– To absolutnie i bezapelacyjnie oburzające! – syknęła Lukrecja.

– Nie przeczę, słowo „oburzające" dobrze opisuje te wypadki. Ale tu już pretensje proszę kierować nie do przyrodniej siostry, tylko do swego szanownego rodziciela. – Epifaniusz uśmiechnął się kpiąco i rozłożył skrzydła w geście mającym oznaczać „nic na to nie poradzę". – Jest szansa, że się kiedyś spotkacie. Zakładając, że jego ofiarna służba ojczyźnie część win złagodzi, bo na tysiąc... nawet półtora tysiąca lat czyśćca różne jego przygody szacuję.

– No, mimo wszystko... – zaczęła Lukrecja.

– Spokojnie, Marcysia bękart wprawdzie, ale zważywszy na ekstraordynaryjność sytuacji, wybaczymy jej pochodzenie i może dalej nam usługiwać – mitygowała kuzynkę Kornelia.

Anioł kolejny raz westchnął ciężko i jakby z naganą.

– No cóż, pożegnam was, dziewczęta, pora kolejne przypadki osądzić. – Wstał.

Błysnęło, huknęło i wszystkie trzy znalazły się w holu pałacu. Potrząsnęły jak na komendę głowami. Przez chwilę wydawało im się, że to, co przeżyły, było tylko dziwnym snem, ale gdy spojrzały na siebie, przekonały się, że nadal ubrane są w śliczne sukienki z białego jedwabiu, a gdy przypatrzyły się dokładniej, spostrzegły, że ich ciała lekko prześwitują.

– Marcysia wróci tam zaraz do kaplicy i doinformuje się u anioła Epifaniusza, co i jak. Gdzie spać mamy, co jeść, gdzie za dnia duchy przebywają i tak dalej – poleciła Lukrecja. – W jakich strojach mamy na co dzień chodzić, w jakich ludzi straszyć, a w jakich dokonywać tych uczynków, o których mówił.

– I przynieś przy okazji łańcuchy, którymi po nocach będziemy dzwonić – dodała Kornelia. – Oraz kule katorżnicze, białe giezła, wianki z makówek i inne atrybuty dusz potępionych. Tylko nie bierz byle barachła, pilnuj, żeby okowów zardzewiałych ci nie wcisnęli.

– I dopytaj koniecznie, co trzeba zrobić, żeby się unosić nad ziemią niczym woal cmentarnej mgły, bo na razie jakoś tak twardo po posadzce stąpamy. – Dziedziczka tupnęła przejrzystą nóżką w intarsjowany parkiet.

– A giezła żeby były bielutkie, z jedwabiu, no, ewentualnie z batystu. I ładnie skrojone, coby przestraszeni potem godnie o nas mówili „białe damy", a nie „upiory". I sprawdź koniecznie, czy woda święcona nam szkodzi. Wiedzieć też musimy, co czynić, gdyby ci postraszeni opór stawili, sakramentaliami się broniąc.

Służąca przez chwilę mierzyła je wzrokiem, a potem wzięła się pod boki.

– A w zadek mnie pocałujcie, siostrzyczki kochane – burknęła i pokazała im język. – W krainie umarłych teraz jesteśmy. A przypominam, że stało się to skutkiem waszych durnych pomysłów. Ja na ten przykład też miałam rozliczne plany życiowe! I to przez was już ich nie mam!

– Marcysia się zapomina! – huknęła Lukrecja. – Jako twoja chlebodawczyni...

– Czerstwo-chlebo-dawczyni raczej – zaśmiała się była służąca. – Róbcie sobie, co tam chcecie, ja wam w każdym razie usługiwać już nie muszę. Jestem wolna.

I na oczach zdumionych arystokratek ulotniła się z holu, przenikając przez ścianę.

Układ

Liszkowa Poręba, wiosna 1943

Hrabia Paweł Liszkowski, obecnie porucznik AK, pseudonim „Komendant Liszka", obudził się kwadrans przed piątą rano, cały zlany potem. Przyśniło mu się, że znów jest chłopcem, uczniem piątej klasy szkoły w Lublinie. Że znów zajechali w odwiedziny do wujostwa. Jesienny wieczór zapadł wtedy wcześnie. Mały Pawełek siedział w pokoju, przy świetle lampy elektrycznej czytając o przygodach Winnetou. Drzwi na korytarz były otwarte, poblask żarówki rysował jasny prostokąt na ścianie. Liszka nie pamiętał, co wówczas sprawiło, że oderwał wzrok od książki. Spojrzał po prostu i zobaczył cienie. Cienie trzech dziewczyn spieszących gdzieś w swoich sprawach. Same cienie... Pojawiły się na tej jasnej plamie, jakby coś przeszło między ścianą a źródłem światła. Zaczął krzyczeć z przerażenia, zbiegła się służba, rodzice, wujostwo...

Powoli odzyskał zmysły i wreszcie mógł opowiedzieć, co widział. Wszyscy uspokajali go i zapewniali, że to tylko przywidzenie. Ale kilka dni później chłopak gumienny puścił farbę i opowiedział mu o trzech dziewczynach i armacie.

To było dawno. W czasach Napoleona, sto trzydzieści lat temu. Czemu ten koszmar wraca do mnie teraz? – pomyślał hrabia. Zły znak? Hmmm... Ponoć rodzinie nigdy żadnej krzywdy nie zrobiły.

Trzęsącymi się palcami zapalił sztormową zapałkę, przytknął płomyk do świeczki. Knot zaskwierczał niepokojąco, ale w końcu zajął się płomieniem. Blask wydobył z ciemności pryczę i jej otoczenie. Wnętrze pokoiku było nieznacznie większe niż sarkofagi nestorów rodu, które widział kiedyś w podziemiach kościoła farnego. Ot, tyle, żeby ręce i nogi wyprostować. Ściany zostały zbite z desek starych stodół, połyskiwały na nich kropelki wody. W bunkrze było chłodno i wilgotno. Koc zalatywał stęchlizną.

– Co za koszmar – szepnął Liszka. – Ale spokojnie. Jestem ponad pięć kilometrów od pałacu. A tamto... Może to jednak było tylko głupie przywidzenie?

Własne słowa zabrzmiały jednak fałszywie. Spojrzał na zegarek. Odechciało mu się spać. Przeszedł do głównego pomieszczenia. Jego ludzie spali na pryczach. Ogień w „kozie" przygasł, więc dowódca wetknął w żar dwa grube polana.

Idzie wiosna, pomyślał, patrząc na śpiących podkomendnych. Co nam przyniesie ten rok? Czy dożyjemy kolejnej wiosny, kolejnego lata, wyzwolenia? Ciekawe też, co się stało ze stryjem...

Brat ojca jeszcze w sierpniu trzydziestego dziewiątego zapakował całą rodzinę do auta i pomknął na południe – planował przedostać się do Monte Carlo. Uważał, że przy swoim szczęściu zdoła utrzymać bliskich, grając w karty i ruletkę. Początkowo przyszło od niego kilka listów, ale potem kontakt się urwał. Może wszystko przepuścił i nie było go już stać na znaczki?

Byle tylko szczęśliwie odnalazł się po wojnie, bo jak nie wróci, odziedziczę po nim ten nawiedzony pałac. Liszka wzdrygnął się na samą myśl. No chyba że karta się odwróci i przerżnie cały majątek w pokera, rozmarzył się. Albo może Niemcy będą tacy mili i zniszczą budynek? Zresztą czym ja się przejmuję, mogę przecież nie przyjąć spadku! I niech się gmina męczy z tą ruderą! Albo spadek przyjmę i puszczę pałac z dymem, będzie spokój raz na zawsze.

Poszedł do wyjścia. Wartownik czuwał na posterunku, zameldował się regulaminowo. Między półziemiankami obozowiska snuły się języki mgły, niebo poróżowiało.

Jedyna pociecha w tym, że mam przynajmniej całkowitą pewność co do istnienia jakiegoś życia po śmierci, pomyślał młody hrabia w przypływie wisielczego humoru. Te cholerne duchy są tego żywym, to jest chciałem powiedzieć: nieżywym dowodem... Co to dzisiaj? Środa. Trzeba iść do Liszkowa. Kupić słoniny raczej się nie uda, ale kończą się zapasy kaszy, warto by choć koszyk jajek... Żrą ci moi partyzanci za sześciu. A może trafią się spod lady jakieś konserwy?

Namacał w kieszeni fałszywą kenkartę. Za godzinę pobudka, trzeba zapytać magazyniera, jakie są dokładnie potrzeby oddziału, zabierze kogoś do pomocy i pójdą.

Nad lasem wstawał nowy dzień, słoneczny, ciepły. Jakby nie było żadnej wojny. Partyzanci wylegli na plac apelowy, wciągnięto na maszt polską flagę, odśpiewano hymn.

– ...aczność! – huknął Liszka.

Członkowie oddziału wyprężyli się, na ile mogli i umieli. Popatrzył na nich spod oka. Z grupy piętnastu chłopa wyróżniali się trzej plutonowi. „Młot", przed wojną stolarz, obecnie spec od likwidacji konfidentów przy użyciu młotka lub obucha siekiery. „Majcher", dawniej pracownik masarni, w cholewce buta nosił bagnecik od karabinu Mosin z poprzedniej jeszcze wojny. W pracy dźgał nim świnie prosto w serduszko, a teraz szlachtował wieprzów dwunożnych. Robił to z dużą wprawą oraz zapałem, ale w sumie robota przecież podobna. Trzeci plutonowy nosił pseudonim „Piącha". Faktycznie pięści miał jak bochny. Jego ojciec prowadził swego czasu gospodę w Nowym Liszkowie. Chłopak od małego uwielbiał pomagać rodzicielowi w robocie, to znaczy wyrzucał oknem pijaków, kontrolował wypłacalność klientów i uspokajał bójki na sali. A pseudonim otrzymał jeszcze we wrześniu, bo pokazał, że umie jednym uderzeniem kułaka ogłuszyć szwaba przez stalowy hełm.

– Spocznij! Wyruszam do Liszkowa po aprowizację, celem nawiązania kontaktu z kapitanem Gryfem oraz rozeznania się w sytuacji ogólnej – powiedział dowódca. – Przydałby mi się ochotnik do dźwigania zakupów.

– Może ja? – Młot zasalutował, robiąc krok do przodu. – Dawno nie byłem wśród ludzi.

– Zgoda. Zabierzcie plecaki, wbijamy się w cywilne ciuchy, wymarsz za kwadrans. Reszta do zwykłych zadań.

– Taa...est!

– Mam prośbę – odezwał się Majcher. – Gdyby tak kilka nowych pędzelków... i może farba się jakaś trafi? W drogerii takie rzeczy miewają.

Plutonowy już przed wojną malował na murach rzeźni krowy, owce i świnie, a w obozie szkicował portrety kolegów i kwiatki na deskach. Liszkowski, choć krytycznie oceniał jego próby artystyczne, zachęcał go do rozwijania talentu. Przynajmniej się chłopak nie nudził.

– Jak tylko będzie na stanie, przyniesiemy – obiecał dowódca.

Niezły oddział, ocenił. Zdrowe wsiowe chłopaki, wyszkolone, zdyscyplinowane, silne jak konie, twarde w mowie i pięści. Tylko obżartuchy. Wykarmić taką bandę niełatwo.

Z uzbrojeniem też było nieźle. Mieli dwa karabiny, sztucer, dubeltówkę, osiemnastowieczny garłacz i sześć sztuk broni krótkiej. Liszka uśmiechnął się mimowolnie. Zaraz jednak spospępniał. Podwładni nieustannie rwali się do walki. Likwidowanie złodziei, konfidentów i straszenie nadgorliwych funkcjonariuszy granatowej policji najwyraźniej nie zaspokajało ich ambicji. Nawet przy najoszczędniejszym gospodarowaniu okolicznymi zdrajcami i pospolitymi bandytami lista nieustannie się skracała. Co będzie, jak ich zabraknie? Chłopaki od dawna już marudzili, że mają za mało roboty, nudzą się jak mopsy, jednym słowem, naciskali, żeby brać się do zabijania

Niemców. A to, niestety, groziło krwawym odwetem i pacyfikacjami wiosek.

Liszka zaszedł jeszcze do siebie. Przekazał na czas nieobecności dowodzenie Majchrowi, wbił się w cywilne ubranie, przeczesał włosy. Stłuczone lustro ukazało jego sylwetkę. Uśmiechnął się do swojego odbicia. Chwilę później wraz z Młotem maszerowali już w stronę miasteczka. Przecięli zagajnik i wyszli na zaorane niedawno pole. Wiatr pędził po niebie obłoczki. Opodal na miedzy pasła się sarna. Kilometr dalej znów weszli w lasy. Zwiększyli czujność, ta okolica była gęściej zaludniona. Zagajnik też był inny niż w pobliżu ich kryjówki.

– Przez tych przeklętych Niemców wróciliśmy niemal do czasów prehistorycznych – burknął plutonowy. – Patrzy pan, panie hrabio, co się w tych lasach dzieje. Dewastacja całej kultury leśnej. Ukrywane przed szwabami krowy i kozy wypasa się na polanach. Oczywiście na tych, gdzie rośnie zwykła trawa, bo część zajęta pod nielegalne plantacje tytoniu. W zagajnikach pokopane bunkry, w których hodowane są świniaki. Żrą głównie żołędzie, dziczeją od tego i mięso ma dziwny smak. Samogon też pędzi się po lasach. Jakby część gospodarki wiejskiej przeniosła się do puszczy.

– Dzięki temu chłopi jakoś prosperują – westchnął Liszkowski.

– Tyle dobrze, że szwaby nieczęsto się tu zapuszczają. Ten nowy, jak mu tam, gadowi...

– Nockerl. Dziwny jakiś szkop. Gadają, że to nie jest taki prawdziwy Niemiec, tylko mieszaniec z tych Słowian serbołużyckich, co to żyją w Saksonii. Podobno przed wojną był księgowym w mleczarni. Przyjechał ze swoimi ludźmi, dwunastu chłopa. Esesmani. Ale siedzi w pałacu jak mysz pod miotłą. Jego fagasy czasem się przejdą po Liszkowie, ale tak tylko pro forma. Szef granatowej policji wspominał, że nie dostał żadnych nowych zadań. Utrzymywać porządek, pilnować zamiatania uliczek i godziny policyjnej. Tyle wiem z poprzedniej rozmowy z kapitanem Gryfem.

– Boi się czy co? – zadumał się plutonowy.

– Cholera go wie. Podobno z proboszczem gadał, wypytywał, czy jest w okolicy partyzantka. Proboszcz oczywiście nie taki głupi, żeby cokolwiek sypnąć.

Zatrzymali się na wzgórku koło kapliczki. Widać było stąd łąki i miasteczko. No i oczywiście pałac. Na sam widok pobielonych murów Liszka poczuł gulę w gardle. Za figurą Świętego Antoniego leżała kupka liści. W nich ukryta była przedwojenna blaszana mydelniczka. Odszukali ją i sprawdzili zawartość. Wewnątrz leżała samotna pestka z brzoskwini. Na jej widok Liszka poweselał. Kapitan Gryf prosił o kontakt.

Poznali się przed wojną, gdy młody Liszkowski uczył się w lubelskim liceum. Jeszcze w czterdziestym roku stary belfer, uczący na co dzień muzyki, zrozumiał, że lepiej zniknąć okupantowi z oczu. Odnalazł dawnego ucznia i na fałszywych papierach osiedlił się w Liszkowie. Od tamtej pory służył jako skrzynka kontaktowa, przekazując oddziałowi rozkazy lubelskich struktur AK.

Obaj partyzanci przecięli mały, błotnisty ryneczek, zanurkowali w bramę, przemknęli podwórkami i wdrapali się po starych, skrzypiących schodach jednej z kamieniczek. Niestety, Gryfa najwyraźniej nie było w domu.

– Gdzie mógł się podziać? – zmartwił się Młot.

– Nie wiem, może wyskoczył po zakupy. Jeśli nie spotkamy go w miasteczku, zajdziemy tu jeszcze w drodze powrotnej – rzekł uspokajająco dowódca.

Żydowskie kramy i sklepiki stały zamknięte, opuszczone, niektóre witryny zabito deskami... Zaszli do sklepu spółkowego. Przed wojną był nieźle zaopatrzony, obecnie półki regałów świeciły pustkami.

– A niech mnie, to przecież nasz wielmożny panicz hrabia – ucieszył się sprzedawca. – Ludzie gadali, że uciekł pan za granicę. Znaczy przeszkolili i zrzucili pana ze spadochronem?

– Ludzie plotą różne bzdury – westchnął porucznik. – Potrzebuję rzeczy z tej listy. – Położył papier na ladzie.

– No co też pan... Przecież jest wojna – obruszył się sklepikarz. – Z tego spisu mogę zaoferować... pędzelki.

– Że co?

– Chyba w tej Anglii zapomniał pan o realiach okupowanego kraju.

– Realiach – podchwycił Liszka. – Na ile znam realia naszego okupowanego kraju, to towaru teoretycznie nie ma, ale w praktyce, zwłaszcza gdyby zapłacić realną cenę...

– A, to już zupełnie inna rozmowa – ożywił się sklepikarz. – Powiedzmy, że coś spod lady dałoby się załatwić. Farbki do pędzelków, inne rzeczy... Tak, powiem nawet, że większość. Aczkolwiek wolałbym dokonywać transakcji również realną walutą.

Hrabia westchnął ciężko, pogrzebał w portfelu i położył na ladzie dwa banknoty pięciodolarowe.

– Prawdziwe? – zaniepokoił się sprzedawca.

– Niekoniecznie. Ale nawet jeśli nie są tak do końca oryginalne, to pochodzą z dobrej angielskiej wytwórni – uspokoił go porucznik.

Sklepikarz wyciągnął z szuflady lupę i długą chwilę oglądał każdy papierek. Krzywił się przy tym demonstracyjnie. Ale w głębi ducha musiał przyznać, że banknoty są albo autentyczne, albo naprawdę perfekcyjnie podrobione.

– No ale za tyle towaru to jednak trochę mało – westchnął.

– Obawiam się, że będzie musiało wystarczyć – warknął Liszka, znaczącym gestem kładąc dłoń na aktówce, a Młot odchylił połę kapoty, odsłaniając murarski młotek, cały upaćkany na czerwono.

Człowiek za ladą przełknął nerwowo ślinę, jakby dopiero teraz zdał sobie sprawę, że targowanie się z uzbrojonymi partyzantami nie jest szczególnie dobrym pomysłem.

– Będę potrzebował dwie godziny, żeby skompletować zamówienie. Zostawcie, panowie, plecaki, przejdźcie się po miasteczku, a ja się zakrzątnę. Sami rozumiecie, sytuacja jest, jaka jest, nie trzymam towaru tutaj.

Pożegnali się i wyszli. Przespacerowali się po uliczkach. Część okien zabito na krzyż deskami, ludzie snuli się apatycznie. Granatowy policjant niby to dozorował główny trakt, ale widać było, że nudzi się jak mops. Rozpoznał ich oczywiście, ale udawał, że nie widzi.

– Pusto tu i sennie – zauważył Młot. – Dawniej przeszkadzał człowiekowi ten cały rejwach, który robili Żydzi. A teraz cisza aż w uszach dzwoni.

– Nawet gdy wojna się skończy, oni nie wrócą – westchnął dowódca. – Większość zapewne już nie żyje.

Zaszli do kościoła. Wewnątrz świątyni panował przyjemny półmrok. Jakaś kobiecina szorowała posadzkę, pachniało mokrym kamieniem, woskiem świec i kadzidłem. Na ścianie czerniały marmurowe epitafia przeszło trzydziestu członków rodu Liszkowskich herbu Trzy Liszki. Młody hrabia zapatrzył się na kute w kamieniu, złocone litery, obiegające płyty bordiury we wzór liści akantu z żerującymi na nich gąsienicami.

– Byłem kiedyś z kościelnym w kryptach – powiedział Młot. – Pokazywał mi sarkofagi, te cynowe, z resztkami złoceń. Masa ludzi tam leży. I pańskich przodków, i ludzi ważnych niegdyś dla naszej osady, i zasłużonych w różnych wojnach i innych awanturach międzynarodowych. A w trumnach ślady dziur, co to prusacy wyrąbali w piętnastym roku, gdy skarbów szukali. Połatane blachą, nie powiem, ładnie, choć widać, że to ze starych carskich szyldów, bo resztki napisów cyrylicą przebijają. A na samych trumnach niekiedy jeszcze widać resztki zetlałych tkanin i wzory z miedzianych ćwieków. Albo takie aplikacje w kształcie makówek z cieniutkiej blaszki, może cynowej...

– No wiem. – Porucznik spojrzał z roztargnieniem. – Makówki to symbol snu wiecznego. Ja też raz tam zaszedłem.

– Widziałem wtedy trumnę tamtych trzech. No wiecie, tych panienek, co to mają straszyć w pałacu, i ich służącej. Malutka taka jak skrzynka na jabłka, we wnęce stoi. Jak oni upchali...

– Po wybuchu nie wszystkie szczątki udało się odnaleźć i zebrać do kupy – bąknął Liszka z niechęcią. – Pan Nepomucen, kamerdyner, opowiadał kiedyś. Potworna to była ponoć robota. Chłopom złotem zapłacono, napojono ich bimbrem, a i to wielu tylko popatrzyło i uciekło. Ja tej trumienki nie oglądałem, słyszałem tylko. Aż tak daleko do podziemi nie właziłem, bo i po co? Tu także można świeczkę zapalić, pomodlić się za spokój dusz pradziadów... Ale do czego zmierzasz?

– Bo wie pan, tak pomyślałem, skoro z tymi duchami taki problem... Znaczy skoro zwykłe poświęcenie pałacu nie wystarczyło, żeby się wyniosły...

– To co niby, uważasz, powinno się zrobić?

– Babka gadała, że wampira to osikowym kołkiem trzeba. W serce. Albo sierpem po gardle. A najlepiej głowę uciapać i między stopy położyć.

– No niby jak w serce? – zirytował się hrabia. – Jak tylko szkielet został, to między żebra wbić czy jak? A zresztą w tym przypadku to się nie uda. Tam wewnątrz trumienki pewnie po latach tylko kawałki kości potrzaskanych, wymieszane jak groch z kapustą. Gardła też brak. Co do głów, nie wiem, ale w takim ścisku to one i tak już pewnie między stopami leżą.

– Być może, ale niekoniecznie – ciągnął partyzant. – Bo pomyślałem, że tam taka trumna z okienkiem jest, od schodów na lewo. Jak kto odważny, szybę z kurzu rękawem przetrze i poświeci do środka, widać szlachcica, co się zmumifikował jakby egipski faraon.

– To mój daleki przodek, Roch Liszkowski zwany Palownikiem. Przezwisko wzięło się stąd, że za dużo się książek naczytał i gdy wybuchła wojna północna, złapanych Szwedów kazał wbijać na pale. Ta cholerna armata, przez którą nastąpiło nieszczęście, to był jego łup. Niczego cenniejszego na wojnie nie zdobył, a wstydził się wracać z pustymi rękami, więc przynajmniej szwedzkie działo do domu przywlókł.

– W każdym razie widać skórę i wąsiska, tyle że jak wysechł, to się obkurczyło i okropnie szczerzy zęby. Straszny trochę widok.

– Przejdź wreszcie do rzeczy.

– Bo pomyślałem, że może w tej trumnie panienek nie same kosteczki leżą... Serce to organ duży, mocne, twarde mięśnie. Nawet jak wybuch armaty rozszarpał ciała, to serca mogły ocaleć. A złożone w podziemiach kościoła mogły wyschnąć...

– Hmm...

– Tedy jeśli się zachowały, można by trumienkę na pięć minut otworzyć i kołki osikowe wrazić – zakończył myśl plutonowy. – Oczywiście nie w lochu, tylko trzeba trumnę wynieść na światło dzienne. Jakby pan hrabia odżałował trochę tych zielonych banknotów, co je nam Anglicy zrzucili, to myślę, że znaleźliby się chętni. Może i ksiądz proboszcz by wcześniej kołki poświęcił.

– Po pierwsze, to są pieniądze z kasy oddziału, muszę się z nich drobiazgowo rozliczać. Po drugie... – Liszka wzdrygnął się – pałac odziedziczył wujaszek. Ja w ogóle nie planuję ani tam mieszkać, ani zbyt często wpadać z wizytą. Wróci dziedzic, to z nim pogadajcie, może taką operację zechce sfinansować. Moja chata z kraja! Po trzecie, to chyba jednak nie tak prosto, bo z tego, co wiem, trumienka jest ze srebrnej blachy, nic nadnaturalnego nie powinno się z niej wydostać. Za to gdyby ją otworzyć, kto wie co się na świat wypuści.

– Hmm... no tak. O tym nie pomyślałem – zafrasował się podwładny. – Coś złego mogłoby wyleźć?

– Gadają, że ta wojna między Niemcami a Sowietami wybuchła, gdy ruscy archeolodzy w Samarkandzie otwarli w mauzoleum Gur Emir grobowiec Timura Kuternogi zwanego Tamerlanem. Na płycie był napis po arabsku, że kto ją podniesie, wywoła wojnę, jakiej świat jeszcze nie widział. I akurat dwudziestego czerwca czterdziestego pierwszego wieczorem unieśli głaz. A nad ranem Niemcy bombardowali już Kijów. Tak więc ja bym spokoju zmarłych nie naruszał. Ale stryj wróci, pogadajcie z nim.

– E, to może faktycznie lepiej nie?

Klękli przed głównym ołtarzem, odmówili dwa różańce, ale gdy wyszli, wciąż mieli mnóstwo czasu. Zajrzeli jeszcze raz do Gryfa, ale nadal nie było go na kwaterze. Nogi jakoś tak same zaprowadziły ich przed gospodę.

– Można by wdepnąć na małe piwo – powiedział Liszkowski. – Albo dwa. Obrzydł mi już ten partyzancki samogon.

– No właściwie... – zawahał się Młot. – Nie jesteśmy w akcji bojowej, tylko na zakupy poszliśmy. To może łyk czegoś na wzmocnienie nie jest sprzeczny z regulaminem?

– Bo ja wiem?

Porucznik pogrzebał w pamięci, ale nic nie znalazł. Przed wojną zaliczył tylko przysposobienie wojskowe, i to dla pocztowców, bo na zwykłym nie było miejsc. Służby wojskowej nie zdążył odbyć. Awans na porucznika dostał, bo wypadało, żeby dowódca oddziału miał stopień oficerski. Dowództwo AK po nominacji nie kwapiło się jakoś wyposażyć oddziału w materiały drukowane. Dostarczono mu tylko instrukcję obsługi armaty Bofors i odbity na powielaczu poradnik budowy ziemianek.

– Po jednym kufelku – zadecydował. – Tak dla smaku i zabicia czasu. Potem zabieramy towar i wracamy do naszych. Swoją drogą, jakby było piwo butelkowe, to można by im przynieść po flaszeczce, niech się chłopaki ucieszą.

Pchnął drzwi. Dawniej wchodzących witał radosny gwar, nozdrza mile łechtała woń płonącego drewna i pypków skwierczących na gęsim smalcu, w oczy szczypał dym pośledniej machorki, uszy pieścił gwar głosów po polsku i w jidysz... Przez te cztery lata wszystko się zmieniło. Stary spryciarz Mojsze chyba wyczuł, jakie zamiary mają hitlerowcy, bo jeszcze w czterdziestym roku wyparował z miasteczka wraz z rodziną i ukrył się tak starannie, że nawet Liszkowski nie miał pojęcia gdzie.

Weszli na salę. W przestronnym wnętrzu było zupełnie pusto. Za barem panoszył się spasiony folksdojcz, który przyjechał gdzieś z Besarabii. W menu z bogatego zestawu dań pozostały tylko jajecznica na mortadeli i solone śledzie. Do tego w pomieszczeniu zalatywało paskudnie lizolem, którym nowy gospodarz przybytku regularnie szorował podłogę.

Kropnąć by go można, pomyślał porucznik leniwie. Lista powodów jak stąd do Berlina. Grabież mienia polskiego obywatela, rozwadnianie piwa, rozpijanie ludności okupowanego kraju, oszukiwanie przy wydawaniu reszty... Tylko, cholera, ten ćwok ma niemieckie pochodzenie. Będzie chryja. Jednak gdyby tak upozorować jakiś wypadek albo samobójstwo...

Młot podszedł do szynkwasu i położył na nim wymiętoszony banknot pięciusetzłotowy. Niemiec łypnął na partyzanta podejrzliwie, dłuższą chwilę oglądał papier pod światło. Na szczęście Anglicy podrabiali je naprawdę perfekcyjnie. Długo odliczał resztę. Wreszcie nalał dwa kufle. Konspiratorzy siedli przy stoliku w kącie.

– No to za nasze życie w tych trudnych czasach. – Plutonowy stuknął się z dziedzicem. – Obyśmy szczęśliwie doczekali końca wojny.

– Obyśmy.

Wypili. Okupacyjne piwo, przynajmniej to serwowane Polakom, było faktycznie rozwodnione i nieco kwaśne, brakowało w nim gazu, ale od tak dawna nie kosztowali ulubionego napoju, że im smakowało.

– Spokojne, ciepłe popołudnie, znajoma knajpa... Jakby w ogóle wojny nie było – mruknął partyzant. – Tylko ten smród.

– Mydło lizolowe. Toksyczne draństwo. Śmierdzi, ale zabija bakcyle i robactwo. Szwaby wszystko muszą mieć robione wedle instrukcji, myślę, że ma prikaz wszystko szorować tym paskudztwem – wyjaśnił dowódca.

W tej chwili od lady dobiegła ich piętrowa wiązanka niemieckich i rumuńskich przekleństw. Barman porównał przyniesioną pięćsetkę z tymi, które miał w kasie. Nadal mląc przekleństwa, podarł je i wrzucił do paleniska „kozy".

– Trzeba dać znać Londynowi, żeby drukowali te falsyfikaty na gorszym papierze, za dobre są – mruknął Młot z rozbawieniem.

– Chlapnijmy jeszcze po jednym, żeby szwabów diabli wreszcie wzięli.

Liszkowski powiedział to w złą godzinę, bo drzwi zaskrzypiały złowrogo i do wnętrza wtarabaniła się kupa esesmanów. Obaj Polacy znieruchomieli, widząc wycelowane w siebie lufy szmajserów. Co gorsza, pomiędzy Niemcami spostrzegli też szpakowatą bródkę kapitana Gryfa. Łącznik miał na nadgarstkach kajdanki. Za żołnierzami do wnętrza wszedł niewysoki człowiek, starszy wiekiem i kompletnie łysy. Oczka zawodowego księgowego połyskiwały na wpół ukryte za mocnymi okrągłymi szkłami.

Barman bez słowa nalał dwa kolejne kufle. Człowieczek zgarnął je z szynkwasu, podszedł i zajął miejsce naprzeciwko partyzantów. Czwarte krzesło wskazał Gryfowi. Wygrzebał z kieszeni klucze, rozpiął mu kajdanki i schował do kieszeni. Jeden kufel postawił przed więźniem.

– Scharführer Hans Nockerl – przedstawił się. – Cieszę się, że wreszcie mogłem się z panami spotkać. Przysłano mnie tu, żebym eksploatował i germanizował okolicę na chwałę Trzeciej Rzeszy i jej wodza – przeszedł na polski. Mówił nieźle, choć po akcencie można było poznać, że nie jest to jego język ojczysty. – Pan jesteś hrabia Liszkowski herbu Trzy Liszki, dowódca tutejszego oddziału leśnych... Pseudonim Komendant Liszka – skrzywił się, jakby zjadł cytrynę. – To tak głupie, że dobry tydzień zastanawiałem się, czy to faktycznie pan... A nasz milczący przyjaciel z fałszywą kenkartą to kapitan Gryf, oddelegowany przez AK jako oficer nadzorujący ten odcinek. Przestań, człowieku, tak majstrować tą ręką pod stołem, bo jeszcze sobie coś brzydkiego pomyślę! – syknął pod adresem porucznika. – Rewolwer i tak masz schowany w aktówce, bo przed wyprawą do miasteczka nie chciałeś, żeby ci jesionkę pod pachą wypychał.

– Yyyy... – mruknął młody dziedzic.

Przestał macać kieszenie i chciał sięgnąć po aktówkę, ale Scharführer osadził go jednym ciężkim spojrzeniem.

– A pan, plutonowy Młocie, nawet nie myśli o tym młotku, co go ma za pazuchą. – Szkop przeniósł wzrok na drugiego rozmówcę. – Pogadamy teraz na spokojnie i jak przyjaciele. Z panem też. – Łypnął na Gryfa.

– Nie wiem nic o żadnym AK, nie znam tych ludzi – jęknął stary nauczyciel. – Pierwszy raz w życiu widzę ich na oczy. To jakaś koszmarna pomyłka.

– Daj pan spokój, niemiecki księgowy nie myli się nigdy. – Ich rozmówca uśmiechnął się kpiąco, po czym stuknął swoim kuflem o brzegi ich naczyń i zanurzył usta w pianie.

Pstryknął palcami. Jego ludzie opuścili broń, wzięli sobie po kuflu i zajęli stolik pod oknem.

– Dawno już chciałem się z wami spotkać – powtórzył Niemiec i ponownie stuknął szkła partyzantów. Z lubością pociągnął długi łyk. – Siadajcie teraz wszyscy trzej spokojnie na zadach i słuchajcie uważnie, żebym niczego nie musiał powtarzać. Rzesza wojnę już przegrała. Musi tylko minąć trochę czasu, zanim ta prawda dotrze do zakutych łbów idiotów z Berlina. I wy, i my, a mam tu na myśli siebie i swoich ludzi, chcemy tylko spokojnie dożyć końca tej awantury. Pan, panie komendancie – uśmiechnął się ironicznie – nie uciekł do Anglii, tylko kryje się po lasach. Zapewne czuje się pan odpowiedzialny za swój lud, to znaczy potomków waszych chłopów pańszczyźnianych. Czyli też chce pan, żeby spokojnie dożyli końca wojny. Pan – łypnął na Gryfa – zwiał z Lublina i zaszył się na prowincji w tym samym celu. Zejść z oczu Gestapo, przyczaić się, przeżyć. Nasze cele są zatem całkowicie zbieżne. Proponuję pewien układ.

– Ale jak to? – wykrztusił Gryf. – Przecież SS...

– Tak, wiem, my, esesmani, jesteśmy bandą morderców. SS to najwierniejsi pretorianie Hitlera i tak dalej... A co wy myślicie, że było mi źle jako kierownikowi mleczarni? – syknął. – Sądzicie, że na siłę pchałem się do tego całego SS? Przecież gołej pensji na rękę miałem trzy razy tyle, co tego zakichanego żołdu! Żeby mnie mamusia nie zapisała na listę ochotników, dalej bym tam siedział, w ciepłym, czystym biurze, z młodziutką sekretarką na kolanach, kontrolując wpływy i wydatki, przyznając sobie premie, a do tego regularnie sprawdzając jakość śmietany, sera, masełka... – rozżalił się. – Bez urazy, panowie, ale myślicie, że mi się tu podoba? Jak porównam moje śliczne i schludne miasteczko z tym całym Liszkowem... Tu nawet rynek nie jest wybrukowany! Kwateruję w pałacu. Myślicie, że mnie to cieszy? Wielki budynek, przeciągi hulają, wilgoć w powietrzu. U mnie w kamienicy było centralne ogrzewanie, ciepłą wodę w prysznicu miałem bez proszenia się, żeby kamerdyner termę uruchomił – przechwalał się. – W dodatku nic nie tupało nocą na strychu i nie brzęczało łańcuchami nad uchem o trzeciej w nocy! Wyspać się nie mogę jak człowiek! Te wasze zakichane duchy co rusz wyją w kominie, że wkrótce umrę, po niemiecku próbują mnie straszyć, akcent zaś mają tak fatalny, że uszy wykręca! Czytam sobie spokojnie przed snem, a tu żarówka zaczyna złośliwie migotać. Ostatnio się goliłem, jak jedna mi w lustrze mignęła, podskoczyłem i brzytwę upuściłem. Mogłem się zaciąć! Co chwila jakieś głupie dowcipy. Czy one myślą, że ja chciałem w tym pałacu kwaterować?

– Proszę mówić dalej – bąknął Liszkowski.

– Przysłano mnie tu jako treuhändera. Ze swojej strony mogę obiecać, że będę hamował zapędy różnych wyrywnych idiotów. Kontyngenty, na ile się da, pozmniejszałem. Żydom pomóc nie jestem w stanie, ale postaram się, żeby Gestapo i SS nie szalały po okolicy i nie wtykały nosa, gdzie nie trzeba. Trzymajcie sobie po lasach swoje niezakolczykowane krowy, produkujcie bimber, wędźcie kiełbasy, uprawiajcie tytoń i mak lekarski, ja się nie wtrącam. Gdyby mieli brać młodych na roboty, uprzedzę was wcześniej. Macie tu lekarza, który w razie czego wystawi zaświadczenia, że wszyscy z listy nie kwalifikują się do pracy, bo mają gruźlicę?

– Tak – wykrztusił kapitan, coraz bardziej zdumiony.

– No to jesteśmy chyba z grubsza umówieni. Teraz pogadajmy o finansowej stronie wzajemnych relacji. – Oczka księgowego błysnęły.

– Czyli co w zamian? – domyślił się Młot.

Szkop z uznaniem kiwnął głową i pociągnął kolejny łyk.

– Po pierwsze, odpowiadam przed moimi zwierzchnikami. Chcę, żeby tu była cisza i spokój. Żadnych strzelanin, sabotaży, wykolejania pociągów. Zresztą i tak nie ma tu linii kolejowej. No i żeby nie było więcej częstowania Niemców tym bimbrem, od którego wątrobę wyżera i oczy szlag trafia. – Pogroził palcem. – Będzie pan, panie Liszka, trzymał swoich ludzi za mordę i na krótkiej smyczy. Wy nie ruszacie moich, moi nie ruszają waszych. *Verstehen?*

– *Verstehen*. – Hrabia kiwnął głową.

– Do tego... Oczywiście, cały interes musi mi się choć trochę opłacić. Jak mówiłem, wojna się skończy, a po niej przyjdzie czas odbudowy. Kiedy alianci zabiorą się na poważnie do roboty, z Niemiec zapewne nie zostanie kamień na kamieniu, więc coś muszę mieć na tę odbudowę. Za każdy tydzień mojej opieki nad tą okolicą chcę jeden taki. – Szkop przycisnął palcem do blatu banknot dziesięciodolarowy. – To chyba uczciwa cena, zwłaszcza że, jak sprawdziłem, nie są tak do końca prawdziwe. Do tego dla moich ludzi co miesiąc pięćdziesiąt kilo mięsa i samogon. Dwa litry tygodniowo. Tylko od dobrego producenta. Papierosów też dorzucicie. Albo jak nie macie, no to krajanki tytoniowej.

– Zaraz... – Gryf policzył coś w myślach i poweselał. – Czy mam rozwiązać oddział partyzancki? Ludzie chyba mnie nie posłuchają.

– Rozwiązać? Bynajmniej. Wasz oddział mi się przyda jak cholera – uśmiechnął się szwab. – Z tego, co ustaliłem, łazicie po lasach, zachodzicie do wiosek, macie siatkę wywiadowczą. Skoro i tak patrolujecie okolicę, no to zajmiecie się wyłapywaniem i likwidacją partyzantów sowieckich.

– To nie problem. Sowietów w okolicy na szczęście ani na lekarstwo. Ale jakbyśmy na jakiegoś trafili... – Młot zatarł ręce.

– Wiem. – Niemiec spoważniał. – Ale to właśnie jest problem, że ich tu nie ma. Mam zadanie takich likwidować. Jak nie zlikwiduję odpowiedniej liczby, moi przełożeni pomyślą, że się obijam, i nie daj Boże, przyślą kogoś, żeby się przypatrzył, jak gospodaruję na powierzonym mi terenie. Albo co gorsza, przeniosą mnie gdzie indziej, mam na myśli linię frontu. A tego byśmy chyba wszyscy nie chcieli...

– W zasadzie można by robić co jakiś czas wypady na wschód – zadumał się Liszkowski. – Pod Chełmem łatwiej ich złapać. Tamtejsze AK pewnie nam pomoże. To ilu konkretnie tych Sowietów trzeba zorganizować?

– Może nie będzie potrzeby nigdzie łazić. – Niemiec znów upił łyk piwa. – Z tego, co wiem, partyzanci chronią chłopów przed bandytyzmem, zabijają bez litości rabusiów i złodziei. A w zeszłym tygodniu nawet jednego gwałciciela załatwiliście. Nie powiem, oryginalna egzekucja. Z tym wbiciem na pal... to chyba jakaś lokalna tradycja? W kościele widziałem epitafium, Roch Liszkowski zwany Palownikiem?

– To mój przodek – bąknął porucznik.

– Czyli tradycja – podsumował Nockerl. – Panowie, pijcie, bo zwietrzeje.

– Nie zabijamy, tylko wykonujemy wyroki wydane przez podziemne sądy – sprostował z godnością Gryf. – Albo czasem z braku sądów sami prowadzimy dochodzenie. Ale zawsze potem spisujemy protokół.

– A jak przeważnie wykonujecie?

– Wieszamy... Albo jak nie ma czasu, to młotkiem w łeb – wyjaśnił Młot. – Wbicie na pal było tylko raz, operacja cholernie trudna do przeprowadzenia. Dwa konie musieliśmy pożyczyć, żeby go nawlec.

– No więc od dziś będziecie ich rozstrzeliwać.

– O nie! Na to nie zasługują. Śmierć od kuli to śmierć honorowa! – zaprotestował porucznik.

– Powieszenie to kara dodatkowo hańbiąca – poparł go kapitan. – No i wieszamy pośrodku wsi, żeby ludzie wiedzieli, czym grozi okradanie współbraci.

Nockerl odstawił kufel, spojrzał na młodego dziedzica i jego zwierzchnika, jak belfer patrzy czasem na lubianych, ale niezbyt rozgarniętych uczniów.

– Od dziś będziecie do nich strzelali. Naszymi kulami. Dostaniecie do tego celu niemieckie lugery. A każdego truposza ubierzecie w sowiecki mundur, wrzucicie na taczki lub furmankę i odstawicie mi do Liszkowa. W raporcie będzie stało oczywiście, że to moi ludzie wytropili i zabili dywersanta przysłanego z Moskwy. Sztywniaków poproszę tak siedmiu, ośmiu na kwartał.

– Sowieckie mundury? – zasępił się Liszka. – No dobra, załatwimy to jakoś, trzeba skombinować jeden na wzór, krawiec uszyje, co trzeba, klamry do pasów z gwiazdami kowal wyklepie, guziki z sierpem i młotem odlejemy w cynie. Z butami kuso, ale skoro nieboszczycy mają post mortem udawać Ruskich, to przecież mogą mieć na nogach łapcie.

– Mundury mam, dostaniecie trzy pełne worki.

– Tylu złodziei wytropić... Nie będzie łatwo. I jeszcze żeby gabarytowo do mundurów pasowali... Przymiarkę mamy robić przed egzekucją czy jak? – zadumał się Gryf.

– A to już wasza sprawa. Jakby zbrakło winnych, możecie przecież dobierać z niewinnych. Mnie tam bez różnicy. Tylko nie wykopujcie z cmentarza, mają być świeże truposze! I nie krzywcie się. Każdy sowieciarz to złodziej, więc każdy złodziej to tak jakby trochę sowieciarz.

– Rozumiem – zasępił się hrabia.

– Mam propozycję – odezwał się Młot.

– Słucham.

– Jakby się dało, dołożyłbym ekstra kilku zatłuczonych kłonicami, niby że chłopi wytropili i zabili. Wtedy nasz prosty polski lud w tych pańskich raportach ładnie wypadnie. A i pan dobrze wyjdzie, jako wzorowy germanizator, zdolny zmobilizować ludność do wspólnych działań przeciw czerwonym.

– Bardzo dobry pomysł – pochwalił Niemiec. – Jesteśmy dogadani?

Kiwnęli głowami.

– Punkt kontaktowy proponuję ten sam, co wasz dotychczasowy, znaczy listy za figurą, trupy zostawiacie w krzakach koło kapliczki. Będzie się z wami spotykał Rottenführer Jeschke, to ten z żydowskim nochalem. Jest ze Śląska, mówi po waszemu lepiej niż ja, łatwiej się dogadacie co do szczegółów... Barman, cztery wódy – zadysponował. – Prosit, panowie! Za naszą współpracę, coby Hitlerowi jak najmocniej bokiem wyszła.

Wiosna eksplodowała zielenią. Po ciężkiej zimie cały świat budził się do życia. Hrabia Liszkowski westchnął ciężko. Fakt, że w tak pięknym dniu trzeba brudzić ręce, przyprawiał go o melancholię. Ale mus to mus. Dom złodzieja nazwiskiem Kukuła stał na skraju wsi Liszkowy Wygon. W szopie coś meczało, zapewne kradzione kozy.

– Od dawna go podejrzewaliśmy – bąknął sołtys. – Rudy taki, gęba nieprzyjemna... Pomocnik aptekarza, tym miastowym specjalistom z maturą nigdy nie można ufać. No i obcy poniekąd, dopiero jego dziadek się osiedlił w naszej wsi... U nas nie kradł, ale przed wojną go w Lublinie złapali i siedział. Podobno morfinę z apteki wynosił.

– Tropiliśmy go aż tutaj – burknął młynarz z Liszkowa Plebańskiego.

– No cóż – westchnął Młot. – Wina w zasadzie udowodniona, reszta to już nasze zadanie.

– Tylko bardzo bym prosił, coby trupa do studni nie rzucać. Woda tu zdrowa, na borowinie – zauważył cicho jeden z chłopów. – Takie truchło całkiem zepsuje smak.

– Się wie. Zwłoki to już nasza sprawa. – Piącha trącił butem blachę taczek.

– Najpierw formalne dochodzenie – uciął hrabia.

Partyzanci odbezpieczyli broń i podkradli się do chaty. Oddział sprawnie otoczył zabudowania. Dowódca podszedł i urzędowo zapukał do drzwi. Spodziewał się, że trzeba będzie wyważać, Młot miał nawet naszykowaną żelazną „babę" do robót brukarskich, ale zasuwa zazgrzytała i w drzwiach stanął poszukiwany. Uśmiech natychmiast spłynął z jego twarzy. Momentalnie wyczuł, co się święci. Zresztą zebrany za plecami partyzantów tłum z czterech wiosek musiał od razu uświadomić mu, o co chodzi.

– O, młody panicz hrabia Liszkowski? Cóż za miła wizyta. – Kukuła ponowie się uśmiechnął, ale oczka latały mu na boki.

– Dla was nie jestem panicz Liszkowski, tylko porucznik AK Komendant Liszka – warknął przybysz.

– Ale jak to porucznik i komendant jednocześnie!? – nie zrozumiał złodziej.

– Nie wasza to rzecz. Edwardzie Kukuła, w imieniu Rzeczpospolitej prowadzę dochodzenie w sprawie zaboru inwentarza żywego.

– Ale ja nic...

– Przyznaj się, Kukuła, krócej będziesz siedział – doradził sołtys.

– Siedział!? – zdumiał się Piącha.

– Raczej wisiał. Ale czemu krócej? – nie zrozumiał Majcher.

– Młot, Piącha, weźcie ludzi, zbierzcie pokrzywdzonych, ścisła rewizja – polecił porucznik. – Jak ktoś rozpozna swoje rzeczy albo zwierzęta, spiszecie od razu protokół, wydacie fanty i zameldujecie.

– Ta...est!

– A my sobie pogadamy chwilę. – Hrabia skinął głową.

Były rzeźnik wepchnął Kukułę do chaty. Wnętrze przypominało magazyn. Pod ścianą na regale stało kilkadziesiąt butelek wódki, leżały zrolowane koce i kilimy. Na kołkach wisiały kożuchy. W kąciku połyskiwała mosiężna tuba eleganckiego gramofonu. Na haku wbitym w belkę stropową wisiała okazała wędzona szynka i kilka pęt czosnkowej kiełbasy.

– Fiu, fiu... Czasy ciężkie, okupacyjna bieda, ale widzę, że niektórym się powodzi – burknął sołtys.

Liszka pchnął drzwi komory. W pomieszczeniu pod ścianą stało pionowo dwadzieścia metalowych składanych łóżek.

– Jak widzę, to wy połaszczyliście się na wyposażenie stanicy harcerskiej – syknął dziedzic. – Mój stryj te łóżka kupił, żeby dzieciaki z miasta miały lepsze warunki letniego wypoczynku. Widzę, że i menażki się przy okazji do rąk przylepiły.

– Panowie, bądźcież rozsądni. Przecież jesienią trzydziestego dziewiątego stanica została opuszczona. Miało się wszystko zmarnować albo wpaść Niemcom w łapy, to zabrałem! W imię zdrowego rozsądku i gospodarności! – Gdy zostali we czterech, złodziej odzyskał trochę pewności siebie. – Panowie, jesteście poważni ludzie, dogadamy się przecież jakoś. Mam pieniądze, walutę, złota też coś się znajdzie.

– Ech, Edwardzie... – westchnął hrabia, spoglądając przez okno.

Dłuższą chwilę obserwował, jak jego partyzanci szybko i sprawnie przetrząsają gospodarstwo. Na podwórzu rósł stos dóbr wszelakich. Znalazło się też jeszcze trochę wyposażenia stanicy. Materace, saperki, cała skrzynka manierek... Młot spisywał protokoły, chłopi podpisywali we wskazanych miejscach.

– Ludzie na poziomie znajdą przecież wspólny język – głos złodzieja zburzył ciszę.

– Czasy mamy, jakie mamy, wojna i tak dalej. – Liszka oderwał wzrok od okna. – Polak powinien być Polakowi bratem. Żeby przetrwać okupację, ludzie powinni sobie pomagać na każdym kroku. A wy w tych ciężkich okolicznościach kradniecie jak przed wojną. Albo i jeszcze gorzej. A ja jako miejscowy dowódca oddziału AK mam zaszczytny obowiązek... eee... – zaplątał się. – Mam obowiązek uwolnić społeczeństwo od obecności takich jak wy pasożytów.

Złodziej pobladł i zaczął rozpaczliwie szukać kolejnego wykrętu.

– Nagrzeszyliście wiele. Paskudne czyny obciążają wasze sumienie i jak kamień młyński uwieszony na szyi ciągną ku ziemi. Ale nie martwcie się, Kukuła, będzie okazja odkupić część tych win. Wasza parszywa morda sprawia, że posłużycie jeszcze ojczyźnie.

– No nie wiem – bąknął sołtys. – Niby w jaki sposób!?

– Łatwo nie będzie, ale rozwiążemy ten problem. Prawda, Kukuła, że rozwiążemy?

Złodziej uśmiechnął się słodko, energicznie pokiwał głową, demonstrując pełną gotowość i chęć służby.

Co za ćwoki z tych partyzantów, pomyślał wesoło. Chyba naprawdę chcą mi odpuścić. Poudaję, że chcę im pomóc, a w odpowiedniej chwili dam nogę z tego ich dziadowskiego oddziału i tyle będą mnie widzieli.

– Ku chwale Ojczyzny! – zasalutował. – Jestem, rzecz jasna, bardzo wdzięczny za okazane mi zaufanie. I do tego gotów odkupić wszelakie winy. Jakie będzie moje zada...

Liszka uciszył go gestem.

– Mówiliście przed chwilą coś o pieniądzach?

Złodziej trochę pobladł.

– No, tutaj są... – bąknął.

Z pieca zdjął stary ceramiczny moździerz. Wewnątrz spoczywał zwitek banknotów. Z ciężkim westchnieniem Kukuła położył je na stole. Dowódca zdjął gumkę, przejrzał plik. Głowy górala tylko migały mu pod palcami. Wreszcie zwinął je i obojętnie odłożył na blat.

– Kukuła... Ty nas coś chyba nie szanujesz. Tu przecież same „młynarki". A przed chwilą wspominałeś o walutach i złocie.

O mamusiu, a żeby mi język usechł... – zaklął w duchu gospodarz.

Ale zaraz wydobył zza pieca blaszankę z dolarami i reichsmarkami, a spod obluzowanej deski w podłodze jeszcze słoiczek z carskimi dziesiątkami.

– Pieniądze konfiskuję na rzecz oddziału i dla zabezpieczenia naszych dalszych działań bojowych. – Liszka schował złoto i walutę do teczki. – To jako odszkodowanie dla okradzionych. – Przesunął zwitek okupacyjnych banknotów w stronę sołtysa. – Ustalicie, kto poniósł jakie straty, i podzielicie. Co do was, Kukuła, jak wspomniałem, mam dla was zadanie. Zaszczytne i pozwalające zmazać część waszych win. Ale najpierw musicie się przebrać.

Majcher rozwiązał wór, wykładając na stół sorty mundurowe. Kukuła wytrzeszczył oczy. Partyzant otaksował sylwetkę złodzieja wzrokiem, posprawdzał oznaczenia na metkach i wreszcie wybrał jeden, który powinien pasować.

– Przymierzcie – polecił.

– Eee... ale to sowieciarskie przecież? Mam udawać Ruskiego czy jak?!

– Dla dobra sprawy, Kukuła. I dla odkupienia grzechów.

– Chyba że tak...

Złodziej przebrał się, otworzył drzwi szafy i przejrzał się w lustrze. Poskrobał niegoloną ze trzy dni szczecinę.

– Wyglądacie wypisz wymaluj jak sowiecki sołdat albo partyzant – pochwalił sołtys. – A nawet i sowiecki oficer. – Popatrzył na naramienniki. – To pagony lejtnanta chyba.

– Kłopot w tym, że ja po rusku słabo gadam – bąknął Kukuła. – Tyle co nic, kilka zwrotów. – Zmarszczył brwi, grzebiąc w pamięci. – *Zdrastwujtie, towariszczi... Kuda nachoditsia uczastok NKWD? Diengi jest? Wodku bystro dawaj...*

Poskrobał się po głowie, usiłując przypomnieć sobie jeszcze jakieś zwroty, ale już nie zdążył, bo Liszka wyciągnął z kabury lugera i wpakował mu kulę prosto w środek piersi. Przyszli Młot i Piącha. Szybko i sprawnie zawinęli trupa w zasłonkę i wrzucili na taczki. Liszka przejrzał protokół. Młot pisał od razu przez kalkę.

– To jest kopia dla pana. – Porucznik przybił pieczątkę oddziału i podał papier sołtysowi. – Przepraszam, że nie na maszynie, ale ten nasz underwood jest ciężki jak kamień, nie sposób wlec go na każdą akcję.

– Nic z tego nie kapuję – wykrztusił sołtys, gapiąc się na zwłoki. – Zlikwidowaliście gada, to słusznie i po naszemu. Ale po co ta maskarada?

– Nie musicie rozumieć, podpiszecie nam tylko jeszcze protokół likwidacji, może być potrzebny po wojnie. A pogrzebem Kukuły niech się zajmie SS.

– Aaa... No to chyba już rozumiem.

Godzinę później dowódca i trzej plutonowi zatrzymali się w zagajniku opodal Liszkowa. Wywalili nieboszczyka na mech i odpakowali. Raz jeszcze obejrzeli, czy wszystko gra. Zwierzęca morda, łapy jak u goryla, wymiętoszony sowiecki mundur i kierzowe buciory na nogach sprawiły, że Liszka, patrząc na zwłoki, prawie mógł uwierzyć, iż faktycznie ma przed sobą zlikwidowanego bolszewika. Powiesili zasłonkę na krzaku dobrze widocznym z okien pałacu – znak dla Rottenführera, żeby odebrał „przesyłkę".

Jeschke pojawił się jak zwykle po kwadransie. Był blady, zdenerwowany i bez własnych taczek. Przywitali się.

– Świeży Sowiet z porannego uboju. – Liszka trącił nogą trupa. – Wyjątkowo udany egzemplarz – zachwalał „towar" jak zawodowy kupiec. – Mundur oficera tym razem pasował. Patrz pan, jaka wredna gęba. I te owłosione łapska. Aż szkoda, żeby się u was w kostnicy marnował. Nadaje się, żeby go wypchać i postawić w Berlinie w centralnym muzeum czystości rasy.

– Śliczny – westchnął Jeschke.

– Coś pan taki skrzywiony? – zdziwił się Młot.

– Mamy grubszy problem – odparł esesman. – Mojego szefa przedwczoraj odesłali pod Kijów. Za dobrze nam poszło z tymi lipnymi Sowietami. – Kopnął z rozmachem trupa.

– Odwołali Nockerla!? – zdumiał się Piącha.

– Dostał awans i przeniesienie. Uznali, że skoro tak świetnie czyści lubelskie lasy z bolszewików, to tam bardziej się przyda.

– Krucafuks – zaklął Liszka. – Tego nie przewidziałem!

– Nikt tego nie mógł przewidzieć – westchnął Ślązak. – Wczoraj przysłali z Berlina nowego, ma na nazwisko Wurst. Idiota jakich mało. Młody, głupi jak but, wyrywny, ma bardzo ważnego tatusia. I bardzo chce się wykazać.

– Coś nam grozi? – zaniepokoił się hrabia.

– I to jeszcze jak – westchnął Ślązak. – Chce przeczesać lasy i oczyścić je z partyzantki.

– No to jesteśmy w czarnej dupie – podsumował Majcher.

– Poprowadzę go oczywiście po najgorszych błotach. No, gdyby go było trzeba zastrzelić... Zawsze byliśmy przyjaciółmi, pamiętajcie, jakby co. Będziemy się trzymali z tyłu.

– Pamiętamy – mruknął zasępiony Piącha. – A co z tym? – Trącił butem trupa. – Tak go zostawimy?

– Przydać to się nam już, niestety, nie przyda, ale zawlokę go wieczorem do parku i zakopię obok reszty. I niech mu ziemia ciężką będzie.

Szyby w oknach pałacu odbijały czerwoną kulę wschodzącego słońca. Sturmscharführer Wurst popatrzył na ustawionych w rzędzie esesmanów i skrzywił się w duchu. Wyglądali jakoś tak cherlawo. Tylko jeden był blondynem w typie aryjskim, pozostali sprawiali wrażenie nieomal podludzi. A jednak wszyscy mieli w papierach wbitą pierwszą kategorię.

To pewnie przez tę wojnę, pomyślał z goryczą. Dawniej, żeby wstąpić do SS, trzeba było posiadać odpowiedni wzrost, sylwetkę, cechy rasowe. Sprawdzano pochodzenie do ósmego pokolenia wstecz. A teraz? Zasoby ludzkie przetrzebione na froncie wschodnim, biorą widać jak leci.

– Baczność! – huknął.

Wyprostowali mikre sylwetki, wypięli rachityczne piersi.

– Mój poprzednik miał pewne osiągnięcia – burknął Wurst, uderzając szpicrutą w cholewę buta. – Ale likwidacja ośmiu sowieckich partyzantów w trzy miesiące to może był wynik, który zadowalał jego. Moje ambicje są znacznie większe.

Przerwał, by zebrać myśli i ułożyć je w zdania.

– Skoro likwidowaliście ich tak regularnie, to znaczy, że z całą pewnością jest ich tu o wiele więcej! Mój plan to szybkie i radykalne oczyszczenie okolicznych lasów z wszelkiego elementu bandyckiego. Posłannictwem rasy aryjskiej jest zaprowadzenie ostatecznego porządku. I to za każdym drzewem, pod każdym krzakiem, w każdej króliczej norze! Czy to jasne? – Spojrzał na Jeschkego.

– *Jawohl!* – zasalutował Rottenführer.

– Za kwadrans rozpoczynamy akcję przeczesywania okolicznych lasów. Wyplewimy untermenschów jak chwasty.

– *Jawohl!* – wrzasnął podwładny, ponownie salutując.

– Siły nasze może nie są przesadnie duże. – Sturmscharführer powiódł wzrokiem po nowych podkomendnych. – Ale myślę, że jeśli każdy z nas sprawdzi dziennie sto hektarów lasu, najdalej za miesiąc akcja będzie zakończona.

– Sto hektarów!? – wykrztusił ktoś.

– Rozleniwiliście się tu, z dala od linii frontu. Ale ja was wezmę w karby i zrobię z was prawdziwych żołnierzy Führera! Mój poprzednik narobił tu straszliwego bałaganu. Może i skutecznie zwalczał sowiecką partyzantkę, ale reszta spraw leży! Kontyngenty wyznaczono skandalicznie niskie, a i tego nie ściągano należycie. Obowiązkowe dostawy trzeba Polaczkom co najmniej podwoić. Wyżywienie narodu niemieckiego to absolutny priorytet. Gdy tylko przeszukamy lasy, zajmiemy się tą sprawą. A od jutra rewizje u wszystkich sklepikarzy. Bardzo jestem ciekaw, czy będą umieli wyliczyć się ze wszystkiego, co mają w magazynach.

– Panie Wurst – odezwał się Jeschke – ja wiem, że gdy się patrzy z Berlina, to wszystko wygląda zupełnie inaczej. Mamy tu swoją lokalną specyfikę. Zasadniczo działamy wedle pewnego schematu, wypracowanego jeszcze na początku wojny.

– Zamieniam się w słuch – wycedził Sturmscharführer.

– Pański poprzednik obniżył kontyngenty i zapewnił dostawy deficytowych towarów, licząc na pozyskanie ludności autochtonicznej. Plan ten przynosił dobre rezultaty, eee... polowanie na Sowietów odbywało się przy, eee... znaczącej pomocy miejscowych.

– Może i tak wam wygodniej – prychnął Wurst. – Ale rozkazy są jasne! Z Polaków trzeba wydusić, ile się tylko da! Partyzantów i inne tałatajstwo wytłuc do nogi. Dlatego zrobimy po mojemu.

– Ale to głupota – zaprotestował któryś.

– Proszę nie kwestionować moich rozkazów, bo wystarczy jeden mój telefon i pojutrze znajdziecie się na froncie wschodnim! Czy jest tu polska partyzantka? – Wurst zwrócił się do Rottenführera.

– No coś tam pewnie jest – bąknął zaskoczony Ślązak. – Tak trochę. Jak wszędzie. Ale nieszkodliwa. Nie wchodzą nam w drogę.

– Bo tak się zastanawiam, czy brać wóz pancerny jako ubezpieczenie... Musimy przeczesać te lasy. A jeśli partyzanci zaczną strzelać?

– No ale niby z czego mieliby strzelać? – uspokoił dowódcę Jeschke. – Przecież zaraz na początku okupacji wydano nakaz, żeby Polacy oddali całą broń wojskową i prywatną.

Wurst łypnął na niego, jakby chciał się upewnić, czy podwładny nie żartuje.

– Jestem całkowicie pewien, że miejscowi nie sprawią nam kłopotu. W ogóle to przeczesywanie lasów wydaje mi się zbędne. Tam są bagna, komary, chaszcze, mokro i nieprzyjemnie. Albo takie miejsca, że z pozoru zwykła polanka, człowiek wchodzi, a ziemia zapada mu się pod stopami i chlup w trzęsawisko... Bez pomocy utonie w dwadzieścia minut.

– Bagna? Prawdziwy esesman nie wpada do bagna! Skoro się topi, to znaczy, że nie nadaje się do SS! – zrugał Jeschkego Wurst. – Trzeba go zdegradować i wykluczyć z formacji, najlepiej, jeszcze zanim się utopi. Jak już będzie zdegradowany, to ewentualnie możecie go dobić, lepsza śmierć od kuli niż utonięcie.

Niemcy popatrzyli po sobie nieco skonsternowani.

– Co się tak gapicie? Dyscyplina musi być! Jesteśmy elitarną formacją i ta elitarność do czegoś zobowiązuje! Prawdziwy esesman na wydany rozkaz zadaje śmierć bez wahania, nie patrząc, czy to wróg, czy przyjaciel.

– Mnie to się wydaje, że wielu naszych ginie codziennie na Wschodzie, więc jak ktoś wpadnie do trzęsawiska, to może i trzeba go zdegradować, ale potem mimo wszystko lepiej wyciągnąć – zasugerował któryś.

– Oczywiście, wyłącznie dla dobra potencjału ludnościowego Rzeszy i na chwałę Führera – dodał inny.

Wurst poskrobał się po głowie. To, co mówili, nie brzmiało wcale głupio.

– No i jak ktoś utonie, będzie pan musiał jako dowódca akcji opisać to w raporcie – dorzucił Jeschke.

Ten argument przeważył. Wurst nie znosił papierkowej roboty.

– Ratowanie topielca to jednak tolerowanie fajtłap i ogólnego zniewieścienia! W naszych szeregach nie może być miejsca dla tak defetystycznych postaw! Ale ponieważ lepiej zapobiegać, niż leczyć, wydaję wam surowy zakaz wpadania do bagien. Żeby nie było gadania, że z akcji wraca mniej ludzi, niż na nią wyruszyło. Błoto ominiemy. Gotowi do wymarszu? Drużyna śpiew i naprzód!

– *O, du lieber Augustyn...* – zawyło zgodnie kilkanaście gardeł.

Las nie spodobał się Wurstowi już na pierwszy rzut oka. Był gęsty, ciemny, faktycznie pełen komarów. Cuchnęło fermentującą ściółką i grzybami. Na nieutwardzonej drodze stały kałuże błota, gliniasta ziemia lepiła się do butów. Puszczeni tyralierą esesmani po chwili pogubili się w krzakach i trzeba było strzelać w powietrze, aby zebrać ich z powrotem. Tyle dobrze, że nikt przy okazji nie utonął w bagnie.

– Co za obrzydliwy chaos – warknął Sturmscharführer, gdy oddział wreszcie zebrał się wokół niego. – W tym kraju nawet drzewa rosną byle jak. W Niemczech od dawna sadzi się wszystko pod sznurek, a tu... – Plasnął dłonią w policzek, zabijając setnego komara.

– To może pójdziemy po prostu drogą? – zasugerował Rottenführer. – Zrobimy dziś tylko rekonesans, ocenimy, czy w ogóle warto się tutaj zapuszczać. A prawdziwą akcję przeprowadzimy kiedy indziej, może przy lepszej pogodzie.

Dowódca burknął coś niechętnie i pomaszerowali. Daleko nie uszli. W krzakach po lewej coś się poruszyło. Oddział zatrzymał się, esesmani wycelowali broń i zamarli w oczekiwaniu. Chaszcze rozchyliły się i na drogę wylazła poczciwa krasula. Przez chwilę przyglądała się Niemcom, jakby zdziwiona, a potem posadziła placka, machnęła ogonem, opędzając się od much, i ponownie znikła w gęstwinie po drugiej stronie duktu.

– Co to takiego!? – zdumiał się Wurst, odprowadzając ją spojrzeniem.

– Krowa – wyjaśnił Jeschke. – Zwierzę takie. Żyje na wsi, doi się, je i daje mleko.

– Nie róbcie ze mnie idioty! Wiem, co to jest krowa. Tylko co, u diabła, robi w lesie!? To dzika krowa czy jak?

– Pasie się. To tu normalne, zwyczaj tutaj taki. Krów dużo, łąk niewiele, więc się zwierzynę wypasa w lesie – wyjaśnił Rottenführer.

– A dlaczego w Rzeszy nie wypasamy krów w lasach?

– Bo łąk u nas dużo, a krów ostatnio tak jakby niewiele.

– Jeschke! Czy właśnie usłyszałem z waszych ust agitację antypaństwową?

– Nic podobnego! Wiem, że wołowina to niezbędna ofiara dla frontu i jeszcze długo przed wojną, gdy tylko urzędnicy kazali, z dumą ponosiłem te obciążenia. Nigdy też nie kwestionowałem konieczności wprowadzenia kartek na mięso. Sam przecież z nich korzystałem od samego początku, od trzydziestego szóstego roku! A to zwierzę jest najlepszym dowodem, że tu nie ma partyzantów. Bo jakby byli, toby ją przecież ubili i zjedli – zręcznie zmienił temat Ślązak.

– A to w porządku – burknął Wurst. – Tu ich nie ma, więc idziemy szukać gdzieś dalej. Gdzie my właściwie jesteśmy?

Rozłożył mapę, potem wyjął kompas i poskrobał się po głowie.

– Tutaj. – Jeschke bezbłędnie zlokalizował rozwidlenie leśnych duktów.

– Widzę, że tutaj – odburknął Sturmscharführer. – Myślę tylko, dokąd teraz? Może tędy...

Omijając krowi placek, powędrowali dalej. Niebawem las trochę się przerzedził i znaleźli się na rozległej polanie. Krzaczki tytoniu posadzone w równych rządkach zieleniły się, aż przyjemnie było popatrzeć.

– Co to takiego? – Dowódca poskrobał się po głowie.

– Myślę, że łopiany – wyjaśnił Jeschke.

– Łopiany? Wyglądają jakoś inaczej niż nasze.

– Bo to zapewne lokalna polska odmiana. Od razu widać, że gorsza, mniejsza, mniej witalna, słowem, niearyjska. To i nic dziwnego, że trochę inne niż u nas.

– Aaa... Oczywiście. Ale czemu rosną tak równo?

– Może po wycince zaorano tę część lasu i nasiona rozsiewane przez wiatr stoczyły się w bruzdy? – zasugerował któryś z szeregowców.

– To las się orze?! – zdumiał się dowódca. – Po co niby?

– Nie wiem, nie jestem leśnikiem – bąknął podkomendny.

Pomaszerowali dalej. Droga wznosiła się, pod stopami tu i ówdzie pojawiły się kamienie i po kilkunastu minutach wspinaczki esesmani wdrapali się na szczyt

Liszkowego Wzgórza. Ruiny zamku nie wyglądały szczególnie imponująco. Tynki osypały się dawno, odsłaniając czerwoną cegłę, mury zameczku popękały. W szczelinach zapuściły korzenie samosiejki brzóz. Przeszli przez łuk bramy na dziedziniec. Chyba zeszłej nocy odbywała się tutaj produkcja bimbru, bo pod murem wysychały kałuże przepracowanego zacieru. Z okienka prowadzącego do zamkowych lochów rozległ się kwik. Sturmscharführer zajrzał, ale w ciemności nic nie było widać. Za to śmierdziało intensywnie chlewem.

– Ma któryś latarkę? – warknął.

– Ja bym tego nie ruszał. – Jeschke pokręcił głową. – To mogą być warchlaki z wiosennego miotu. Dzików tu zatrzęsienie. Locha, jak broni małych, może być cholernie niebezpieczna.

– To nie są świnie? – zdumiał się Wurst.

– Jakim cudem świnie? W ruinach zamku w samym środku lasu?! A kto by je tu karmił? Poza tym partyzanci zaraz by je przerobili na kiełbasy.

Na szczęście Wurst stał blisko okienka, więc woń bijąca z podziemnego chlewika głuszyła intensywny zapach wędzonki snujący się wśród murów.

Wrócili na kwaterę wczesnym popołudniem, zmęczeni, odurzeni świeżym powietrzem i leśnymi zapachami. Wszyscy czuli, że wycieczka dobrze im zrobiła. Tylko Wurst dreptał milczący, naburmuszony. Partyzantów nie spotkali wcale. W ogóle nie spotkali nikogo, bo chłopi kradnący drewno słyszeli z daleka niemieckie piosenki i sprawnie się ukryli.

– Spaprana akcja – burknął Sturmscharführer do Rottenführera. – Cały dzień uganialiśmy się po lasach.

I jaki efekt? Żaden. Liczyłem, że kropniemy co najmniej kilku Sowietów.

– Może jak polowaliśmy z Nockerlem, wszystkich wykończyliśmy? – zasugerował nieśmiało Jeschke.

– Nie gadajcie bzdur. Sowietów jest masa i nie da się wybić wszystkich, bo co rusz nowych zrzucają. Ale to może poczekać. Mam dość tych komarów. Was też mam dosyć. Banda nieudaczników. Na szczęście jutro przyjadą moi ludzie. Zrobimy rewizje w miasteczku. Nauczymy Polaków moresu!

Nad Liszkową Porębą z wolna zapadał wieczór. Partyzancka baza powoli układała się do snu. Wartownicy zorientowali się w sytuacji, dopiero gdy przybysz był o trzy kroki od nich. Porwali dubeltówki i wycelowali. Zaraz jednak rozpoznali kapitana Gryfa. Opuścili broń. Weszli do największej półziemianki. W niewielkim pomieszczeniu paliło się dziesięć świec, osadzonych w pałacowych lichtarzach z herbami. Gość aż musiał zmrużyć powieki. Powoli wzrok przyzwyczaił się do światła. Ściany wzniesiono z grubych belek. Wymurowano też kominek, na którym dopalała się kłoda. Liszka siedział za stołem i w grubachnym kajecie pracowicie spisywał zmyślone wojenne przygody. Słysząc skrzypienie drzwi, podniósł głowę.

– Czołem, profesorze Kowalski! – Poderwał się, stanął na baczność i zasalutował.

– Zwracajcie się pseudonimem, do cholery jasnej – wybuchnął były belfer. – Sami czy w towarzystwie, to powinien być odruch!

– Tak jest, panie psorze! – Porucznik stuknął piętami.

Dowódca potoczył wzrokiem po wnętrzu i zatrzymał spojrzenie na ścianie szczytowej. Naprzeciw wejścia wisiało godło oraz portret generała Wieniawy.

– Nie mieliśmy Piłsudskiego – bąknął dowódca. – Ani Sikorskiego, czy kto tam teraz w Londynie jest najważniejszy. Witamy w naszych skromnych progach. Czym chata bogata. Zaproponowałbym na początek kolację i trochę bimberku.

– Nie ma na to czasu, wezwij plutonowych! Są sprawy do omówienia – rozkazał Gryf. – Zaparzcie mi co najwyżej mocnej herbaty, chyba że macie kawę. – Spojrzał z nadzieją.

– Robimy namiastkę z palonych żołędzi, ale nie ma kofeiny, no i do smaku trzeba się przyzwyczaić.

– Dobra, nieważne.

Plutonowi szybko się stawili.

– Panowie, mamy cholerny problem – odezwał się kapitan. – Ten dupek Wurst dziś przez cały dzień rewidował Liszków. Dom po domu. Co gorsza, przyjechali jego podwładni z Berlina. Rasowi esesmani, rosłe bydlaki jak z hodowli Lebensbornu. Aresztowali piętnastu ludzi, trzymają ich gdzieś w pałacowym ogrodzie pod kluczem. Znaleźli dwa radia, skonfiskowali ponad dwieście litrów samogonu i z ćwierć tony innych towarów. Aresztowanym grozi wysyłka do obozów, bo to są ilości spekulacyjne.

– Diabli nadali – syknął Liszka. – Może gdyby szwaby wlepiły grzywnę... Mam jeszcze z pół miliona w tych fałszywych „młynarkach". Albo ja wiem, łapówkę dać?

– Tak planowałem. Niestety, nasz przyjaciel Jeschke twierdzi, że ten nowy to zapiekły, ideowy hitlerowiec.

Nieprzekupny, a do tego zbyt głupi, żeby dało się z nim negocjować. Przypuszczam, że rano zechcą odstawić więźniów na Zamek do Lublina, a stamtąd już jedna droga im pisana.

Zapadło milczenie.

– Ma pan jakiś plan? – zapytał wreszcie porucznik.

– Po to tu jestem, do cholery. Musimy pokazać szwabom, kto tu rządzi. Odbić więźniów, zlikwidować Wursta i w miarę możliwości jego przydupasów. Rottenführer Jeschke donosi, że on i dawni ludzie Nockerla pilnują parku, a ci nowi strzegą wnętrza pałacu i więźniów. Jeśli zechcemy na przykład przeskoczyć przez mur, nasi przyjaciele niczego nie zauważą. Ale potem musimy sobie radzić sami.

– Czyli wreszcie prosta, konkretna mokra robota! Pójdziemy, zadźgamy strażników, uwolnimy mieszkańców miasteczka, a łajdakowi upitolimy głowę! – Majcher zatarł ręce. – A mogę powolutku odpiłować, żeby dłużej go bolało? – Spojrzał przymilnie na dowódcę.

– Weźmiemy ich z zaskoczenia. W okolicy praktycznie nie ma oddziałów partyzanckich, więc Niemcy się nas nie spodziewają. – Piącha zacisnął kułaki.

– Te szwaby wcale nie są żadnymi übermenschami – dorzucił swoje trzy grosze Młot. – Postukani żelazem w głowę umierają jak zwyczajni ludzie.

Twarze plutonowych skrzywiły się we wrednych grymasach, a potężne łapy zaciskały się w imponujące kułaki. Gryf uśmiechnął się mimo woli. Przyjemnie było patrzeć na ludzi zdeterminowanych, rwących się do walki... Tylko na twarzy porucznika odmalowały się wątpliwości.

– Likwidacja tak ważnego szwaba może pociągnąć za sobą akcje odwetowe na ludności miejscowej – zasępił się Liszka.

– Zostało ci trochę tych ruskich mundurów? – zapytał Gryf.

– Cały wór.

– Świetnie. Żeby uniknąć zemsty na mieszkańcach Liszkowa, na czas akcji przebierzemy się za Sowietów. Hitlerowskie dowództwo sądzi na podstawie raportów Nockerla, że lasy są ich pełne. Nikogo nie zdziwi, że dokonali krwawego zamachu. Zostawimy też kilka fałszywych śladów. Ważne tylko, żeby nikt z nas nie wpadł żywy w łapy szwabów.

– Jest pan geniuszem – zachwycił się Piącha.

– Teraz najważniejsze. Kwatera bydlaka, czyli pałac Liszkowskich. Poruczniku Liszka, pochodzicie z tej rodziny. Zakładam, że doskonale znacie budynek i jego otoczenie?

– Tak jest. To poniekąd nasz dom rodzinny, gniazdo rodu i bywałem czasami u stryja.

– To świetnie. Jeschke powiedział, że Wurst kwateruje w niebieskiej sypialni. Wiecie, gdzie to jest?

– Tam jest około dwudziestu pomieszczeń. Niebieska sypialnia to jeden z trzech pokoi mieszkalnych na piętrze.

– Mieszkalnych?

– Jest tam też biblioteka i pokój muzyczny z klawesynem. Wybrał niebieską sypialnię zapewne dlatego, że jest zaraz obok biblioteki. Ma stamtąd dobry widok na dziedziniec i na drugą stronę. W razie napaści może łatwo zorientować się w sytuacji. Na dół prowadzą tylko jedne schody. I jest do nich klapa, strasznie ciężka. Gdy

Wurst ją zatrzaśnie, przetoczy na nią klawesyn i barek z biblioteki, trudno go będzie dopaść.

– Rozumiem. – Gryf kiwnął głową. – Czyli trzeba w miarę możliwości zaskoczyć szwabów, żeby nie zdążyli się solidnie zabarykadować. Najlepiej byłoby wślizgnąć się do wnętrza, wyeliminować strażników i chicho wdrapać się na piętro.

– Trudna spawa – zafrasował się młody hrabia. – Chyba że przez oranżerię. Gdyby wydłubać kit i wyjąć po cichu jedną szybę... Stamtąd jest przejście do korytarza na parterze.

– Poprowadzicie nas? Wy najlepiej znacie park i dom.

– Oczywiście.

– Dobra, obgadamy teraz szczegóły. Wyruszamy za dwie godziny.

– Ale jak to za dwie godziny? – zaniepokoił się Liszka. – Chce pan przeprowadzić akcję nocą?!

– Coś nie tak? – zdziwił się kapitan. – Czemu macie takie zatroskane miny?

– Mamy iść do pałacu tak po nocy? – bąknął Młot. – Szczerze powiedziawszy, wolałbym dokonać zamachu w dzień.

– Tak, zdecydowanie, trzeba w dzień – dodał Majcher. – A jeszcze lepiej w samo południe.

– Choć to chyba i tak przed niczym nie chroni – westchnął Piącha.

– Z drugiej strony my tam przecież swojacy – rozważał hrabia. – Nam to raczej nic nie zrobią. Oczywiście macie rację, że trzeba za dnia.

Gryf spojrzał czujnie. Najwyraźniej ci czterej wiedzieli o jakimś zagrożeniu, którego nie przewidział.

– Panowie, proszę jaśniej! Dlaczego nie możemy przeprowadzić akcji nocą?

– W tym domu... straszy – wykrztusił Liszka.

Kapitan popatrzył na młodego komendanta jak na idiotę.

– Co proszę?!

– Pan z Lublina, więc nie zna miejscowych opowieści. Duchy trzech dziewczyn, psotne, szkudne i złośliwe jak diabli – wyjaśnił Piącha. – Wyleciały w powietrze jeszcze za Napoleona podczas majstrowania przy starej armacie. Od tamtej pory nawiedzają rezydencję jako widma. Chronią dom. Stamtąd żaden złodziej nigdy żywy nie wyszedł.

– Gadacie bzdury.

– To nie żadne bzdury, panie kapitanie – wtrącił Majcher. – W tej okolicy każdy wam to zaświadczy. Starzy ludzie znają te trzy cholery jak zły szeląg. Choć po prawdzie gadają też, że szczególnie zajadłe są na obcych, a miejscowym raczej odpuszczają.

– Pamięta pan rozmowę z Nockerlem? Jego też zdrowo postraszyły – dodał Młot.

– I może jeszcze powiecie, że widzieliście te duchy na własne oczy? – Zwierzchnik uśmiechnął się kpiąco.

– No, na własne oczy to może nie. Ale znało się ludzi, którzy je spotkali – wyjaśnił Piącha. – Nawet w dzień potrafią się pojawiać. Krzyża się nie boją, woda święcona się ich nie ima... Nie ma żadnego sposobu, żeby je przegnać.

– Racja, racja. – Pozostali pokiwali głowami.

– Ja chyba raz je widziałem – bąknął porucznik. – Przysnąłem w salonie, ocknąłem się po północy i widziałem przez uchylone drzwi ich cienie, przeszły korytarzem, wszystkie trzy.

– Cienie?

– Same cienie na ścianie, bez postaci.

Gryf westchnął z rezygnacją.

– W nocy, w ciemnym korytarzu, na tle ciemnej ściany, przez na wpół uchylone drzwi? To mogło być wszystko.

– No niby tak. Ale czuję, że to były one. To stary pałac, niejedno się w nim wydarzyło. Opowiadali na przykład...

– Panowie, kiedyś po wojnie siądziemy sobie wieczorem przy ognisku, popijemy wódeczki albo piwa i opowiecie mi wszystkie historie o waszych duchach. Dziś nie ma na to czasu. Trwa wojna. A my mamy zadanie do wykonania.

Sądząc po minach, nie dali się do końca przekonać.

– Akcja może być niezwykle trudna – podjął kapitan. – Wursta strzeże dwunastu jego ludzi. Ryzyko naszej śmierci oceniam jako wysokie. Z przyczyn konspiracyjnych ranni, o ile nie będą w stanie uciekać, mają obowiązek popełnić samobójstwo. Eliminacja Wursta jest absolutnym priorytetem. Nasze życie wobec wagi tego zadania nie znaczy nic. Czy to jest jasne?

– Tak jest! – zakrzyknęli wszyscy.

– My w pięciu wchodzimy do pałacu zabić łajdaka. To nasze zadanie. Jeschke przekazał, że aresztantów trzymają gdzieś w budynkach gospodarczych. Reszta oddziału musi ich w tym czasie odnaleźć i uwolnić.

– Ja tam nadal uważam, że skoro i tak przyjdzie nam zginąć, to może lepiej uderzyć na pałac w biały dzień – bąknął Majcher. – Jak słoneczko świeci, wszystko widać lepiej, to i celować do wrogów łatwiej – szukał argumentów.

– Ustalone, że w nocy – uciął Gryf. – Jak kto się boi duchów, iść na akcję nie musi. Potrzebuję czterech ludzi do grupy uderzeniowej i sześciu do rozbicia aresztu. Porucznik Liszka zna rozkład pałacu, więc musi iść ze mną. Co do pozostałych uczestników... Ochotnicy wystąp.

Poderwali się jak jeden mąż. Kapitan uśmiechnął się pod nosem.

Może i trochę przesądne chłopaki, ale naprawdę można na nich polegać, pomyślał z zadowoleniem.

Podkradli się do wyłomu w murze przy dawnej stajni. Wyłom zastawiono krzyżakami z naciągniętym drutem kolczastym. Opodal w niewielkiej drewnianej budce wartowniczej dojrzeli plamkę żaru papierosa. Liszka skinął dłonią. Dwaj jego ludzie przeskoczyli przez mur, zaszli budkę od tyłu i obezwładnili esesmana. Reszta pocięła druty nożycami i wmaszerowali do parku.

Kapitan oświetlił twarz schwytanego. Z ulgą rozpoznali Rottenführera. Zaraz też opadły przytrzymujące go dłonie.

– *Aj wej mir!* Sowieci – wykrztusił przerażony, wytrzeszczając na nich oczy.

– Co wy, Jeschke, ludzi nie poznajecie? – burknął Liszka. – To tylko my.

– Czemuście się tak poprzebierali!? – zdumiał się Ślązak. – Aaa... Chyba rozumiem – zafrasował się. – Wasi ludzie, ci z miasteczka... Ustaliłem, że siedzą w loszku na wino pod powozownią. Pilnują ich ci nowi, jakbyście ich tak... – Przesunął dłonią po gardle. – Ja tam płakał po nich nie będę. W pałacu też ludzie Wursta. Nas wygonili kwaterować do oficyny. Gdybyście mogli mnie teraz związać i zakneblować... Będę miał alibi. I w mordę mi dajcie ze dwa razy, będzie ślad, że stawiałem zaciekły opór... Tylko nie ty! – Szarpnął się w tył, widząc, że Piącha szykuje się spełnić jego prośbę.

– Gdzie ta powozownia? – zapytał Gryf.

– Ja poprowadzę, byłem stajennym u stryja porucznika Liszki – zgłosił się jeden z partyzantów.

– Doskonale, likwidujecie wartowników, uwalniacie więźniów i znikacie. Na nas nie czekajcie. Spotykamy się w obozie.

– Tak jest!

Partyzanci znikli w ciemności. Gryf i członkowie grupy uderzeniowej ruszyli w przeciwnym kierunku. Skradali się, przeskakując pomiędzy klombami i przyciętymi w kule krzewami. Jasno oświetlone okna pałacu widać już było między drzewami parku.

– Oranżeria na lewo – szepnął Liszka.

– Co to za biała rudera? – zapytał Gryf.

– Świątynia dumania.

– Zasłoni nas. Przebiegamy trawnik i kryjemy się za nią. Potem pomyślimy, jak niepostrzeżenie zbliżyć się do oranżerii. Za mną!

Przemknęli chyłkiem, wyjrzeli zza rogu. Wokoło nie było nikogo. Zrobili jeszcze kilka kroków i wtedy ją zobaczyli. Dziewczyna stała w cieniu kolumny podtrzymującej tympanon świątyni. Plutonowi zamarli w pół kroku i jak na komendę wycelowali broń.

– No chyba sobie panowie żartujecie – fuknęła, biorąc się pod boki. – Celować do damy?

Jej głos był słaby, niewiele głośniejszy od szeptu, ale wszyscy usłyszeli słowa zupełnie wyraźnie. Spojrzeli po sobie skonfundowani.

– Opuśćcie broń – polecił Liszkowski i westchnął jakoś tak bardzo ciężko.

– Bo to i tak nic nie da? – Młot patrzył na nieznajomą z lękiem.

– Babka mi opowiadała... – zaczął Piącha, ale porucznik uciszył go gestem.

Łypnął na dziewczynę. Ubrana była w archaicznego kroju sukienkę, fryzurę miała jak ze starych obrazów. Przymknął oczy, przywołując z pamięci portrety wiszące w salonie. Podobna z twarzy, ale nie, to nie mogła być ani Kornelia, ani Lukrecja.

– Niech zgadnę... Panna Marcelina? – wykrztusił.

Kiwnęła głową. Dowódca ponownie westchnął. A ona przeciwnie, uśmiechnęła się. Nie wiadomo jakim cudem w półmroku każdy z partyzantów doskonale widział ten uśmiech. Zaskoczony kapitan w milczeniu przyglądał się nieznajomej. Coś budziło jego nieokreślony niepokój. Jeszcze bardziej irytowało go zachowanie pozostałych członków oddziału. Miny mieli, jakby ducha zobaczyli. W ogóle cała sytuacja była dziwaczna. Dziewczyna też nie wyglądała normalnie. Była ubrana, jakby się urwała z jakiegoś balu.

A może to po prostu jakaś pałacowa służąca czy ktoś taki? Niemcy sobie kwaterują, to ją zatrzymali, zniewolili, może nawet gwałcą, pomyślał kapitan.

– Panna wybaczy, ale jesteśmy... – zaczął.

– ...w trakcie misji bojowej – dokończyła. – Proszę się uspokoić, kapitanie. Jestem tu, żeby wam pomóc.

– Liszka, czy wy ją znacie? – zapytał na głos Gryf.

– Znam – westchnął hrabia. – W każdym razie można tak powiedzieć. To moja, eee...

– Można powiedzieć, że krewna – podpowiedziała. – Tak w każdym razie z genealogii rodu wynika. Marcelina Liszkowska, tylko skutkiem pewnych perturbacji życiowych do herbu praw nie mam. Ale furda, Konstytucja Rzeczpospolitej tytuły zniosła.

– Można jej zaufać?

– Jest to moim zdaniem... eee... osoba całkowicie godna zaufania, przynajmniej w kwestii tępienia okupantów – wyjaśnił porucznik.

Dziewczyna dostojnie kiwnęła głową, potwierdzając jego słowa.

– Czyli domyśla się panna, po co tu jesteśmy? – zagadnął kapitan.

– Zgaduję, że planujecie urządzić temu niemieckiemu wieprzowi Wurstowi staropolskie świniobicie. – Uśmiechnęła się promiennie. – Bardzo dobry pomysł i w pełni go popieram. Z siostrą i kuzynką próbowałyśmy własnymi siłami sprawę załatwić, ale bydlak jest twardy. Jak spadł ze schodów, tylko kostkę sobie skręcił.

W jej głosie było coś takiego, że Gryf od razu uwierzył.

– Planowaliśmy podejść od strony oranżerii – wykrztusił porucznik.

– Bez sensu. – Pokręciła głową. – Siedzi ich tam kilku na warcie. W ogóle strzegą tego zasrańca jak klejnotów samego Hitlera. Obstawili pałac, że mysz się nie prześlizgnie. Ogrodu pilnują te sieroty po Nockerlu. Ale Wurst chyba im nie ufa. Ściągnął sobie jeszcze dwunastu swoich ludzi. Roją się po naszym pałacu jak karaluchy.

– Jesteśmy żołnierzami. – Kapitan uderzył dłonią w kolbę stena. – Jesteśmy gotowi walczyć, a jeśli zajdzie potrzeba, to zginąć.

– Ależ nie ma takiej konieczności. Proponuję przejść tajnym przejściem do biblioteki, to tuż obok sypialni. Potem urżniecie mu panowie głowę i tak samo się wycofacie. Jego podwładni znajdą zwłoki dopiero rankiem. Będą myśleli, że to sprawka duchów. – Uśmiechnęła się krzywo.

– Duchów – powtórzył młody porucznik, a na jego twarzy odmalowała się nieokreślona udręka.

– Wolimy, żeby myśleli, że to sprawka Sowietów. – Dowódca obciągnął na sobie drelichowy mundur. – Czemu nie wspomniał pan o tajnym przejściu? – Spojrzał na podwładnego. – Przecież zna pan pałac.

– Słyszałem o nim tylko legendy. Jako dziecko buszowałem kilka razy po różnych zakamarkach, ale nigdy go nie znalazłem. Moja, eee... krewna w każdym razie zna ten budynek znacznie lepiej niż ja.

– Młoda damo – Gryf zwrócił się do dziewczyny – w zaistniałej sytuacji chętnie przyjmiemy pani pomoc. Skoro zna pani tajny tunel, proszę nas poprowadzić.

– Podążajcie za mną – poleciła.

Na twarzach całej czwórki miejscowych odbiło się wahanie.

– Żołnierze! Co z wami? – syknął kapitan. – Boicie się kilku zawszonych szwabów? Dupy wołowe, a nie partyzantka!

– No tak... Już idziemy – bąknął Młot. – Tak trochę strasznie tylko. W nocy w pałacowych lochach... Dziadek opowiadał...

– Oj tam, oj tam – prychnęła dziewczyna. – Są tacy, którzy powinni się obawiać tych piwnic, ale tym razem to nie wy.

– Czy na piętrze jest dużo Niemców?

– Czterech – odpowiedziała dziewczyna. – Dwóch śpi w jednej sypialni, jeden w drugiej, Wurst też kwateruje sam. W bibliotece i gabinecie muzycznym nie ma nikogo. Na noc wszyscy zamykają się na klucz. Ich dowódca ma jeszcze stalową zasuwę. Sypia z lugerem pod poduszką.

– Drzwi solidne?

– Dwustuletnia dębina. Ani wyłamać, ani przestrzelić. A w każdym razie nie tak łatwo. Dorobili też od środka klamry antywłamaniowe do zawiasów.

– To może odpuścimy? – zakwilił Liszka.

– Poruczniku, weźcie się w garść, do cholery! – syknął kapitan. – Ruszamy! O drzwi będziemy się martwili na miejscu.

Dziewczyna poprowadziła ich krętą drogą przez park. Ominęli warty. Dwa razy widzieli z oddali ogniki papierosów, raz dobiegł ich strzęp rozmowy prowadzonej po śląsku. Zatrzymali się przy ruinach wodozbioru.

Marcelina wskazała im jedną z kamiennych płyt w podłodze. Podnieśli. Z otworu zionęło stęchlizną. Wąskie ceglane schodki zaprowadziły ich do sklepionego tunelu. Zapalili mocne acetylenowe latarki. Loch biegł prosto jak strzelił. Na posadzce było trochę błota. Wyglądało jednak na to, że sufit trzyma się mocno.

– Może jednak wrócimy tu za dnia – bąknął Piącha.

– Żebym ja ci zaraz nie pokazała, co takie jak ja potrafią zrobić w pełnym blasku słońca – syknęła dziewczyna.

Kapitan nic z tego nie zrozumiał, ale z zadowoleniem odnotował, że wszyscy partyzanci pomaszerowali naprzód już bez wykrętów.

Niebawem znaleźli się pod pałacem. Strome schodki wiodły do biblioteki. Jak się okazało, wylot tajnego przejścia znajdował się za jednym z regałów. Za radą dziewczyny starannie wytarli buty, żeby plamy błota nie zdradziły, jaką drogą dostali się do wnętrza.

Liszka odbezpieczył stena i ostrożnie nacisnął klamkę. Obawiał się, że drzwi mogą być zamknięte, ale ustąpiły z cichutkim skrzypnięciem. W korytarzu paliła się słaba żarówka. Wyleniały chodnik tłumił kroki. Marcelina rzuciła okiem w lustro i zmarszczyła brwi.

– Którędy schodzi się na parter? – zapytał szeptem dowódca.

Porucznik gestem wskazał drzwi prowadzące na klatkę schodową.

– To jedyne zejście?

– Jedyne – wychrypiał Liszka przez ściśnięte gardło.

Kapitan zauważył, że żołnierze dziwnie omijali wzrokiem dziewczynę, a ona przeciwnie, uśmiechała się do nich, przechylając wdzięcznie ładną rudą główkę.

O co chodzi? – zdziwił się. Chyba że... Może przed wojną coś między nimi było? Zaciągnęli ją na siano, naszeptali czułych słów, obiecali ożenek. A teraz im głupio. Tak, to logiczne wyjaśnienie. Ale że wszyscy czterej? Albo naiwna, albo bardzo chciała wyjść za mąż... Co powiedziała? Krewna z nazwiskiem, ale bez herbu, znaczy się, brzydko mówiąc, owoc jakiegoś przelotnego romansu któregoś z hrabiów.

Kapitan uchylił drzwi. Obok schodów wypatrzył klapę opartą o ścianę.

– Dobra. Realizujemy nasz plan – powiedział. – Opuszczamy cicho te dechy, żeby odciąć piętro. Wysadzamy drzwi sypialni Wursta. Dwóch go likwiduje, reszta pilnuje klapy i wiąże walką Niemców z pozostałych sypialni. O ile oczywiście wylezą na korytarz. Potem uciekamy przez bibliotekę. I tajnym przejściem. Jednego szkopa koniecznie zostawiamy przy życiu, żeby przekazał wiadomość o sowieckich partyzantach.

– Tak jest! – dobiegło szeptem z czterech gardeł.

Klapa opadła cicho, przesunięto rygle. Piętro zostało odcięte. Na palcach podeszli do środkowej sypialni. Liszka ostrożnie nacisnął klamkę i pociągnął. Drzwi ani drgnęły.

– Zamknięte – zameldował.

– Zakładamy ładunki! Wszyscy w tył!

– Panie kapitanie! – Dziewczyna ostrzegawczo uniosła dłoń. – Jeśli mogę się wtrącić. Jest pan muzykiem, a nie saperem. Wybuch w tak ciasnej przestrzeni może mieć katastrofalne skutki. Proszę mi wierzyć, mówię z własnego doświadczenia.

Liszka zbladł i zrobił minę, jakby miał zwymiotować. Trzej plutonowi też wyglądali jak kupka nieszczęścia.

– Zamknął się od środka... – zaczął kapitan.

– Wytrychem nie da rady, klucz tkwi w zamku. A w dodatku tam jest jeszcze stalowa zasuwka, o której wspominałam – zaraportowała dziewczyna. – Chyba że by... Zamknijcie na chwilę oczy.

– Co proszę? – zdumiał się Gryf.

– Zamknijcie – polecił Liszkowski.

– Eee...?

Wykonali polecenie. Gdy po chwili unieśli powieki, drzwi były uchylone, a dziewczyna stała wewnątrz pokoju, przykładając palec do ust.

– Ale jak to?! – zdumiał się dowódca.

– No cóż, każda dama ma swoje małe sekrety – wyjaśniła. – Ale nie stójcie, panowie, w korytarzu. Robota czeka.

Wślizgnęli się do wnętrza, zamknęli za sobą drzwi. Teoretycznie w sypialni przy zaciągniętych kotarach powinno być ciemno jak w grobie, ale jakimś cudem widzieli nie tylko dziewczynę, ale i całe otoczenie. Sturmscharführer Wurst spał i pochrapywał cicho. Piącha i Majcher ujęli go za ręce, Liszka chwycił Niemca jedną dłonią pod brodę, drugą zatkał mu usta. Przebudzony esesman nie zdołał nawet pisnąć, łypał tylko przerażonymi oczami.

– *Guten Tag* – mruknął kapitan, świecąc mu w twarz latarką. – My w sprawie panu wiadomej – mówił po niemiecku nie najlepiej, ale tamten okupant i tak od razu domyślił się, o co chodzi.

Szarpnął się z całej siły, ale nic mu to nie dało. Młot wyjął zza pazuchy ulubione narzędzie i rąbnął Wursta w środek czoła. Poprawiać już nie musiał. Szwab przez chwilę niemrawo się szarpał, ale szybko zwiotczał. Hrabia spojrzał na Marcelinę i omal nie zemdlał. Uśmiechała się, a jej nozdrza leciutko drżały, jakby łowiła w powietrzu zapach krwi. Żołnierze puścili trupa. Dłonie wytarli o czystą część poszewki.

– Teraz jeszcze fałszywe ślady i zwijamy się – polecił Gryf. – Plutonowy Majcher, umiecie malować literki cyrylicą?

– Do tej pory malowałem tylko zwierzątka, ale mogę spróbować.

– My tu zrobimy szybką rewizję, a wy weźcie to i przepiszcie jakieś zdanie. – Kapitan wyjął z raportówki tomik pism Stalina i pędzelek.

Plutonowy, używając krwi nieboszczyka, wymalował na ścianie sierp i młot, a poniżej dłuższe zdanie.

– Może być?

Nauczyciel przerwał grzebanie w szafie i spojrzał na jego dzieło. Poruszając wargami, z nieco zbaraniałą miną odczytał hasło. Westchnął ciężko.

– Też, cholera, wybrałeś – burknął jakby zirytowany.

– Przepraszam, ja w ogóle nie znam bolszewickiego. Zdrapać i napisać coś innego?

– Nie ma czasu. Ale nie spuszczaj nosa na kwintę, całkiem ładnie ci wyszło – uspokoił go były belfer. – Sierp i młot są, gwiazda też. To najważniejsze. Niemcy raczej nie gadają po rosyjsku – dodał sam do siebie.

Wyjrzeli na korytarz. Panowała tu niczym niezmącona cisza. Liszka spojrzał z wahaniem na drzwi sąsiednich pokoi. Gdyby tak zarżnąć jeszcze kilku... Ale kapitan pokręcił przecząco głową. Widać uznał ryzyko za zbyt duże. Przyczepił za to do framug dwa niewielkie ładunki wybuchowe i pociągnął od klamki linkę do zapalników naciągowych.

– Odwrót – polecił.

Znów zagłębili się w wąskie przejście tajnego korytarza. Nie minął kwadrans i byli w parku. Chłodne powietrze wręcz odurzało.

– Poprowadzę was do wyłomu w murze – rzuciła Marcelina. – Łatwiej tamtędy przeleziecie niż koło stajni.

– Może pomożemy naszym w powozowni... – zaczął Liszka.

– Poradzili sobie, dwóch szwabów zabitych, jeden ogłuszony. Wszystko zgodnie z waszym planem. Ten żywy, jak dojdzie do siebie, będzie pamiętał sowieckie uniformy – wyjaśniła dziewczyna. – Rankiem Niemcy przeczeszą park, znajdą furażerkę z gwiazdą i papierośnicę z sowieckimi papierosami.

– Skąd pani wie, co tam zaszło i jaki był nasz plan? – zdziwił się Gryf.

– Od kuzynki. – Wskazała ręką.

Z chaszczy pomachała im inna dziewczyna. Ruszyli. Z daleka widzieli ogniki papierosów. Znów dobiegł ich strzęp rozmowy. Ominęli tę część parku łukiem. Wreszcie znaleźli się opodal muru. Tu byli prawie bezpieczni.

Zegar na wieży w miasteczku wybił trzy razy. Młody hrabia zadrżał.

– Powiadają, że tak naprawdę godzina duchów to nie północ, ale trzecia nad ranem – bąknął.

– Ludzie gadają rozmaite bzdury – odburknęła Marcelina.

– Poruczniku Liszka! – Dowódca potrząsnął młodego hrabiego za ramię. – Nie rozumiem was – szepnął. – Wasza krewna oddała nam bezcenną przysługę. Zawiadomię Londyn, żeby przyznano jej za to odznaczenie. Przeprowadziliśmy niezwykle skomplikowaną, brawurową akcję likwidacji śmiertelnego wroga i oprawcy okolicznej ludności. W dodatku powiodła się też akcja odbicia więźniów. Zakładane cele zrealizowaliśmy bez jednego wystrzału i bez strat własnych. A wy macie minę, jakbyście żabę połknęli. Czego zwieszacie nos na kwintę?

– Bo... bo... bo ja naprawdę boję się duchów. Babka mówiła, że to niezdrowo, gdy sprawy żywych mieszają się ze sprawami umarłych – bąknął podkomendny. – Co innego zobaczyć cień na ścianie, ale tak oko w oko... No nie mogę. Po prostu nie mogę tego znieść.

– Co wy mi tu gadacie za głupoty? Jakie niby duchy?

– No jak to jakie? Przecież panna Marcelina... – Młot zazezował na maszerującą obok Gryfa dziewczynę. – I ja też się boję! – wyznał.

– Zachowujecie się jak dzieciaki z ochronki. Przecież nic wam nie zrobiłam! – zirytowała się. – Pomagam waszej słusznej sprawie jak umiem!

– Ale... – zaczął Piącha. – Moja babka ostrzegała...

– Moja też – dodał Majcher głosem, jakby miał się za chwilę rozpłakać. – Ja wiem, że pani po naszej stronie, ale i tak straszno.

Gryf poczuł, że za chwilę nie wytrzyma i wytrzaska tych czterech durni po gębach.

– Ona niby ma być duchem!? Czy wam kompletnie rozum pomieszało? Młoda damo, czy słyszy pani, co ci ludzie wygadują? – Odruchowo spróbował złapać idącą obok za ramię.

Palce przeszły przez jej ciało jak przez dym, a dziewczyna zbladła niczym mgła. Jeszcze może przez trzy sekundy słyszeli jej kroki, a potem zostali sami. Ciszę zakłócił łomot padającego bezwładnie ciała. Piącha przystanął, splunął i westchnął, Majcher się przeżegnał. Na spodniach Młota nieoczekiwanie wykwitła wielka ciemna plama. Porucznik pierwszy doszedł do siebie. Pochylił się nad zemdlonym kapitanem.

– Trzeba go jakoś docucić – rzucił. – Bo musimy szybko oddalić się od pałacu, a nieść go będzie ciężko.

– Zatkam mu gębę, bo jak się zbudzi, ani chybi wrzaśnie – zaproponował siłacz.

– To zatykaj i trochę potrząśnij. Może to tylko chwilowe omdlenie... Krzywdy mu raczej nie zrobiła, ale cholera wie, czym grozi taki bezpośredni kontakt.

Kapitan jęknął przez kneblującą go dłoń i otworzył oczy. Rozejrzał się przerażony. Spojrzenie miał błędne.

– Spokojnie, kimkolwiek była, już sobie poszła – rzekł Piącha nieco drżącym głosem. – O, do diaska! Pańskie włosy, kapitanie...

Porucznik Liszkowski widział na wojnie niejedno. Ale nigdy wcześniej nie miał okazji zobaczyć, jak ktoś siwieje w oczach.

Bohater na miarę epoki

Liszków, lipiec 1944

Były hrabia Paweł Liszkowski, obecnie porucznik Liszka, oraz były nauczyciel Bronisław Kowalski, obecnie kapitan Gryf, stali na skraju lasu, obserwując drogę biegnącą przez dolinę. Sowiecka armia ciągnęła na zachód. Wczesnym rankiem przetoczyły się czołgi, teraz punkt obserwacyjny mijało kilka pordzewiałych ciężarówek, ciasno zapakowanych sołdatami.

– Szwaby wiały, aż się kurzyło – mruknął Gryf z zadowoleniem. – Ci też jak na razie minęli nas nieomal w biegu. Pamiętam, jak podczas pierwszej wojny... Wtedy było znacznie gorzej. Front przetoczył się po wioskach, bywało, że kilka razy wte i wewte. Jak walec drogowy. Zostały wypalone ruiny i stosy trupów w okopach. Szczęście jak na razie nam sprzyja. Ale cała ta sytuacja nie wygląda dobrze. Słyszało się to i owo.

– Chce pan powiedzieć, że...

– Londyn alarmuje, że w ślad za żołnierzami i oddziałami frontowymi ciągną jednostki NKWD. Zajmują teren, likwidują takich jak ja, sadzają do obozów takich jak pan, rozbrajają partyzantów i wcielają do wojska albo zamykają w więzieniach. Do tego tworzą zaczątek nowej komunistycznej administracji. Tu będzie tak samo. To nowy okupant, niewiele lepszy niż poprzedni. Przygotowałem pewne sugestie dla ludności. – Gryf wyciągnął z kieszeni papier. – Trzeba to przepisać, byle czytelnie, i kolportować.

– Moi ludzie z pewnością chętnie pomogą. Hmm... – zadumał się nagle porucznik. – A nie lepiej by to wydrukować?

– Niby jak i czym? – zdziwił się kapitan.

– Szwaby w pałacu miały jakiś powielacz do druku rozporządzeń. Chyba że zabrały go ze sobą... Ale może nie.

– W pałacu? – Gryf nagle pobladł. – To trudno. Nawet jak został, to niech sobie przepadnie!

– Pójdę i sprawdzę. Za dnia oczywiście. – Liszka spojrzał w niebo, jakby oceniając, ile zostało do zachodu słońca.

– Dobrze, sprawdź, co i jak, spotkamy się wieczorem w miasteczku. Tylko uważaj na siebie. – Po twarzy starego belfra przebiegł nerwowy tik.

Paweł hrabia Liszkowski ruszył drogą pod górę. Minęły może dwa kwadranse, kiedy stanął przed pałacową bramą. Była zamknięta, ale gdy pchnął kute kraty, wrota ustąpiły. Aleja zaprowadziła go przed ganek kolumnowy. Pałac stał cichy i milczący. Okna oficyn były brudne, wiatr naniósł na schody trochę jakiegoś śmiecia. Młody dziedzic nacisnął klamkę, a ponieważ drzwi były zamknięte, załomotał kołatką, aż echo poniosło się po pustym holu.

Chyba nikogo, pomyślał ponuro. Wywalę szybę i spróbuję przez oranżerię.

Nieoczekiwanie usłyszał kroki. Huknęły rygle i w drzwiach stanął sługa – kamerdyner Nepomucen.

– Kogo to ja widzę!? – ucieszył się.

– Mogę wejść?

– Ależ co też panicz? Oczywiście. Proszę się czuć jak u siebie. Skoro stryj pański tyle czasu nie dawał znaku życia, to już pewnikiem... A w takim wypadku to panicz wszystko dziedziczy. Pałac, park, grunta...

– Nie chcę!

– Ależ co też panicz gada. Piękny dom, trochę zaniedbany przez te pięć lat, ale nie będzie trudno przywrócić mu dawnej świetności. A duchami proszę się nie martwić. Dla prawowitego dziedzica fortuny Liszkowskich herbu Liszki nasze dziewczęta są w zasadzie nieszkodliwe.

– Dobre sobie.

Hrabia usiadł w salonie.

– Młody panicz... – wzruszał się sługa. – Dobrze panicza widzieć. Zaraz zaparzymy kawy albo herbaty. Chyba że coś mocniejszego? Zachomikowałem przed Niemcami kilka buteleczek naprawdę zacnych trunków.

– Szkopów w Liszkowie już nie ma, Sowietów jeszcze nie – westchnął hrabia. – Jesteśmy wolni przez kilka godzin, najwyżej kilka dni. Czy znajdzie się coś do jedzenia?

– Wiele nie zostało, ale Niemcy, jak uciekali, to i owo zostawili. Jedenaście skrzynek czy dziesięć, kto by się tam doliczył, jak szybko pakowali do auta. Proponuję na przystawkę szynkę szwarcwaldzką i sznapsa gruszkowego, a na główne danie...

– Niech będzie cokolwiek.

– Pan sobie życzy do skrytek stryja zajrzeć? – zapytał kamerdyner.

– Ech, nie. Co zamurowane, to zamurowane. Niemcy nie znaleźli, może i tamci nie znajdą. Wina wypiję, wykąpię się, zjem i muszę znikać. Czerwoni polują na takich jak ja bez litości.

– To minie, panie hrabio. Nie takie burze dziejowe się przetaczały. Liszkowscy z Liszkowa jeszcze będą tu panami. Bo to mało razy konfiskowano pałac? Zawsze w końcu wasze było na wierzchu.

– Może i tak. Trudno ocenić, co będzie, bo czasy są gorsze niż za zaborów.

– Co prawda, to prawda. Wody w termie zaraz nagrzejemy...

Paweł postanowił zaczekać w salonie. Rozsiadł się wygodnie w fotelu. Potoczył wzrokiem po wnętrzu. Meble ozdobione złoconymi orłami i wieńcami laurowymi pamiętały czasy Napoleona. Popatrzył na rzeźbioną kolumienkę. Przed wojną zazwyczaj stawiano na niej wazon z kwiatami, taki niebieski.

Jak nie jedni, to drudzy okupanci, westchnął w duchu, patrząc w sufit. A pies to trącał. I tak przecież nie będę mieszkał w tej nawiedzonej ruderze!

Jakby w odpowiedzi na te myśli, poczuł nagły powiew chłodu. Spojrzał w stronę okna. Zamknięte. Za to w fotelu po drugiej stronie stołu siedziała dziewczyna. Zdawała się lekko przejrzysta. Gdyby był młodszy, umknąłby z wrzaskiem, ale po pierwsze, był zmęczony, po drugie, przez pięć lat wojny widział takie rzeczy, że się jednak zahartował.

– Panna Kornelia – rozpoznał twarz z portretu.

– Owszem. – Skinęła dostojnie głową.

– No i czego sobie krewniaczka życzy? – burknął. – Postraszyć mnie przyszłaś? Dlaczego nie masz na sobie białego prześcieradła i nie brzęczysz łańcuchami?

– Oj tam, oj tam. – Głos panienki Kornelii dobiegał jakby z daleka, ale słychać było wyraźnie. – Łańcuchami to straszą dusze potępione, a my jesteśmy dusze pokutujące.

– Aha – skwitował, choć po prawdzie niczego nie zrozumiał.

Wrócił Nepomucen. Pod pachą trzymał pokrytą kurzem flaszkę. Z barku wyjął pękaty kieliszek i postawił go przed Pawłem. Naraz spostrzegł ducha. Poprawił odruchowo okulary.

– O, przepraszam panienkę – bąknął, blednąc przy tym jak ściana.

Ale wyszkolenie i lata służby w pałacu natychmiast dały o sobie znać. Ruchem pełnym galanterii przesunął szkło przed dziedziczkę, a Liszkowskiemu przyniósł drugi kieliszek. Polał obojgu bardzo drżącą ręką, ukłonił się i wyszedł.

– Twój stryj nie żyje – powiedziała Kornelia. – Ciotka i dzieci są w Australii. Nie planują wracać. Witam cię zatem jako nowego pana na włościach. – Wstała i dygnęła wytwornie.

– W zasadzie przyszedłem tu tylko zobaczyć, czy Niemcy nie zostawili przypadkiem swojej maszyny do druku obwieszczeń.

– Zostawili, ale jest zepsuta. Daruj sobie, nie macie narzędzi ani części zamiennych, żeby ją naprawić.

– Aha. To zjem i idę.

– To jest twój dom. Twoje gniazdo rodowe. Twoje miejsce.

– Nadciągają czerwoni. Oni wszystkich panów i burżujów... – Przeciągnął kantem dłoni po gardle.

– Już ty się o nic nie martw. Ja i moje kuzynki jesteśmy dla każdego okupanta jak szczypta pieprzu głęboko wciśnięta w zadek. – Uśmiechnęła się złośliwie. – Na każdego bydlaka wcześniej czy później znajdzie się sposób.

Chciał jeszcze o coś zapytać, ale gdy się przemógł, by na nią spojrzeć, fotel był pusty. Koniak z jej kieliszka też znikł. Za ścianą w termie zaszumiała woda.

– Pan na włościach – prychnął. – Chociaż z drugiej strony... Jak się człowiek przyzwyczai i bliżej je pozna, nie takie znów straszne te, eee... pracioteczki?

★

Wysłużona emka podskakiwała na wybojach. Major Kabanow i pułkownik Grusztyn mieli już serdecznie dość tej jazdy. Za ich autem, poskrzypując resorami, sunęła zdobyczna niemiecka ciężarówka z dwunastoma bojcami. Podążali jako ochrona, a zarazem widomy znak siły i potęgi Związku Sowieckiego.

– Zostaniecie w tym całym Liszkowie przez sześć miesięcy – klarował dowódca podwładnemu. – Zadania te same, co wszędzie. Sporządzić listy reakcjonistów, przygotować wykaz z adresami do aresztowań, rozeznać się, jak sytuacja z partyzantką, skonfiskować i zabezpieczyć wartościowe mienie. Kurs języka polskiego zdaliście z wyróżnieniem, tu jeszcze doszlifujecie. A potem kto wie? Wykażecie się tutaj, dostaniecie zapewne poważniejsze zadania. Może i Warszawę niedługo zajmiemy? Macie jakieś pytania?

– W tym kraju wszyscy wyglądają jak reakcjoniści i kułacy – bąknął świeżo upieczony major. – W skórzanych butach chodzą. Rynny miedziane na chatach. Prawie każdy ma zegarek. A rowerów masa. Nawet nie wiedziałem, że może być ich tyle.

– Taka specyfika, towarzyszu. To dla nas obcy i wrogi kraj. Przez dwadzieścia lat jaśniepańska Polska bogaciła się, także naszym kosztem. Widać Niemcy czuli w nich pokrewne faszystowskie dusze i nie ograbili do cna. Albo może są i inne przyczyny, ale nie wciągajcie mnie w dyskusje ideologiczne! Po prostu jak najszybciej trzeba ujednolicić poziom życia tu i u nas. I wy macie o to zadbać!

– Pierwsze zadanie... – mruknął Kabanow, patrząc w kartkę z rozkazem. – Ekshumować i godnie pogrzebać bohaterskich sowieckich partyzantów.

– Taaa... Przez kilka miesięcy rządził tu szwab, niejaki Nockerl. Straszliwie zajadły i krwawy esesman. Polował na naszych regularnie. Potem był pod Kijowem, tam na szczęście nie szło mu już tak dobrze. Odwołali gada do Niemiec. Ale spokojnie, towarzyszu, jeszcze go dopadniemy. Własną wątrobą białe niedźwiedzie nakarmi na Czukotce. O ile w ogóle tam dojedzie. Wedle jego raportu zabił ośmiu naszych. Trzeba ustalić, czy ktoś wie, gdzie spoczęli. Dobrze by było, gdyby się okazało, że sowieccy partyzanci dokonali tu bohaterskich czynów, o których można napisać artykuł. Powinniście w miarę możliwości zebrać informacje dla historyków.

– Tak jest!

Wreszcie dojechali. Na skraju miasteczka ustawiono bramę powitalną. Pułkownik Grusztyn łypnął, kontemplując konstrukcję zbitą byle jak z dech starej stodoły. Ozdobiono ją dwoma czerwonymi sztandarami oraz tablicą, na której nieudolnie namalowano portret. Osobnik na nim widniejący miał na głowie leninowską czapkę, ale jego twarz zdobiły sumiaste wąsiska, zatem chyba wyobrażać miał Stalina. Do konstrukcji przybito także kilka pordzewiałych sierpów skrzyżowanych ze starymi młotkami oraz pięcioramienne gwiazdy, wycięte z drewna i obciągnięte czerwoną tkaniną. Przy bramie nie było nikogo. No, prawie. Gdy sołdaci wysiedli i podeszli bliżej, z cienia wyłonił się dziwny typek. W jednej ręce niósł talerz z chlebem, w drugiej trzymał bukiet czerwonych goździków. Na ramieniu miał założoną opaskę z czerwonej szmatki. Sądząc po deseniu, zużył na nią wstążkę do włosów zabraną córce.

– Wy kto? Sołtys? A może wójt? – zagadnął pułkownik.

– Jestem uświadomiony klasowo aktyw robotniczo-chłopski. – Człowieczek wypiął z dumą rachityczną pierś. – Oczywiście jeśli władza ludowa uczyni mnie sołtysem albo na ten przykład wójtem gminy, chętnie przyjmę ten zaszczyt jako dowód zaufania.

– Moment – burknął młodszy enkawudzista. – Dokumenty!

Człowieczek trochę pobladł. Wręczył najbliżej stojącemu bojcowi kwiaty, drugiemu chleb, po czym zaczął grzebać w kieszeniach. Wydobył nieco pomiętą kenkartę.

– Piotrowski... – przesylabizował major. – Zawód?

– Bezrolny i bezrobotny proletariat wiejski. – Kandydat na sołtysa znów dumnie wypiął pierś. – No, prawie bezrolny, bo mam pół hektara obrachunkowego – dodał szybko, widząc ciężkie spojrzenie majora.

– Znaczy się nie bezrolny, tylko małorolny? – Grusztyn też przewiercił go wzrokiem.

– No tak – wybąkał cherlak, czerwieniąc się.

– A wasze wykształcenie? – zagadnął Kabanow.

– Mam niepełne.

– Niepełne wyższe czy niepełne średnie? – zakpił Rosjanin.

– Eee... raczej elementarne.

– I powiadacie, że proletariat... – cedził starszy enkawudzista. – A macie tu w ogóle jakiś przemysł?

– Eee...

– To co z ciebie za proletariusz, skoro w fabryce nie pracowałeś? – Kolejne pytanie przygwoździło miejscowego jak szpila.

– No ale przed wojną u bednarza...

– Znaczy się wy nie proletariusz, tylko rzemieślnik, czyli wedle naszej nomenklatury drobny burżuj.

– Tak. To znaczy nie! On był burżuj, a ja bezlitośnie wyzyskiwany pracownik!

– Do partii należeliście? – teraz włączył się major.

– Nie. Ale to dlatego, że w okolicy komunistów nie było, bo dziedzic zabronił. Jakby była, tobym się zapisał – zapewniał, bijąc się przy tym w piersi.

– A w czasie wojny czym się zajmowaliście?

– Handlowałem bimbrem. I sabotażu dokonywałem – dodał skromnie. – Znaczy się Niemcom sprzedawałem samogon chrzczony wodą.

– Zgłosicie się potem do gminy z tym bimbrem, może znajdzie się dla was jakieś stanowisko – burknął pułkownik.

Przejechali przez bramę i bez trudu opanowali całą osadę. Nikt nie stawiał oporu. Mieszkańcy, zebrani grupkami po kilka osób, popatrywali na zdobywców trochę jakby nieufnie, ale bez szczególnej wrogości.

– Wreszcie jacyś bracia klasowi, towarzyszu – mruknął major. – Od przedwojennej granicy samo kułactwo i reakcja. A tu jakby bardziej po naszemu.

Faktycznie, ludność osady była wręcz malowniczo obdarta. Mieszkańcy jakby z dumą prezentowali spodnie o postrzępionych nogawkach, jakieś poplamione koszule i sfilcowane, przeżarte przez mole swetry. Co więcej, lwia część zamiast normalnego obuwia nosiła chodaki lub łapcie z brzozowego łyka.

Enkawudziści weszli do urzędu gminy. Urzędnicy na ich widok poderwali się przestraszeni. Pułkownik uśmiechnął się krzywo, uspokoił ich, że NKWD nie zamierza przeszkadzać im w pracy i chwilowo zachowają stanowiska, ale pracować będą pod nadzorem Kabanowa. Sprawdził dokumenty, surowo wypytał o przedwojenną przynależność partyjną oraz funkcje pełnione podczas okupacji. Od razu wystawił listy gończe za wszystkimi nieobecnymi tego dnia w urzędzie, a potem z podwładnym zabrali się do studiowania dokumentacji pozostawionej przez hitlerowców.

Jakieś trzy godziny później ktoś nieśmiało zastukał do gabinetu, w którym siedzieli, grzebiąc w papierach. Kabanow otworzył. W drzwiach stał Piotrowski.

– Aaa... to wy. – Pułkownik obejrzał chłopa w zadumie. – I powiadacie, że chcecie być tu wójtem.

– Tak jest!

– A czy wy w ogóle potraficie czytać i pisać? – wycedził major.

– Umiem... i łacińskim, i cyrylicą nawet, bo mnie za cara w szkole wyuczyli. Ale jeśli to przeszkoda w objęciu funkcji, to natychmiast zapomnę! – zapewnił. – Albo może łacińskiego zapomnę, a cyrylicy nie zapomnę?

– Podoba nam się wasza postawa, towarzyszu Piotrowski – pochwalił Grusztyn. – Macie zadatki na konfidenta. Co do waszych kwalifikacji, już towarzysz Lenin stwierdził, że kucharka może być ministrem, zatem czemu pomocnik bednarza nie miałby zostać wójtem? Rozumiecie jednak chyba złożoność sytuacji. Teraz mamy okres komunizmu wojennego, wprowadzamy zarząd komisaryczny. Front dopiero za Lublinem. Ale jak pokonamy Hitlera, to przyjdzie czas na demokratyczne przemiany i wasze stanowisko będzie trzeba potwierdzić w wyborach do rad gminnych. Żeby wasza kandydatura w ogóle mogła być brana pod uwagę, musicie zapisać się do partii, skończyć kursy administracji państwowej, wyuczyć się dobrze rosyjskiego, a kto wie, może nawet maturę zdać.

– Ale jak to maturę?! – przeraził się kandydat na wójta.

– Rządzenie gminą to nie jest bułka z masłem. Wymaga wiedzy, umiejętności i odpowiedzialności. Znajomości przepisów i właściwego przygotowania ideologicznego, bo jak bez niego będziecie prowadzili walkę klasową?

Słysząc ostatnie zdanie, kandydat na konfidenta zbladł.

– Ale nie martwcie się, Piotrowski, nawet jak nie zostaniecie wójtem, to nam się przydacie. Po pierwsze, musimy dokładnie wiedzieć, jak w tej okolicy było z naszą partyzantką. A tak swoją drogą, przynieśliście ten obiecany bimber? – zainteresował się pułkownik.

– Tak jest! – zasalutował Piotrowski.

Wyjął z torby i postawił na blacie dwie butelki mętnej żółtawej cieczy.

– To próbka tylko. Mam więcej na furmance. Dwa baniaczki po pięć litrów. Mam też donos – dodał przymilnym tonem.

– Pokażcie. – Major wyciągnął rękę.

– No, żeby od razu zapisać, to nie... Ja ustnie opowiem. Nauczyciel... Pan Bronisław Kowalski – zniżył głos. – To wszystko jego robota.

– Co znaczy wszystko? – wycedził pułkownik.

– Ta wieś... Miasteczko znaczy. Ale na wsiach też. Kazał, żeby przed waszym wkroczeniem pochować zegarki, buty i lepsze ubrania. Żeby ludzie chodzili w łapciach i łachmanach do roboty w polu. Tak żeby się wydawało, że tu wyłącznie biedota mieszka.

– Ha! – ucieszył się Kabanow. – Czułem, że tu coś za bardzo po naszemu!

– Kowalski, powiadacie...

– Przed wojną uczył muzyki w liceum w Lublinie. W okupację tu do nas ściągnął. Bardzo podejrzany typek. Mówili, że miał konszachty z partyzantami.

– Adres?

– Tam naprzeciwko, po drugiej stronie rynku, gdzie niebieska zasłonka w oknie.

– Sprawdzimy. A na razie możecie się odmeldować.

Dopiero trzy godziny później major dotarł ze swoimi ludźmi na wyznaczoną kwaterę. Emka zatrzymała się przed wejściem do pałacu. Z ciężarówki zeskoczyli bojcy.

Obaj oficerowie podeszli do drzwi. Właśnie się zastanawiali, czy odstrzelić zamek, czy najpierw spróbować wytrychami, gdy nieoczekiwanie rozległ się chrobot zapadek i wejście stanęło otworem.

– *Zdrastwujtie.* – Kamerdyner ukłonił się automatycznym, wyćwiczonym ruchem.

– Wy kto? – zdziwił się Grusztyn, kontemplując jego liberię. – Sługa pałacowy czy jak? Rozumiecie po rosyjsku?

– Rozumieć coś tam rozumiem, ale mówić to już nie bardzo – zełgał gładko Polak. – Jestem tu majordomusem. Najpierw u świętej pamięci hrabiów Liszkowskich, później hitlerowcy mnie do służby przymuszali.

– Aaa... Zatem, towarzyszu kamerdynerze, skończyła się wasza udręka. W imieniu Związku Sowieckiego nadajemy wam wolność osobistą i prawo do samodzielnego kształtowania bytu. Możecie odejść do swojego domu i zapomnieć o latach upokorzeń ze strony jaśniepanów. A pałac konfiskujemy na kwaterę i rezerwowy punkt dowodzenia.

– Kiedy ja nie mam swojego domu. – Nepomucen rozłożył ręce. – Tu tylko pokoik w oficynie zajmuję. A może wy potrzebowalibyście sługi? Znam pałac jak własną kieszeń, wiem, jak w piecach palić i termę obsługiwać, z pewnością się przydam.

– W Związku Sowieckim służby domowej nie ma i nigdy już nie będzie! – Major pokręcił surowo głową.

– Aczkolwiek w okresie przejściowym, przed automatyzacją wszystkiego, dopuszczalne jest, żeby osoby pozostające na kierowniczych stanowiskach posiadały obsługę – wciął się pułkownik. – Oczywiście, zapomnijcie, towarzyszu kamerdynerze, o wszystkim, co było wcześniej. Dostaniecie książeczkę pracy, ubezpieczenie zdrowotne, talony do łaźni i odwszawialni. Wszystko wedle kategorii zaszeregowania.

– Dziękuję! Czyli mam robić to, co dotąd? – upewnił się Nepomucen.

– Tak. Ale musicie zrozumieć jedno. Wasze zajęcie wprawdzie nie zmienia zewnętrznej formy, ale nabiera zupełnie nowej treści. Dawniej pracowaliście dla panów, a dziś odzyskaliście godność człowieka pracy, zatem od teraz pracujecie dla siebie – uroczyście powiedział Grusztyn.

– Ku chwale Marksa, Engelsa, Lenina i Stalina! – Kamerdyner zasalutował i nagle, zgięty wpół jak przy ataku lumbago, rozkaszlał się gwałtownie.

– Co się stało? – zaniepokoił się pułkownik.

– To nic... płuca – wyrzęził Nepomucen, zakrywając twarz dłońmi. – Niemcy oszczędzali na opale, przewiało mnie.

– Niebawem uruchomimy w miasteczku punkt felczerski, podleczą was – uśmiechnął się dowódca. – Ano chodźcie, Kabanow, rozejrzyjmy się po tej waszej kwaterze.

Trzy pokoje na dole wyznaczono na sypialnie dla bojców. Majorowi szczególnie spodobał się pokoik na pięterku. Bardzo przyjemny i nawet z ciekawym napisem po rosyjsku na ścianie.

„Kunszt balsamistów radzieckich zawstydziłby nawet Egipcjan. J.W. Stalin" – odczytał w zadumie pułkownik. Ciekawe, co też mogło to znaczyć i kto to tu napisał? Kolor też ciekawy, jakby to ktoś krwią namalował...

– Tu będę kwaterował, towarzyszu – oznajmił Kabanow. – Niezły punkt do obserwacji i od strony tarasu, i od parku. A gdyby coś się działo, mogę się ostrzeliwać. Mogę też spuścić klapę i odciąć schody.

– Bardzo dobry wybór – pochwalił dowódca. – Uważajcie na tego sługę – ostrzegł. – Byli lokaje to najgorsza możliwa zaraza. Wy tego nie pamiętacie, boście za młodzi. Po rewolucji masa z nich próbowała się na różne sposoby wkręcić do dalszej pracy w pałacach czy kamienicach, gdzie byli wcześniej zatrudnieni przez panów. Brali najgorszą robotę, jako stróże czy palacze. A po co im to było? Bo burżuje, uciekając, przykazali im pilnować majątku. I tacy właśnie starzy durnie liczyli, że jak panowie wrócą, to ich za te starania sowicie nagrodzą.

– Sądzicie, że tu jest tak samo?

– Jestem tego absolutnie pewien, towarzyszu.

– To co? Pod mur dziada czy może tylko wyrzucić? Trochę nie rozumiem... Gadaliście z nim tak serdecznie.

– Wy, Kabanow, jesteście moim ulubionym podwładnym. Ideologicznie towarzysz z was bez zarzutu. Jak przychodzi co do czego, ręka wam nie drgnie. Ale z rozumowaniem nie zawsze nadążacie. Pomyślcie logicznie. Czy w tym pałacu jest coś cennego?

– No ba! Dywany, meble, kilka obrazów...

– To śmieci. Ładne, ale niewiele warte, zwłaszcza obecnie. Liszkowscy to była magnateria. Nieprzytomnie bogata rodzina. Należało do nich piętnaście wsi i przysiółków. Przez całe stulecia pracowało na nich kilkanaście tysięcy chłopów-niewolników. Myślę, że tu przed wojną było takie wyposażenie, że by wam oko zbielało. Oni uciekli. Jednym autem. Część klejnotów i pieniędzy zabrali ze sobą. Ale sądzicie, że wszystkie?

– Hmm...

– W pałacu Jusupowów w Leningradzie przy okazji remontów znaleziono kilka skrytek ze srebrami i porcelaną. Tu zapewne jest podobnie. Idę o zakład, że najcenniejsze bibeloty, zegary, srebra Liszkowscy gdzieś zamurowali lub zakopali. I ten typ dobrze wie gdzie.

– To może pilnikiem po zębach?

– W ostateczności oczywiście tak właśnie zrobicie. Ale może nie będzie to konieczne. Przyuważcie, gdzie chodzi, czemu się przygląda. Musi kontrolować, czy wszystko gra, czy w zatynkowanych miejscach zaprawa nie pęka. Może też w razie czego poprawiać maskowanie. Może sam was naprowadzi na miejsca, gdzie są skrytki... Zatem na razie grzecznie i serdecznie. Taka mądrość etapu. Czasem dobrym słowem można wiele zdziałać. Nic nas to nie kosztuje, a ostateczny rezultat i tak może być tylko jeden. – Grusztyn wskazał kciukiem podłogę.

– Tak jest... Wy to macie łeb, towarzyszu.

– A żebyście wiedzieli. I dlatego jestem pułkownikiem. A na razie spróbujcie ze sługą łagodnie i po przyjacielsku. Może jak zrozumie, że panowie nigdy już nie wrócą, otworzy się i zacznie sypać. Ale obserwujcie gada uważnie i ani na chwilę nie zapominajcie, że to zapiekły wróg naszej sprawy. No cóż. Pora na mnie, lepiej zdążyć do Lublina przed nocą. Zostajecie, jak to się mówi, sam na gospodarstwie. W razie czego łączność wedle ustaleń.

Wyściskali się i niebawem tylko chmurka spalin pozostała po aucie zwierzchnika. Kabanow wyznaczył warty, a potem wytachał z bagażnika emki dwa balony z bimbrem. Zaszedł z nimi do kuchni.

– Słuchajcie, towarzyszu kamerdynerze – odezwał się. – Mam tu dziesięć litrów samogonu... – Wskazał gestem gąsiory.

– Berbelucha Piotrowskiego. – Sługa skinął głową.

– A wy skąd wiecie!? – zdumiał się enkawudzista.

– Poznaję po kolorze, że to produkt tego ćwoka. Ma kiepską aparaturę, rurki polutowane ze starych łóżek szpitalnych. Rdzewieją w środku, a on nigdy ich porządnie nie wyczyścił. Stąd ta barwa, jakby z krowiego łajna napędził.

– Eee... no tak. W każdym razie, skoro zajmiecie się kuchnią, rozkazuję, żeby to umieścić w mocnej szafce zamykanej na dobry zamek, a klucz proszę nosić przy sobie albo naprawdę dobrze schować. Nie chciałbym, żeby... – urwał Kabanow skrępowany.

– Żeby się pańscy ludzie bez rozkazu dobrali. Oczywiście wszystkiego dopilnuję – zapewnił Nepomucen.

– A tak jeszcze zapytam... Trupy naszych gdzie są pogrzebane?

– Wasza miłość... eee... znaczy się towarzyszu, kogo konkretnie macie na myśli?

– Stacjonował tu taki szwab Nockerl. W tym pałacu miał kwaterę.

– Aaa... To wiem. Paskudny esesman, bił mnie kilka razy i pięścią, i szpicrutą po grzbiecie. Parszywy oprawca. A ci jego ludzie jak dzikie zwierzęta. Bestie prawdziwe spuszczone z łańcucha. Ale o jakich waszych chodzi?

– Zabił masę sowieckich partyzantów. Nasz wywiad po zdobyciu Lublina odnalazł część archiwum SS i Gestapo. Tam były jego raporty. Nockerl sądził, że Sowieci zrzucają tu dywersantów na spadochronach. Sprawdziliśmy u nas, nikogo na ten teren nie delegowaliśmy. To zapewne jeńcy zbiegli z obozów koncentracyjnych i transportów. Zdołali jakoś się odszukać i stworzyli oddział. Tylko że nie mieli możliwości nawiązania kontaktu z Moskwą.

– Mogło tak być. – Nepomucen pokiwał głową.

– Czy wiecie, gdzie są ciała?

– A... Te ciała. Ale to są... – Nepomucen urwał i zadumał się. – To w kącie parku zakopali, pokażę. Czasem ich martwych przywozili, a czasem żywych jeszcze, w parku ich torturowali, a potem słyszałem strzały – fantazjował. – Strach taki mnie ogarniał, że do nich dołączę, ale na szczęście potrzebny byłem, to oszczędzili.

– Co jeszcze wiecie? Słyszeliście może, gdzie była ich partyzancka kwatera?

– No, tego, gdzie konkretnie mieli bazę, to nie wiem. A oni już nam nie powiedzą. Skoro nikt z nich się po waszym wkroczeniu nie zgłosił, to pewnikiem Niemcy wszystkich wytropili i wykończyli. Chodźmy, pokażę.

Ruszyli przez pogrążający się w mroku park. Kamerdyner prowadził prosto jak po sznurku. Po drodze dowódca gwizdnął na dwóch bojców. Faktycznie, pod murem wznosiło się osiem podłużnych kopczyków. Zwłoki zakopano płytko, w powietrzu unosiła się charakterystyczna trupia woń.

Kabanow zasalutował w milczeniu, jego podwładni zrobili to samo. Kamerdyner po chwili wahania też uniósł dłoń do skroni.

– Tu, rozumiecie, leżą nasi towarzysze, sowieccy partyzanci zamordowani na tej ziemi przez zbirów z SS – wyjaśnił major. – Jutro ich odkopiemy, zbadamy ciała i pogrzebiemy z honorami.

Ekshumację rozpoczęto wczesnym rankiem. Dzień zapowiadał się pogodny, nieba nie szpeciła żadna chmurka. A wiadomo, że lepiej takie prace prowadzić, póki chłodno. W parku zebrali się bojcy, gmina oddelegowała kilkunastu chłopów z łopatami, pojawił się też świeżo upieczony konfident Piotrowski.

– No, towarzysze – major zwrócił się do podwładnych – robota będzie nielekka i bardzo nieprzyjemna. Ale sami rozumiecie, że ci tutaj – wskazał garby ziemi – stracili życie w walce z hitlerowcami. Musimy oddać im, jak to się kiedyś po cerkiewnemu mówiło, ostatnią posługę.

Chłopi pozdejmowali z furmanek trumny. Otworzyli i ułożyli w rzędzie. Ktoś rozwinął belę płótna. Krawieckimi nożycami pocięto je na całuny, zlano obficie terpentyną z kanistra. Teraz przyszła pora na najtrudniejszą część pracy... Kamerdyner polał samogonu. Każdy wychylił solidy kubas.

Chłopi i bojcy pospołu ujęli łopaty i wgryźli się w glebę. Z każdą odrzucaną pacyną ziemi upiorna woń stawała się silniejsza. Wreszcie odsłonili ciała. Na każdym trupie leżał stary worek, widocznie nawet hitlerowscy zwyrodnialcy mieli opory, by sypać nieboszczykom ziemię prosto na twarze. Ewidentnie zabici byli sowieckimi partyzantami. Świadczyły o tym resztki nadgniłych mundurów, guziki i klamry do pasów ozdobione gwiazdami. Gęby, na ile dało się rozpoznać w rozpadającej się masie, też mieli typowo sowieckie, niedogolone, cwaniacko-żulerskie. Ostatni od lewej ewidentnie był oficerem. Pas miał skórzany, z ażurową mosiężną klamrą, bluzę mundurową przecinała koalicyjka, a na pagonach zachowały się dystynkcje lejtnanta.

Kabanow, choć uważał się za twardego czekistę, musiał przyznać, że bez solidnego znieczulenia samogonem nie podołałby kolejnemu zadaniu. Na szczęście bimbru od Piotrowskiego mieli do wypęku, każdy uczestnik mógł golnąć, ile tylko potrzebował.

– Najważniejsze jest ustalenie tożsamości naszych nieszczęsnych towarzyszy – wyjaśnił major podwładnym i odstawił opróżniony blaszany kubek. – Nie mamy żadnych informacji, żeby w tej okolicy operował jakiś oddział naszej partyzantki. Może chłopaki uciekli z obozu koncentracyjnego i stworzyli własne zgrupowanie? Tak czy siak, mamy przed sobą ciała bohaterów niosących światu komunizm. Spróbujmy ustalić, kim byli. Wtedy będzie można wykuć ich nazwiska w brązie lub granicie na wieczną pamiątkę ich ofiary i ku nauce przyszłych pokoleń.

Podszedł do leżących rzędem zwłok. Z bliska wyglądało to jeszcze gorzej. Ciała po dwóch latach w ziemi poczerniały i pozapadały się. Smród wwiercał się w mózg, nawet kolejny kubek bimbru pomógł tylko na chwilę. Ubrania zabitych przesiąkły produktami rozkładu. Major założył gumowe rękawice i walcząc z obrzydzeniem, przeszukał kieszenie nieboszczyków. Były puste. Obszukał ciała. Liczył, że znajdzie jakiekolwiek dokumenty albo nieśmiertelniki – ebonitowe rurki z karteluszkami. Ale ich też nie było.

– Szwaby wszystko zabrały – westchnął ze złością, cofając się o kilka kroków. – Niestety, w raportach nie było żadnych nazwisk.

– Tego rozpoznaję – mruknął Piotrowski, wskazując ostatniego z ekshumowanych Sowietów. – Tylko że to nie żaden wasz partyzant, ale nasz miejscowy złodziej nazwiskiem Kukuła.

Zebrani chłopi pokiwali głowami, potwierdzając identyfikację.

– Skoro ma na sobie nasz mundur, oznacza, że był naszym partyzantem, a tylko na co dzień udawał złodzieja – huknął major. – Dla kamuflażu!

– Ale on był znany z tego, że kradł kozy i zboże... – zaczął konfident i ugryzł się w język. Za późno spostrzegł, że się zagalopował. Urwał niepewny, co mówić dalej.

– Armia Czerwona nie kradnie, tylko rekwiruje, konfiskuje lub zabiera jako łup wojenny – rąbał słowo po słowie Kabanow. – Mówicie: miejscowy? Polak?

– Edward Kukuła – rzucił ktoś. – Znamy go doskonale. U jednej ręki nie miał małego palca.

Kabanow pochylił się nad trupem. Faktycznie lewa dłoń była okaleczona.

– On był z Liszkowskiego Wygonu – uzupełnił Piotrowski. – Dobrze go znam, moja świętej pamięci ciotka niedaleko mieszkała.

– A przed wojną co robił? – zaciekawił się major.

– Eee... No tak dokładnie to nie wiem. W mieście jakąś szkołę podobno skończył i pracował u aptekarza w Lublinie czy jakoś tak. Wywędrował od nas, wrócił, jak się okupacja zaczęła.

Kabanow przez chwilę układał sobie informacje w głowie.

– Towarzysz Kukuła zapewne jeszcze przed wojną w mieście, padając ofiarą wyzysku swego pryncypała aptekarza, zapisał się do komunistycznej partii. W czasie okupacji odszukał naszych żołnierzy zbiegłych z obozów koncentracyjnych i stworzył tu podziemną organizację komunistyczną wraz z oddziałem partyzanckim. Niestety, esesmani tego oprawcy Nockerla wytropili ich i zdradziecko wymordowali. Ciekawe tylko, skąd ten mundur? Może gdy nasi wkroczyli na zachodnią Ukrainę, wstąpił na ochotnika do Armii Czerwonej?

– Nie wiem, ale siedział tu chyba od początku, na pewno był już w czterdziestym roku. Raczej go wtedy nie zrzucili ze spadochronem, bo... – Konfident w porę ugryzł się w język. – Zresztą jak był waszym oficerem, z pewnością macie to zanotowane gdzieś tam w waszych archiwach – wybrnął.

– Mogło być jeszcze inaczej. – Kabanow poskrobał się po głowie. – Gdy towarzysz Kukuła zebrał oddział, sołdaci mogli go sami wybrać dowódcą i mianować lejtnantem. Jako kolektyw. Były takie precedensy podczas wojny domowej.

– No, pewnie tak właśnie było. – Piotrowski skwapliwie pokiwał głową. – Szkoda, że był tak doskonale zakonspirowany, przyłączyłbym się do niego. On komunista, a ja bezpartyjny sympatyk i zwolennik.

– Co jeszcze o nim wiecie?

– No tak dokładnie to niewiele. Mieszkał sam, miał nieduże gospodarstwo kupione przed wojną, za pieniądze babki. Na uboczu pod lasem. W zasadzie nie utrzymywał z nikim bliższych kontaktów.

– Sądzicie, że baza oddziału mogła być u niego w zabudowaniach?

– Yyy... To chyba jest zupełnie możliwe.

– Zatem jutro po pogrzebie pojedziemy się rozejrzeć.

– Co z tym? – zapytał jeden z bojców, wskazując ciała.

– Zwłoki naszych towarzyszy przełożymy do trumien i zawiniemy, żeby trochę zgłuszyć odór. Zanieście je do tego białego budynku z kolumienkami, przed drzwiami ustawić wartę. Wieczorem uroczyste zebranie, a jutro pogrzeb bohaterów. Na rynku.

– To może na cmentarz lepiej? – zdziwił się konfident.

– Nie rozumiecie, Piotrowski, powagi chwili. My tu dziś tworzymy zupełnie nową epokę. Wyzwoliliśmy was i przyłączyliśmy do szczęśliwej rodziny wolnych i bratnich narodów komunistycznych. Ci ludzie oddali za to życie. Ich mogiły muszą znajdować się w eksponowanym miejscu. Ich widok każdego dnia będzie dla mieszkańców Liszkowa inspiracją do wydajnej budowy nowego, lepszego świata. Będą też dla was na wieki symbolem nowych czasów. Jak słup graniczny, jak kamień milowy, jak drzewce z łopoczącym sztandarem pośrodku podbitego terytorium wroga.

– Pogubiłem się – bąknął Piotrowski. – Że niby my jesteśmy tym wrogiem? Bo przed chwilą mówiliście, towarzyszu, że bratnimi komunistami.

– Wrogiem była sanacyjna Polska i te groby jak osikowy kołek przygwożdżą jej truchło. A wy, chłopi, jesteście oczywiście naszymi braćmi, wyzwolonymi przez nas niewolnikami sanacji.

– Jeśli wasi bracia są niewolnikami... – zaczął któryś z chłopów, ale zaraz zrozumiał, że lepiej nie kontynuować tej myśli. – Tyle skomplikowanych słów i idei. Ja prosty człowiek. To trochę nie na moją głowę – wyznał.

– Nie martwcie się, towarzysze chłopi – uspokoił go Kabanow. – W komunizmie jest tak ustalone, że najmądrzejsi towarzysze kolektywnie myślą i wytyczają kierunek, a wam wystarczy entuzjastycznie podążać za nimi.

Wreszcie bojcy przełożyli ciała do trumien, zawinęli w całuny. Woń terpentyny stłumiła niemal wszystko. Chłopi zasypali puste już groby.

Rynek od świtu wyglądał uroczyście. A w każdym razie inaczej niż w zwyczajny dzień. Czerwonych flag w osadzie nie było. Na szczęście jeden ze sklepikarzy miał litrową butlę czerwonego atramentu. Wystarczyło na ufarbowanie kilkunastu prześcieradeł. Kolor, niestety, nie wyszedł do końca taki, jak trzeba. Urzędniczki, odpowiednio postraszone, wykonały nocą kilkadziesiąt kwiatów z czerwonej bibułki. Gwiazdy odczepiono od zbytecznej już bramy powitalnej.

Kabanow dyrygował dekorowaniem miasteczka. Gdy czerwone elementy rozwieszono na kamieniczkach, okazało się, że jest ich za mało. Różowych flag na tle kolorowych tynków praktycznie nie było widać. Po głębszym namyśle przewieszono wszystkie na budynkach w południowej pierzei, by chociaż tło za grobem i przemawiającymi wyglądało jako tako.

Chłopi pod kierownictwem majora zdemontowali zepsutą fontannę pośrodku rynku i wykopali mogiłę. Trumny ustawiono rzędem, powoli zebrali się ludzie. Orkiestra strażacka rozstawiła się na schodkach budynku gminy. Przydreptał proboszcz w czarnej sutannie, na szczęście nie rwał się do kropienia wodą święconą, dzięki czemu udało się zachować całkowicie świecki charakter uroczystości.

Kabanow stanął na zaimprowizowanej mównicy i wygłosił przemówienie, w którym przybliżył słuchaczom historię Związku Sowieckiego i sam ustrój komunistyczny. Podkreślił bohaterstwo Armii Czerwonej gromiącej hitlerowców, zachęcił młodych, by nie czekali na ogłoszenie poboru, ale na ochotnika wstępowali w szeregi Ludowego Wojska Polskiego. Ostrzegał przed knowaniami reakcjonistów. Pod koniec drugiej godziny mowy wspomniał też o nieboszczykach, a ponieważ niewiele udało mu się ustalić, zbudował tę część z samych ogólników.

– Skromny bohater czasów hitlerowskiej okupacji towarzysz Edward Kukuła niech będzie dla was wszystkich wzorem do naśladowania – huknął na zakończenie.

Potoczył wzrokiem po twarzach zebranych ludzi i mimowolnie zgrzytnął zębami. Mimo powagi chwili wyglądali na... rozbawionych. Niektórzy zasłaniali usta i z trudem starali się stłumić śmiech.

Pieprzeni faszyści, pomyślał. Towarzysz pułkownik miał rację. Wszyscy jesteście wrogami postępu i humanistycznej wizji świata.

Wreszcie trumny spoczęły w ziemi. Bojcy oddali salwę z karabinów. Orkiestra strażacka zagrała walca „Na sopkach Mandżurii", niestety, w repertuarze nie mieli nic bardziej stosownego, a majorowi nie udało się zdobyć odpowiednich nut. Ludzie zaczęli się rozchodzić.

Kabanow zwinął Piotrowskiego.

– Jedziemy – polecił. – Obejrzymy sobie gospodarstwo bohatera. A przy okazji opowiecie, co o nim wiecie.

Do Liszkowskiego Wygonu nie było daleko – śmignęli w kwadrans. Domostwo Kukuły nie zmieniło się wiele od popołudnia przed kilku miesiącami, gdy oddział AK porucznika Liszki przybył wykonać wyrok. Tylko drzwi i okna wyrwano, a wnętrza wymieciono z większości sprzętów.

– Co tu taka dewastacja? – zadumał się Kabanow.

– Szwaby, psia ich mać, pewnie jak go zabili, zniszczyli wszystko. A potem resztę rozkradziono, włóczą się różne bandy. – Piotrowski miał w Liszkowskim Wygonie krewnych, wolał nie kablować na mieszkańców.

– Zajdźmy i rozejrzyjmy się – mruknął enkawudzista.

Bojcy rozbiegli się, sprawnie przeczesali wszystkie kąty i zameldowali, że nie ma żywej duszy. Major wszedł do chaty. Stół, kilka krzeseł... nic ciekawego. Daremnie wypatrywał porzuconej broni albo dokumentów.

Pchnął drzwi do komory.

– A niech mnie – szepnął, patrząc na stos metalowych łóżek. – Tu była szykowana kwatera dla – przeliczył szybko – co najmniej dwudziestu osób! Ale znaleźliśmy tylko osiem ciał...

– Zapewne innych partyzantów hitlerowcy wystrzelali po lasach – podsunął Piotrowski.

– Nie, Nockerl na pewno by się tym pochwalił.

– To może Kukuła spodziewał się, że niebawem oddział się rozrośnie? Może planował jakąś akcję odbicia więźniów z transportu, albo i obozu? Trzeba ludzi popytać, może ktoś coś będzie wiedział – podsunął konfident. – Mogę zebrać relacje.

– Koniecznie! Rozpytajcie i raportujcie.

Major wracał na kwaterę nieco zmęczony i odrobinę zniechęcony. Nie spodobała mu się postawa miejscowych podczas pogrzebu bohaterów. Nie bardzo potrafił powiedzieć, co spodziewał się znaleźć w gospodarstwie Kukuły, ale po oględzinach czuł pewne rozczarowanie.

Na szczęście kamerdyner uruchomił termę. Kabanow wziął długi prysznic, wypił herbaty, popił samogonem i świat wydał mu się odrobinę lepszy. Dochodziła czternasta, gdy z zadumy wyrwał go gong. Zszedł na parter. Kamerdyner wpuszczał akurat do holu dwóch mężczyzn.

Przybysze ubrani byli po cywilnemu, niższy trzymał w ręku tekturową walizkę, wyższy przewiesił przez ramię plecak.

– Iwan Nikołajewicz Polikarpow – przedstawił się mniejszy. – Towarzyszu majorze, melduję, że przysyła mnie ekspozytura Związku Literatów przy sztabie armii.

Po waszym wczorajszym radiogramie podjęto natychmiastową decyzję, żeby nas tu do was skierować. Otrzymałem zadanie napisania powieści o bohaterskim lejtnancie Kukule i jego oddziale partyzanckim.

– A wy? – Kabanow przeniósł wzrok na drugiego.

– Igor Kowalew, rzeźbiarz – przedstawił się mężczyzna. – Mam wyrzeźbić popiersie towarzysza Kukuły i inne emblematy potrzebne na jego pomnik.

– Towarzysze, nawet nie wiecie, jak się cieszę, mogąc was tu gościć. Książka i pomnik! Tylko skąd wytrzasnę surowiec? – zafrasował się. – Będziecie potrzebowali granitu czy marmuru? Miejscowy kamieniarz może dysponuje...

– Nie, towarzyszu majorze, potrzebuję tylko wosku i gliny. W wosk mnie zaopatrzono. Przygotuję formę do odlewu. Decyzją sztabu, dla szczególnego podkreślenia wartości jego walki, popiersie towarzysza Kukuły zostanie wykonane z brązu pochodzącego ze zdobycznych zapalników hitlerowskich pocisków. Będzie to swego rodzaju symboliczne zwycięstwo czcigodnego poległego nad jego wrogami.

– Rewelacyjny pomysł!

Major zakwaterował gości w pokoikach obok swojego. Sprawdził, czy w prysznicu jest ciepła woda. A potem poszedł do kuchni.

– Towarzyszu kamerdynerze – zagadnął sługę – mam dziś w planach wieczorek artystyczny. Nie co dzień trafia się okazja obcować z ludźmi sztuki, i to tego formatu. No wiecie, towarzysz literat będzie czytał fragment książki, którą przygotowuje, żeby opisać dzieje bohaterskiego lejtnanta Kukuły. Towarzysz artysta chce od razu, na gorąco przygotować rzeźbę twarzy bohatera. Przydałoby się coś do picia i gdyby tak coś na ciepło do zjedzenia...

– Czyli trzeba chleba ukroić i konserwę zagrzać na patelni – uściślił Nepomucen.

– Nie mamy nic lepszego? – skrzywił się Kabanow. – Może pieczyste? Coś z drobiu? Takie dziwaczne ptaszydła po parku chodzą...

– Pawie? Ładnie wyglądają, ale niejadalne kompletnie. Mięso łykowate i zgnilizną jedzie.

– *Wo blia*... Trudno, niech będzie konserwa. – Major wyglądał na zakłopotanego.

– Wedle rozkazu, towarzyszu. Podam do tego ciasteczka. Zostało w szafce jeszcze trochę z przedwojennego zapasu. Co do picia?

– A co mamy poza tym samogonem koloru gówna?

– Do tuszonki, o ile zawiera mięso, wypadałoby podać wino. Czerwone wytrawne. Z drugiej strony, skoro to sowiecka wojskowa konserwa, może lepszym rozwiązaniem byłby mocny arak albo od razu orzechówka. Niemcy szczęśliwie nie wszystko znaleźli.

– Moim bojcom to samogon od Piotrowskiego starczy, ale... – tu major urwał, by zebrać myśli i wyłożyć je po polsku. – Rozumiecie, jako oficer NKWD pełnię ważne funkcje. Moi goście to artysta rzeźbiarz i wybitny literat – sumitował się. – Kulturalni ludzie. Elita wśród ludzi sztuki. Nie zrozumcie mnie źle, bo w Związku Sowieckim wszyscy są równi, ale niektórzy, nieliczni towarzysze zajmujący szczególnie odpowiedzialne stanowiska są, że się tak wyrażę...

– Odrobinę równiejsi od innych – dokończył Polak.

– Z ust mi wyjęliście, towarzyszu kamerdynerze – pochwalił major.

– Czyli tak: dla prostych bojców jak zwykle smażona tuszonka z czarnym chlebem i samogon, do salonu konserwa golonkowa z koncentratem kaszy jaglanej, bułka zapiekana z masełkiem czosnkowym, eee... to znaczy z margaryną. Do tego zaproponowałbym nalewkę z samogonu na rodzynkach. Kolorem i smakiem nieźle przypomina koniak. Mam kilka pustych butelek po zagranicznych trunkach, mogę przelać.

– Właśnie! Dacie też na stół jakiś obrus i te ładne talerzyki. – Kabanow wskazał komplet połyskujący złoceniami zza szklanych drzwiczek szafki.

– Jak sobie, towarzyszu, życzycie, ale obawiam się, że to nie jest dobry pomysł. Boję się, że będzie z tego jakieś nieszczęście.

– Dlaczego niby?! – zirytował się major. – Jesteśmy kulturalni ludzie, nie rozbijamy zastawy! A nawet jakby coś się stłukło, to nie przesadzajcie. Może za pańskiej Polski za jedną zgubioną łyżeczkę katowano służbę bez litości, ale w naszych postępowych czasach rozbita filiżanka to nie jest żadne nieszczęście.

Kamerdyner otworzył szafkę i bez słowa pokazał mu talerz. Z wierzchu nie wyglądał źle. Za to od spodu obok nazwy producenta czerniała wielka czarna swastyka.

– *Nu ładno* – jęknął Kabanow.

– Zostały po szwabach. Lepiej tego na stół nie stawiać. Niby to towarzysze artyści, ale jeden literat, znaczy się pisać umie. Co zrobimy, jak donos wysmaruje? – ostrzegł sługa.

– Won z tym, dajcie jakieś normalne – westchnął major. – W każdym razie, towarzyszu kamerdynerze, postarajcie się coś wyczarować.

– Wszystkiego osobiście dopilnuję – zapewnił Nepomucen. – Gości proście do salonu na osiemnastą.

Stół nakryty był śnieżnobiałym obrusem. Sługa wyczarował z czerwonych serwetek pięcioramienne gwiazdy, w kandelabrach płonęły świece. Paciaja z kaszy, wymieszana z farfoclami mięsa konserwowego, przyozdobiona pietruszką i wzorkami ze szczypiorku, podana została w porcelanowej wazie. Woń świeżo siekanego czosnku, pieprzu, kolendry i kardamonu z pałacowych zapasów skutecznie zagłuszała naturalny zapach potrawy. Stół zdobiły omszałe butelki i kryształowe kieliszki. Blask świec odbijał się w platerowanych rączkach widelców. Kromki paskudnego żytniego komiśniaka ułożono elegancko na paterze. Major musiał w duchu przyznać, że kamerdyner dołożył starań. Paskudna frontowa strawa dzięki tej oprawie zyskała na wykwintności.

– Towarzysze, zapraszam w nasze skromne progi. – Kabanow gestem wskazał gościom stół.

– Fiu, fiu, ależ tu burżujsko – mruknął literat.

– To z szacunku, którym kadry NKWD darzą świat kultury i sztuki.

Niby to żartobliwa uwaga sprawiła, że artystom natychmiast odechciało się jakichkolwiek komentarzy. Pobledli lekko. Dobrze jeszcze pamiętali wielką czystkę i kolegów „zatrzymanych bez prawa do korespondencji”.

– Mamy tylko jedno zdjęcie towarzysza Kukuły, było w jego aktach w gminie. – Major położył na stole przed rzeźbiarzem fotografię legitymacyjną, niewiele większą od znaczka pocztowego.

– Nie ma nic więcej? – zasępił się twórca. – Przydałoby się z profilu, półprofilu i sylwetki w ruchu...

– Niestety, nic na to nie poradzę. – Kabanow rozłożył ręce. – Niby można by ponownie ekshumować, ale szczerze powiedziawszy, niewiele to da. Gdy go odnaleźliśmy, twarz była już mocno zniszczona rozkładem.

– Dobra, zrobię, co się da – uspokoił go rzeźbiarz. – Ciało damy umięśnione jak antyczny posąg, twarz obrobię na podstawie fotki. Najwyżej z boku mniej podobny będzie. Zresztą sami wiecie, towarzyszu, że sztuka, zwłaszcza sztuka socrealistyczna, pewne aspekty naszego życia uwzniośla i upiększa. Maskuje też drobne niedoskonałości, jak na przykład...

– Może lepiej bez przykładów. – Kolega literat dał mu sójkę w bok. – Portrety naszych wodzów, a zwłaszcza najważniejszego, to raczej drażliwy temat. Ci, którzy je malują, albo trzymają język za zębami, albo szybko trafiają tam, gdzie ich paplanina nikomu już nie zaszkodzi. Smacznego, towarzysze.

Podjedli, potem major polał podrabianego „koniaku" z francuskiej butelki po szampanie. Obaj goście, by nie wyjść na prowincjuszy, udawali, że znają się na zagranicznych alkoholach. Mlaskali i chwalili „burżujski" trunek. Gdy już miłe ciepło rozlało się po ciałach, artysta przyniósł dużą bryłę wosku, a literat notes z zaczętą już powieścią o dzielnym Kukule.

Kamerdyner przyszedł napalić w kominku.

– To na razie tylko ogólny szkic, zbiór niepowiązanych jeszcze epizodów – wyjaśnił pisarz, rozkładając kajet w czarnej ceratowej okładce. – Ale mimo to chciałbym odczytać kilka co bardziej udanych ustępów.

– Prosimy, prosimy – odezwali się współbiesiadnicy.

Obszarnik Paweł Liszkowski po prostu lubił bić chłopów. Gdy był jeszcze dzieciakiem, chłostał pałacowe służące szpicrutą, ale dopiero gdy wrócił do majątku po swojej służbie w faszystowskim polskim wojsku, chłopi poznali jego twardą rękę. Najchętniej bił ich batogiem z wyprawionej skóry hipopotama, kupionym na wakacjach w Egipcie od arabskich handlarzy niewolników.

Okupacja nie zmieniła jego przyzwyczajeń. Faszysta polski szybko znalazł wspólny język z faszystami niemieckimi. Nieraz do białego rana szyby pałacu jarzyły się światłem elektrycznym, a drzewa parku echem odbijały butne słowa teutońskich pieśni. To dawny pan biesiadował z nowymi panami... Chłopi liszkowscy z miesiąca na miesiąc wiercili nowe dziurki w pasach, podtrzymujących coraz luźniejsze porcięta, a pan hrabia i jego towarzysze spod znaku trupiej czaszki przeciwnie. Tyli tak, że ledwie im się mundury na kałdunach dopinały.

Kamerdyner przestał układać polana w kominku i potrząsnął głową, jakby nie bardzo mógł uwierzyć w to, co słyszy.

– Coś nie tak? – Zaniepokojony literat uniósł głowę.

– *Izwinitie, ja po ruski oczen' płocho ponimaju.* – Polak rozłożył bezradnie ręce.

– Nie rozumiecie, towarzyszu, boście całe życie byli trzymani w ciemnocie przez panów. Nie dbała faszystowska, pańska Polska, żeby wyuczyć swoich poddanych rosyjskiego, języka świata kultury i postępu. – Major, naoliwiony alkoholem, wpadł w nastrój rzewno-mentorski. – Skoczcie, towarzyszu kamerdynerze, po jeszcze jedną butelkę. Ziąb straszny...

– Zaraz przyniosę. I drew więcej by trza – westchnął Nepomucen i wyszedł.

W kuchni dopiero, oddzielony od oficerów trzema parami drzwi, ryknął takim śmiechem, że mu sztuczna szczęka wypadła, a szybki w kredensie zabrzęczały.

O mamuniu, żeby panicz Liszkowski mógł usłyszeć, co ten ćwok o nim wypisuje! – rechotał, podnosząc zęby z posadzki.

Złapał flaszkę z nalewką, wetknął pod pachę wiązkę polan i przybrawszy poważny wyraz twarzy, pospiesznie wrócił do salonu, by posłuchać dalszego ciągu.

Nieszczęsny Janusz Nosacz, bezrolny chłop z Woli Liszkowskiej, ojciec trójki skrofulicznych dzieciaków, nie raz już zaznał ciężkiej ręki swego dziedzica. Ale dziś szedł na rozmowę jak na ścięcie. Skóra na plecach mu ścierpła, zimny pot zrosił skronie. Nie wiedział, jak zdoła wytłumaczyć się z cielaka, który powierzony jego opiece, z głodu nażarł się konopnego sznura i zdechł.

Za tę kurę, co wiosną padła, pan siekł mnie batogiem do krwi, przypomniał sobie. To za takie cielę kto wie, może gotów mnie zamordować?

Liszkowski czekał na niego pośrodku klepiska pańskiej stodoły, uśmiechając się pod wąsem. Z pozoru uśmiech ten był przyjacielski, ale wszyscy robotnicy folwarku doskonale wiedzieli, że zapowiada ból, krew i łzy.

– Co masz mi do powiedzenia, Januszu? – zapytał hrabia, a jego dłoń o białych, niespracowanych palcach zawisła nad rzeźbioną w kości słoniowej rękojeścią bicza. W jednej chwili nieszczęsny chłop zrozumiał, że liczni konfidenci już o wszystkim pana powiadomili.

– To nie moja wina – szepnął, spuszczając wzrok.

Zacisnął zęby z całej siły, ale na wiele się to nie zdało. Już pierwszy cios zadany batem zwalił go na klepisko. Liszkowski z zadowoleniem spostrzegł, że rzemień rozciął zarówno kapotę, jak i skórę nieszczęśnika. Zawsze fascynował go widok płynącej z ran krwi. Zamachnął się do kolejnego uderzenia. Lubił słuchać krzyków bólu, szczególnie gdy krzyczały chłostane przez niego kobiety i młodziutkie dziewczęta.

– Bić chłopa nie masz prawa! – nieoczekiwanie dobiegł go głos od wrót stodoły.

Dziedzic odwrócił się, unosząc bat do ciosu.

– A kto mi niby zabroni? – Zła twarz Liszkowskiego wykrzywiła się w ohydnym faszystowskim grymasie. Rozpoznał stojącego w drzwiach stodoły. – Że niby wy, Kukuła?

– Dla was to ja jestem lejtnant Kukuła – odpowiedział partyzant, zrzucając płaszcz. – I mówię dziś do ciebie, kanalio, w imieniu Związku Republik Rad!

Krwiożerczy dziedzic na widok sowieckiego munduru i pistoletu w kaburze przy pasie w jednej chwili zrozumiał, że wybiła ostatnia godzina jego podłych rządów.

Literat zakończył i pociągnął solidny łyk samogonu.

– Ciąg dalszy to już jutro napiszę.

– Wzruszyłem się. – Major otarł łzę. – Pięknie napisane, z ogniem.

Rzeźbiarz cofnął się o krok, by ocenić swoje dzieło. Nawet kamerdyner musiał przyznać, że artysta zna się na rzeczy. Głowa towarzysza Kukuły, choć rzeźbiona na podstawie malutkiej legitymacyjnej fotografii, wyszła łudząco podobna. Tylko że Kukuła za życia miał raczej maślane spojrzenie po małej wódeczce i cwaniacki uśmieszek, tu zaś patrzył hardo, zadziornie, a mars na czole, zaciśnięte wargi i bruzdy po bokach ust nadawały jego twarzy wyraz odwagi i zdecydowania.

– Jak żywy! – pochwalił Nepomucen. – Macie wielki talent, towarzyszu artysto.

Rzeźbiarz uśmiechnął się, połechtany mile komplementem.

– Piękne... – zachwycił się Kabanow. – Można by dać zdjęcie z tej rzeźby na okładkę książki – podsunął. – Żeby każdy czytelnik mógł spojrzeć w oblicze prawdziwego bohatera!

– Tak, to bardzo dobry pomysł. A gdy już książka będzie opublikowana i trafi do bibliotek, napiszę do Mosfilmu, może będzie szansa nakręcić też obraz – powiedział literat.

– Film!? – zdumiał się rzeźbiarz.

– A czemu nie? – zapalił się major. – Właśnie że nakręcimy film! To doskonały pomysł. Wielki, wspaniały film o bohaterskiej walce oddziału partyzanckiego towarzysza Kukuły. Nasza ojczyzna z pewnością wyasygnuje na to środki!

– Mam nawet pomysł na zakończenie. Zrobimy mały skrót chronologiczny. Wyobraźcie to sobie! Nadciąga wyzwolicielska Armia Czerwona, już tylko kilka dni dzieli tę ziemię od wyzwolenia. Towarzysz Kukuła ze swoim oddziałem szykują wielką akcję sabotażową, żeby pokrzyżować Niemcom plany obrony. Chcą wysadzić w powietrze tory, żeby nie mógł nimi przejechać pociąg pancerny pełen szwabów z najbardziej doborowych, krwiożerczych jednostek, którym przed wyruszeniem na front błogosławieństwa udzielał sam Hitler!

– Tu nie ma linii kolejowej – zauważył trzeźwo major.

– Furda, nakręci się gdzie indziej i dołoży scenę montażowo. W każdym razie nasi dzielni towarzysze partyzanci podkładają ładunki, pociąg wylatuje w powietrze, ale niestety, bohaterowie wpadają w ręce zbirów z SS. Hitlerowcy zabijają szeregowców, a Kukułę zabierają do pałacu. Bestialsko katują bohatera, ale on milczy, nie zdradza tajemnicy wojskowej. Biją go tym samym biczem z hipopotama, którym Liszkowski przed wojną lał chłopów. Rozumiecie, ten rekwizyt symbolicznie podkreśli jedność ideologiczną faszystów polskich i niemieckich. Wielki reżyser Cziaureli, na którego wykładzie byłem w Moskwie, mówił, że na widza trzeba oddziaływać prostymi, czytelnymi obrazami. Takimi, które głęboko zapadają w pamięć i, że się tak wyrażę, trafiają wprost do serca.

– Trzeba wymyślić odpowiednio mocny tytuł, chwytliwy – doradził rzeźbiarz. – To absolutna podstawa. Zarówno gdy będziecie się, towarzyszu, starali o akceptację scenariusza, jak i potem, gdy film wejdzie do kin. Tytuł na afiszach musi zwracać uwagę. Swoją drogą, jakbyście mogli szepnąć słówko, nikt nie zrobi wam takich plakatów jak ja.

– Tytuł mam. – Literat skromnie spuścił wzrok. – „Bohater na miarę epoki".

– Piękny – przyznał major.

– I taki mam pomysł na ostatnią scenę... Trzeba widza chwycić za to serce, ale i nauczyć właściwych postaw. Taki motyw jak sztafeta w sporcie... Wkracza nasza armia, odnajdują tu w parku grób towarzysza Kukuły, rozkopują. Zwłoki bohatera noszą ślady straszliwych tortur zadanych mu przez SS. Zdarli mu pagony i wszystkie odznaczenia. I tylko na podartym od uderzeń batoga, skrwawionym mundurze połyskuje samotna czerwona gwiazdka. Towarzysz major pochyla się wzruszony nad ciałem. Wyciąga dłoń, odczepia emblemat i umieściwszy na swoim mundurze, rusza dalej, żeby pomścić towarzysza i bez litości bić faszystów.

– To nie do końca tak było – bąknął Kabanow.

– Może i nie do końca, ale pamiętajcie, towarzyszu, słowa naszego wielkiego nauczyciela Lenina, że sowieckie kino nie opisuje rzeczywistości, tylko jak stalowy młot wykuwa nową! Mógłby was w tej roli zagrać... niech pomyślę... – Literat zaczął sobie przypominać listę najpopularniejszych gwiazd kina. – Bogolubow albo Sidorkin... Bo do roli Kukuły może Andiejew?

– A nie mógłbym zagrać sam siebie? – Enkawudzista spojrzał prosząco. – Gdybyście, towarzyszu, podczas prac nad scenariuszem szepnęli za mną słówko. Nigdy jeszcze nie występowałem w filmie... Na taką okoliczność pewno dadzą mi kilka dni urlopu.

Sługa wydał zduszony dźwięk i długo kaszlał, zgięty wpół. Gdy się wreszcie wyprostował, twarz miał czerwoną, a łzy ciekły mu po policzkach.

– Wy, towarzyszu kamerdynerze, jak taki suchotniczy kaszel was męczy, powinniście pić hematogen, jedna łyżka stołowa rano i wieczorem – doradził życzliwie rzeźbiarz po rosyjsku. – Na choroby piersiowe niezawodne lekarstwo!

– *Spasiba.* Ale co zacz ten hematogen? – zainteresował się Nepomucen.

– Preparat taki, wspaniałe osiągnięcie przodującej radzieckiej farmacji – wyjaśnił Kabanow. – Tu, w Polsce, krew zwierząt zebrana w rzeźni używana jest co najwyżej na kaszankę. Nie powiem, kaszanka rzecz smaczna, a Polacy są mistrzami w jej produkcji. Ale w Związku Radzieckim bardziej od rozkoszy kulinarnych bogaczy dbamy o zdrowie klasy robotniczej. Dlatego też u nas z bydlęcej krwi pozyskuje się cenny lek. – Uniósł dumnie głowę. – Hematogen wzmacnia odporność u dzieci, odbudowuje wyniszczony chorobą organizm, pomaga w leczeniu gruźlicy i syfilisu, odmładza wręcz.

– Zdobędziemy wam butelkę, towarzyszu kamerdynerze – obiecał literat. – Mam swoje kontakty w korpusie medycznym.

– *Bolsze spasiba.* – Nepomucen skinął głową i wyszedł w milczeniu.

W kuchni znowu dał upust wesołości. A potem sięgnął do skrytki i nalał sobie szklaneczkę najlepszej hrabiowskiej nalewki.

To jest lek na wszystkie choroby, pomyślał, gdy błogie ciepło rozlało się po członkach. Odrobina alkoholu i dobry humor to recepta na zdrowie i długowieczność. A humoru to mi dziś ci idioci przysporzyli, że na miesiąc starczy. A myślałem, że nauka rosyjskiego w carskiej szkole na nic mi się w życiu nie przyda...

Na drugą nogę golnął koniaku ze specjalnej osobistej butelki pana hrabiego. Przypomniał sobie oglądaną w salonie rzeźbę i pokręcił głową ze zdumienia.

Co by nie gadać, ale ten bolszewik rzeźbi prawie jak Michał Anioł. Kto by pomyślał, Kukuła, że ty po śmierci taką karierę zrobisz, westchnął w duchu. Na pomniku cię postawią, złodzieju, książkę o tobie napiszą, kto wie, może nawet i film nakręcą... Rację miał ten huncwot Lenin, gdy mówił, że komuniści i bandyci są sobie klasowo bliscy. Aż szkoda, że twoja babka nie dożyła, ona jedna wierzyła, że wyjdziesz w końcu na ludzi i zostaniesz kimś. Na ludzi wprawdzie nie wyszedłeś, ale kimś zostaniesz na pewno. Przynajmniej na papierze. Ależ ci okoliczne powsinogi będą zazdrościć.

I znów zarechotał, aż łzy stanęły mu w oczach.

Opuszczone obozowisko sprawiało przykre wrażenie. Liszka i Piącha rewidowali starannie wszystkie ziemianki, sprawdzali, czy nie pozostały żadne papierki lub inne kompromitujące materiały. Przeglądali całe wyposażenie. Garnki i kociołki po latach używania na prymitywnych „kozach" poprzepalały się, więc porzucili je bez żalu. Piecyki też były pordzewiałe. Koce i materace potwornie jechały stęchlizną. Cenniejsze wyposażenie, sprzęt kuchenny i ubrania podkomendni zabrali ze sobą.

– Wyrwiemy słupy, dachy runą i tyle – powiedział dowódca do plutonowego. – Las w kilka lat zarośnie wszystko. Palić tego nie ma sensu. No i sucho jest, ogień mógłby się rozprzestrzenić.

– Szkoda trochę, zadomowił się człowiek – westchnął podwładny. – Do domu na razie nie ma co wracać. Za dużo ludzi wie, że byłem w AK. Może do Lublina ruszę za jakąś robotą? Albo do Rzeszowa lepiej? A co z tym? – Trącił nogą worek z sowieckimi mundurami.

– Siepnij do dziury i tyle. Uwaga! Ktoś idzie.

Rzeczywiście, w półmroku między drzewami pojawiła się krępa sylwetka. Na szczęście był to tylko kapitan Gryf. Przywitali się.

– Likwidujecie bazę? – Dowódca potoczył wzrokiem dookoła.

– Oddział, jak pan rozkazał, rozpuszczony. Chłopaki zapisali się do LWP albo wyjechali z okolicy. Zostali tylko plutonowi.

– Dziękuję.

– Broń zdatna do użytku zatowotowana i zakopana w skrzyniach w bezpiecznym miejscu. Broń uszkodzona zniszczona w sposób nieodwracalny i porzucona. Amunicja też zabezpieczona. Nie wiadomo, co los przyniesie, w razie czego będziemy gotowi – zameldował Piącha. – Przechodzimy do głębokiej konspiracji.

– Bardzo słusznie. Ja też zmieniłem kwaterę. Dobrze, że maszynę do pisania miałem w skrytce gdzie indziej. No właśnie, poruczniku Liszka... Mam coś dla was i dla waszych ludzi. Są sygnały, że NKWD pozyskuje agentów, szuka partyzantów z AK i aresztuje. Dyrektywy z centrali są takie, że trzeba się przyczaić i zobaczymy, co dalej. Podstawowy problem to ten cholerny złodziej, cośmy go zlikwidowali. Pamiętacie? Ten, co lubił kozy.

– Edward Kukuła? – spytał hrabia.

– No właśnie.

– Ale czemu to ma być problem? Ożył czy jak?

– Na szczęście zimny trup. Ale kilka dni temu w Liszkowie na rynku zrobili mu pogrzeb z honorami wojskowymi, w towarzystwie pozostałych siedmiu bandziorków, cośmy ich załatwili i dostarczyli Nockerlowi.

– Pogrzeb? Po co? I jak to z honorami?! – zdumiał się hrabia.

– Ano jak ich odkopali, truposze nadal mieli na sobie te bolszewickie mundury, a co gorsza, Kukułę żeście przebrali za sowieckiego lejtnanta. Ten debil Kabanow uznał, że działała tu sowiecka partyzantka pod dowództwem tego ćwoka. No i zrobili z niego wielkiego bohatera zamordowanego przez hitlerowców.

Liszka i Piącha ryknęli serdecznym śmiechem.

– Pośmiałbym się z wami, ale sprawa jest poważniejsza, niż wam się wydaje – odezwał się Gryf, gdy odrobinę przycichli.

– Dlaczego? – zaniepokoił się hrabia.

– Bo nie dość, że kupa ludzi wie, jak to było naprawdę, to jeszcze, co gorsza, wiedzą, że to myśmy gada stuknęli. Wersji oficjalnej Sowieci raczej zmieniać nie będą, potrzebują kultu bohaterów spod znaku sierpa i młota. Ale mam sygnały, że propaganda sowiecka z upodobaniem robi z AK organizację faszystowską, reakcyjną, a kierunek kolejnych publikacji jest coraz dziwniejszy. – Kapitan uderzył zrolowaną gazetę wetkniętą w cholewę buta. – Odnoszę takie wrażenie... Obym się mylił. Te szuje będą się starały przeforsować tezę, że zamiast walczyć z Niemcami, współpracowaliśmy z okupantem. Myślę, że już się mniej więcej orientują, jak tu sprawy wyglądały. Jeśli się rypnie, że wielki, bohaterski czerwony partyzant Kukuła został zlikwidowany przez Armię Krajową, to nie chcę być w naszej skórze!

– Czyli ten złodziej nawet martwy może nam jeszcze cholernie zaszkodzić? – Piącha zacisnął w złości kułaki.

– Długo nad tym myślałem i sądzę, że da się odwrócić kota ogonem. Nie tylko nam nie zaszkodzi, ale właśnie wręcz przeciwnie. – Stary belfer uśmiechnął się krzywo. – Wymyśliłem, jak ten łajdak nawet martwy może nam pomóc, a nawet kto wie, może uratować nasze tyłki.

– Że niby jak? – zdumiał się hrabia.

– Przygotowałem takie dokumenty. – Gryf wręczył podwładnemu złożony na czworo poplamiony papier. Drugi podobny podał plutonowemu.

Zaciekawiony partyzant rozłożył kartkę. Była zapisana na maszynie.

Ja, Edward Kukuła, pseudonim „Nieugięty", dowódca samodzielnego oddziału partyzantki sowieckiej Czerwona Zemsta, zaświadczam, że okaziciel niniejszego dokumentu Paweł Liszkowski oddał znaczne usługi mojemu oddziałowi. Po pierwsze, wyszukując i ratując sowieckich jeńców zbiegłych z hitlerowskich obozów koncentracyjnych. Po drugie, przeprowadzając ich bezpiecznie w nasze lasy i kontaktując ze mną. Po trzecie, dostarczając mojej grupie broni, żywności i bezcennych informacji o ruchach wojsk niemieckich oraz działaniach hitlerowskiej administracji.

Poniżej czerwieniała okazała pieczęć wyobrażająca trupią czaszkę, tylko zamiast piszczeli miała sierp skrzyżowany z młotem. Wokoło czachy biegł napis cyrylicą. Liszka odcyfrował imiona Marksa, Engelsa, Lenina i Stalina. W rogu dokumentu widniała data z 1942 roku.

– Pieczątkę sam zrobiłem – pochwalił się Gryf. – W sumie robota nietrudna, w dobrze wysuszonej pacynie mułku formierskiego wygrawerowałem negatyw i zalałem ołowiem. Potem wystarczyło leciutko zeszlifować. Zrobiłem podobne zaświadczenia także dla Majchra i Młota. Każde z inną datą, na innym papierze. Rozdasz im. W razie wizyty NKWD powinno zapewnić wam niezłą ochronę.

– Genialne – szepnął porucznik. – Tylko co będzie, jak to się rypnie?

– Wtedy mamy dwie możliwości. Albo pójdziemy do piachu tutaj, albo pojedziemy daleko, daleko za Ural i dopiero tam zdechniemy w kopalni złota. A niestety, może się rypnąć – westchnął były nauczyciel. – Wystarczy, że sprawdzą w przedwojennych aktach formularze, które Kukuła składał, żeby uzyskać dowód osobisty. Tam jest jego podpis i obawiam się, że będzie zupełnie inny niż na tym świstku. Ale cóż. Do tego oczywiście przygotowałem trochę innych papierów, konkretnie, to dwieście siedemdziesiąt różnych meldunków, pokwitowań, rozkazów... Całe konspiracyjne archiwum oddziału. Jest podzielone na kilka części, zakopiemy je tu na polanie i jeszcze w dwu lub trzech innych miejscach. Zalane woskiem w szklanych słojach. Co najważniejsze... – Uśmiechnął się naprawdę wrednie. – Będzie wśród tych świstków także meldunek o tym, że w okolicy nie ma żadnej siatki AK, i drugi o zidentyfikowaniu Piotrowskiego jako hitlerowskiego konfidenta. Jak nam gnojek za bardzo będzie w gminie bruździł albo się dowiemy, że donosy smaruje, to się archiwum odnajdzie i go raz-dwa koncertowo odstrzelimy, w dodatku rękami NKWD. Rzecz jasna, działać będziemy zależnie od okoliczności. Trzeba tylko zapamiętać, jakie papiery są w którym słoju, żeby odkopać ten właściwy.

– O mamuniu! – Piącha spojrzał na dowódcę z bałwochwalczym uwielbieniem. – Kapitanie... Jak pan to świetnie wymyślił! Nie jestem godny butów panu czyścić.

– Ucz się, młody, ucz. Bo idą czasy tak podłe, że tylko najsprytniejsi mają cień szansy.

Od pogrzebu bohaterów minął tydzień. Major Kabanow zgodnie z daną sobie obietnicą walczył z faszystami i reakcjonistami, aż wióry leciały. Stopniowo wypełniły się cele pod urzędem gminy. Wojenne prawo pozwalało niemal na każdego znaleźć jakiś paragraf. Podczas rewizji znajdowano różności. A to odbiornik radiowy, a to zapomniany nabój do karabinu, to znów „żywność i alkohol w ilościach spekulacyjnych". NKWD parokrotnie zasadzało się na Kowalskiego, ale jakoś nigdy nie udawało się zastać go w domu. Oczywiście enkawudziści włamali się do jego mieszkania. Rewizja przyniosła ciekawe efekty. Znaleziono radio kryształkowe, rewolwer wraz z zapasem amunicji i niemal tysiąc czterysta dolarów amerykańskich w banknotach o niewielkich nominałach. Ludzie plotkowali, że pewnie pojechał do Lublina.

Kabanow sprawdził. Choć liceum ponownie uruchomiono, były nauczyciel do pracy nie wrócił. Sowieci obiecali nagrodę za wskazanie miejsca jego pobytu, ale i to nie przyniosło skutku. Aż nadszedł dzień...

Gospodarstwo leżało nieco na uboczu wioski Liszkowa Wola. Uzbrojeni w pepesze bojcy otoczyli je sprawnie. Kabanow z czterema ludźmi wszedł na podwórze i urzędowo, kolbą nagana załomotał do drzwi.

– Otwierać, rewizja!!! – huknął.

Zazgrzytał zamek, drzwi otworzyły się. W progu stał starszy wiekiem chłop. W pośpiechu upychał koszulinę w spodniach.

– Rewizja – powtórzył Kabanow i odsunął go łokciem. – Dokumenty naszykuj!

Bojcy wpadli do izby. Była pusta.

– Gdzie reszta rodziny? – warknął major, wyciągając z raportówki odpis z kart meldunkowych.

– Żona do Lublina pojechała soli kupić, a syna Niemcy zabrali, pisał rok temu, że jest na robotach w Bawarii – wybąkał przerażony wieśniak.

Enkawudziści szybko i sprawnie wywalili wszystko z szafy, potłukli garnki stojące na gzymsie pieca, rozbili kilka kafli, które były innego koloru niż sąsiednie. Jeden pruł bagnetem poduszki, drugi przegrzebał bieliźniarkę. Znaleźli dwie przedwojenne dziesięciozłotówki oraz kilkadziesiąt złotych w „młynarkach".

– Broń, złoto, waluta... – Major łypnął groźnie na gospodarza.

– Nie mam, bo i skąd... – Chłop na widok zniszczeń tylko zacisnął zęby.

– Radio?

– To nawet przed wojną nie miałem. Zresztą jakie radio, jak tu na wiosce nawet prądu nie podciągnęli jeszcze.

Na etażerce stało kilka kryminałów zeszytowych i oprawiony rocznik tygodnika ilustrowanego. Rewidujący przepatrzyli wszystko, aż pożółkłe kartki załopotały w powietrzu, ale między stronicami znaleźli jedynie kilka zdjęć rodzinnych. W roztrzaskanych doniczkach z pelargoniami była tylko ziemia. Na zakończenie łomem podważyli i wyłamali parapety, ale i pod nimi nie było skrytek. Ci, którzy weźli na strych, zeszli umorusani kurzem i oblepieni pajęczynami, lecz i oni pokręcili przecząco głowami.

– Może i nie ma żadnych ciekawych wyników, ale każda rewizja to dla reakcjonistów czytelny znak, żeby z nami nie zadzierać. – Kabanow i tak był zadowolony. – Sprawdźcie jeszcze budynki – polecił.

Nie minęły trzy minuty, a bojcy wywlekli na podwórko cielę, a właściwie młodą krowę.

– Co to jest? – warknął dowódca.

– Jałóweczka – wybąkał chłopina.

– Konfiskujemy – burknął enkawudzista.

– Ale jakim prawem? – jęknął gospodarz. – Panie komisarzu, myśmy tu we wiosce całą okupację krowy w lesie przechowywali, przed Niemcami ukrywali, żeby były na rozmnożenie po wojnie. To będzie dobra mleczna krowa.

– Nie ma jej w gminnym wykazie. – Kabanow jedną ręką pokazał mu figę, a drugą położył na kaburze. – I ciesz się, że nie będzie grzywny za ukrywanie inwentarza.

Chłop zrobił kwaśną minę, ale nic więcej nie powiedział, stał tylko, mnąc czapkę w rękach.

– Co za niewdzięcznicy z tych polskich chłopów – powiedział major niby to do siebie. – Myśmy, nie szczędząc krwi, ratowali was przed Hitlerem, a wy nam, wyzwolicielom, głupiego cielaka odmawiacie! A zresztą po cholerę wam własna krowa, i tak wszyscy niebawem pójdziecie do kołchozów.

– Kołchozów? Że niby tu u nas też będą? – Chłopina załamał się do reszty.

– A wam co się znowu nie podoba? To dla waszego dobra przecież. Kołchozy to najefektywniejszy sposób gospodarowania zasobami wsi! Nahajem by was po mordach lać, jacy wy niewdzięczni!

Pół godziny później Kabanow zaparkował przed pałacem i z pomocą bojców zaczął wyciągać jałówkę z tylnego siedzenia emki. Kamerdyner nadszedł i na ten widok stanął jak wryty.

– Co się tak gapicie? – zirytował się major.

– *Izwinitie*. Po prostu nigdy nie widziałem, żeby krowa jeździła samochodem.

– W socjalizmie tak właśnie przejawia się postęp. – Enkawudzista dumnie wypiął pierś. – Rzeczy wcześniej niemożliwe stają się faktem. Zobaczycie jeszcze nie takie cuda nauki i techniki.

– Wybaczcie pytanie. Przywieźliście ją tu...

– Ano przywiozłem. Widzicie – burknął – miałem ostatnio bardzo ważnych gości i co musieliśmy podać? Konserwę. A jak znów kto ważny przyjdzie? Mamy rezerwę. Cielaka się zarżnie i wstydu nie będzie.

– Rozumiem – kiwnął głową Nepomucen. – Gdzie umieścić zwierzę?

– W tym takim jakby pokoju z roślinami.

– W oranżerii.

– No właśnie. Tylko zadbajcie o nią. A ja muszę do biura.

Wskoczył do auta i pomknął do Liszkowa. A tu czekała go prawdziwa niespodzianka. Jego ludziom udało się dorwać Kowalskiego!

– No i kobyłka u płota, jak się to u was, w Polsce, mawia – mruknął major i wyrżnął aresztanta kułakiem w twarz.

Nauczyciel runął wraz z krzesłem na wznak.

– Za co? – jęknął, łapiąc się za krwawiący obficie nos.

– Za to, że się za tobą od tygodnia uganiam, gnido! Wy się nazywacie Kowalski...

– Bronisław Kowalski – potwierdził więzień. – Ale po co było się za mną uganiać? Pojechałem do Lublina szukać pracy. Jestem nauczycielem muzyki. Znaczy przed wojną byłem. Pojechałem, wróciłem, po co mnie szukaliście!? Wystarczyło kartkę w drzwi wetknąć, że mam się stawić.

– O tym za chwilę. – Major siadł za biurkiem i przez chwilę bawił się ołówkiem. – Byliście przed wojną burżujem...

– Nauczyciele w Drugiej RP zarabiali godziwie, ale do burżuja to mi raczej było daleko – sprostował z godnością Kowalski. – Nawet na motocykl nie zdołałem uskładać.

– Nasi towarzysze z Lublina ustalili, że zatrudnialiście służącą. Wyzyskiwaliście klasę robotniczą!

– Lepiej, żeby zdechła z głodu? Trzydzieści trzy procent bezrobocia notowaliśmy. A u mnie miała dach nad głową, wyżywienie i pensję co miesiąc na rękę.

Enkawudzista zadumał się głęboko. Przez chwilę w milczeniu wpatrywał się w papiery. Potem podszedł i zerwał ze stolika obrus, odsłaniając przedmioty znalezione w mieszkaniu nauczyciela.

– Poznajecie?

– No, to moje rzeczy. Radio, żeby słuchać, co się na świecie dzieje. Niemcy kazali oddać, ale ja schowałem. Rozumiecie, niezależna informacja była bezcenna w tych miesiącach mroku i trwogi. Moskwy też słuchałem. I radiostacji Kościuszko. Dzięki temu na mapie śledziłem postępy Armii Czerwonej. Rewolwer dostałem... Gdyby Gestapo mnie dopadło, miałem się zastrzelić.

– Zastrzelić? A po co? – zdziwił się Kabanow.

– No, żeby mnie żywcem nie wzięli.

– Czyli byliście w konspiracji? – syknął major. – U faszystów z AK?

– Ja? Stary dziad? W konspiracji? – Oburzenie belfra wyglądało na autentyczne. – Do takiej roboty trzeba mieć siły i co najważniejsze, predyspozycje psychiczne. Jestem muzykiem, a nie żołnierzem. Gdzie mi tam... – Machnął ręką. – Jedyne co, to oddziałowi towarzysza Kukuły pomagałem, żadna zasługa. I przechowywałem pieniądze, które miał na aprowizację.

– Współpracowaliście z Kukułą?!

– Nie mogę o tym mówić! Składałem mu przysięgę, że zachowam całkowite milczenie o wszystkich naszych sprawach!

– Nam przecież możecie wszystko opowiedzieć. – Major zmienił ton na znacznie łagodniejszy. – Jesteśmy komunistami, tak jak on.

– Ale on był żołnierzem, a wy jesteście tajną policją.

– Tajną policję to mają imperialiści i faszyści do ochrony swoich brudnych interesów – sprostował z godnością Kabanow. – NKWD to całkowicie jawnie działająca, demokratyczna instytucja, stojąca na straży społeczeństwa...

– No, sam nie wiem. Lejtnant Kukuła miał oddział... Oddziałek raczej. Taki malutki. Ośmiu, może dziesięciu ludzi. Nie wiem, jakie nosili nazwiska. Kukuła ściśle przestrzegał zasad konspiracji. Esesmani od Nockerla wyłapali i zabili wszystkich.

– Kto ich wydał?

– Wydał?

– Nie zgrywajcie idioty, bo się to dla was źle skończy. Wszyscy wiedzą, że w okolicy grasowała banda faszystów z tak zwanej Armii Krajowej pod dowództwem jakiegoś porucznika Liszki. Z pewnością nie w smak mu było, że na jego terenie jeszcze ktoś się kręci.

– Coś tam ludzie plotkowali o akowcach, ale wydaje mi się, że to tylko pogłoski. Bujda na kółkach. Nie kojarzę żadnej akcji bojowej podobnego oddziału. Pan Kukuła też nie wspominał, żeby miał z nimi jakieś kłopoty.

– Nie kojarzycie...

Major wstał i przeszedł się po gabinecie. To, co zeznawał więzień, trzymało się kupy i zasadniczo pasowało do tego, co już zdołał ustalić.

– Piotrowski zeznał, że zredagowaliście instrukcję dla miejscowych, żeby ukryć najcenniejsze rzeczy przed wkroczeniem Armii Czerwonej – wycedził.

– Piotrowski kłamie. I uważajcie na niego, to ostatnia szuja. Przylepił się do was jak łajno do buta, bo chce, żebyście go brali za swojaka. Tymczasem... Cholera, no nie mogę powiedzieć. Przecież składałem przysięgę przed towarzyszem Kukułą!

– Mówcie, proszę, wszystko. NKWD jest jak ksiądz spowiednik, wszystko można nam wyznać spokojnie, bez żadnych obaw. – Kabanow zmusił się do przyjacielskiego uśmiechu.

– Towarzysz Kukuła podejrzewał, że Piotrowski jest konfidentem SS – Kowalski zniżył głos do szeptu.

– To bardzo poważne oskarżenie. – Twarz majora stężała. – A dowody?

– Jakby miał twarde dowody, toby go zlikwidował. Ale myślę, że sporządził na ten temat raporty, notatki... Mówił, że przekazał informacje o ukryciu archiwum ludziom z kierownictwa Armii Ludowej. A może Gwardii Ludowej? – Belfer poskrobał się po głowie.

– Archiwum oddziału towarzysza Kukuły?! – Major wytrzeszczył oczy.

– Skoro mnie znaleźliście, to przecież je macie... Nie macie!? – zdziwił się nauczyciel. – Jak to? Przecież mówił, że jeśli coś mu się stanie, to świat pozna prawdę.

– Widocznie informacja nie dotarła. – Zaintrygowany enkawudzista aż poderwał się z krzesła. – Czy wiecie, gdzie to mogło zostać ukryte?

– No tak dokładnie to nie wiem. Wspomniał, że podzielił archiwum na kilka części. Jedną zakopał w szopie na terenie swojego obejścia. Na Liszkowym Wygonie.

Kabanow zadzwonił dzwonkiem.

– Zabrać go do pałacu i zamknąć w lochu pod powozownią – polecił. – Jeszcze sobie z nim pogadam. Dziesięciu z łopatami jedzie ze mną do domu bohaterskiego Kukuły! Będziemy dziś tworzyć historię!

Zapadł mrok. Po niebie sunęły ciężkie deszczowe chmury. Kabanow usiadł i pociągnął wódki z hrabiowskiego kubka na ołówki. Był mocno zmęczony. Przekopanie obejścia Kukuły zajęło im sześć godzin. Ale trud sowicie się opłacił. Faktycznie, pod podłogą jednej z komórek znaleźli nakryty wiadrem słój. Wieczko dobrze zabezpieczono woskiem, a w środku upchnięto masę papierów. Meldunki, rozkazy, coś jakby kronikę oddziału.

Major rozłożył dokumenty na biurku. Przeglądał pospiesznie kartki. Część napisano na maszynie, część pokrywały bazgroły i kulfony. Na dwuletnim kursie nauczył się mówić, czytać i pisać po polsku, ale widać było, że towarzysz Kukuła, prosty chłop ze wsi, kreślił literki niekiedy dość fantazyjnie.

Piotrowski mógłby mi pomóc, rozważał Kabanow. Ale nie można się tak spoufalać z miejscowymi. Musi sukinsyn znać swoje miejsce. Poza tym, jeśli faktycznie to niemiecki konfident... Zagryzł wargi.

Wśród papierów była obszerna notka z rozpracowania agenta. Była też informacja, że kasę oddziału przekazano na przechowanie nauczycielowi. Kukuła pisał o Bronisławie Kowalskim kilka razy i w samych superlatywach, najwyraźniej miał do niego pełne zaufanie. Co więcej, znaleziona podczas rewizji kwota idealnie zgadzała się z raportem.

Diabli nadali, pomyślał major. Wychodzi na to, że ten nauczyciel faktycznie jest niewinny, a nawet ma konkretne zasługi dla naszej sprawy. A ja go po mordzie obiłem i teraz pod kluczem siedzi. Niedobrze. Przynajmniej coś do jedzenia każę mu podać. Dobra, po kolei, rozkazał sam sobie. Trzeba ułożyć plan pracy na kolejne dni. Po pierwsze, ten lokaj. Jak do tej pory nie zdradził się z niczym. Zatem trzeba przejść do kolejnego etapu. Wyduszę z niego informacje o hrabiowskich schowkach jak serwatkę z twarogu. Trzeba przeprowadzić konkretne poszukiwania tych zamurowanych skarbów. Lokaja jutro bierzemy na tortury. Dwóch doświadczonych bojców, konwejer mu zrobimy. Jak nie pomoże, faktycznie pilnikiem po zębach... Najlepiej w tej, jak to nazywają, świątyni dumania. Po drugie, kult towarzysza Kukuły. Dzięki temu archiwum można napisać całą historię jego walki, już nie tylko zbeletryzowaną, ale naukowe opracowanie. Trzeba to jak najszybciej obfotografować i przekazać historykom. Główny problem, że musimy zbudować tu siatkę konfidentów po wsiach. Piotrowski byłby do tego celu idealny, zna tu masę ludzi, wie, kto ma jakie słabości i potrzeby. Tylko że to, po pierwsze, idiota, po drugie, lejtnant Kukuła miał co do niego poważne podejrzenia. A może dać mu do zrozumienia, że NKWD wie o jego współpracy z SS, i zmusić, żeby to odpracował gorliwą służbą? Nie... Jeśli bydlak zdradził towarzysza Kukułę i wystawił na śmierć ośmiu bohaterskich sowieckich partyzantów, kara może być tylko jedna! Piotrowskiego się zlikwiduje, najlepiej tak, żeby zababrać opinię miejscowych. Na papierze będzie, że zabili go chłopi. A siatkę niech nam zbuduje belfer. Skoro pracował z towarzyszem Kukułą i ten w swoich raportach pisze o nim w samych superlatywach, to chyba możemy mu zaufać. Trzeba się z nim przeprosić, wypić wódki. Zrozumie przecież, że w gębę go waliłem nie w złości, tylko w imię wyższej konieczności dziejowej. Po trzecie, trzeba zrobić rewizję na plebanii i w kościele.

Spisał cały plan na kartce. Pociągnął jeszcze łyk wódki. Sprawdził punkt po punkcie i pokraśniał z dumy.

Może i nie jestem tak mądry jak towarzysz pułkownik Grusztyn, ale wyrabiam się, pomyślał zadowolony. Jak sobie dobrze poradzę w tej dziurze, to z pewnością dostanę poważniejsze zadania w dużym mieście. Kto wie, może nawet w stolicy. A potem awans... A teraz godzinkę jeszcze popracuję nad papierami i spać, postanowił. Jutro czeka mnie ciężki dzień. Ale za to robota przyjemna. Chętnie oczy nacieszę hrabiowskimi skarbami. I nie tylko nacieszę, braku kilku drobiazgów nikt przecież nie zauważy...

Nagle zamarł, tknięty pewną myślą.

– Kasa oddziału Kukuły – szepnął. – Dolary! Przecież to jest fortuna! I w dodatku... Tylko ja wiem, że się odnalazły! To znaczy tylko ja i Kowalski. Trzeba... – Zacisnął szczęki. – Trzeba go będzie z rana posłać do piachu. Żeby się nie wydało, że pieniądze są u mnie. Zabiorę je do domu, dobrze schowam, a potem można ostrożniutko je sprzedawać, powoli, żeby się nie wydało. Bo rozstrzelają...

– Rozstrzelają... – powtórzyło w kącie coś jakby złośliwe echo.

Major wzdrygnął się. Przypomniał sobie, co mówiono o tym miejscu.

– Żadne duchy nie istnieją – uspokoił się zaraz.

Przejrzał raz jeszcze wszystkie papiery. Tylko na jednym była informacja o przekazaniu pieniędzy nauczycielowi. Jeszcze na dwóch lub trzech papierkach znalazł adnotacje, że Kowalski pomagał sowieckiej partyzantce. Kabanow zapalił zapałkę i przytknął płomień do papierka. Po chwili dowody już nie istniały. Otworzył okno, powiał lekki wiatr i chłodne powietrze wypełniło pokój, rozpraszając nieco opary dymu i alkoholu.

– Do roboty! – rozkazał sobie major. – Uporządkuję papiery, a rano nauczyciela do piachu i zakopać...

– Rozstrzelają... – zaszumiały drzewa w parku.

Kabanow czym prędzej zamknął okno.

Kamerdyner wszedł do oranżerii z blaszaną miską. Jałówka podeszła zaciekawiona. Postawił misę w kącie, nasypał śruty i płatków, które Niemcy wykorzystywali do robienia owsianki.

– Na, podeżryj sobie – mruknął. – Bo tym, co tu rośnie, to się nie pożywisz. – Uśmiechnął się krzywo i wyrwał krowie z różowego nosa kilka kolców kaktusa. – Uwierz mojemu doświadczeniu. Egzotyczne żarcie nie każdemu żołądkowi służy. Puściłbym cię do parku na trawkę, ale ten skur... Kabanow gotów mnie za to zastrzelić.

Krówka otarła się o niego przyjacielsko.

– I pomyśleć, że na takie jak ty mówi się „bydło", a takich jak on tytułuje „ludźmi"... – zadumał się Nepomucen, czochrając zwierzę między uszami.

Nagle spostrzegł, że sierść na karku jałówki jeży się jak szczotka.

– A wy, jaśnie panienki, zamiast się gapić, jak krowa palmę obgryza, wzięłybyście się do roboty – burknął, nie odwracając głowy. – Tak, wiem, sprawy żywych nie powinny się mieszać ze sprawami umarłych, ale same widzicie, co się w waszym domu wyrabia.

Wyskubał jeszcze dwa kolce z miękkiego, wilgotnego noska zwierzęcia. I naraz spłynął na niego dziwny, nienaturalny spokój. Na lewym ramieniu spostrzegł wąską, półprzejrzystą dłoń. Nie czuł jej, ale też się nie przestraszył. Jałówka stała spokojnie.

– Mamy pewien pomysł – usłyszał głos szeptany wprost do ucha, ale jednocześnie jakby dobiegający z bardzo daleka. – Idź do parku, koło fontanny spotkasz naszego krewniaka i jego ludzi. Pan Kowalski siedzi w lochu pod powozownią, muszą go uwolnić. Żeby wartownicy otworzyli, Kabanow stukał tak: dwa szybkie uderzenia i jedno później. Do pałacu niech się nie pchają. Przekaż mu i o nic więcej się nie martw.

– Wartownicy mnie zastrzelą...

– Weź jałówkę na postronek, niby że wyprowadzasz jak pieska na siusiu. Jak zapytają, powiesz, że Kabanow kazał. A on... już raczej nie będzie miał okazji zaprzeczyć.

A potem dłoń znikła i tylko gdzieś spomiędzy palm dobiegł perlisty, nieco złośliwy śmiech.

★

Liszka i jego trzej plutonowi ukryli się za wysokim obramowaniem fontanny. Dwaj bojcy patrolujący park przeszli opodal, paląc biełomorkanały. Nie spodziewali się żadnego zagrożenia.

– Pilnują tego parku bardziej niż szwaby – burknął Piącha.

– Damy radę – uspokoił go Liszka. – Młot, wywalasz „babą" drzwi. Ja i Majcher wpadamy i zabijamy wartowników. Piącha osłania nas ze stenem. Przy odrobinie szczęścia zaciukamy gierojów po cichu, zanim zaczną strzelać – powtórzył rozkazy. – Odbijamy dowódcę i natychmiast uciekamy. To priorytet. Uważajcie na tych cholernych Sowietów, bo nie dość, że jest ich tu co najmniej dwunastu, to jeszcze uzbrojeni w pepesze.

– Warto by przy okazji tego dziada Kabanowa stuknąć – westchnął Piącha. – Jakby pan porucznik się zgodził, sam nawet pójdę.

– Za duże ryzyko.

– Ktoś idzie – szepnął Młot.

Partyzant musiał mieć koci słuch, bo pozostali dopiero po chwili usłyszeli dostojne człapanie. Na ścieżce pojawił się kamerdyner, prowadzący na postronku jałówkę.

– Panie hrabio! – Skłonił się przed Liszkowskim. – Mam wiadomość od panny Marceliny.

Plutonowi pobledli, porucznik też poczuł się bardzo nieswojo.

– Wiadomość?

– Żeby sowieciarze pilnujący pana Kowalskiego otworzyli, trzeba zapukać tak jak ich dowódca. Dwa szybkie uderzenia i jedno po chwili. Kabanowem kazały się nie przejmować. Chyba biorą go na siebie – westchnął ciężko Nepomucen.

– Babka opowiadała... – zaczął Piącha i wzdrygnął się. Krówka spokojnie skubała klomb.

★

Major spojrzał na flaszkę pod światło. Była pusta.

Gady kapitaliści naprawdę dobrą wódkę robili, naszła go reakcyjna myśl. Oczywiście smaczna była tylko w tym celu, żeby wzrosło spożycie, używali jej przecież łajdacy do ogłupiania naszych braci klasowych, robotników i chłopów! – nawet przed samym sobą wolał trzymać fason ideologiczny. Ale teraz koniec z nimi i z tym ogłupianiem!

Zadumał się głęboko. Wytrząsnął na język ostatnią kropelkę. Co tu dużo gadać, polski przedwojenny środek ogłupiający spływał gardłem gładko i przyjemnie. Znacznie lepiej niż stoliczna.

Gdyby tak pogadać w miasteczku, może znalazłaby się jeszcze jakaś butelka? A gdyby udało się zdobyć całą skrzynkę? Służba kiedyś się skończy, zawiózłby suweniry kolegom z Kujbyszewa.

Przyłożył rozpalone czoło do szyby i wpatrzył się w ciemność parku. Drzewa szumiały złowieszczo. I nagle zdał sobie sprawę, że chce mu się sikać. Rozejrzał się za nocnikiem, tym ładnym, porcelanowym, ale nigdzie nie zdołał go wypatrzyć. Zajrzał pod łóżko, ale i tam go nie było. Znikł. Major zmarszczył brwi. Jak na złość, na tym piętrze nie było ubikacji. Musiał zejść na parter.

W zasadzie można i przez okno lać, zadumał się.

Zaraz jednak zganił się za te myśli.

Jestem majorem NKWD! Wyprężył się przed lustrem. Jako przedstawiciel sił postępu i cywilizacji muszę dawać dobry przykład swoim podwładnym. Poza tym reprezentuję tu mój kraj i zarazem sam komunizm. Muszę wykazywać się wrodzoną kulturą człowieka sowieckiego.

Raz jeszcze rozejrzał się za nocnikiem albo przynajmniej jakimś wazonem, ale nie znalazł. Wzruszył ramionami i wyszedł na korytarz. Wyleniały chodnik tłumił jego kroki.

Jak będę wyjeżdżał, zwinę go i zabiorę ze sobą, pomyślał Kabanow. Na pamiątkę ciężkiej służby na tym trudnym terenie! Nie, cholera. Za duży jest. Poczuł ostrzegawcze ukłucie w nerce.

– Daleko nie jest, wytrzymam jakoś – burknął.

Słaba żarówka rozjaśniała półmrok. Major nacisnął klamkę drzwi prowadzących na klatkę schodową. Uchyliły się z cichym zgrzytem. Stanął w progu, zamrugał ze zdziwienia. W pierwszej chwili pomyślał, że zabłądził. Ale jak to możliwe? Przecież korytarz był prosty, nie posiadał zakamarków ani zakrętów. W każdym razie Kabanow miał przed sobą bajecznie urządzoną hrabiowską sypialnię. Oświetlały ją świece, co najmniej dwanaście sztuk. Na wprost drzwi królowało ogromne łoże, zasłane puchową pościelą w śnieżnobiałych, zapewne jedwabnych powłoczkach. Rzeźbione kolumienki podtrzymywały baldachim. Ku ziemi spływały misternie tkane koronkowe zasłonki. Ba, ściany również obite były tkaninami.

Nawet w Ermitażu nie widziałem podobnych cudów, pomyślał z zawiścią. Żyli sobie hrabiowie krwiopijcy...

Odruchowo zrobił krok do przodu. Stopy zatonęły w puszystym dywanie. I nagle zdał sobie sprawę, że nie jest w sypialni sam. Na łóżku leżała dziewczyna. Nie! Nie jedna! Trzy. Nie spostrzegł ich od razu, bo miały bardzo jasną cerę, a ponętne ciałka oblekało jakieś białe koronowe... coś. Major nawet nie bardzo umiał nazwać ten strój. W każdym razie było to zwiewne, jednocześnie półprzejrzyste i niezbyt przejrzyste. Obcisłe i zarazem luźne. Kuszące, wyzywające, odsłaniające wiele szczegółów, ale równocześnie zakrywające najciekawsze detale. Kabanow w jednej chwili zapomniał o pęcherzu.

– Witaj, dzielny bolszewicki zdobywco. – Najszczuplejsza przeciągnęła się w pościeli, mrucząc jak kotka.

– Jak mniemamy, przybyłeś wybić burżuazyjną dumę z takich jak my przedstawicielek byłych klas posiadających – dodała ciemnowłosa, a gdy się poruszyła, ponętnie wspaniałe piersi, przypominające krągłe, nalane sokiem wiejskie jabłka, niemal rozsadziły jej gorset.

– Bierz nas zatem jak własne. – Ta najbardziej przy kości przejechała językiem po wargach i zastygła w kuszącej pozie.

Major przez chwilę gapił się na nie. W głowie czuł słodki zamęt. Słowa dziewczyn dudniły mu pod czaszką. Gadały niby to po polsku, jednak tak jakoś inaczej, niż na kursach go wyuczyli. Ale przecież wszystko zrozumiał. Poczuł własną ślinę kapiącą w rozpiętą koszulę. Młodziutkie, śliczniutkie, arystokratki... Wujek, stary czekista, opowiadał mu, jakie towarzysze mieli używanie w osiemnastym roku. Ale żeby trzy naraz? I to chętne? To jak szczęśliwy traf w losowaniu numerów obligacji pożyczki państwowej!

Dam radę! – obiecał sobie. Za Marksa, Lenina i Stalina!

Rozpiął klamrę pasa, pospiesznie skopał z nóg oficerki wraz z onucami i zdarł z siebie spodnie. Dziewczyny

uśmiechnęły się słodko i zastygły w kuszących pozach. Major w dwóch susach dopadł łoża. I tu na chwilę się zatrzymał. Taki wybór... Od której by zacząć? Od najchudszej? Od najstarszej? Od najładniejszej?

A niech będzie ta tłuściutka blondyneczka, podjął decyzję i rzucił się na Lukrecję jak sowiecki bohater frontowy na wrogi bunkier. Targnęło nim coś jak wyładowanie elektryczne. Poczuł obezwładniający chłód, jakby ktoś wylał na niego kubeł lodowatej wody. Ku swemu zdumieniu przeleciał na wylot przez dziewczynę. Zapadł się w materac i wypadł na drugą stronę. Przestraszył się, że rąbnie w parkiet, ale pod spodem nie było podłogi. Leciał dalej. Mrugnął zaskoczony. Miraż prysł. W jednym przerażającym ułamku sekundy major uświadomił sobie, że tu są jednak schody. Wrzasnąć już nie zdążył.

★

Liszkowski podszedł do drzwi powozowni i zapukał w umówiony sposób. Młot stanął obok, unosząc brukarską „babę". Gdyby nie otwierali, wywali drzwi... Przez chwilę czekali w napięciu. Wreszcie huknął rygiel i drzwi się uchyliły. Ze środka wyjrzała tępa morda enkawudzisty. Na widok partyzanta bojec wytrzeszczył oczy.

– Ty kto?! – zapytał, automatycznym ruchem sięgając do kabury.

Ale w tej sekundzie Piącha uderzył go kułakiem w splot słoneczny. Chrupnęły trzaskające żebra. Majcher doskoczył i choć nie było to już w zasadzie potrzebne, dziabnął oszołomionego bagnetem. Raz a dobrze. Wskoczyli do wnętrza. Drugi z wartowników, zaniepokojony hałasem, zerwał się od stolika, ale Młot był szybszy. „Baba", na co dzień służąca do ubijania tłucznia, tylko świsnęła w powietrzu i mózg ofiary przyozdobił ścianę rozległym freskiem. Liszka obszukał spiesznie trupy, znalazł klucze. Rozpiął kłódkę i podniósł klapę. Światło lampy wydobyło z mroku niewielkie pomieszczenie i kapitana Gryfa wbitego w kąt.

– Halo, profesorze! – zawołał hrabia, a Młot już zeskakiwał na dół, by pomóc nauczycielowi dźwignąć się na nogi.

– To wy? – Gryf uśmiechnął się słabo przez rozbite wargi. – Moi chłopcy... – rozczulił się.

– Ano my – westchnął jego były uczeń. – Da pan radę iść?

– Dam... Oczywiście, że dam.

Z pomocą Młota wspiął się na górę. Dwaj bojcy leżeli tam, gdzie padli, jeden z wgniecioną piersią i dziurą od bagnetu w sercu, drugi praktycznie pozbawiony głowy. Kapitan wytrzeszczył oczy.

– No cóż, wojna – westchnął i przeżegnał się. – W sumie to należało im się. Nikt ich tu nie zapraszał.

– Musimy teraz ostrożnie przemknąć się przez park – wyjaśnił Liszka. – Łatwo nie będzie, bo pilnują terenu staranniej niż ludzie Nockerla.

– A co z Kabanowem? Może by tak... Skoro już tu jesteście... – W oczach Gryfa zabłysły ogniki.

– Kazały się o niego nie martwić.

– Kazały... znaczy się... one? – Przez twarz dowódcy przebiegł nerwowy tik.

– One.

– W takim razie wynosimy się stąd. Im szybciej, tym lepiej! – eksnauczyciel objął komendę. – A potem znikamy z tej okolicy.

Młody major leżał u podnóża schodów jak połamany drewniany pajacyk. Nie trzeba było fachowca, by od razu stwierdzić, że skręcił kark.

– *Wot swołocz* – podsumował pułkownik Grusztyn, trącając ciało butem. – Spaść ze schodów po pijanemu to jeszcze zrozumiałe. Spaść ze schodów i kark skręcić, no cóż, też się zdarza. Ale żeby oficer NKWD miał umrzeć z gołą dupą?! – Pokręcił głową. – A już żeby schlać się i głupio umrzeć właśnie w chwili, gdy reakcja morduje w parku naszych ludzi, to w ogóle...

– *Tak toczno* – bąknął adiutant.

– *Nu, niczego...* – Pułkownik spojrzał na zwłoki i zmarszczył czoło. – Idę na górę. Trzeba odnaleźć jego spodnie i buty. Potem pomożecie mi go ubrać. Wy – wskazał gestem dwóch najbliżej stojących – wsiadajcie w emkę i do miasteczka, zdobyć trumnę... A nie. Trzy trumny – sprecyzował, dobywając broń z kabury. – Wystawimy zwłoki w holu urzędu gminy przy rynku jako ciała bohaterów poległych w walce z polskimi reakcjonistami, potem pogrzeb z honorami wojskowymi – polecił.

– Ale że z honorami? – zdziwił się któryś.

– Żywy czy martwy, prawdziwy czekista zawsze może się przysłużyć idei komunizmu światowego. Wersja oficjalna będzie taka, że major Kabanow poległ w walce z polskimi faszystami z AK. I żeby żaden z was nie pisnął, jak to było naprawdę! – Pogroził im palcem.

Odbezpieczył pistolet i kilka razy pociągnął za spust, zdobiąc pierś nieboszczyka ranami. Podreptał po schodach na piętro.

Wysoko, psiakrew, ocenił, sapiąc. Ale z drugiej strony szerokie i wyłożone chodnikiem. Nie z takich się zlatywało po pijanemu. Trzeba albo wyjątkowego pecha, albo na główkę skakać.

Kamerdyner froterował parkiet w korytarzyku. Wkładał w pracę sporo wysiłku, widać było po nim rutynę i doświadczenie. Spojrzenie miał niezbyt przytomne.

Stary sklerotyk, pomyślał pułkownik. Nie ma się czego obawiać.

– Gdzie kwaterował towarzysz Kabanow? – zagadnął głośno.

Kamerdyner spojrzał na niego i zmarszczył brwi, jakby nie do końca rozumiał pytanie. I nagle w jego wyblakłych oczach błysnęły iskierki zrozumienia.

– Towarzysz mieszkał tutaj. – Z ukłonem otworzył drzwi. – Buty stały u szczytu schodów, pański człowiek musiał je zdjąć i zapomnieć. To wypastowałem i wyglansowałem, aż lśnią. – Wskazał parę oficerek. – Będą pięknie w trumnie wyglądały. Tylko nie wiedziałem, czy onuce, co obok leżały, zabrać do prania, czy może użyć jako lepu na muchy.

Pułkownik rozejrzał się po pokoju.

Gdzie też może być mundur galowy?

Wysunął spod łóżka walizkę. Otworzył i mimo woli zaklął. Wewnątrz zachomikowano dwa srebrne pałacowe kandelabry, jakiś mały obraz olejny i pudełko pełne zegarków. Jednak do takich widoków był przyzwyczajony. W NKWD przymykano oko na gromadzenie drobnych pamiątek. Wiadomo, służba nielekka, niech chłopaki sobie skorzystają. Problem w tym, że w kąciku walizki czujne oko pułkownika wypatrzyło jeszcze coś. Grubachny plik banknotów ozdobionych portretami amerykańskich prezydentów.

– Dolary? Skąd w tej dziurze dolary?! – szepnął po rosyjsku, zdumiony.

– Ze zrzutów – dobiegł go głos kamerdynera. – Partyzanci od towarzysza Kukuły mieli tego całe walizki. W razie konieczności wszystkich szwabów po kolei tym przekupywano. Nie są tak do końca prawdziwe.

Pułkownik ujął plik w dłoń. Obejrzał banknoty. Niewiele miał do tej pory do czynienia z twardą walutą, ale wyglądały jak trzeba.

– No jak to nieprawdziwe? – Uśmiechnął się kpiąco.

Dolary były wydrukowane na dobrym papierze, widać było wyraźnie wszystkie szczegóły rysunku. Od przodu wykonano je czarną farbą, od tyłu zieloną. Nominały nie były szczególnie wysokie, przeważały piątki i dziesiątki, ale było ich mnóstwo.

Pułkownik usiłował sobie przypomnieć sprawy przeciwko waluciarzom. Po ile to dolary chodziły ostatnio na czarnym rynku w Moskwie? Pomnożył i wyszła mu suma tak obłędna, że z wrażenia zaschło mu w ustach. Nie, niemożliwe... Przeliczył raz jeszcze. Otarł pot z czoła. Odchrząknął.

– Konfiskuję w imieniu Związku Sowieckiego. – Zatrzasnął walizkę.

– Czy wyprasować? – dobiegło z tyłu.

– Co? – Grusztyn potrząsnął głową zaskoczony.

– Pytałem, czy uniform wyprasować, zanim nieboszczyka przebierzemy. Bo jak go wystawicie w otwartej trumnie do uroczystości, to wyprasować musowo.

– Uroczystości?

– No, pogrzeb przecież trzeba urządzić, boć to pierwszy Sowiet wyzwoliciel, co tu u nas zginął, historyczna chwila, że się tak wyrażę.

Pułkownik obejrzał się zaskoczony. Sługa stał koło szafy, trzymając w ręce wieszak z galowym mundurem Kabanowa.

– Tak, zdecydowanie wyprasować. I przekaż bojcom, żeby założyli czyste mankiety do koszul, wyszorowali gęby i pazury. I jeszcze teges... Coś by się przydało...

– Może uplotę z czerwonych róż wieniec pogrzebowy w kształcie tej waszej gwiazdy? – podpowiedział Nepomucen. – A z herbacianych się ułoży sierp i młot.

– *Choroszaja idieja!*

Uroczystość pogrzebowa była skromna, ale godna. Wykorzystano dekoracje z poprzedniego pogrzebu, dodano więcej czerwonych flag, pożyczonych naprędce od jednostki jadącej na front. Kamerdyner dotrzymał słowa i uplótł wieniec. Wprawdzie coś pomylił i gwiazda z róż miała nie pięć ramion, tylko siedem, a sierp i młot zostały zamienione miejscami, ale na szczęście nikt nie zwrócił na to większej uwagi. Ciała towarzysza Kabanowa i zamordowanych w powozowni złożono uroczyście w grobie przy samym cokole pomnika na rynku. Spoczęli na honorowym miejscu. Major tuż obok mogiły wielkiego dowódcy partyzanckiego lejtnanta Eugeniusza Kukuły. Bojcy obok partyzantów z jego oddziału.

Pułkownik Grusztyn został wiosną 1946 roku rozstrzelany. W śledztwie udowodniono mu szpiegostwo na rzecz USA i Wielkiej Brytanii. Kierownictwo NKWD z satysfakcją mogło stwierdzić, że amerykańscy imperialiści okazali się podłymi oszustami. Znalezione w mieszkaniu zdrajcy dolary były fałszywe. Co do jednego.

Jałówka ocalała.

PGR

Liszków, maj 1952

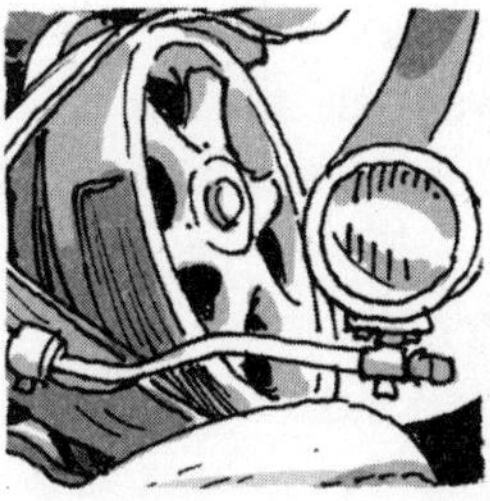

Było ciepłe majowe popołudnie. Wysłużona amerykańska ciężarówka, jeszcze z dostaw UNRRA, podskakiwała na wybojach. Zdobiąca ją dumna blaszana tabliczka „PKS Lublin – Liszków" brzęczała przy każdym wstrząsie. Pod przetartą brezentową plandeką panował niewyobrażalny wręcz ścisk. Wreszcie maszyna dwukrotnie czknęła z rury wydechowej i zatrzymała się na błotnistym rynku, zaraz obok poczty. Tłum podróżnych zaczął zeskakiwać na ziemię. Wąsate chłopy objuczone były starymi wojskowymi plecakami i wypchanymi parcianymi workami. Babiny w chustkach na głowach dzierżyły krzepko pękate siatki lub piastowały w objęciach paczki. Pod splotami konopnego sznurka i warstwą szarego papieru kryły się prawdziwe skarby – kupony taniego perkalu albo resztki tkanin wynoszonych cichcem ze spółdzielni pracy lub zakładów państwowych. Ale przedmiotem najwyższego pożądania były wysłużone amerykańskie koce. Wełniana tkanina w zręcznych rękach miejscowych krawców zamieniała się w modne spódnice, pelerynki i jesionki.

Jako jeden z ostatnich w błoto rynku zeskoczył młodzieniec mogący sobie liczyć najwyżej około dwudziestu lat. Odziany był w tani garnitur trzeciej świeżości, pod szyją wisiał mu czerwony krawat. Spracowane, niezbyt czyste łapsko zaciskał na rączce tekturowej walizki. Spod skórzanej oprychówki wymywały mu się kosmyki natartych brylantyną włosów. W prostej, szczerej robotniczo-chłopskiej twarzy niczym dwie kulki z łożyska tkwiły stalowoszare oczy. Skórę przybysza opaliło wiosenne słonko, a gładkie czoło zdawało się nie skrywać żadnych myśli. Na tekturowym boku bagażu napisano kredą: „Tow. Józef Kociuba – kierownik".

Obcy rozejrzał się, długim spojrzeniem taksując odrapane, wyblakłe fasady kamieniczek, kramy i kramiki, furmanki, tłoczący się wokoło tłum ludzi i zwierząt. Pośrodku rynku stał przytłaczająco potężny granitowy sześcian. Na cokole umieszczono figurę mężczyzny w rozpiętym płaszczu, z pepeszą przerzuconą przez plecy. Na głowie bohater miał leninowską czapkę, skutkiem błędu odlewających go giserów drugą identyczną trzymał w dłoni, a jego twarz, choć zaśniedziała, promieniowała niezłomną odwagą i niezachwianym optymizmem.

– Towarzysz Edward Kukuła, wielki bohater ruchu partyzanckiego – objaśnił nieznajomemu kierowca ciężarówki. – Podczas wojny zebrał radzieckich żołnierzy, jeńców, którzy pouciekali z faszystowskich obozów, i stworzył z nich najlepszy oddział partyzancki w tej części Lubelszczyzny. Pamiętacie, towarzyszu, taki film „Bohater na miarę epoki"? W kinach szedł kilka lat temu. To właśnie o nim nakręcono.

– Zaraz, zaraz... – Kociuba zmarszczył czoło. – To ten, gdzie na końcu radziecki major odrywa trupowi partyzanta gwiazdę i przypina do własnej piersi?

– Dokładnie ten. Nawet tu, w naszej okolicy, niektóre sceny nakręcili, czterdziesty ósmy rok chyba.

– A te worki... – Przybysz ruchem brody wskazał kilka wypchanych worków u stóp cokołu.

– To z piaskiem. Miejscowa reakcja podrzuca przed większymi świętami. – Szofer machnął lekceważąco ręką. – Widać jeszcze nie uprzątnięte. Element antysocjalistyczny kolportuje fałszywe pogłoski, jakoby bohaterski Kukuła był przed wojną złodziejem. No i te worki niby to złodziejskie łupy symbolizują. Nie szanują ludzie pamięci bohatera ani grobów bohaterów pomniejszych. Tam, u stóp pomnika, widzicie te płyty? To mogiły partyzantów z oddziału Kukuły, zamęczonych przez SS. I jedna zaraz obok grobu bohatera, to dla majora Kabanowa, on tu wprowadzał socjalizm i bydlaki akowcy go zastrzelili w czterdziestym czwartym. A teraz patrz pan, będzie niezłe kino...

Jakiś gołąb krążył nad pomnikiem, a po chwili opadł i wylądował na ramieniu bohatera. Nad rynkiem rozległ się ostry trzask wyładowania elektrycznego, buchnął kłąb dymu i nieszczęsny ptak niby zestrzelony samolot runął w dół, na mogiły bohaterów, tylko garść piór jeszcze przez chwilę wirowała w powietrzu.

– Co to było!? – zdumiał się Kociuba.

– Innowacja związana z elektryfikacją miasteczka – wyjaśnił z dumą szofer. – Zabezpieczyli pomnik, żeby gołębie na niego nie srały.

– W jakiż to sposób? – zaciekawił się przyjezdny. – Widziałem coś jak łuk elektryczny...

– Ano, czterdzieści metrów kabla się położyło i podpięło rzeźbę do siły. Trzysta sześćdziesiąt woltów niby, ale idzie przez transformatorek i na powielacz napięcia. I z tych trzystu robi się kilkanaście tysięcy. Co na partyzancie siądzie, to zaraz spada. Mniejsza robota truchło pozbierać, niż co chwila spiż z gołębich gówien szorować.

– Ale przecież to tak nie działa? – zdziwił się Kociuba, obserwując kolejnego ptaka, który nie bacząc na śmierć poprzednika, krążył nad głową herosa. – Ptaki bezpiecznie siadają przecież na drutach.

– Nie wiem dokładnie, jak to jest zrobione, ale nasz instalator to prawdziwy cudotwórca. I z kamienia elektryczność wypuści.

Ponownie rozległ się ostry trzask wyładowania i kolejny gołąb, ciągnąc za sobą smugę dymu, runął w dół.

– Powiedzcie mi jeszcze, proszę, gdzie tu znajdę gminną radę narodową?

– A ło. – Kierowca wskazał dawny dwór wójtowski. – A pan wedle czego przyjechał?

– Mam być kierownikiem PGR. – Kociuba dumnie wypiął rachityczną pierś.

– Ale tu nie ma pegeeru.

– Od dziś już jest. – Młodzieniec uśmiechnął się, odsłaniając popsute zęby. – Będziemy świnki hodowali dla robotników na kiełbasy! I rzecz jasna, na eksport do bratnich krajów demokracji ludowej.

– Aaa... Chyba że tak.

Przybysz ruszył na przełaj przez bazar. Dawno nie widział podobnego nagromadzenia wszelakich skarbów. Spostrzegł i kawę, i tureckie papierosy. Co więcej, niemal wszędzie widział kiełbasę. Kawałki, pętka, cienkie, grube... Zapach wędzonki i jałowca mile drażnił powonienie.

Prawdziwe zagłębie nielegalnej produkcji żywca wieprzowego i wędlin z równie nielegalnego uboju, uświadomił sobie i w duchu aż zatarł ręce. Wprost idealne miejsce, żeby zacząć socjalistyczną gospodarkę na roli.

★

– Roman Karwicki – przedstawił się mężczyzna. – Jestem gminnym sekretarzem PZPR. Poinformowano nas, że towarzysz przyjedzie.

– Będę potrzebował pracowników. Z tego, co mi powiedziano, gmina posiada pewne nadwyżki siły roboczej, rolników małorolnych lub zgoła bezrolnych, których można swobodnie objąć nakazem pracy.

– Przygotowaliśmy dane personalne ośmiu osób. Ponadto na dniach wytypujemy jeszcze drugie tyle.

– To za mało, towarzyszu. Potrzebuję w pierwszym rzucie około dwudziestu ludzi. Najlepiej obeznanych z pracą przy zwierzętach.

– Zastanawia mnie jedno, towarzyszu – odezwał się gminny sekretarz. – Planujecie tu, jak rozumiem, duży ośrodek hodowlany...

– E, raczej z tych mniejszych. – Kociuba, jakby zawstydzony, spuścił głowę. – Tysiąc sztuk żywca, nie więcej. Żeby prowadzić duże hodowle, trzeba mieć ukończone kursy pomaturalne. Może w przyszłości zaocznie zrobię, to się powoli rozbuduje.

– Życzę spełnienia marzeń. A co do hodowli obecnej... Gdzie niby zamierzacie pomieścić te tysiąc sztuk?

– Myślałem o pomieszczeniach pałacowych, ale podłogi tam pewnie murowane, za mała nasiąkliwość. Świnie nie lubią mieć twardo i mokro. Trzeba by dać ogromne ilości ściółki. Nie kalkuluje się. Ale obiecano mi z Ziem Odzyskanych dziesięć poniemieckich baraków magazynowych. Są budowane z paneli drewnianych, można je w kilkanaście godzin zdemontować, przewieźć i zmontować ponownie. Na lekkim fundamencie po obwodzie. Postawię je w parku.

– Świnie w drewnianych barakach... To bardzo, eee... nowatorski pomysł. A zimą? – zainteresował się sekretarz.

– Wstawi się piece typu „koza" do ogrzania kubatury. Wiadomo, część ciepła ucieknie przez ściany i dach, ale da się więcej opału, a ściany ogaci od zewnątrz słomą i jakoś to będzie. Doświadczenia towarzyszy radzieckich wskazują, że jest to całkowicie wykonalne. Osobiście podczas wycieczki studyjnej do ZSRR oglądałem trzy wzorcowe kołchozy na radzieckiej Ukrainie. Wypytywałem o wiele szczegółów i wykonałem szereg cennych notatek. Warto uczyć się od lepszych i mądrzejszych. Z czasem oczywiście budynki prowizoryczne zastąpimy murowanymi. Rozpisałem sobie ramowy plan rozwoju przedsiębiorstwa w kolejnych trzech pięciolatkach.

Gminny sekretarz poskrobał się z frasunkiem po głowie. Przybysz wyglądał na niezłego ćwoka, aczkolwiek w tym, co mówił, były też nieliczne elementy sensowne. Brakowało tylko kluczowej informacji.

– Świnie do tuczenia i rozpłodu, jak rozumiem, otrzymacie z rozdzielnika?

– Nie. Mam we własnym zakresie zadbać o stworzenie stada zarodowego. Tak zostałem zadaniowany.

– Ale jak to we własnym zakresie!? – Karwicki wytrzeszczył oczy. – Jak to się mówi, z próżnego i Salomon nie naleje.

– Bardzo proszę, wy mi, towarzyszu, nie wyskakujcie z religijniacką propagandą! Po pierwsze, nie wiadomo, czy ten Salomon w ogóle istniał, Biblia nie jest źródłem historycznym. Po drugie, nawet jeśli faktycznie był ktoś taki, od jego czasów minęły setki, jeśli nie tysiące lat! Mamy obecnie inne, lepsze i nowocześniejsze metody działania.

– A konkretnie!?

– Liszków już w czasie okupacji przodował, jeśli chodzi o nielegalny ubój i dostarczanie lewego mięsa do Lublina. Z informacji UB wynika, że proceder trwa, a nawet się nasilił. Zresztą już w dniu przybycia zaobserwowałem na targu znaczne ilości kiełbasy. Wystarczy zatem przeprowadzić skoordynowaną akcję milicyjno-wojskową, skonfiskować niezarejestrowane sztuki nierogacizny i będziemy mieli pełne chlewy.

– Brzmi bardzo ambitnie. – Sekretarz poczuł, jak zimny pot strumyczkiem spływa mu po plecach. Trzeba będzie ostrzec rodzinę i znajomych, pomyślał.

– Przy okazji – ciągnął Kociuba – pozwoli to zaopatrzyć przedsiębiorstwo w paszę.

– Nie rozumiem?

– Przecież hodowcy muszą czymś te nielegalne świnie karmić. Gdy skonfiskujemy zwierzęta, znajdzie się podstawa do konfiskaty zasobów paszy. Z paragrafu o gromadzeniu nadwyżek spekulacyjnych. Rzecz jasna, będzie to pasza nie do końca pełnowartościowa, bo mieszana, ale napełnimy silosy i na jakiś czas wystarczy. Hodowcy zapewne znają się wzajemnie, tu już ubecja musi się postarać. Kilka konkretnych twardych przesłuchań i sypną kumpli. Liczę, że rewizje prowadzone na ślepo przyniosą nam w efekcie dwieście świnek, a kontynuacja prac jeszcze co najmniej drugie tyle.

Zgroza wgniotła urzędnika w krzesło.

– Przy okazji odcięcie miasteczka od mięsa z nielegalnego uboju przyniesie jeszcze jeden efekt – ciągnął przybysz. – Ludzie przyzwyczają się, że jedynym źródłem białka zwierzęcego są sklepy należące do sektora gospodarki uspołecznionej. A ponieważ przywrócono reglamentację mięsa i tłuszczów, daje nam to cenne narzędzie inżynierii społecznej, gdyż dodatkowe przydziały wzmacniają lojalność szczególnie zasłużonych towarzyszy. Nie lekceważyłbym też zazdrości tych pominiętych. Widok niedostępnych dóbr konsumpcyjnych będzie stanowił dla nich czytelny sygnał...

– Nie musicie mi tłumaczyć, towarzyszu, nie jestem dzieckiem – burknął sekretarz. – Szkolono mnie, jak można bezkosztowo lub przy minimalnych kosztach uzyskać znaczące poparcie... – urwał, zmęczony własną przemową.

Gość milczał.

– Nasze organy ścigania są zbyt mało liczne, żeby przeprowadzić akcję – oświadczył wreszcie Karwicki. – Będę musiał wystąpić o wsparcie do Lublina.

– Oczywiście. To zresztą może poczekać tydzień lub dwa. Najpierw musimy przeprowadzić niezbędne prace w parku i pałacu. Zobaczyć, co z dawnego wyposażenia się nada.

– Z dawnego wyposażenia folwarcznego pozostało niewiele – westchnął sekretarz. – Widzicie, towarzyszu, złodziejstwo u nas straszne. Na przykład w Liszkowie była budowa izby wytrzeźwień, połowę materiałów wynieśli. A przecież to nie tylko dobro wspólne, ale poniekąd dla siebie budowali! Żadnej moralności w tych ćwokach, ani kościółkowej, ani co gorsza, socjalistycznej. Pracujemy nad świadomością klasową, aż wióry lecą, ale nasze sukcesy nie odbiegają od średniej krajowej.

– Rozumiem.

– Będziecie mieszkać w pałacu...

– Słowo „mieszkać" sugeruje pewien stan stabilizacji, posiadania, mieszczańskiego zgnuśnienia – nastroszył się Kociuba. – Wolałbym, towarzyszu, słowo „kwaterować". Przybyłem tu poniekąd jak na wojnę, walczyć o postęp!

– Oczywiście, towarzyszu. Będziecie zatem kwaterować w pałacu na piętrze. Są tam sypialnie... Choć może powinienem powiedzieć: pomieszczenia socjalne wyposażone w umeblowanie celem nocnej regeneracji sił i gałek ocznych. Odpocznijcie po trudach podróży. Będziecie sobie musieli ze wszystkim sami poradzić. Był tam za dozorcę dawny kamerdyner, ale wsadziliśmy go do pudła. Za przestępstwo walutowe, bo podczas rewizji znaleziono u niego pięć dolarów, a że banknot był fałszywy, dostał jeszcze za puszczanie w obieg lewego pieniądza. Łącznie sędziowie osiem lat gadzinie wyliczyli. A jutro podeślę wam, towarzyszu, towarzysza Zająca, brygadzistę naszej ekipy budowlanej. Myślę, że będzie podporą przyszłego pegeeru. Muruje, betonuje, zna się na ciesiołce i dekarstwie. Prowadzi traktor i inne maszyny, ma papiery spawacza. W dodatku to zaufany i wypróbowany towarzysz, obecnie na stażu kandydackim. Z nim sobie wszystko na spokojnie obgadacie. Tylko uważajcie, bo lubi czasem zajrzeć do kieliszka. No i od razu powiem, że zabezpieczenie materiałowe mamy mizerne i poza skromnymi zasobami cegły rozbiórkowej niewiele możemy zaoferować.

– Entuzjazm mas jest najważniejszy. To, że tak powiem, fundament wszelkich działań. – Twarz Kociuby wyrażała niezachwiany optymizm.

– Entuzjazm aktywu macie zapewniony. Gorzej z tymi masami... – westchnął sekretarz. – To, jak by napisał towarzysz Szołochow, ciągła orka na ugorze.

Pożegnali się mocnym uściskiem dłoni i towarzysz Kociuba ruszył objąć w posiadanie swoje stanowisko pracy.

Pałac nie spodobał się kierownikowi PGR-u od pierwszego wejrzenia. Kociuba stał dłuższą chwilę, patrząc z obrzydzeniem na ganek kolumnowy, sztukaterie na obramowaniach okien i herb Trzy Liszki umieszczony na tympanonie.

– To się skuje – mruknął.

Skrzywił się, patrząc na zaśniedziałe miedziane rynny.

– Mieszkali sobie burżuje, krwiopijcy. – Splunął z obrzydzeniem. – Ano nic, wyprostujemy to jakoś.

Przekręcił klucz w zamku i wszedł do holu. Z wyposażenia zostało niewiele. Pojedyncze meble straszyły jeszcze po kątach. Obicia były brudne, złocenia poprzecierane. Wszedł do salonu. Na ścianie wisiały dwa portrety jakichś dziewuch we frymuśnych sukniach.

– Kurewny z jaśniepaństwa – burknął.

Postawił sobie krzesło, stanął butami na obiciu i złapał za ramę. Krzesło bez jednego trzasku rozpadło mu się pod nogami na kawałki i rymsnął na podłogę. Obił sobie boleśnie łokieć.

– Oż wy... – syknął.

Przysunął sobie komodę. Sprawdził, czy na pewno wytrzyma. Wyglądała solidnie. Stanął na niej i złapał ramę pierwszego portretu. Zawył i ponownie zwalił się na podłogę. Jakiś złośliwy gwoździk, ostry jak szpila, rozorał mu palec do żywego mięsa.

– A diabła tam – mruknął niewyraźnie, bo wsadził paluch do ust.

Siadł na hrabiowskim fotelu. Zapadł się głęboko w siedzisko, sprężyny zajęczały. Spróbował wstać, ale fotel nie puszczał. Dopiero gdy Kociuba mocno wsparł się na podłokietnikach, zdołał przybrać wyprostowaną postawę.

Fikuśne takie, dobre może dla starej baby, skwitował w duchu. Dla zdrowego mężczyzny kompletnie nieprzydatne. No i podobnie jak zbyt miękkie łóżko szkodliwe dla kręgosłupa! Won z tym...

Wypchnął fotel przed drzwi pałacu i rechocząc, kopnął z rozmachem tył oparcia. Mebel stoczył się ze schodów i zaległ w błocie podjazdu. W ślad za nim poleciało połamane krzesło. Kociuba obejrzał palec. Krew powoli przestawała lecieć. Zadowolony, ruszył na dalsze zwiedzanie.

W pomieszczeniu przylegającym do łazienki umieszczono skomplikowaną machinę wyposażoną w palenisko, kotły do podgrzewania wody, jakieś wajchy i pokrętła. Od czasu gdy kamerdyner został aresztowany, nikt nie grzał wody, wszystko pokrywała delikatna kołderka kurzu.

Ależ dziwadło. Józef Kociuba pokręcił głową. W piecu palić, żeby się potem w ciepłej wodzie pluskać... Marnotrawstwo opału i roboczogodzin. No, roboczogodzin to hrabiostwu nie żal było, w końcu po to niewolili służbę domową, żeby zmuszać ją do rozmaitych bezsensownych i upokarzających czynności. A ja się w zimnej umyję, dla hartu ducha i ciała. Jak Stalin i Lenin na carskim zesłaniu!

Wlazł do kabiny i odkręcił kurek. Lunęły na niego potoki wody tak lodowatej, że zawył. Zaraz jednak hardo zacisnął zęby i pięści.

To tylko woda, tłumaczył sobie. Taka trochę chłodniejsza niż zwykle.

Z jego ust uniósł się obłoczek pary. Kociuba odkręcił mocniej w nadziei, że najzimniejsza zaraz przeleci. Ale zamiast tego ujrzał, jak rury i sitka kranów pokrywają się szronem. Także na szybach kabiny wykwitły piękne kwiaty mrozu. Próbował się namydlić, ale mydło przymarzło do półeczki. Cienka tafla lodu trzaskała mu pod stopami. I nagle woda się skończyła, zamiast tego z sitka prysznica sypnął śnieg.

Kociuba wyskoczył z kabiny siny, podzwaniając zębami.

– Takie właśnie doświadczenia pozwalają nam, prostym ludziom pracy, właściwie ocenić granitową niezłomność charakterów naszych wodzów, którzy dzielnie przetrwali lata carskiej katorgi za Uralem – szczękał zębami, rozcierając ciało ręcznikiem.

Komendant posterunku milicji postawił na stole flaszkę księżycówki. Obok rzucił na gazetę pęto świeżo skonfiskowanej kiełbasy. Gminny sekretarz uśmiechnął się błogo.

– Ech, kuzynie, nawet nie wiesz, jak bardzo mi w tej chwili poprawiłeś humor.

– Siadaj i posłuchaj, bo niestety, muszę ci ten humor zaraz popsuć. Ale najpierw po maluchu, żeby ból był mniejszy.

Komendant polał do szklanek, połamał kiełbasę. Wypili, zakąsili.

– No to wal, co ci zalega na wątrobie. O czym chciałeś gadać? – zapytał urzędnik.

– Józek Kociuba...

– Ten szczawik? Gadałem z nim dziś. Przyjechał pegeer zakładać.

– Paskudny typek, uważaj na niego – powiedział milicjant. – Kumple z Lublina mi donieśli, że dostał awans nie bez przyczyny.

– Wspomniał coś, że ma zasługi...

– Podkablował ubecji własnego ojca i stryja. Stryj kłusował na sarny, ojciec produkował samogon. Ojciec dostał pięć lat, stryj osiem, bo walił do saren z karabinu, więc dodatkowy wyrok za broń i amunicję.

– Ale żeby własnego ojca?! – Sekretarz Karwicki wyglądał na wstrząśniętego.

– Taki to przyjemniaczek. Głupi, wierny i dobrze wytresowany. Partia w takich inwestuje. Sprawdzi się raz i dostaje awans. Sprawdzi się drugi raz, znów awans... Każą kogoś zagryźć, to zagryzie. Albo i z własnej inicjatywy będzie tropił wrogów klasowych. Musisz uważać.

– Sądzisz, że dybie na moje stanowisko?

– E, twój stołek go nie interesuje. Ma większe ambicje. Mówił ci już, jak planuje zdobyć inwentarz?

– Tak.

– My też dostaliśmy dyrektywy co do przygotowania akcji. Trzeba będzie ostrzec przyjaciół. I przygotować listę wrogów, których podpierdolimy ubecji. No bo jakiś wynik muszą zrobić.

Wypili na drugą nogę.

Za oknami zapadał już wiosenny wieczór. Towarzysz Kociuba wdrapał się na piętro. W sypialni pozostało tylko łóżko, lampa i kolumienka pod wazon. Kierownik przyszłego PGR-u powiesił łachy na kolumience, walizkę wsunął pod łóżko, buty postawił na parapecie, żeby trochę wywietrzały. Ułożył się wygodnie i nakrył kocem. Zapalił lampę. Ostatnie pół godziny każdego dnia poświęcał na rozwój intelektualny. Zaczął od obowiązkowej lektury rozdziału z dzieł Lenina, potem pozwolił sobie na chwilę relaksu przy lżejszej literaturze. Wyjął spod poduszki ulubioną broszurę „Pod przewodem towarzysza Stalina do walki z syfilisem".

Swoją drogą, przydałaby się jakaś baba w celu zaspokojenia naturalnych potrzeb płciowo-fizjologicznych, pomyślał, przeglądając obrazki poglądowe i zdjęcia owrzodzeń kobiecych narządów rodnych. Oraz celem prokreacji... Nie powinno być z tym problemu, w końcu jestem kierownikiem pegeeru! Z drugiej strony na takim stanowisku żona powinna mi przysługiwać z rozdzielnika. Partia twórczo reguluje tyle aspektów naszego życia, ale tu się jakoś nie postarali...

Ziewnął. Chciał poczytać jeszcze coś z klasyki, ale wybór z pism Marksa został w walizce, a nie chciało mu się wygrzebywać spod koca. Oczy kleiły się ze zmęczenia.

Jutro nadrobię, obiecał sobie. Wstanę pół godziny wcześniej...

Popatrzył na zegarek, a potem na cyferblat budzika. W ciągu doby różnica urosła do siedmiu minut.

Radzieckie zegary faktycznie chodzą najszybciej. Pokiwał głową z uznaniem.

Nakręcił obydwa chronometry. Ustawił dzwonek na szóstą rano. Spojrzał w ciemność za oknem. Drzewa klekotały ponuro gałęziami. W pałacu rozlegały się niepokojące trzaski, zupełnie jakby ktoś chodził pustymi korytarzami. Brzęczało coś jakby łańcuch.

Aż prawie można uwierzyć w duchy, rozmyślał. Ileż w tych ludziach ciągle jeszcze niewykorzenionego zabobonu... Czym jest ciemność? To po prostu brak światła. A czym jest śmierć? Po prostu brakiem życia. Przepala się człowiek jak żarówka i tyle. Reszta to kościółkowa propaganda. Wiatr gwiżdże w kominie, a ludziom się wydaje, że to jęki dusz potępionych czy inne takie.

Przyłożył głowę do poduszki i zaraz zapadł w sen. Trzy blade, półprzejrzyste dziewczyny zmaterializowały się w sypialni.

– Ale fleja – mruknęła Marcysia. – Nawet nóg nie umył. Jak wyskoczył z kabiny na brudną podłogę, tak zostało. I błoto na piętach. I brudne gacie naciągnął na wyszorowany zad, zamiast skorzystać z okazji i zmienić.

– Wielki agronom i przyszły hodowca żywca... Myślę, że odczuwa ze świnkami więź duchową, głęboką jak zbiornik na gnojówkę – zauważyła Kornelia.

– Swoją drogą, co za niewyobrażalny tępak. Przecież każdy, widząc, jak z kranu leci śnieg, pomyślałby, że coś jest nie tak! Naruszyłyśmy z pięć fundamentalnych praw fizyki, a ten tylko dumał o tym, jak to Lenin odmrażał sobie dupę na wycieczce za Uralem – skrzywiła się służąca.

– Uciszcie się obie – warknęła Lukrecja. – Ześlę zaraz na niego taki koszmar senny, że się sfajda ze strachu, a gdy się obudzi, będzie wiał gdzie pieprz rośnie.

– Genialne! – zachwyciła się jej kuzynka.

– Ciekawa jestem, czym niby chcesz go postraszyć? – Przyrodnia siostra dziedziczki poskrobała się po nosie. – To głupek. Kompletnie brak mu wyobraźni. Tacy jak on albo boją się wszystkiego, albo co gorsza, nie boją się niczego. I to jest chyba ten drugi przypadek.

– Zaufajcie mi. – Lukrecja dotknęła skroni śpiącego, zagłębiając palce w tkankę. – Teraz mu się włamię do głowy. Skaczcie za mną, a zaraz wszystko same zrozumiecie. No i, rzecz jasna, wasza pomoc się przyda.

– Pomożemy – burknęła Marcysia. – No to trzy, cztery, hop!

Józef Kociuba śnił, że się obudził i musiał zejść na parter za potrzebą. Gdy mijał drzwi salonu, usłyszał dziwne chichoty. Pchnął rzeźbione wierzeje. Przy stole siedziały trzy dziwne istoty. Z daleka przypominały zwaliste, tęgie kobiety w sukniach balowych, ale zamiast nosów mały świńskie ryje. Uszy też miały zwierzęce. W zakończonych racicami rękach trzymały srebrne widelce.

– Kim jesteście!? – zdumiał się.

Wstały od stołu i dygnęły.

– Towarzyszu Kociuba, jesteśmy waszymi żonami – wyjaśniła ta najgrubsza. – To polecenie z samego Komitetu Centralnego PZPR. Przysługujemy wam z rozdzielnika jako szczególnie zaangażowanemu kierownikowi wzorcowego pegeeru.

– A że wykazujecie się niezłomnością ideową, wzorowo realizujecie postawione przez partię zadania i z zapałem racjonalizujecie produkcję żywca wieprzowego, zatem w dowód szczególnego uznania i zaufania przyznano wam nas aż trzy.

– Do zaspokajania naturalnych potrzeb fizjologiczno-prokreacyjnych – wyjaśniła najmłodsza i zrzuciła sukienkę, pokazując, jak to świnia, aż sześć par staników. Nogi miała całkiem zgrabne, choć porośnięte ostrą szczeciną i zakończone raciczkami. Staniki i majtki nosiła ogniście czerwone.

Świniobaby pachniały swojsko chlewem.

– Z waszych zadań, towarzyszu, na ten moment najważniejsza jest prokreacja. Potrzeba dużo żywca na kiełbasę dla robotników – burknęła blondyna.

Druga świniodziewczyna uśmiechnęła się kokieteryjnie i stanąwszy bokiem, uwodzicielsko zakręciła w palcach ogonek.

– A potem, towarzyszu, pod przewodem wielkiego Stalina będziecie mogli walczyć z syfilisem – obiecała najmłodsza.

– Ale ja... – bąknął oszołomiony.

Zagadkowe istoty opadły na czworaka i rzuciły się w jego stronę, pochrząkując. I wtedy się obudził. Dniało. Za oknem wiatr poruszał gałęziami.

Co za dziwaczny sen, westchnął w duchu Kociuba. Ale nawet wesoły i taki, rzekłbym, optymistyczny w swojej wymowie. Świniobaby niebrzydkie nawet. Kto wie, może kiedyś przodująca socjalistyczna nauka i takie cuda stworzy? – snuł marzenia. Gdyby tak skrzyżować świnię z człowiekiem... Nie trzeba by wtedy pilnować. Tuczyłyby się samodzielnie, a w określonym terminie same meldowały w rzeźni. Jak by to wspaniale usprawniło produkcję żywca.

W pałacu znów coś niepokojąco zawyło. Zabrzęczały jakby łańcuchy... Ale on z powrotem spał głębokim snem, a na jego wargach wykwitł błogi uśmiech.

Kociuba wstał o szóstej rano, ochlapał twarz wodą, wysikał się na klomb przed pałacem, a potem zwarty i gotowy ruszył budować komunizm. Obszedł park, oglądając po kolei wszystkie budynki. Wymierzył krokami odległość od bramy do pałacu, wykonał notatki. Park był zupełnie pusty, tylko raz mignęła mu między drzewami sylwetka drobnej rudowłosej dziewczyny.

Miejscowi przywykli, że to teren bezpański, pomyślał. Trzeba będzie wywiesić tablicę, że obcym wstęp surowo wzbroniony.

Około dziewiątej przed rezydencję zajechał mężczyzna na rowerze.

– Antoni Zając – przedstawił się. – Oddelegowano mnie do was, towarzyszu, jako brygadzistę.

– Józef Kociuba. – Kierownik uścisnął przybyłemu prawicę. – Świetnie, że już jesteście. Zapoznam was z planem działań. No więc tak. Po pierwsze, ten cholerny pałac. Wyposażenie diabła warte, trzeba wyczyścić wnętrza ze zbędnych sprzętów. Ten idiotyczny ganek z kolumienkami rozpirzymy razem z tym trójkątnym na górze i tyle.

– Tympanonem – dorzucił fachowo budowlaniec.

– Zwał, jak zwał... I tak będzie zwał – zarechotał Kociuba.

– Hmm... A to nie jest czasem, że się tak wyrażę, zabytkowe?

– Ja się nie znam na zabytkach, ja się znam na produkcji żywca wieprzowego – wzruszył ramionami kierownik. – Fidrygałki koło okien trzeba będzie skuć do gołej cegły i zaszpachlować na gładziutko. Dachy... – Spojrzał i skrzywił się.

– Dachówka dobrze jeszcze kryje, trzeba tylko mech zedrzeć.

– Szkoda, bo myślałem, żeby dać papę, a potem, jak się pegeer rozkręci, blachę trapezową. Co do samego budynku, pomyślałem tak... Na parterze sporo pomieszczeń jest dostępnych z korytarza, drzwi szerokie, bez problemu taczka przejedzie. Stropy są wysoko. Można by przebić dodatkowe drzwi i wymurować rampę. Okna dla odmiany się zamuruje i mamy dzięki temu magazyny paszy o kubaturze kilkunastu tysięcy metrów sześciennych. A na piętrze może powstać zaplecze socjalne dla magazynierów. Jeśli tylko będą fundusze, można też urządzić w budynku rzeźnię i chłodnię. Wtedy świnie będziemy bili na miejscu, a odpady, których nie da się przetworzyć, zmielimy i dodamy do paszy dla kolejnych tuczników.

Usiedli na schodach. Brygadzista Zając zapalił papierosa.

– Rzeźnia w pałacu... – Poskrobał się po głowie. – To śmiały pomysł.

– Budujemy komunizm, towarzyszu. Potrzeba nam szerokich perspektyw, wizji, śmiałości działań. Możemy tu stworzyć coś wielkiego. Nie zwykły ośrodek hodowlany, ale prawdziwą fabrykę żywności. Taką, wiecie, wszystko w jednym miejscu. Jak w Związku Radzieckim czy tej całej, tfu! Ameryce. Zakład, do którego dowozi się tylko paszę, a odbiera gotową kiełbasę. Tylko trzeba do tego masę kosztownych urządzeń. Na razie maszyn nie dostaniemy – westchnął Kociuba. – Obiecali tylko traktor. Ale jak wykażemy się produkcją żywca, to myślę, że w powiecie i w województwie spojrzą na nas przychylnym okiem.

– Rozumiem.

– Mamy tu wszystko, czego nam trzeba. Dobrze, że pałac otoczony murem, ogrodzenie musi być. Teren pod budowę jest. Budynki zdatne do adaptacji na potrzeby kombinatu są. Zasoby chłoporobotników w okolicy są. Jeśli nastąpi kolektywizacja i mechanizacja rolnictwa, nie będzie potrzeba aż tyle siły żywej do pracy w polu. Wtedy przejmiemy nadwyżki ludzkie. A właśnie, skoro o adaptacji budynków mowa... Co to jest to białe? – Kierownik wskazał niezbyt odległą budowlę.

– Świątynia Dumania.

– Znaczy obiekt zabobonu religijnego? Nie, to w sumie lepiej rozpirzyć.

– Hrabiowie się tam nie modlili, to tylko taka, eee... nazwa. Że niby miejsce do rozmyślań o życiu – wyjaśnił Zając.

– Paradne... Ale ćwoki z tych hrabiów, oddzielny budynek, żeby pomyśleć!? W każdym razie my, ludzie pracy, nie mamy czasu na jałowe rozważania. Wykuwamy w pocie czoła przyszłość naszej ojczyzny. Rozpirzymy, to nie będzie nam widoku zasłaniało. Aleja od bramy do głównego budynku jest dobra, ale koniecznie trzeba utwardzić pobocza żużlem albo szutrem, żeby ciężarówki mogły się minąć.

– Szlaka chyba gorsza, bo się mocniej pyli pod kołami, ale za to łatwiej będzie ją zdobyć. Tylko czy dwie ciężarówki miną się między drzewami? Prześwit chyba trochę za mały... – zadumał się brygadzista.

– Park po obu stronach drogi i tak wytniemy, postawimy po lewej i po prawej chlewnie, na początek na czterysta świń. Wzdłuż muru poprowadzi się drogi techniczne do magazynów i silosów z paszą. Chlewy na początek będą drewniane, bo przyznali mi poniemieckie baraki magazynowe.

– Towarzysz Karwicki już mi o tym wspominał. Pod nie będzie potrzebny lekki fundament, tak? Lany i zbrojony, izolowany papą. Po obwodzie czy płyta? Ocieplenie?

– Fundament po obwodzie. Nie przesadzajmy ze zbrojeniem i izolacją. To tymczasowe. Jak się wykażemy wysoką wydajnością produkcji, nie będzie problemu z przydziałem materiałów budowlanych i stopniowo wymienimy budynki na murowane.

– Chlewnie, jak rozumiem, będą nowoczesne, z odprowadzeniem gnojowicy?

– Tak.

– To w takim razie jeszcze, towarzyszu kierowniku, przydałby się basen na nieczystości płynne. Tak ze dwa tysiące metrów sześciennych.

– Tak duży jest zbędny. Zrobimy o połowę mniejszy i przepust regulowany. Na szczęście tu jest wysoko, ścieki grawitacyjnie spłyną. Trzeba tylko koparkę ściągnąć i kanał poprowadzić przez łąkę do rzeki. Łąki są prywatne, ale gmina przecież wywłaszczy właścicieli. Ogrzewanie w chlewniach damy węglowe, można do pieców dodawać trochę drewna z wycinek, w parku będziemy mieli opału na dwa, może i trzy lata.

– I zbiornik na wodę przeciwpożarową by się przydał. I pompy...

– To może tego nie rozwalać? – Kociuba spojrzał na świątynię. – Zwalimy tylko ten spadzisty dach, wyleje się górą wieniec z żelbetu, na tym osadzi się cysternę ze spawanych blach i pociągnie rury zakończone hydrantami. Nie będzie trzeba pomp, zadziała jak wieża ciśnień.

– A jak wtłoczymy wodę na górę?

– Hmmm... Coś się wymyśli. Tablice ze sprzętem przeciwpożarowym trzeba będzie rozmieścić, ale to już na sam koniec. Do tego należy zbić z desek wygódki dla pracowników.

– To chyba zbędne, przecież są kible spłukiwane wodą w pałacu na parterze – zauważył budowlaniec.

– Taka dyrektywa. – Kociuba przez chwilę szukał w teczce odpowiedniego papieru. – O, jest: „Zapewnić kadrze pracującej odpowiednie zabezpieczenie potrzeb fizjologicznych w postaci wygódek drewnianych i dołów kloacznych”. To, że coś tam sobie hrabiowie wcześniej zrobili, nie zwalnia nas ze ścisłego wykonania poleceń partyjnych. Zrozumcie, towarzyszu, to wytyczne z Państwowej Komisji Planowania. W Warszawie zebrano najlepszych racjonalizatorów produkcji. Warto zawsze słuchać mądrzejszych!

– No niby tak. – Zając nie wyglądał na do końca przekonanego.

– A hrabiowskie kible zamkniemy i drzwi zabije się gwoździami. Sami rozumiecie, to dla dobra pracowników. Miejscowi ze wsi są, nie przywykli do srania na czymś takim. Porcelana jest zimna, mogą od siadania złapać wilka. Drewno jest ciepłe, to naturalny surowiec, przyjemny, rzekłbym nawet, że przyjazny dla siedzenia. Podsumujemy?

– I może zanotujmy, to pomysły nie uciekną.

Kociuba przyniósł rysownicę. Przypiął do niej czystą kartę papieru i naostrzył ołówek.

– No to po kolei. Aleję wyciąć.

– Mam pomysł racjonalizatorski.

– Proszę, referujcie, towarzyszu.

– Ja bym drzew nie wycinał. Proszę spojrzeć, jakie grube dęby. Ściąć to koszmarna robota, a jeszcze trzeba wyrwać karpy. Te korzenie idą kilka metrów w głąb. Tu traktor sobie nie poradzi. Czołgu by chyba trzeba albo ciężkiego ciągnika gąsienicowego, takiego, jak wojsko używa. Poza tym z dębów spadają jesienią żołędzie. Dla świń to wielki przysmak.

– A! Nie pomyślałem – zawstydził się Kociuba. – Macie rację, towarzyszu, drzewa wobec tego na razie zostają. Punkt drugi: dawna powozownia.

– Burzymy? Dach jeszcze dobry.

– Nie, zostanie przysposobiona na magazyn paszy. Punkt trzeci: ta tak zwana Świątynia Dumania... Na górze zbiornik na wodę, a pod spodem zrobimy może jadalnię i przebieralnię dla pracowników? A obok postawimy wygódki. Czyli w zasadzie niewiele się zmieni. Dawniej jaśniepanowie siadali tam i dumali, a teraz robotnicy siądą się wysrać i przy okazji gazetkę poczytają – zarechotał kierownik.

– Może skoro i tak będzie zapas wody, dodamy jakiś bojler i natryski? – zasugerował budowlaniec.

– Natryski nie. Zanadto sprzyjają rozkładowi moralnemu. No i nie ma co rozpieszczać ludzi ciepłą wodą. A wymyć się po robocie można równie dobrze w misce. Oczywiście, na jakimś odległym etapie te udogodnienia mają rację bytu. Lenin sporo pisał o potrzebie zachowania higieny. Mawiał przecież: „czystość pierwszą oznaką intelektu". Ale obecnie mamy inne priorytety. Nasze świnie są znacznie ważniejsze od tych reakcjonistów, których dopiero ciężka praca ukształtuje w prawdziwych ludzi socjalistycznych.

– Punkt czwarty?

– Przygotowanie fundamentów pod chlewnie. Punkt piąty: zbiornik na gnojówkę. Punkt szósty: droga dojazdowa do obiektów. Na najbliższe dwa tygodnie myślę, że starczy.

– Na miesiąc, pod warunkiem, że zdobędziemy z rozdzielnika materiały.

– No i świetnie. Tylko wiecie, towarzyszu, bardzo bym prosił, żeby tu wszystko wykonać wzorcowo. Ten pegeer to konkret, ale sądzę, że to tylko chwilowy przystanek w mojej karierze – wyjaśnił Kociuba. – Wszystko tutaj zorganizuję, wykażę się odpowiednio, wtedy powierzą mi poważniejsze zadania. Może w Warszawie nawet. Kto wie, może będziecie wtedy mogli zająć moje miejsce.

– W mieście też są pegeery? – zdumiał się brygadzista.

– Oczywiście. Nasza stolica to ogromny obszar. Centrum jest w trakcie odbudowy, ale na Pradze, na Bródnie, na obrzeżach Targówka połacie rządowej ziemi ciągną się po horyzont. I w okolicy podobnie. Kiedyś to może wchłonie miasto, ale zanim wchłonie, można gospodarować. Towarzysze radzieccy gospodarują tak: najważniejsze inwestycje otaczają pierścieniem centrów władzy. Wówczas wokoło jądra systemu skupiają się ludzie będący uczestnikami i beneficjentami przeobrażeń kraju. Korzystają z dobrodziejstw socjalizmu, otrzymują nadzieję, że jako pierwsi dostąpią komunizmu. Dzięki temu stają się odporniejsi na reakcjonistyczną propagandę. Dlatego produkcja żywności w stolicy daje wymierne korzyści. Im bliżej słoneczka, tym cieplej.

– Uhumm... wiosna – mruknął Zając, jakby nie zrozumiał.

– Tak, po zimie okupacji, w blasku myśli wielkiego Stalina nadeszła wiosna dla naszego narodu... – Kociuba urwał, bo kątem oka spostrzegł jakiś ruch.

Wydawało mu się, że między drzewami mignęła sylwetka rudej dziewczyny.

★

Kolejne dni wypełniała gorączkowa praca. Gmina zgodnie z obietnicą podesłała pracowników. Czterech mężczyzn i pięć kobiet. Wszyscy byli w średnim wieku, więc

Kociuba krzywił się w duchu. Co tu ukrywać – liczył na młodych, krzepkich entuzjastów, pełnych zapału do pracy, a dostał weteranów, w dodatku nieodwracalnie skażonych sanacyjnym wychowaniem. Ale przynajmniej wszyscy deklarowali, że umieją się obchodzić ze świniami.

Geodeta rozmierzył park i wyznaczył miejsca pod chlewy. Przyjechała betoniarka i wylała fundamenty. Stali na zbrojenia nie udało się dostać, na szczęście nieoceniony Zając skombinował z sąsiedniej gminy trochę drutów. Mieli się potem zrewanżować żywcem wieprzowym.

Koparka wygrzebała dół na nieczystości płynne. Niebawem przywieziono też baraki w częściach oraz traktor. Jak się okazało, gminny sekretarz nie kłamał i brygadzista umiał prowadzić taką maszynę. Zbiornika wody przeciwpożarowej na Świątyni Dumania nie dało się zrobić, PGR nie uzyskał przydziału blachy.

W czwartek rano towarzysz Kociuba wstał trochę później. Zszedł na parter, rzucił na parkiet płytę sosnowej sklejki. Jeszcze wczoraj pociągnął ją na optymistyczny jasnobury kolor, a przez noc ładnie zaschła. Można było przystąpić do kolejnego etapu prac. Przyniósł puszkę farby w pięknym strażackim odcieniu. Na etykietce wiły się robaczki gruzińskich literek, a nad nimi umieszczono twarde, kanciaste symbole cyrylicy.

„Fabryka Farb »Czerwona Ultramaryna«. Tbilisi" – odczytał.

Dziś mamy farby z ZSRR, a gdy komunizm zwycięży, z całego świata! – pomyślał z dumą.

Naszykował tekturowe szablony i już po chwili na sklejce lśnił napis: „Klub Robotniczy". A poniżej mniejszymi literkami: „Punkt higieniczno-gastronomiczny; odwszawialnia".

Wywiercił jeszcze w rogach cztery dziurki, zabrał gwoździe i młotek, a potem ostrożnie, by nie rozmazać świeżej farby, zaniósł tablicę do Świątyni Dumania. Z gabloty ze sprzętem przeciwpożarowym pożyczył drabinę i przybił sklejkę nad wejściem. Wyszło mu tak pięknie, że się wzruszył.

– Farba z ojczyzny wielkiego towarzysza Stalina – mruknął. – To niemal tak, jakby on sam życzył nam powodzenia.

Odstawił drabinę na miejsce.

Trzeba zainwestować i kupić aparat fotograficzny do bieżącego dokumentowania kolejnych etapów socjalistycznej przebudowy jaśniepańskich przybytków, postanowił. Fotosy przydadzą się potem do gazetki ściennej i do gablotki.

Zajrzał do środka. Okna umyto. Ściany, niegdyś pokryte freskami przedstawiającymi łąkę, wybielono wapnem i wymalowano beżowe olejne lamperie. Z pilnych robót została tylko wymiana podłogi.

Na takich polerowanych marmurowych posadzkach to można się poślizgnąć i zęby wybić. Skrzywił się. Hrabiowie pewnie od małego byli przyuczani, żeby po tym łazić, lecz my, ludzie pracy, sprężystym krokiem maszerujemy w przyszłość, nie mamy czasu na ostrożne stąpanie.

Ale gdy tylko oderwał wzrok od podłogi, uśmiech ponownie zagościł mu na twarzy. Stoliki, nakryte papierowymi obrusami, zabezpieczone zostały elegancko ceratą. Na każdym stał wazonik z plastikowym kwiatkiem. Z jednej ściany spoglądał Lenin, z drugiej Stalin, a na trzeciej Bierut z Rokossowskim, przy czym prezydent tulił do serca dziewczynkę. Poniżej na dwóch listewkach bielały wycięte z kartonu litery układające się w hasło: „Praca nie hańbi. Hańbi próżnowanie". Do czwartej przypięto pineskami plakat przedstawiający piersiastą przodowniczkę pracy dosiadającą dumnie traktora.

To właśnie jest postęp! Kobiety na traktory! Szkoda tylko, że żadna z moich pracownic jakoś nie chce, westchnął w duchu. Każda powinna popróbować swoich sił, prowadząc taką maszynę. Zaraz by poczuły moc płynącą z techniki. Bo jak uczył towarzysz Lenin, „zmiany świadomości wytwarza faktycznie doświadczenie mas, nigdy zaś sama propaganda".

Punkt sanitarny też został już przygotowany. Na drewnianym blacie, pociągniętym białą farbą, stały blaszane miski, a nad każdą wisiał kawałek szarego mydła. Mydło przewiercono i przewleczono sznurek. Były nawet płócienne ręczniki.

Jak estetycznie, aż żal tu klasę robotniczą wpuścić, pomyślał ze smutkiem Kociuba.

Zamknął drzwi na klucz i westchnął ciężko.

Jednak przed wojną hrabiowie mieli prostsze życie, skonstatował. Ekonom bił chłopów batogiem, nie trzeba było tych wszystkich udogodnień. Postęp i humanizm wymuszają masę działań dodatkowych.

Zaburczało mu w brzuchu. Rozejrzał się i wzrok mimowolnie padł na wychodki.

Tak się powinno załatwiać te sprawy, stwierdził, kierując się w stronę wygódki. Całe pokolenia waliły klocka do dziury w deskach, a nie w jakąś porcelanę. To jest zdrowy, tradycyjny, ludowy sposób załatwiania potrzeb fizjologicznych i żaden fałszywie rozumiany postęp tego nie wykorzeni.

Przypomniał sobie szkołę rolniczą i bursę, w której kwaterował. Skrzywił się. Wychowawcy kazali do sedesu... Do tego nieustanne mycie rąk. Tłumaczył, że raz dziennie wystarczy. Przecież jak się ciężko pracuje, to dłonie muszą się pobrudzić i nie ma sensu ich co chwila szorować. Cztery lata prośbą i groźbą zmuszali go do tych idiotyzmów.

Ale dość tego, teraz jestem kierownikiem na swoim i mogę robić, co zechcę! – uciął niemiłe wspomnienia.

Zamknął się w wygódce, spuścił spodnie i wygodnie rozsiadł się na „tronie". Rozejrzał się wokoło. Od wystawienia bardaszki minęło zaledwie kilka dni, a już na ścianie, jak to w kiblu, narysowano różności. Męskie narządy płciowe, gołe baby, kopulujące parki, swastyki na szubienicach...

Jak u nas na wsi przed wojną. Można powiedzieć, że to właśnie jest autentyczna sztuka ludowa, tworzona spontanicznie, z potrzeby serca, pomyślał z pewnym rozrzewnieniem.

I naraz zamarł.

„Kiełbasa robotniczo-chłopska – rano czerwona, wieczorem zielona" – głosił napis wyryty gwoździem na ścianie.

Obok nabazgrano jeszcze coś ołówkiem: „Ubój po polsku. Pod świnię podkładamy dynamit. Mięso leci do Moskwy, a Polaków krew zalewa".

Kierownik z trudem odcyfrował kulfony.

Ale najgorsze dopiero go czekało. Na gwóźdź wbity w ścianę nanizano pracowicie kartki z pociętej gazety. Pierwsze dwie były normalne, ale gdy sięgał po trzecią, podskoczył jak ukłuty szpilą. Na fragmencie pochodzącym z „Zielonego Sztandaru" znajdowało się zdjęcie towarzysza Stalina. Gwóźdź przebijał akurat oko wodza.

– Sabotaż! – ryknął Kociuba, aż wygódka zadrżała.

Nie, na to są za głupi, uspokoił się zaraz. To nie jest sabotaż, tylko efekt braku świadomości klasowej i niezrozumienie globalnych procesów geopolitycznych. Trzeba popracować intensywniej nad uświadomieniem mas pracujących.

Podciągnął spodnie, dowód zbrodni ukrył w kieszeni i ruszył na poszukiwanie załogi. Robotnicy wznosili właśnie siódmy barak. Część trzymała ścianę, a brygadzista wbijał gwoździe łączące ją ze słupem konstrukcyjnym. Na widok miny kierownika przerwali pracę.

– Towarzysze! – warknął. – W naszym przedsiębiorstwie zaszły wypadki ideologiczne, które wymagają natychmiastowego wyjaśnienia.

– Co się stało? – zaniepokoił się Zając.

– To będzie przedmiotem naszego zebrania. Punkt szesnasta w Klubie Robotniczym.

– Eee? – jeden z mężczyzn wyraził zbiorową wątpliwość.

– W naszym punkcie gastronomiczno-socjalnym, dawnej Świątyni Dumania. Obecność obowiązkowa.

– To nie pójdziemy do domu? – zmartwiła się jakaś babina. – Dzieciakom obiad muszę ugotować.

– Co wy, towarzyszko, o jakichś dzieciach chrzanicie, gdy toczy się ostra walka ideologiczna! – obsztorcował ją Kociuba.

Pracownicy zostali, a kierownik wrócił do pałacu. Przeszedł się po parterze i przejrzał po kolei wszystkie pomieszczenia. Wywlókł na stos do spalenia ostatnie meble. Zajrzał jeszcze do salonu. No tak. Portrety...

– Trzeba się za to zabrać naukowo – postanowił.

Z tablicy przeciwpożarowej przyniósł bosak.

– Tym je zaraz stargnę! – mruknął zadowolony.

Zaczepił hakiem o ramę i szarpnął z całej siły. Drzewce zostało mu w rękach, a żelazna część w górze. Hak zaklinował się między ramą a ścianą. Kierownik podszedł bliżej i szturchnął delikatnie styliskiem. Żeleźce odpadło natychmiast i spadając w dół, malowniczo rozorało mu czoło. Wrzasnął i szarpnął się w tył, w ostatniej chwili cofając stopę, inaczej pikujący metalowy kolec przygwoździłby ją do parkietu.

– Krucafuks – zaklął, patrząc, jak na drewnie przybywa krwawych plam.

Pobiegł do łazienki i przyłożył sobie do rany kawał szarego papieru toaletowego. Papier szybko przesiąkł krwią. Kociuba wybiegł przed pałac.

– Towarzyszu Zając! – zawył z rozpaczą.

Brygadzista nadbiegł po kilku chwilach.

– Rany boskie, co wam się stało!?

– Bosakiem rozciąłem czoło – wybełkotał kierownik.

– Ale jak to bosakiem?! – zdumiał się budowlaniec, ale zaraz odzyskał zimną krew. – Proszę się położyć. – Wskazał szezlong przeznaczony do spalenia. – Skoczę tylko do klubu po apteczkę i zaraz was opatrzę.

– Lekarza...

– Spokojnie, miałem w wojsku przeszkolenie felczerskie!

Po chwili wrócił ze wszystkim, co trzeba. Zdezynfekował ranę spirytusem. Kociuba zaciskał zęby, wyobrażając sobie towarzysza Dzierżyńskiego torturowanego bestialsko przez oficerów carskiej ochrany.

– Trzeba szyć, i to, niestety, na żywca – rzucił brygadzista.

– Szyj.

Wystarczyło pięć szwów.

– Do wesela się zagoi – mruknął Zając. – A blizna zostanie taka, że jakbyście towarzyszu byli trochę starsi, moglibyście się chwalić, że to rana z czasów sanacji, zadana policyjną szablą. I nie pijcie dziś niczego, bo alkohol rozrzedza krew i przeszkadza w procesie gojenia.

– Dziękuję – wymamrotał Kociuba.

– Ale, ale, powiedzcie, proszę, towarzyszu, jak właściwie uderzyliście się bosakiem w czoło!? Przecież za długi jest...

Kociuba pokrótce opowiedział swoje przygody.

– Chcieliście zdjąć portrety Lukrecji i Kornelii? – zdumiał się jego podwładny. – Bardzo zły pomysł.

– Sanacyjne barachło. Na co nam one?

– No w zasadzie po nic, ale wiecie, towarzyszu, w naszych stronach mówi się, że nie wolno ich ruszać. Paru już próbowało. Za Niemca i po wojnie. Ludzie niejedno opowiadali. Zawsze było z tego jakieś nieszczęście. Połamane ręce i nogi, wstrząsy mózgu...

– Zabobony!

– Jak sobie życzycie. Ale ja bym się tego nie dotykał.

Brygadzista odszedł nadzorować prace, a kierownik powlókł się do pałacu. Wszedł do salonu i łypnął na obrazy.

Grot bosaka nadal tkwił w parkiecie. Kociuba podszedł i pociągnął ręką. Ostrze wbiło się głęboko. Szarpnął, ale to nie pomogło. Szarpnął mocniej i wyrwał. Podniósł drąg, obejrzał końcówkę. Była spróchniała.

– To dlatego się oderwało – mruknął.

Szturchnął kijem ramę. Ani drgnęła. Szturchnął mocniej. Nadal bez efektu. Pewnie była przybita albo przykręcona. A gdyby tak... Uniósł kij, by uderzyć w środek portretu, i w tym momencie jego uszy poraził przerażający huk. Kociuba z wrażenia wypuścił stylisko i podskoczył jak oparzony. Rozejrzał się w panice.

Ach, to tylko drzwi... – odetchnął z ulgą. Przeciąg zatrzasnął.

Spojrzał raz jeszcze na obrazy i nagle wydało mu się, że obie dziewczyny uśmiechają się jakoś tak kwaśno i ironicznie.

– Jeszcze się policzymy – warknął.

Wdrapał się na piętro. Zajrzał do pokoju na końcu. Stał tu elegancki klawesyn. Obok umieszczono stary globus. Na regale leżał stos nut w pożółkłych ze starości okładkach. Kociuba wzruszył ramionami. W sypialniach nie pozostało wiele mebli. W dwadzieścia minut poprzeciągał je do końca korytarza i po kolei zrzucił ze schodów.

I nawet nie trzeba rąbać na opał, pomyślał z zadowoleniem, słysząc trzask pękających desek.

Zaszedł do biblioteki. Popatrzył na regały ozdobione mosiężnymi tabliczkami. Na skórzanych oprawach wiły się złocone literki. Książki ustawiono działami, a beletrystykę alfabetycznie.

Hrabiowskie szpargały, ani książek towarzysza Szołochowa, ani towarzyszki Wasilewskiej, ocenił, czytając nazwiska na grzbietach.

Większość tytułów kompletnie nic mu nie mówiła. W dziale gospodarstwa domowego królowały opasłe tomiszcza, przekartkował kilka, oglądając rysunki parowych lokomobili i ras koni pociągowych. W atlasie geograficznym znalazł nieaktualne już mapy z nieistniejącymi granicami krajów, a okolice wokół bieguna w ogóle pokryte były białymi plamami.

Tuszu idiotom zbrakło czy jak? – zdziwił się. Tak czy siak, do użytku już niezdatne.

Wreszcie wzruszył ramionami, otworzył okno i zaczął wywalać książki jak leci. Zmachał się przy tej robocie, rozkichał od kurzu, ale w dwie godziny uprzątnął wszystko. Teraz zabrał się do regałów. Były mocno osadzone i połączone śrubami, ale przyniesiony z dołu łom dał im radę. Kociuba wyrywał półki, odbijał meble od ściany i z zadowoleniem patrzył, jak sprawnie mu to idzie.

Jeden regał nieoczekiwanie okazał się osadzony na mocnych zawiasach. Otworzył się jak drzwi, odsłaniając otwór w ścianie.

– A niech mnie, tajne przejście! – zdziwił się kierownik.

Przyniósł latarkę i po kilkudziesięciu schodach zszedł na poziom piwnic. Oświetlił długi, niknący w mroku korytarz.

Nie tacy głupi byli ci hrabiowie, ocenił. Wiedzieli, że wcześniej czy później dosięgnie ich gniew klas wyzyskiwanych, i zawczasu przygotowali sobie drogę ucieczki.

Wrócił na górę i zaczął wrzucać do otworu dechy z regałów. Niebawem zawalił przejście.

No i posprzątane. Otrzepał z zadowoleniem ręce. A to się zamuruje i gites.

Wyjrzał oknem i spostrzegł listonosza jadącego na rowerze aleją w stronę pałacu. Zszedł na dół. Listonosz miał dla niego kilka numerów „Trybuny Ludu" - prenumerata dotarła z opóźnieniem.

– Mam takie pytanie – zagadnął pocztyliona. – Zna pan w miasteczku jakiegoś nauczyciela, osobliwie od języka polskiego?

– No jest pan Franciszek Piecyk... A co potrzeba?

– Zawiózłby mu pan kartkę ode mnie? Jest tu trochę zbędnych książek, może w szkole się do czegoś przydadzą.

– Proszę napisać, podrzucę mu, wracając.

Kociuba skreślił pospiesznie kilka zdań.

Nadszedł czas zebrania. Ludzie zgromadzili się w Klubie Robotniczym. Palili w milczeniu papierosy, podając sobie jedyną popielniczkę.

Trzeba będzie powiesić tabliczkę „zakaz palenia", bo jeszcze dziur w obrusie narobią, pomyślał kierownik.

– Proponuję następujący porządek zebrania – zaczął bez wstępów. – Punkt pierwszy: towarzysz Zając zreferuje nam postępy budowy. Punkt drugi: spawy dyscyplinarne. Jako punkt trzeci powinny być wolne wnioski, ale wydaje mi się, że dziś nie będzie na to czasu, przeniesiemy to na kolejne zebranie.

– Towarzysze! – Brygadzista wstał. – Zakończyliśmy dziś budowę czwartego baraku, tym samym uzyskując przestrzeń hodowlaną o powierzchni łącznej czterysta osiemdziesiąt metrów kwadratowych i kubaturze... eee... musiałbym policzyć. Jak słusznie zauważył towarzysz Lenin, byt określa świadomość. Dziękuję.

Usiadł.

Za krótko gadał i za mało potoczyście. Ale dobrze, że cytat wstawił, ocenił kierownik.

– Przejdźmy do spraw dyscyplinarnych. Towarzysz Lenin zwykł mawiać, że nie ma rewolucji bez kontrrewolucji... – Kociuba zawiesił głos i otaksował wszystkich pracowników ciężkim spojrzeniem. – Dziś doszło do aktu, który każe mi podejrzewać, że w naszym zgranym kolektywie budującym przyszłość pojawiły się elementy rozkładowe, reakcyjne, kontrrewolucyjne. Zanim jednak zawiadomimy Urząd Bezpieczeństwa, wolałbym samodzielnie zbadać sprawę.

Zebrani pobledli.

– Mam na myśli, po pierwsze, głupie hasła nasmarowane na ścianach, a po drugie, gazety, których używacie w wychodku. Kto personalnie odpowiada za ich umieszczenie na gwoździu? – Kierownik powiódł badawczym spojrzeniem.

– Yyyy... – odchrząknął brygadzista. – To już każdy we własnym zakresie. Znaczy jak ktoś zauważy, że niewiele zostało, to tnie kolejną porcję i nawleka.

– A tak konkretnie to kto ostatnio nawlekał? – przygwoździł ich pytaniem Kociuba.

Nikt się nie przyznał.

– Wiecie, że za to można dostać i pięć lat!? – syknął kierownik, pokazując wycinek z portretem Stalina. – Wiecie, że odciski palców pozwolą jednoznacznie zidentyfikować winnego?

Pobledli jeszcze mocniej.

– Tak, powinienem to natychmiast zgłosić, ale kładę taki uczynek na karb waszej głupoty i nieświadomości. – Podpalił kartkę i wrzucił ją do popielniczki. – Sprawy nie będzie, ale wytnijcie jeszcze jeden taki numer i ruski miesiąc popamiętacie. Napisy wydrapać i zamalować, żeby śladu nie było!

Pracownicy, zawstydzeni, pospuszczali głowy. Mruczeli nieskładnie słowa przeprosin.

– Przeczytajcie to w domu, jutro was przeegzaminuję. – Wręczył każdemu po egzemplarzu broszury o wzorcowych kołchozach w ZSRR i odprawił ich gestem.

Zmyli się jak niepyszni.

– Słuchajcie, towarzyszu – zatrzymał wychodzącego brygadzistę. – Nie widziałem na zebraniu tej młodej.

– Jakiej młodej? – nie zrozumiał tamten.

– Kręciła się tu przy chlewie taka dziewczyna... Niewysoka, ładna, ruda. Widziałem ją kilka razy. W parku i raz, jak deski niosła. Tylko zawsze z daleka, a ile razy za nią poszedłem, gdzieś znikała.

– Niewysoka, ruda?! – Brygadzista pobladł, jakby lekko przestraszony. – Nie mamy nikogo takiego w załodze.

– Jesteście pewni?

– No przecież wszystkich nadzoruję, to wiem.

– Dziwne. Może to jakaś nasłana szpiegówa? – zaniepokoił się Kociuba. – Hmm... Amerykanie chyba nie wysłaliby takiej młodej... Postarajcie się ją przyuważyć i złapać. Milicja pomoże nam wyjaśnić, kim jest i czego tu szuka.

– Paskudna sprawa z tą gazetą – zauważył brygadzista.

– No właśnie. Szwankuje nam oddziaływanie ideologiczne. Trzeba założyć wśród pracowników związek zawodowy. Bo jak mawiał towarzysz Lenin, „związki zawodowe to mechanizm transmisyjny między partią komunistyczną a masami".

– A właściwie czemu, towarzyszu, nie zrobiliście z tego afery?

– Bo to przypadek, widać po liniach cięcia, że nikt nie wyodrębniał celowo portretu wodza, żeby go nadziać. Ale z jednej strony ich zdyscyplinowałem, żeby nic nie kombinowali, z drugiej uświadomiłem im, że kierownik widzi oraz nadzoruje wszystko i nie ukryją się nawet w kiblu, a po trzecie, pokazałem się jako ludzkie panisko, człowiek, który wymaga lojalności, ale zarazem chroni swoją załogę. Robotnik w socjalistycznym zakładzie powinien wobec kierownictwa czuć respekt, ale i opiekę.

– No, nie powiem, sprytnie rozgrane – mruknął z uznaniem brygadzista.

★

Kociuba zrobił wieczorny obchód. Sprawdził, czy wszystko jest pozamykane. Rana na czole przyschła, skóra wkoło była chłodna.

Tężec ani gangrena raczej mi nie grożą, pomyślał.

Wziął prysznic i uwalił się na łóżku. Przez chwilę kartkował tom „Kapitału", ale tego wieczora zdecydował się na lżejszą lekturę. Sięgnął po Lenina. Co by tu przeczytać? Kartkował tomiszcze. Nieoczekiwanie książka wysunęła mu się z dłoni i upadła na podłogę. Grzbietem do góry. Podniósł ją i spostrzegł, że otwarła się na artykule „Co robić".

– Ha! I dobrze, niech zadecyduje przypadek.

Zabrał się do czytania. Tekst nie był specjalnie długi. Czterdzieści minut później wstrząśnięty Kociuba zatrzasnął książkę.

Marksizm jest doktryną opisującą całą rzeczywistość. Zarazem Lenin pisze, że temat ten jest tak obszerny i skomplikowany, iż nie da się go ogarnąć bez dokładnych studiów. Nie da się go wyuczyć w wolnych chwilach, zatem powinni się nim zajmować zawodowi działacze partyjni, a nie robotnicy po pracy, rozmyślał w półmroku pokoju. Zatem stawiając na samokształcenie, idę błędną drogą. A więc czytanie Marksa po pół godziny dziennie nie ma sensu, bo żeby poznać i zrozumieć doktrynę, trzeba to robić zawodowo. Ale jeśli będę to robił po kilka godzin dziennie, to kto będzie kierować pegeerem?!

Kompletnie rozbity psychicznie, zgasił światło i przyłożył głowę do poduszki. Myślał, że po takich wrażeniach nie zdoła zasnąć, ale powieki skleiły mu się momentalnie.

Szedł przez rozległe pole, gdy nieoczekiwanie usłyszał za sobą charkot traktora. Obejrzał się. Doganiała go nowiutka, błyszcząca maszyna. Za kierownicą siedziała cycasta przodowniczka pracy w chustce na głowie. Na każdym z błotników jeszcze po jednej. One też były cycaste. Widział to wyraźnie, bo wszystkie trzy miały na sobie jedynie fikuśną koronkową bieliznę.

– Chodźcie do nas na traktor, towarzyszu Kociuba. Pokażemy wam rzeczy, jakie się nawet Leninowi nie śniły. – Ta za kierownicą uśmiechnęła się kusząco i przejechała językiem po wargach.

– Towarzyszki, tak nie wolno! Traktor to cenne narzędzie pracy i symbol postępu, a nie miejsce na obłapianki! – zaprotestował.

I zaraz musiał rzucić się do ucieczki, bo dziewczyna dodała gazu, żeby go rozjechać. Umykał jak zając przez pole, słysząc tuż za plecami narastający warkot maszyny i szatański chichot traktorzystek. I nagle obudził się zlany potem. Za oknem dniało.

Nauczyciel pojawił się przed pałacem o siódmej rano. Przyjechał na rowerze. Na widok stosu porąbanych mebli zamarł i długą chwilę wpatrywał się w nie kompletnie zdumiony.

– Cieszę się, że dotarliście, towarzyszu Piecyk – głos Kociuby wyrwał go z zadumy. – Jak widzicie, robimy tu malutkie porządki. Tam, na piętrze, będzie klub pracowniczy, musiałem oczyścić pomieszczenie. Rozumiecie, towarzyszu, to chłam. – Wskazał wielki stos książek. – Większość jest kompletnie bezużyteczna, w dodatku w jakichś cudacznych językach. Ale jak to wywalałem, wpadło mi w oko kilka tytułów. Zdaje się, że ci dwaj reakcjoniści Mickiewicz i Słowacki nadal są omawiani w szkołach?

Nauczyciel przełknął ślinę. Oczy miał jak spodki.

– Yyyy... No tak.

– Wybierzcie, co wam się w szkole przyda, resztę tego sanacyjnego barachła puścimy z dymem. Czytali ci hrabiowie takie gówno, że w głowie się nie mieści. Patrz pan, ile zwierzaków obdarto ze skóry, żeby to oprawić, podczas gdy robotnicy i chłopi bez butów chodzili. Ile papieru poszło. A lasy cierpiały ścinane. Grzebcie sobie, towarzyszu, na zdrowie. Co się wam w szkole przyda, to wasze.

Kociuba odwrócił się i ruszył w kierunku wznoszonych właśnie obiektów. Belfer padł na kolana i zaczął po-

spiesznie przegrzebywać stos. Klasyka łacińska i grecka, oprawione w skóry podręczniki gospodarstwa z osiemnastego wieku, stare atlasy geograficzne, piękne przedwojenne wydania książek podróżniczych Ossendowskiego, Goetla, Lepeckiego... Setki tomików francuskich romansów, oprawione roczniki starych gazet. Co najmniej połowa pozycji wydała mu się cenna, warta ocalenia.

– Jak ja to zabiorę? – szepnął zrozpaczony.

Rozejrzał się bezradnie, poszukując ratunku, i naraz spostrzegł brygadzistę, opartego o kolumienkę.

Na jego widok Zając uchylił beretki.

– Dzień dobry, panie Franciszku. – Uśmiechnął się, nie wypuszczając peta tkwiącego w kąciku ust.

– Czekaj... Ja cię znam przecież. Królikowski?

– Zając. Proszę się nie martwić, krótko się znaliśmy, tylko w piątej klasie. Przylufiłem z matmy, historii i geografii i trzeba było się pożegnać z naszą uczelnią powszechną. Ale u pana miałem uczciwą tróję.

– Yyyy... No tak.

– Pan do mnie z sercem podszedł. Za cztery błędy w klasówce albo wypracowaniu pała. A pan zawsze u mnie trzy znajdował. A przecież doskonale wiem, że tych ortografów tam było więcej.

– Treść była dobra i zdania ładnie budowane... Może czasem trochę przymknąłem oko – bąknął nauczyciel.

– Ten nasz kierownik... – Brygadzista wkręcił sobie śrubkę w skroń. – Od razu widać, że poza Marksem i Leninem książek nie poważa. Dużo pan tego chce zabrać?

– Wszystkie bym zabrał, tylko nie mam jak.

– Na wszystkie to się ten ćwok nie zgodzi. Ale zaraz coś zorganizujemy.

Zając znikł w pałacu, a po chwili wyszedł z kawałem brezentu. Zabrali się do roboty. Nauczyciel najcenniejsze dzieła położył na spód, nakrył Mickiewiczem, Słowackim, powieściami Kraszewskiego i zawiązał starannie brezent. Spróbował dźwignąć, ale nie oderwał tobołu od ziemi.

Brygadzista uśmiechnął się lekko.

– Pan pozwoli, że pomogę. Rowerem tego wywieźć nijak, a ja zaraz do miasta ciężarowym jadę po cement, to zabierzemy się razem.

– Dziękuję.

– Mam takie pytanko... Pana córka to chyba na skrzypcach grała? Ta mała... No, teraz to już pewnie duża panna.

– No gra.

– A na pianinie?

– Nie.

– A może chciałaby się nauczyć? – Zając zmrużył chytrze oczy.

– Do czego pan zmierza?

– Tu wszystko idzie do wypieprzenia. – Robotnik ściszył głos. – Całe wyposażenie, meble, całość. Ten idiota po kolei wszystko niszczy. A na piętrze w jednym pokoju pianinko stoi takie małe. I nut do niego jest, ile strzyma. Za kratę wódki może być pańskie. Przecież te książki... – Puścił oko. – Mnie nie musi pan mówić, że w drodze do szkoły zatrzymamy się przed pańskim domem na małe przepakowanie bagaży.

– Pianinko?

– Kierownik polazł do chlewów, mamy chwilę. Chodźmy na piętro.

Wewnątrz pałac przedstawiał obraz nędzy i rozpaczy. W holu leżał stos połamanych na kawałki mebli. Nauczyciel był tu tylko raz w życiu, jeszcze przed wojną. Teraz rozglądał się ze zgrozą.

– Wszystko, co po Niemcach i NKWD ocalało, porozwalał – westchnął Zając. – W mieście pewnie by za to lepszy pieniądz wziął, albo ja wiem, do muzeum może... Ale mówi, że ma być nowocześnie. A on tu rządzi. Na władzę nie poradzę.

Weszli na górę. W pokoju muzycznym stał mały, elegancki klawesyn. Boki i klapa zdobione były obrazkami wykonanymi w technice intarsji. Był trochę zakurzony, ale i tak olśniewał urodą.

Chyba osiemnasty wiek, pałacowy instrument, przemknęło nauczycielowi przez głowę. Robota włoska albo holenderska. Cacuszko.

– To jak? Krata wódy? – zaproponował Zając. – I nut, ile pan chcesz, gratis... Ciężarówką do miasteczka podrzucimy...

– Biorę – rzucił krótko Piecyk.

– To pomóż pan dźwigać.

Przepasali się sznurami od zasłon, przepuścili je pod spodem i oderwali instrument od ziemi. Nie był przesadnie ciężki. Po chwili stał już na pace ciężarówki przy tobole z książkami. Obok wylądowały dwa worki z nutami i ozdobny globus ze zrujnowanej biblioteki. Nauczyciel wrzucił tam też rower.

– No, nie ma co się zasiadywać. Lepiej, żeby nas nie przyuważył. – Brygadzista zapuścił silnik i przemknęli przez park, wywożąc łup.

– Nie będzie jakiejś chryi, jak zobaczy, że instrument zniknął? – zaniepokoił się nauczyciel, gdy jechali już przez opłotki Liszkowa.

– Ten ćwok nawet nie zauważy, że coś wyparowało. Tylko świnie mu w głowie. A jakby pytał, nic nie wiem. Pałac otwarty, ktokolwiek mógł to buchnąć. Ale na pewno nie pan, no bo przecież nie wywiózł pan pianina na rowerze. Albo się rozpuści legendę, że ze schodów spadło i się rozbiło. Tyle mebli palimy, nikt się nie doliczy. A tak niech ma dziewczyna radochę z instrumentu. Przynajmniej ładna rzecz się nie zmarnuje.

Wypakowali i zanieśli łupy do mieszkania pana Franciszka. Nauczyciel zabrał wszystkie pieniądze, które miał w domu, brakującą sumę pożyczył od sąsiadki i pojechali pod sklep. Belfer miał gest, Zając liczył na skrzynkę najtańszej kartoflanej czyściochy, a dostał tę lepszą gorzałkę, zbożową z czerwonymi etykietkami.

– Miło się z panem robi interesy. – Wzruszony brygadzista poklepał deski skrzynki i wstawił ją na pakę. – Pan jesteś porządny gość.

– I wzajemnie – ukłonił się pan Franciszek. – Gdyby jeszcze coś się podobnego trafiło, proszę o mnie pamiętać – przyciszył głos.

– Się wie!

Parkowe drzewa szumiały niepokojąco. Wiatr pędził po nocnym niebie ciężkie chmury. Gdzieś opodal pohukiwał złowróżbnie puszczyk. Kociuba wyciągnął się wygodnie na łóżku. Spod poduszki wydobył ulubioną książeczkę o chorobach wenerycznych. Przekartkował ją i zamknął.

O nie, najpierw obowiązki, zganił się w duchu. W okresie odbudowy kadry decydują o wszystkim. Dlatego też rozwój intelektualny następujący na drodze samokształcenia jest priorytetem dla każdego świadomego klasowo człowieka pracy! A zwłaszcza dla kadry zarządzającej!

Przypomniał sobie czytany poprzedniego dnia artykuł „Co robić".

Towarzysz Lenin napisał to w 1902 roku, powiedział sobie twardo. To były inne czasy, inni ludzie i inny poziom świadomości. Robotnik, od dziecka utrzymywany przez burżujów w ciemnocie, mógł się faktycznie nie nadawać do pracy intelektualnej. Ale czasy się zmieniły. I to, co przed pół wiekiem wydało się Leninowi oczywiste, wcale już takie nie jest. Jako przedstawiciel zupełnie nowego pokolenia klasy robotniczej udowodnię to zaraz.

Otworzył trzeci tom „Kapitału" w założonym miejscu.

– „Prawo zniżkowej tendencji stopy zysku" – odczytał na głos tytuł rozdziału.

Poskrobał się po głowie. Z jednej strony brzmiało to niezwykle fachowo. Wyobraził sobie, jak rzuca tym terminem na zebraniu. Oj, to będzie jak celne walnięcie cepem. Z drugiej – nie byłoby dobrze użyć tego argumentu w niewłaściwym momencie. A tu tyle trudnych słów. Walcząc z narastającą sennością, zaczął mozolnie brnąć przez stronice. Trudniejsze ustępy usiłował tłumaczyć sobie na bardziej zrozumiały język.

Chodzi generalnie o to, że maszyny są coraz kosztowniejsze, więc człowiek i jego wypłata stanowią coraz mniej istotny składnik fabryki? – nie był pewien, czy dobrze zrozumiał, a jak na złość nie miał kogo zapytać.

Zacisnął zęby i zaczął czytać od początku. Ze zgrozą przekonał się, że nic a nic z tego nie rozumie. Cudaczne określenia, zawiłe zdania... Brak jakiegokolwiek słowniczka.

– Czyżby Lenin miał jednak rację? – szepnął z przerażeniem. – O nie! Nie poddam się.

Praca uruchomiona i wyzyskiwana przez kapitał społeczny... Stopa wartości dodatkowej, tendencje i kontrtendencje... – fachowe pojęcia, zamiast rozjaśnić mu w głowie, powodowały coraz większy galimatias. Powoli oczy zaczęły mu się kleić. Wreszcie umysł się poddał. Kociuba zasnął i zaraz przeniósł się we śnie do dziwnego pokoju. Za biurkiem siedział niechlujnie ubrany brodaty gnom. Pisał coś pracowicie na kartach papieru. Widać zorientował się, że jest obserwowany, bo uniósł głowę. Kierownik ze zdumieniem i wzruszeniem rozpoznał brodacza.

– Towarzyszu Marks! Członek partii Józef Kociuba melduje wykonanie zadania! – wyszczekał.

– Wykonanie? – Marks spojrzał na niego badawczo.

– Eee... To znaczy melduję istotny progres realizacji zadania. Baza lokalowo-materiałowa do produkcji żywca wieprzowego niebawem zostanie zagwarantowana! Praca samokształceniowa kadry kierowniczej postępuje. Proces uświadomienia klasy robotniczej zatrudnionej w pegeerze Liszków znajduje się na etapie intensywnego wdrażania. A wszystko to w oparciu o wasze wiekopomne dzieła, towarzyszu Marks! – wyszczekał kierownik.

– Wy, Kociuba, jesteście kompletnym idiotą – burknął klasyk.

– Ależ, towarzyszu...

– Powiedzcie mi, Kociuba, po jaką cholerę czytacie nocami ten mój „Kapitał"?

– Żeby zrozumieć wyłożone przez was, towarzyszu, podstawy ekonomii kapitalizmu.

– O, to jednak rozumiecie to, co czytacie.

– Użyta terminologia jest niezwykle fachowa, niemniej staram się zrozumieć przesłanie. Zdaję sobie sprawę, że opis skomplikowanych procesów społeczno-ekonomicznych wymaga zastosowania złożonego systemu terminologicznego.

– A po co wam te podstawy? Po co wam w ogóle wiadomości, jak to działa? Czy wy chcecie zostać kapitalistą?

– Ależ skąd, towarzyszu.

– No to po cholerę wam takie informacje? W Polsce kapitalizmu już nie ma. Trzecia wojna światowa gradem bomb atomowych niebawem oczyści z niego całą Europę. A wy osobiście, jako kierownik pegeeru, macie przecież budować komunizm, czyli coś kompletnie odmiennego! Czy wy przypadkiem nie jesteście reakcjonistą, który przeniknął do partii i pod pozorem studiowania marksizmu szykuje burżuazyjną kontrrewolucję?

Kociuba wrzasnął i obudził się przerażony. Światło nadal się paliło. Gdy zasnął, książka wypadła mu z ręki i teraz leżała na podłodze, otwarta i grzbietem do góry.

Co za idiotyczny reakcyjny koszmar senny! – jęknął w duchu. Żeby sam Marks osobiście zniechęcał mnie do lektury własnych dzieł...

Wstał i napił się zimnej wody ze słoika stojącego na parapecie. Usiadł ciężko na łóżku, podniósł z podłogi sponiewierany tomik. Odnalazł miejsce, w którym przerwał lekturę. Westchnął. Przestudiował raz jeszcze kilka ostatnich akapitów.

Prawo postępującego obniżania się stopy zysku, czyli względnego zmniejszania się zawłaszczonej pracy dodatkowej w porównaniu z ilością pracy uprzedmiotowionej, uruchomionej przez pracę żywą, bynajmniej nie wyklucza absolutnego wzrostu ilości pracy uruchomionej i wyzyskiwanej przez kapitał społeczny, a zatem i absolutnego wzrostu ilości pracy dodatkowej, którą sobie ten kapitał zawłaszcza.

– Co to niby znaczy!? Stopa zysku to rozumiem. Ale reszta!?

– ...bełkot – odszepnęło echo z kąta.

To z zawłaszczaniem pracy chyba faktycznie opisuje, co robią kapitaliści. Tylko po co mi to wiedzieć? Przecież ich nie ma i już nigdy nie będzie! – pomyślał skonsternowany.

Położył się do łóżka, ale nie gasił jeszcze światła. Leżał, wpatrując się w sufit. Przedwojennego kapitalizmu w zasadzie nie pamiętał. Miał sześć lat, gdy wybuchła wojna. Przez głowę przelatywały mu obrazy. Wiejska chata, wąsaty ojciec łamiący tabliczkę czekolady Wedla, starszy brat pastujący buty Bata przed wyjściem do kościoła. Babcia staruszka obierająca pomarańczę. Grające w kącie izby radio...

Ojciec wyzyskiwał parobka! Stąd te luksusy, zawstydził się.

Raz jeszcze sięgnął do „Kapitału", ale nie mógł się skupić. Niby większość pojęć znał z pierwszego tomu, były tam jakoś w miarę wytłumaczone, ale teraz przyłapał się na tym, że nie pamięta już definicji.

Głupi sen. Potrząsnął głową. Idiotyczny i reakcyjny. Przecież Marks nie może być przeciwko marksizmowi! Z drugiej strony faktycznie to wszystko opowiada o tym, jak jest zorganizowany świat kapitalistów. Więc po co nam to? I właściwie po co tracę czas na wykuwanie tych informacji, skoro lada moment komunizm zwycięży i będą miały znaczenie już tylko historyczne?

Powoli uspokoił się i wreszcie zasnął.

Trzy widma zmaterializowały się w sypialni.

– I co? – zakpiła Marcysia.

– No dobra, trafiło się ślepej kurze ziarno. Tym razem wygrałaś – burknęła Lukrecja z kwaśną miną. – Sen, który wymyśliłaś, faktycznie nastraszył go znacznie bardziej niż mój.

– Młody głupek, wierzy w coś, czego kompletnie nie rozumie – westchnęła Kornelia.

– Jak oni wszyscy – wzruszyła ramionami mała. – Kombinujmy dalej, jak się bydlęcia pozbyć, bo całkiem zniszczy nasz dom.

– Chciałaś powiedzieć: mój dom!

– Gadaj zdrowa, siostrzyczko. Mam do tego pałacu takie same prawa jak ty! – fuknęła Marcysia, a w następnej chwili darły się pazurami i szarpały za kudełki, aż ektoplazma leciała.

– Uspokójcie się jedna z drugą! – głos Kornelii przywołał je do porządku. – Po pierwsze, przypominam wam, że już nie żyjemy, więc jakiekolwiek prawa własności są dla nas bezprzedmiotowe. Po drugie, mam plan. Szalony, ale może się udać!

To był sądny dzień. Nad ranem do Liszkowa przybyło kilkadziesiąt ciężarówek. Karwicki ściągnął, kogo tylko zdołał. Milicja, ORMO, KBW... Dowodzenie operacją powierzono pułkownikowi przybyłemu z Lublina. Rewidowano obejście po obejściu. Porównywano pogłowie chudoby z wykazami przekazanymi przez gminę. Jak się okazało, chłopi posiadali nie tylko nielegalne świnie, ale także krowy, cielęta, a nawet konie.

Skonfiskowano trzysta sztuk nierogacizny, nałożono milionowe grzywny, zagrożono aresztowaniami. Wojsko i ubecja jako udział zabrały cielęta „na swoje potrzeby". Świnie natomiast trafiły do powstającego PGR-u.

Kociuba był w swoim żywiole. Dwoił się i troił. Oglądał przywożone z akcji zwierzęta, ważył, dziurawił im uszy kolczykami, drutował ryje, kastrował warchlaki, wciągał do ewidencji. Reszta pracowników też pomagała. Ludzie byli przerażeni i wyraźnie przytłoczeni rozmiarem operacji. Co chwila przyjeżdżały kolejne ciężarówki, kwiki niosły się pomiędzy drzewami parku, odbijały echem od murów pałacu. Dwa chlewy zapełniły się szybko. Pod wieczór przestały warkotać ciężarówki i wreszcie zapanował spokój.

Kociuba umiał się znaleźć jako gospodarz. Dla żołnierzy i milicjantów rozpalono trzy wielkie ogniska z pałacowych mebli i książek. Nad nimi na rożnach piekły się cztery cielaki. Skonfiskowany przy okazji akcji bimber lał się strumieniami do blaszanych kubków. Partyjne kierownictwo gminy i dowódców oddziałów biorących udział w operacji kierownik podjął w Świątyni Dumania.

Zaimprowizowano stoły z pałacowych drzwi. Poustawiano przy nich parkowe ławeczki odkryte w domku ogrodnika. Woń pieczystego mile łechtała nozdrza, samogon połyskiwał.

– Towarzysze! – Kociuba powstał. – Tworzyliśmy dziś historię. Z niepokornym żywiołem chłopskim tych okolic nie radzili sobie panowie, nie radzili sobie zaborcy, chłopom dominium Liszkowskiego nie dała rady sanacja. Hardo stawiali się nazistom, a nawet towarzyszom z NKWD. A my w jeden dzień zgięliśmy i złamaliśmy twarde kułackie karki! Komunizm zatriumfował. Dzień dzisiejszy to przedsmak tego, że już niebawem obowiązkowa kolektywizacja do końca unormuje stosunki własnościowe na polskiej wsi. Nasze działania to tylko wstęp do tego wielkiego zadania. Pozwólcie, towarzysze, że znów zacytuję wielkiego Lenina: „Państwo to aparat do systematycznego stosowania gwałtu i podporządkowywania ludzi gwałtowi".

Pułkownik UB wstał i poklepał kierownika po plecach.

– Wystarczy, towarzyszu, napijcie się.

Kociuba posłusznie zamilkł i usiadł.

– Towarzysze! – odezwał się pułkownik. – Padły tu przed chwilą historycznie słuszne, ale obecnie niepotrzebne słowa o gwałtach i łamaniu karków. Mądrość etapu nakazuje nam odrobinę delikatności w formułowaniu myśli. Treść, rzecz jasna, nie podlega dyskusji. Chodzi jedynie o formę wypowiedzi. Widzę to trochę inaczej. Nasi bracia klasowi chłopi skutkiem wielowiekowej ciemnoty i zacofania nadmiernie przywiązali się do stanu nadmiaru dóbr doczesnych. Pogrążyli się w obżarstwie i drobnoburżuazyjnym groszoróbstwie, zaniedbując rozwój osobisty i pracę samokształceniową. Dokonaliśmy dziś drobnej korekty ich przyzwyczajeń. Pozwólcie, że teraz ja zacytuję Lenina: „Moralność komunistyczna jednoczy ludzi pracy przeciwko wszelkiej drobnej własności, albowiem drobna własność oddaje w ręce jednej osoby to, co stworzone zostało pracą całego społeczeństwa". Działania nasze były może i brutalne, nie spotkały się też ze zrozumieniem ludu, ale podjęliśmy je dla dobra społeczeństwa. I to wszystko, co musimy z dzisiejszego dnia zapamiętać. Pozwolę sobie wznieść toast: niech żyje Polska Zjednoczona Partia Robotnicza!

Wszyscy powstali i wypili.

– Nie zrozumcie mnie źle, Kociuba. – Pułkownik dał sąsiadowi przyjacielską sójkę w bok. – Wasze przemówienie było zasadniczo słuszne ideologicznie, ale w obecnych czasach trzeba bardziej ważyć słowa. Zwłaszcza w aktualnej sytuacji międzynarodowej nie bardzo możemy sobie pozwolić na luksus mówienia wprost o tym, co myślimy i czujemy.

– Tak jest!

– Nie zwieszajcie nosa na kwintę, dobry z was komunista, młody, ambitny wilczek. Takich właśnie nam trzeba. Tylko z racji młodego wieku brak wam trochę wyczucia.

Polejcie mi, proszę. Sztywno tu jakoś, a przecież trzeba się bawić, zrzucić z barków ciężar dnia. Patrzcie i uczcie się.

Wytrząsnął ze szklanki herbaciane fusy i podsunął naczynie. Kierownik pospiesznie napełnił szkło. Generał powstał.

– Towarzysze! Jeśli nie umiemy uszanować wódki, gdy jest ciepła, nie zasługujemy na nią, gdy jest zimna! Wasze zdrowie!

Lody zostały przełamane. Zapomniano o szarżach. Cywile pili z wojskowymi, ubecy bratali się z milicjantami. Kawały cielęciny popijane haustami bimbru i wódy szybko znikały w przepastnych gardzielach. Rozmowa toczyła się gładko.

– Mimo drobnych niedociągnięć wynikających ze słabości materiału ludzkiego epoka stalinowska jest szczytowym okresem w historii ludzkości – dowodził Kociuba. – Pomyślcie sami, towarzyszu, mam dziewiętnaście lat, posiadam wszechstronne wykształcenie zdobyte w wieczorowym technikum rolniczym, dostałem maturę nawet bez konieczności pisania jakichś prac i zaraz po otrzymaniu świadectwa skierowano mnie tu na kierownika pegeeru.

– No, wedle przedwojennej nomenklatury to oznaczałoby stanowisko co najmniej zarządcy majątku ziemskiego – pokiwał głową pułkownik. – My, stara gwardia, tworzymy podwaliny i usuwamy przeszkody, ale patrząc obiektywnie i realistycznie, to właśnie wy, młodzi aktywiści, jesteście przyszłością tego kraju. Partia lubi właśnie takich jak wy, towarzyszu.

– Do tego PZPR okazała mi zaufanie, skracając o połowę staż kandydacki – pochwalił się Kociuba. – W kilka lat osiągnąłem więcej niż moi przodkowie przez dekady epok wyzysku i zacofania. Socjalizm uwalnia energię młodych ludzi, która wcześniej była trwoniona lub przechwytywana przez kapitalistów.

– Ech, przydalibyście mi się w ubecji – westchnął oficer.

Nieoczekiwanie kilka strzałów pistoletowych rozdarło ciszę nocy. Kociuba poderwał się, potknął i rąbnął udem o kant stolika. Obok niego równie niezdarnie gramolili się z krzeseł milicjanci i ubecy. Większość miała problemy z utrzymaniem się na nogach. Wypadli przed budynek. Niebo na wchodzie już pojaśniało. Ogniska dogasały.

– Co się stało? – zapytał pułkownik.

– Dddduch! – wykrztusił jeden z ubeków. – Poszedłem w krzaki za potrzebą... teges... no, fizjologiczną. Patrzę, a tu stoi dziewczyna, taka ruda, nieduża. – Uniósł dłoń, by pokazać jej wzrost. Pomyślałem, że po pierwsze, trzeba damę zaprosić do ogniska i ugościć. Potem pomyślałem, że przecież trzeba ją wylegitymować. Potem jeszcze pomyślałem, że to strzeżony teren i nikt obcy nie ma szansy tu wleźć, to zagadam jakoś... Szedłem za nią, bo się oddalała, widzę, że nie słucha, to złapałem za ramię. Odwróciła się, a zamiast twarzy miała trupią czaszkę. No to zacząłem strzelać.

– Delirka – ocenił któryś z milicjantów. – Towarzysze, trzeba tyralierą przez krzaki. Jeśli faktycznie była tam dziewczyna, ten osioł mógł ją postrzelić!

Zaświeciło kilka latarek, najtrzeźwiejsi ruszyli zbadać park.

– Oddaj spluwę! – Pułkownik odebrał podwładnemu pistolet.

Na szczęście obchód dał wynik ujemny. Nie znaleziono rannej ani trupa. Zabawa rozkręciła się na nowo, ale bawiono się skromniej, bo ludzie byli już bardzo zmęczeni.

Pan Franciszek odłożył nawoskowaną flanelkę i spojrzał na swoje dzieło. Klawesyn wyglądał jak nowy. Intarsje, kość słoniowa klawiszy... Instrumentu nikt nie używał przez ponad dekadę, znajomy stroiciel fortepianów zdrowo namordował się nad wyminą strun i piórek. Ale gdy zakończył pracę, dźwięk okazał się wyjątkowo piękny. Nauczyciel spojrzał w kąt pokoju i uśmiechnął się mimowolnie. Klawesyn, regały zastawione starymi, pięknie oprawionymi książkami, globus...

Jak przyjemnie się zrobiło. A wszystko to kosztowało zaledwie dwie skrzynki wódy. Przydałaby się jeszcze tylko ładniejsza lampa i może jakiś nieduży obraz na ścianie. I wygodny fotel, żeby siąść i czytać. Szkoda, że nie udało się zdobyć żadnego z pałacowych. Poniszczyli, cholery, tyle dobra... Ale i tak jest pięknie!

Żona z córką miały wrócić następnego dnia wieczorem z wizyty u ciotki. A to będą miały miłą niespodziankę! Otworzył okno. I zaraz dobry humor prysnął. Nad parkiem pałacowym lśniła łuna ognisk. Wiatr niósł pogwar głosów, czasem z daleka dobiegały też fragmenty pieśni. Rozpoznał „Podmoskiewskie wieczory".

– Ubecja świętuje – burknął. – Pogrom dziś po wsiach łajdacy zrobili gorszy niż za tego szwaba Wursta.

Uśmiechnął się krzywo i naraz naszła go pewna myśl. Wyciągnął z regału oprawioną w tekturowe okładki książkę Polikarpowa „Bohater na miarę epoki”. Kartkował ją dłuższą chwilę, szukając odpowiedniego ustępu. Kartki zdążyły już pożółknąć, marny gazetowy papier nie wytrzymał nawet kilku lat. Wreszcie pan Franciszek znalazł.

– „Nieraz do białego rana szyby pałacu jarzyły się światłem elektrycznym, a drzewa parku echem odbijały butne słowa teutońskich pieśni. To dawny pan biesiadował z nowymi panami... Chłopi liszkowscy z miesiąca na miesiąc wiercili nowe dziurki w pasach podtrzymujących coraz luźniejsze porcięta, a pan hrabia i jego towarzysze spod znaku trupiej czaszki przeciwnie. Tyli tak, że ledwie im się mundury na kałdunach dopinały” – przeczytał na głos. – Jakie to profetyczne – burknął z przekąsem. – Jeśli pominiemy trzeciorzędne szczegóły, zgadza się wszystko. Tylko okupant inny, no i hrabiowie Liszkowscy nie z takich, co by się ze swołoczą bratali, nieważne, brunatną czy czerwoną.

A potem splunął w ciemność i zamknął okno. I naraz zamarł. Ktoś za jego plecami grał na klawesynie. Grał bardzo dziwnie. Dźwięki były niezwykle ciche, a zarazem doskonale słyszalne. W pokoju zrobiło się wyraźnie zimniej. Nauczyciel poczuł, jak ogarnia go groza.

Nawiedzony pałac, przemknęło mu przez głowę. O mamuniu, po co ja cokolwiek zabierałem z tego gniazda widm i upiorów!

– No odwróć się wreszcie, człowieku, nie zjemy cię – głos był cichy i dobiegał jakby z bardzo daleka.

Z duszą na ramieniu centymetr po centymetrze nauczyciel obracał głowę. I omal nie zemdlał. Przy klawesynie siedziała ładna brunetka. Za stołem rozparła się znacznie tęższa blondynka. Na brzegu kanapy skromnie przycupnęła drobna rudowłosa. Wszystkie trzy były bardzo blade, a gdy skupił wzrok, ze zgrozą przekonał się, że ich ciała lekko prześwitują.

– Pan się nie szczypie, bo tylko siniaków sobie narobi. – Najmłodsza uśmiechnęła się życzliwie.

– Naprawdę tu jesteśmy. – Ładna oderwała palce od klawiszy.

Melodia jeszcze przez chwilę płynęła, a potem ucichła. Gospodarz nerwowo przełknął ślinę i przeżegnał się, ale one wcale nie znikły.

– Nawiedziłyście panie mój dom – wykrztusił nieskładnie, zezując na krzyżyk zawieszony nad drzwiami pokoju.

– Widzę, że nieźle się pan obłowił naszym mieniem – warknęła ta za stołem. – Z drugiej strony lepiej, żeby to wszystko posłużyło przez kolejne lata albo i pokolenia ludziom miłym i kulturalnym, niż gdyby miało przepaść jak reszta naszych mebli i bibelotów.

– Ale ja... – wykrztusił. – Nie chciałem, żeby się zmarnowało. Ten idiota Kociuba wszystko niszczy.

– Wiemy. Dlatego nie mamy pretensji, tylko propozycję. Ubijemy interes – rąbała słowo po słowie dziedziczka. – Może pan to wszystko zatrzymać, ale w zamian poprosimy o drobną przysługę.

– Przysługę?! – zdumiał się. – Nie wiem, w czym mógłbym... Msze za spokój waszych duszy zamówić czy jak?

– Trzeba napisać pisemko, anonimowy donos do jednego bardzo ważnego towarzysza. Podyktujemy treść, a pan jutro kupi znaczek i wrzuci list do skrzynki – wyjaśniła ruda. – Przykro nam, że robimy z pana donosiciela, ale to w imię wyższego dobra. I dla ratowania cennej spuścizny przeszłości. Bo na zniszczeniu wyposażenia i konfiskacie świnek się nie skończy. Ten idiota dopiero się rozkręca.

– Dla ratowania... Ależ oczywiście, że pomogę. Serce mi się kraje, jak widzę, co te komuchy wyrabiają.

Wszystkie trzy uśmiechnęły się sympatycznie i nauczyciel naraz poczuł, że te duchy wcale nie są tak straszne, jak mu się początkowo wydawało.

Pracownicy zjawili się o siódmej rano. Z chlewów dobiegał dziki kwik głodnych świń. Kociuba przyłożył rozpalone czoło do pałacowej kolumny. Potworny ból głowy odrobinę zelżał. Ale zielonkawe cienie nadal latały mu przed oczyma.

– Nakarmcie trzodę – wychrypiał przez przepalone alkoholem gardło. – I nastawcie kartofle w parniku, na wieczór niech dostaną coś konkretnego. A ja tu ogarnę... Trochę...

– Szefie – odezwał się brygadzista – zasadniczo rozumiem stan wyższej konieczności. Nawet podziwiam szefa poświęcenie, bo to niełatwo tak chlać całą noc z frontowcami i ubekami. Dokonał pan z pewnością wiele w zakresie budowy przyjacielskich relacji kierownictwa pegeeru z organami administracji i organami ścigania. A teraz proszę uwierzyć mojemu doświadczeniu. Natenczas szef potrzebuje małego klina i soku z kiszonych ogórków. Potem dwie godziny drzemki, długi zimny prysznic, mocna kawa i dopiero obowiązki. Niech pan mnie lepiej posłucha.

– Panowie są w Londynie – wymamrotał Kociuba.

– Jak zwał, tak zwał. My nakarmimy trzodę, a wy do łóżka, towarzyszu. Odespać. Potraktujcie to jako polecenie przedstawicieli klasy robotniczej.

– Macie rację – westchnął z ulgą kierownik.

Dziabnął klina, nastawił budzik i padł bez czucia na wyrko. Obudził się po dwóch godzinach w nieco lepszym stanie. Zszedł na parter. Najpierw długo stał pod strugami lodowatej wody, potem łyknął aspirynę, wypił kubas kawy – czarnej jak smoła i mocnej jak szatan. I faktycznie poczuł się znacznie lepiej.

– Warto czasem posłuchać mądrości przemawiającej przez usta człowieka pracy – podsumował zabiegi i ich skutki.

A potem ruszył posprzątać. Wyniósł połamane stoliki i potłuczone naczynia ze Świątyni Dumania. Zaopatrzył się w wiadro z wodą, szmatę i miotłę. Wyczyścił podłogę i schodki z kilku pawi. Na szczęście lamperie zrobione były farbą olejną, wystarczyło je zmyć ciepłą wodą z ługiem. Ogarnąwszy „klub", wykopał dół, do którego zgarnął węgle, popiół, niedopalone głownie, ogryzione kości i inne pozostałości ognisk. Przepatrzył okoliczne krzaki, zagrzebał ekskrementy. Dłuższą chwilę stał obok byłego punktu sanitarnego. Z wygódek niewiele zostało. Rozochoceni bimbrem żołnierze KBW połamali nocą wszystkie na opał. Tyle dobrze, że dachy obite papą porzucili opodal.

– No cóż, majowe noce bywają chłodne – usprawiedliwił ich Kociuba.

Tablica ze sprzętem przeciwpożarowym także zdrowo ucierpiała. Sądząc po śladach, żołnierze i milicjanci urządzili sobie z niej tarczę w zawodach rzutu bosakami do celu. Drabina w ogóle znikła, chyba też wylądowała w ognisku. Wiadro wisiało na drzewie. Tłumice ocalały.

– Się odbuduje... – mruknął kierownik. – To tylko trochę desek. Takie tam... koszta. Zaniedbywalne w sumie. A z władzą trzeba dobrze żyć.

Aby trochę poprawić sobie humor, ruszył do chlewów. Daleko pomiędzy barakami spostrzegł dziewczynę dźwigającą plandekę ze słomą. Uśmiechnął się do swoich myśli i zaraz zamarł w pół kroku. Drobna, ruda? To przecież ta, na którą od dłuższego już czasu bezskutecznie polował! Co mówił ten ubek w nocy? Spotkał kogoś takiego... Drobna ruda dziewczyna. To by się zgadzało. Coś sobie ubzdurał po pijaku i strzelał. Może warto to z nią obgadać, wyjaśnić, przeprosić nawet. A przede wszystkim sprawdzić, co to za jedna i czemu się tu kręci. Ruszył w ślad za nieznajomą, ale gdy wyjrzał zza rogu, nigdzie jej nie było.

Pewnie do chlewu poszła, pomyślał.

W drzwiach z lubością wciągnął w nozdrza zdrowy, mocny zapach łajna. Świnie kwiczały w boksach, wyglądały na całkiem zadowolone z życia. Pracownicy podścielili im słomę i napełnili koryta. Jednak dziewczyny nigdzie nie było widać. Kociuba zatarł ręce. Na spokojnie oglądał zwierzęta, kiedy przyszedł brygadzista.

– No i jak szef ocenia nasze *trofiejnoje* stadko? – zagadnął jakby z przekąsem.

– Na początek mogą być. Ale to „kundle" – ocenił Kociuba. – Koło rasowych nawet nie stały. Słaby materiał na stado rozpłodowe.

– A czego się, towarzyszu, spodziewać po wiejskich prosiakach? Tu przez całą okupację rozmnażali po cichu i nielegalnie. A i potem też. Może nie był to chów zupełnie wsobny, ale... To się krzyżowało, co było.

– No wiem. Poprawimy to. Wieprze się wykastruje, inseminacja macior sztuczna albo sprowadzę na czas jakiś dobrego rasowego knura rozpłodowego lub dwa – rozważał kierownik. – Warchlaki będą już w połowie rasowe, kolejne pokolenie w trzech czwartych. Zrobimy selekcję, do dalszego rozrodu dopuścimy tylko najlepsze sztuki. Trzecie pokolenie będzie już całkiem niezłe. Małymi krokami ku większej mięsności. Poza tym zgodnie z teoriami towarzysza Trofima Łysenki o dziedziczeniu cech nabytych, gdy zapewnimy im dobre warunki bytowania, kolejne pokolenia powinny odpłacić nam się wyższymi parametrami mięsa. Czytaliście może „Agrobiologię"?

– Nie, tylko słyszałem, że towarzysz Łysenko neguje burżuazyjną genetykę. Był u nas taki odczyt o jaryzacji zbóż ozimych...

– Czyli macie podstawy teoretyczne. A właśnie, słuchajcie, towarzyszu, ta ruda... Nie widzieliście jej przypadkiem? Myślałem, że tu weszła. Dopiero co niosła słomę w plandece na plecach.

Brygadzista trochę jakby pobladł.

– Widzieliście, towarzyszu, niewysoką rudą dziewczynę? Powtórzę więc, że nie mamy w załodze nikogo takiego – powiedział.

– Przecież mignęła mi dopiero co! Niosła plandekę. Cholera! A jeśli jest nasłana? Może nas szpieguje? Jak na polecenie milicji lub ubecji, to pół biedy. Ale jeśli buszuje tu, bo ktoś chce odzyskać swoje świnie? Trzeba ją złapać i sprawę wyjaśnić.

Wyszli przed chlew. W pobliżu nie było nikogo. Sąsiednie baraki stały puste.

– Żeby tylko miejscowi nie wycięli nam jakiegoś brzydkiego numeru – mruknął Zając. – Wprawdzie ludzie boją się tu zachodzić, zwłaszcza w nocy, ale rzeczywiście stracili masę zwierzaków, niektórzy nawet po dwa. Myślę, że macie, towarzyszu, rację: może pojawić się ochota, żeby je odzyskać.

– Niech spróbują – uśmiechnął się krzywo Kociuba. – Pułkownik, jak z nim wczoraj gadałem, obiecał ekspresowo załatwić mi pozwolenie na broń i spluwę. Ubecja nie lekceważy zagrożenia. Milicja też czuwa, obiecali zaglądać. Zresztą na szkoleniu o tym mówiono. Nie raz już tak bywało, że chłopi zabijali ludzi zakładających spółdzielnie. To trochę jak na froncie. Jak zauważył kiedyś wielki Stalin, w miarę postępów w budowie socjalizmu walka klasowa zaostrza się.

– Hmmm... Nie bardzo rozumiem? Powinna chyba raczej słabnąć?

– Tu się, towarzyszu, mylicie. Reakcjoniści, widząc, jak dobrze nam idzie budowa świetlanej przyszłości, czują, że ostatecznie przegrywają. To na nich działa jak ostroga, stają się zwierzęco okrutni, dobywają ostatnich sił i sięgają po ostatnie rezerwy, byle tylko nie dopuścić do triumfu sił dobra i postępu! I właśnie dlatego trzeba złapać tę rudą. I dowiedzieć się, co knuje!

– Yyy... no tak, rozumiem. Faktycznie lepiej niczego nie zaniedbać.

Obeszli budynki. Tylko w ostatnim baraku reszta załogi pracowała przy budowie przepierzeń i boksów. Nie widzieli nikogo, ale Kociuba zauważył, że na pytanie o rudą dziewczynę dwie kobiety przeżegnały się ukradkiem.

Zdenerwowany ruszył przez park.

– Gdzie ona mogła się podziać?! – warknął pod nosem. – Tak czy siak, trzeba coś zrobić z tym parkiem. Duży teren, drzewa, krzaczory, jakieś budowle... Cała armia może się tu ukrywać. Drzewa należy wyciąć, najwyżej nie będziemy chwilowo wyrywać pniaków. Zbędne budynki wyburzymy. Wzdłuż murów trzeba, jak na plaży, zaorać pas i co kilka dni bronować, żeby było od razu widać, gdyby ktoś przeszedł. A górą muru drut kolczasty. Najlepiej pod napięciem.

Patrolując teren, przyszli przed pałac. Tu także nie wypatrzyli dziewczyny. Przepadła jak kamień w wodę.

– A właśnie, dywan z salonu – przypomniał sobie kierownik. – Możecie się nim zająć?

– Towarzysz życzy sobie dywan wytrzepać?

– Może to i niegłupi pomysł z tym wytrzepaniem? Swoją drogą, w Związku Radzieckim panuje zwyczaj taki, że dywany przybija się na ścianie. Dzięki temu zachowuje się większą higienę, bo z gołej podłogi łatwiej pozamiatać śmieci i kurz.

– Coś podobnego.

– Dywan na ścianie nie brudzi się od butów, nie wydeptuje, a co więcej, pozwala utrzymać ciepło, bo ogranicza jego ucieczkę przez mury. Ale moim zdaniem dywany to zbytek i luksus. Wprawdzie nieustanny postęp, który obserwujemy wokoło, sprawia, że luksus ten, wcześniej zagwarantowany wyłącznie dla ludożerczych klas posiadających, coraz częściej znajduje się w zasięgu możliwości finansowych instytucji społecznie użytecznych, domów kultury, a czasem również człowieka pracy. Ale musimy pamiętać, że nawet w przodującym ustroju, gdy już sobie robotnik może pozwolić na zakup tego zbędnego dobra, powinien o nie dbać!

Zając westchnął, zmęczony gadką szefa. Weszli do pałacu i stanęli w salonie. Dywan najlepsze lata miał dawno za sobą. Od aresztowania kamerdynera nikt o niego nie dbał.

– W sensie: mam to zwinąć, wytrzepać i przybić do ściany?

– Tak, do ściany w chlewie numer cztery.

– Ale jak to w chlewie? – Brygadzista popatrzył na Kociubę, jakby nie bardzo mógł uwierzyć w to, co usłyszał.

– Tam, gdzie ulokowaliśmy maciory z młodymi i kojce dla prosiąt. Zwierzętom musi być ciepło. Ja bez żalu obejdę się bez takich zbytków, produkcja żywca jest priorytetem!

– Ale to, zdaje się, perski...

– Sami widzicie, że oddajemy naszym podopiecznym to, co najlepsze.

Brygadzista wzruszył ramionami, zwinął dywan i wyniósł. Kwadrans później zrolowany upchnął na strychu domku ogrodnika.

Jak się nauczyciel nie zainteresuje, to z księdzem pogadam, postanowił. Tak czy inaczej, wpadnie kolejnych kilka flaszeczek. A jakby się szef czepiał, to mu powiem, że dywan uległ całkowitemu zniszczeniu w trakcie procesu czyszczenia, a resztki spaliłem, i może mi skoczyć.

Kolejne tygodnie upływały spokojnie. Świnie zadomowiły się w chlewach, żarły paszę, a zbiornik na łajno powoli się wypełniał. Trzy maciory zaokrągliły się i lada dzień można się było spodziewać prosiąt. Wygódki odbudowano, Klub Robotniczy został uprzątnięty i odnowiony. Pałac do końca wysprzątano, wszystkie zbędne meble, książki i fidrygałki wyniesiono i spalono. Zbudowano wszystkie baraki, tylko chwilowo brakowało nierogacizny, by je zasiedlić. Kierownik jeszcze kilka razy widział z daleka tę rudą, ale choć dokładał starań, nigdy nie zdołał jej złapać.

Dwudziestego rano Kociuba wybrał się z wizytą do gminy. Już idąc przez rynek Liszkowa, z wyraźnym zadowoleniem spostrzegł konkretne zmiany na lepsze. Kiełbasa znikła z kramików jak sen złoty. Ludzie na jego widok milkli jakby przestraszni, wyłapał sporo krzywych spojrzeń. Gdy wchodził po schodkach do urzędu, jakieś zgniłe jabłko świsnęło mu koło ucha.

Walka klasowa zaostrza się – kierownik uśmiechnął się do swoich myśli. A to oznacza, że prostą drogą zmierzamy w kierunku zwycięstwa socjalizmu.

Gminny sekretarz przywitał go serdecznie. Ale gdy usłyszał pytanie o pieniądze na wypłatę dla pracowników PGR-u, wyraźnie się zasępił.

– Boję się, towarzyszu, że nie zapewniono środków w wystarczającej wysokości – wyjaśnił. – Otrzymaliśmy przekaz pieniężny, ale, khm... jak by to ująć...

– To znaczy? Co chcecie powiedzieć, towarzyszu? – zaniepokoił się Kociuba.

– To będzie raczej marna wypłata – uściślił Karwicki. – Boję się, że jak pracownicy pegeeru zobaczą, ile dostali na rękę, może powstać ferment.

– Ferment?

– Mogą zastrajkować.

– E, gadanie – machnął ręką Kociuba. – Istnieje ekonomia i jej wyższe ewolucyjnie stadium, czyli ekonomia socjalistyczna. Wyjaśnię im po prostu, że strajkować to sobie mogli za sanacji, kiedy nie mieli własności środków produkcji, bo wszystko znajdowało się w rękach krwiożerczych kapitalistów. Obecnie sytuacja jest przecież zupełnie inna. Robotnik w socjalistycznym kraju nie będzie strajkował, gdyż szkodziłby w ten sposób zakładowi pracy, którego jest współwłaścicielem. To jakby pluł do własnej zupy. Logicznie sprzeczne.

Gminny sekretarz popatrzył na kierownika, a na jego czole pojawił się mars.

– Ale co zrobimy w sytuacji, jeśli oni z racji spuścizny wieków ciemnoty i zacofania nie posługują się logiką?

– Odwołam się do ich zdrowego chłopskiego rozsądku.

– Do chłopskiego rozsądku? – Urzędnik zrobił minę, jakby się czegoś przestraszył, i nerwowo przełknął ślinę. – Eee... No cóż, życzę powodzenia, towarzyszu – bąknął. – Księgowy zaraz naszykuje pieniądze. Macie listę płac?

– Tak.

– To mu ją przekażcie. Wyliczy, ile możemy robotnikom wypłacić, i pójdziecie razem. I może ze czterech milicjantów dla ochrony?

– Wy, towarzyszu, chyba nie ufacie ludziom...

★

Kociuba zebrał pracowników w Klubie Robotniczym. Księgowy siadł za stołem, położył papiery, obok ustawił blaszaną skrzynkę. Ludzie podpisywali się na liście, otrzymywali koperty z wypłatą, zaglądali ciekawie do środka, a potem na ich twarzach odbijało się wyraźne rozczarowanie. Kociuba poczekał, aż ostatni pracownik odbierze pieniądze, i znacząco stuknął kułakiem w blat stolika.

– Towarzysze! Rozczarowująca wysokość wypłaty w sanacyjnej Polsce oznaczałaby, że padliście ofiarą wyzysku. Ale w czasach obecnych jest wręcz przeciwnie. Ta skromna kwota, którą dziś znajdujecie w kopertach, jest widomym znakiem zwycięstwa komunizmu. Czyli poniekąd też naszego zwycięstwa! Jako współwłaściciele majątku naszego kraju jesteście zarazem współwłaścicielami tego wszystkiego. – Uczynił ręką szeroki ruch. – Jako zaś współgospodarze musicie dbać o rozsądną gospodarkę środkami produkcji. Być może wydaje wam się, że w gospodarce socjalistycznej pieniądz i, patrząc szerzej, kapitał wyrażony przez banknoty nie powinien być siłą napędową produkcji. Macie zupełną rację! Nie powinien. I z roku na rok jego rola będzie spadała!

– Znaczy zarobimy jeszcze mniej!? – przeraził się ktoś.

– Wraz z rozwojem gospodarczym kraju wasz udział w parku maszynowym i pozostałych środkach produkcji będzie wzrastał – uspokoił go kierownik.

– A udział w wyprodukowanej wieprzowinie? – pisnęła jedna z kobiet.

– Na razie jeszcze niczego nie wyprodukowaliśmy – uciął Kociuba. – Pomyślcie sami, towarzysze, kapitalista przechwytuje pracę robotnika oraz jej owoce, a dopiero gdy nasyci swoją żądzę posiadania, myśli o tym, żeby harujący na niego proletariusze nie zdechli z głodu. My zaś rzuciliśmy śmiałe wyzwanie przyszłości i budujemy komunizm. Dopiero tworzymy naszą fabrykę żywności, ale państwo już dba o zaspokojenie waszych potrzeb. Jeszcze nie ma zysków, a wy już otrzymaliście gotówkę na rękę! Na tym właśnie polega przewaga planowej gospodarki socjalistycznej nad kapitalistyczną! Nie zapominajcie też, że w kapitalizmie uzasadniona presja płacowa jest przyczyną kryzysów. A gospodarka socjalistyczna, wyzwolona z pęt praw ekonomii, jest od kryzysów wolna, zatem i wasza presja płacowa nie powinna mieć miejsca.

– Eee...? – zdziwił się ktoś.

– Teza, antyteza, synteza, dialektyka! – powiedział uroczyście Kociuba.

– Nie bardzo rozumiemy – bąknęła jedna z kobiet.

– Chodzi o to, żebyśmy nie darli ryjów o wyższą wypłatę, bo to mogliśmy robić za sanacji, a teraz zakazano – wyjaśnił brygadzista łopatologicznie.

Ludzie nie wyglądali na przekonanych, z kwaśnymi minami ruszyli do domów.

– Widzicie, towarzyszu. – Kociuba uśmiechnął się do księgowego. – Przekażcie dobre wieści gminnemu sekretarzowi. Niepotrzebnie się obawiał. Wystarczy z ludźmi przyjacielsko porozmawiać i w przystępny sposób wyjaśnić im obiektywne trudności. Kapitalista na moim miejscu zadzwoniłby po policję i zarządził bicie robotników pałami, a tu proszę, świadomość klasowa czyni cuda, o jakich się burżujom nie śniło.

Nadeszła pora kolacji. Kociuba postawił patelnię na kuchence. Rzucił na nią odrobinę smalcu i kilka plasterków kiełbasy. Skroił małą cebulę. Gdy dobrze zaskwierczało, sięgnął po jajka.

Proste robotniczo-chłopskie jedzenie, zawierające wszelkie niezbędne witaminy i inne substancje odżywcze, ocenił i stuknął nożem w skorupkę.

Pękła, zadrżała i ze środka zaczęło gramolić się coś ciemnego, oślizgłego. Kociuba wrzasnął i przerażony rzucił jajkiem o ścianę. Rozleciało się, a zagadkowa istota ze środka potoczyła się w kąt.

– Krucafuks! – zaklął.

Złapał pogrzebacz i ostrożnie podszedł bliżej. Z kamiennych płytek gramoliło się nieduże zwierzątko.

– To tylko nietoperz! – Kierownik odetchnął z ulgą. – Ale się przestraszyłem... Nic się nie bój, mały, wiem, że jesteś objęty ochroną gatunkową.

Nietoperz prychnął i rozdziawił paszczę, pełną ostrych jak szpileczki zębów. Oczka miał czerwone, świeciły niczym rozżarzone węgielki. Chwilę gapił się na kierownika z nienawiścią, a potem syknął, zamachał błoniastymi skrzydłami i uniósł się w powietrze.

– Towarzyszu nietoperzu... eee... – zaczął zdezorientowany Kociuba.

W tym momencie zwierzątko ruszyło w jego stronę, szczerząc kły i wystawiając pazurki na końcu skrzydeł. Kierownik zrobił unik, nietoperz nie wyhamował i zderzył się z kredensem.

– No już, wynocha, mały, bo w końcu oberwiesz! – Kociuba otworzył szeroko okno i złapał mocniej pogrzebacz. – Może i jesteś pożyteczny i pod ochroną, ale dla mnie to wyglądasz jak latający szczurek. I to bez ogona.

Nietoperz ponownie pokazał zęby. Kły miał długie jak u jakiegoś wampira.

– A może jesteś głodny, malutki? – zafrasował się kierownik. – Kiełbasy ci nie dam, bo to za tłuste... A chleba ani cebuli pewnie nie jadasz.

Zwierzak gapił się na niego przez chwilę, obrażony. Raz jeszcze wyszczerzył zębiska, pokazał język, rozdwojony jak u żmii, zasyczał, ale widząc, że Kociuba w ogóle się go nie boi, wyfrunął jak niepyszny. Kierownik popatrzył na przypaloną nieco kiełbasę i nadwęglone plasterki cebuli.

Jednak człowiek uczy się całe życie, pomyślał. Na przykład nie wiedziałem, że nietoperze wylęgają się z jajek, i to w dodatku kurzych. Myślałem, że to rodzaj myszy, nie ptaszków. Swoją drogą, dobrze, że świnie nie latają. Nie byłoby łatwo budować chlewów. No bo jak boksy zabezpieczyć? Siatką stalową czy jak? A jeszcze jakby tak na zimę wieprze odlatywały do ciepłych krajów? Murzyni zjedliby nasze kiełbasy! Z drugiej strony przodująca radziecka nauka nie takie rzeczy wymyśla. Może gdyby skrzyżować świnię z kurą... Jaja by z tego były pewnie spore. Tylko to zbędne latanie... A gdyby je zaobrączkować?

Na obrączkach numer i nazwa pegeeru. Wylatywałyby rankiem na pastwisko, wieczorem wracały do chlewa. Nie, cholera, za dużo ruchu, nie utuczyłyby się. No i jakby taki wieprz ważył sto kilogramów, to powierzchnia nośna skrzydeł... Lepiej niech zostanie po staremu.

Coś uderzyło z impetem w szybę. Kierownik łypnął w tamtą stronę. W ciemności na zewnątrz upiornym blaskiem świeciły dwa punkciki.

Nietoperz wrócił, pomyślał. Szmatą by mu przywalić, tylko ostrożnie, bo skoro jest pod ochroną, jakoś nie wypada cennego okazu przyrodniczego uszkodzić.

Nietoperz przez chwilę tłukł się o szybę, ale Kociuba postanowił nie wpuszczać go do środka.

– Dzikie zwierzęta nie powinny żyć w zamknięciu, tylko na swobodzie oddawać się prokreacji i tym samym wzmacniać potencjał przyrodniczy socjalistycznej ojczyzny – podsumował, grożąc zwierzątku palcem.

Po kolacji wdrapał się na piętro.

To był ciężki dzień, westchnął w duchu i spoczął na łóżku.

Dłuższą chwilę bezmyślnie wpatrywał się w sufit. Potem sięgnął po tomik Marksa, zacisnął zęby i zabrał się do lektury końcowych partii niezrozumiałego rozdziału. Tego o teoriach zniżkowej tendencji stopy zysku.

– „Granicą produkcji kapitalistycznej jest sam kapitał” – odczytał na głos myśl wielkiego klasyka. – Co to, u diabła, może znaczyć!?

Postanowił cofnąć się do początku rozdziału i przeczytać wszystko jeszcze raz. Mordował się kolejną godzinę z poszczególnymi akapitami i wreszcie załapał z grubsza sens.

Kapitalista produkuje w fabryce różne wyroby, ale nie w tym celu, żeby wytwarzać dobra użytkowe, ale żeby je sprzedawać i pomnażać kapitał, rozważał. Czyli Marks twierdzi, że zaspokojenie potrzeb klasy robotniczej nie jest dla burżuja istotne. Ale przecież tak na logikę, robotnik nie będzie kupował rzeczy zbędnych, zatem kapitalista musi wyjść naprzeciw tym potrzebom. Czyżby Marks się mylił? Zadrżał. Nie, to przecież niemożliwe...

Zaraz jednak naszła go kolejna myśl, jeszcze bardziej niepokojąca.

Jeśli ja w tym pegeerze hoduję świnie, z których nie będzie kiełbasy dla robotników, tylko stado rozpłodowe do produkcji kolejnych świń... to tym samym nie pomnażam dóbr konsumpcyjnych, tylko jak parszywy kapitalista zwiększam ilość środków produkcji. Co zgodnie z teorią o postępującym obniżaniu się stopy zysku w nieuchronny sposób doprowadzi do kryzysu. Z kolei gdyby potraktować świnie jako kapitał, to jeszcze gorzej. Nie zwiększam ilości kiełbasy, tylko w nieskończoność pracuję nad pomnażaniem kapitału.

Zgroza wcisnęła go w materac.

Ale to na polecenie partii przecież, uspokajał się. Partii komunistycznej, budowanej w oparciu o myśl Marksa, Lenina i Stalina... Dlaczego komuniści każą mi naśladować burżujów?! Partia nie może się mylić. Jest zbrojna zbiorową mądrością swoich najwierniejszych i najmądrzejszych członków.

Zerwał się z łóżka i przeszedł po pokoju. Otworzył okno, wciągnął haust zimnego powietrza. Raz jeszcze analizował to, co przeczytał.

Lenin mówił, że partia jedynie wtedy zasługuje na miano rewolucyjnej, jeśli faktycznie kieruje ruchem rewolucyjnej klasy. I jeszcze że rewolucja burżuazyjna to taka rewolucja, która nie wychodzi poza ramy burżuazyjnego, czyli kapitalistycznego ustroju społeczno-ekonomicznego. A przecież mamy tu dokonać rewolucji socjalistycznej!!! Ale co, jeśli wróg przeniknął w szeregi PZPR, do samego jądra decyzyjnego przy Komitecie Centralnym!? Przecież raz już tak się stało! Pod koniec lat trzydziestych. W obrębie Wszechzwiązkowej Komunistycznej Partii. Stalin uratował organizację w ostatniej chwili i tylko dzięki zdemaskowaniu bloku zinowiewowsko-trockistowskiego oraz wykryciu Partii Przemysłowej...

Kociuba wygrzebał z walizki „Historię WKP(b)". Studiował kolejne rozdziały, szukając analogii historycznych, objawów i symptomów zdrady. Zasnął dobrze po północy i z zupełnym mętlikiem w głowie.

Ledwo usnął, w salonie zmaterializowały się wszystkie trzy duchy.

– No i same widzicie, jak zawaliłyście – puszyła się Marcelina. – Też mi pomysł, taki demoniczny nietoperz wykluty z kurzego jajka. Beznadziejnie głupio to wymyśliłyście. Wcale się nie przestraszył.

– Bo za durny, żeby zrozumieć, że widzi coś kompletnie niemożliwego – burknęła Lukrecja. – Ktoś mądrzejszy i bardziej oblatany w kwestiach zoologii toby w portki narobił.

– Ale szacunek do przyrody to jednak pewien ma. Inny by takiego nietoperza zatłukł patelnią, a on chciał go dokarmiać. Czyli nie jest to taki zły człowiek – zadumała się Kornelia. – Tylko tępy i zafiksowany.

– Tak czy inaczej, bardziej go wystraszyłam, pokazując mu bezsens tych jego książek, niż wy nietoperzem wampirem – podsumowała dawna służąca.

Kociuba pracowicie spędził ranek, podcinając belki na strychu. Po nakarmieniu świń brygadzista podjechał traktorem przed ganek. Reszta zespołu zebrała się obok.

– Jakie rozkazy, towarzyszu kierowniku? – zapytał Zając.

– Przyszła wczoraj informacja, że przydzielono mi dwadzieścia tysięcy sztuk cegły. Możemy się na dniach zabrać za adaptację pałacu na cele magazynowe. Dziś wyrwiemy po kolei traktorem kolumny, tamto trójkątne zleci, wtedy wleziemy na strych, dotniemy deski, a dziurę się zabije nowymi i pokryje papą, żeby estetycznie wyglądało i deszcz do środka nie padał. Podest i schodki się potem skuje i zrobi pochylnię, żeby do środka wygodnie było taczkami jeździć.

– Tylko żeby nie było z tego jakiejś chryi – burknął brygadzista.

– Furda. Towarzysz Lenin mawiał przecież: „Strzec tradycji – nie znaczy to bynajmniej ograniczać się tradycją".

Kociuba osobiście oplątał stalową liną kolumnę. Sprawdził cybanty.

– Powinno wytrzymać – ocenił. – Na mój znak pociągniecie, ale z wyczuciem. Powoli, byle nie zrywem – polecił. – A wy się odsuńcie, na wypadek gdyby linka się zerwała, bo może skosić, jak odskoczy – zwrócił się do załogi.

Stanął na zaimprowizowanym podwyższeniu. Odchrząknął.

– Towarzysze – zagaił – chwila obecna jest wyjątkowa i proszę, abyście ją zapamiętali. Oto na waszych oczach odchodzi w niebyt stary, zmurszały świat kapitalizmu, a w dymie spalin traktora rodzi się świat nowy i lepszy.

Traktorzysta splunął ponuro i usiadł za kierownicą. Wrzucił bieg na jazdę terenową. Maszyna zaterkotała i ruszyła. Lina naprężyła się, ale kolumna nie chciała jakoś się przewracać.

– Szkoda, że nie możemy użyć trotylu – westchnął kierownik.

W tej chwili jego ucho złowiło jakiś warkot. Aleją nadjeżdżało coś czarnego. Pobieda? Nie... Limuzyna zatrzymała się.

Czajka – zidentyfikował wóz. Czyli nie z powiatu, ale z województwa. Widocznie jakiś ważny towarzysz na inspekcję.

Z wnętrza wygramolił się kierowca i pospiesznie otworzył oboje drzwi z tyłu. Z lewej strony wysiadł gminny sekretarz PZPR, a z prawej jakiś obcy.

– Stójcie! – krzyknął ostro towarzysz Karwicki. – Co tu się właściwie wyrabia!? Natychmiast zaprzestać tej dewastacji!

Zając wrzucił na luz. Silnik zaterkotał, z rury wydechowej buchnął kłąb spalin i traktor zgasł. Kierownik splunął.

– Sam będziesz teraz odpalał! – warknął pod adresem brygadzisty. – Towarzyszu, ja bym bardzo prosił nie przeszkadzać. My tu przeprowadzamy skomplikowane prace rozbiórkowe. Nie widzicie, że ciężko pracujemy?

– Niszczycie unikatowy obiekt zabytkowy o dużej wartości historycznej.

– Nie niszczymy, tylko dokonujemy adaptacji na potrzeby bieżącej działalności. – Kociuba wydął wargi. – I co z tego, że niby zabytkowy? Chrzanić zabytki burżuazji! W okresie zaostrzającej się walki klasowej kwestia produkcji żywca wieprzowego jako surowca strategicznego...

– Trochę żeście się pospieszyli. Ten pałac pamięta koniec siedemnastego wieku. Nocował tu nawet Napoleon.

– A co to niby za jeden? – zdziwił się kierownik. – Towarzysz nie wyjeżdża mi z jakimiś Napoleonami, ja tam się lepiej znam na świniach niż na ludziach czy historii – burknął. – A z wykładów o psychologii robotnika rolnego wiem jedno. Jak wokoło człowieka za dużo ozdóbek i fidrygałków albo na ten przykład kwiatków i ptaszków, to mu się trudno skupić na poważnej robocie. Rozpieprzymy te gówniane przeżytki słusznie minionych epok, a jak się wam, towarzyszu, wydaje, że...

Milczący dotąd nieznajomy podszedł nonszalanckim krokiem.

– Nic nie szkodzi, towarzyszu, że nie znacie się na historii – wycedził, kładąc Kociubie na ramieniu ciężką dłoń. – W rozwiniętym społeczeństwie socjalistycznym istnieje specjalizacja i w zupełności wystarczy, jeśli wetkniecie mordę w kubeł i będziecie grzecznie słuchali tych, którzy się na danej dziedzinie znają. Unikniecie wtedy wielu, naprawdę wielu kłopotów, poczynając od degradacji, a skończywszy na wykluczeniu z szeregów organizacji partyjnej. Inspektor Rodakowski, Centralny Zarząd Muzeów i Ochrony Zabytków. – Pokazał legitymację. – Żadnych samowolnych przeróbek jakichkolwiek budynków bez zgody województwa! – wycedził i odwrócił się w stronę auta.

– Kociuba, pozwólcie no tu na bok – warknął gminny sekretarz.

Wezwany posłusznie podszedł. Karwicki zamachnął się i zamalował kierownika w twarz.

– Co ty tu, idioto pierdolony, odstawiasz?! Pomyślałeś, bałwanie, komu fikasz? Nie wiesz, kto to jest? To doktor inżynier Rodakowski, wiceszef Wojewódzkiej Rady Narodowej, członek Komitetu Centralnego PZPR.

– O Jezu! – jęknął Kociuba, chociaż był ateistą. – Nie wiedziałem.

– Przedwczoraj przyszła decyzja, że masz się wynosić z tym pegeerem do Liszkowa Pańskiego, a w pałacu chcą ulokować ośrodek szkoleniowy dla wyższych kadr partyjnych! Do tego ktoś cię podpierdolił, że robisz demolkę bez stosownych pozwoleń, palisz wyposażenie, starodruki i książki. A jak się towarzysz do nas pofatygował, to jeszcze się stawiasz?! Chuj z tobą, ale przez ciebie i ja mogę polecieć!

– Przepraszam.

– Jego, kutasie, przeproś! Jak trzeba, przyklęknij nawet i w rękę pocałuj! I rób wszystko, co powie!

– Tak jest.

Następną godzinę Kociuba wspominał do końca życia jak najgorszy koszmar. Rodakowski przeprosić się nie dał. Długo łaził po pałacu. Miał cały plik przedwojennych zdjęć rezydencji oraz jakiś papier, rzekomo odpis z niedawnej inwentaryzacji, wyliczający barokowe szafy, komplety mebli w różnych stylach, bibeloty i obrazy.

Gminny sekretarz zarzekał się, że nie było żadnej inwentaryzacji, Kociuba przekonywał, że nie widział na oczy nic z wymienionego wyposażenia, ale towarzysz tylko milczał i wyraźnie był coraz bardziej wściekły. Część zniszczeń może udałoby się zwalić na hitlerowców, ale brak mebli i świeże ślady „prac adaptacyjnych" widoczne były, niestety, aż nadto wyraźnie. Na zakończenie oględzin gość długo w milczeniu kontemplował stos popiołu pozostały po spalonych meblach i książkach. Wśród węgli poniewierały się niedopalone fragmenty rzeźbionych oparć i grzbietów książek, poskręcane od żaru mosiężne okucia, sprężyny i inne elementy.

– Pożałujecie, idioci – podsumował.

Wsiadając do auta, pogroził im jeszcze pięścią. A potem odjechał, nie kłopocząc się pozostawionym na podjeździe Karwickim.

– Pożałujecie, Kociuba! – syknął blady jak ściana gminny sekretarz i podreptał pieszo do miasteczka.

Ponury jak chmura gradowa kierownik poszedł do chlewa. Ale tym razem widok świńskich grzbietów jakoś nie poprawił mu humoru. Brygadzista stał na końcu hali, lał z wiadra do koryt.

– Się pan nie martwi – pocieszył zwierzchnika. – Powkurzają się kilka dni, a potem odpuszczą. Mamy przecież wyniki. Czwarta maciora oprosiła się dopiero co.

Wykres przyrostu stanu pogłowia pan zrobi taki, że każdy będzie pod wrażeniem.

– Ech... – Kociuba machnął ręką. – Nie wiecie, jak to jest. Towarzysz Rodakowski zwoła zebranie komitetu wojewódzkiego, postawi moją sprawę. Pewnie nawet nie będą chcieli posłuchać, co mam do powiedzenia, tylko od razu mnie wykluczą. A bez legitymacji partyjnej kariery nie zrobię. Co więcej, pewnie mnie do wojska zgarną, bo przecież zwolnienie z odbycia służby dostałem tylko warunkowe, jako ceniony specjalista.

– Pół roku odczekacie, złożycie samokrytykę i poprosicie o przywrócenie w prawach członka.

– To nie takie proste.

– Nie zwieszajcie nosa na kwintę. Mam tu w kanciapie coś na poprawę humoru. – Zając puścił oko.

Kociuba siadł ciężko na krześle. Brygadzista obdłubał lak, wybił korek i polał wódkę do szklanek. Stuknęli się.

– Wypijmy za przetrwanie tej przeklętej kontroli – powiedział poważnie brygadzista. – Nie aresztowali od razu, to już dobrze.

– Może w nocy przyjdą. – Dłoń Kociuby, zaciśnięta na szklance, zadrżała. – Ech, pal diabli, spiję się i będzie, co ma być.

Wódka spłynęła przełykiem. Zakąsili odrobiną słoniny.

– Ja tam się na zabytkach nie znam. Myślałem, że jak rozwalimy to, co niepotrzebne, będzie dobrze. Architekturą się nie interesuję. Wolę konkrety. Świnie to właśnie jest taki konkret. Jednym końcem podajesz paszę, drugim wypada gówno, po bokach przyrasta masa. Jak przyrośnie, ile trzeba, w łeb i na kiełbasy. Nic skomplikowanego. Tylko wykastrować musowo i ryje trzeba odrutować, żeby nie ryły, bo bałagan tylko w chlewie zrobią. Prosta, przyjemna robota. Ile żarcia idzie do koryta, tyle masy przyrasta w określonym przedziale czasu. Żadnych skomplikowanych obliczeń, starczy do tabelek podstawić i już wiadomo: w normie, powyżej, no, czasem i poniżej... Wtedy trza pomyśleć, co z tym zrobić... Zabytki to nie moja broszka.

– Może się rozejdzie po kościach? – zasugerował brygadzista. – Dobrze, że dachu Świątyni Dumania jeszcze nie zerwaliśmy. A tego, ile książek trafiło do biblioteki szkolnej, chyba nie policzy. A nawet jak policzy, to przecież nie wie, ile ich tu było wcześniej. Regałów też nie pomierzy.

– Może i tak. No to polej na drugą nóżkę. – Kociuba podstawił naczynie, a brygadzista nalał do szklanek. – A właśnie, widziałeś może tę rudą?

– Nie.

– Kilka razy mignęła mi w parku, ale jak pognałem za nią, gdzieś się zgubiła – westchnął.

– Towarzyszu... Głupio to zabrzmi. Nie obrażajcie się, proszę, za to, co powiem...

– No to gadajcie.

– Ja tu mieszkam z dziada pradziada. Przodkowie odrabiali pańszczyznę u hrabiów Liszkowskich. To znaczy przez ostatnie sto lat nie odrabiali, bo tu oczynszowanie wprowadzono. Ale przechodząc do konkretów. Miejscowy jestem, więc się to i owo słyszało. Tu straszy. Trzy duchy młodych dziewczyn... I tak mi się wydaje, że ta ruda to może być Marcelina.

– Marcelina?

– Albo Marcysia. Tak ją wołali. Służąca dwóch pozostałych, Lukrecji i Kornelii, których portrety wiszą w salonie. Z nimi zginęła. Chyba najwięcej miała na sumieniu, bo najczęściej można ją spotkać. Ja osobiście nie widziałem, ale to, co ludzie gadają, pasuje do sprawy.

– Kościółkowe brednie starych bab – machnął ręką kierownik. – Nie ma żadnych duchów. Są zjawiska przyrodnicze i wyobraźnia karmiąca się ciemnotą! Ciekawe tylko, kto napisał na mnie ten cholerny donos. Ewentualnie mogła to zrobić ona... Znaczy nie żaden duch, tylko żywa, ruda, wścibska dziewucha. A może ona tu służbowo buszowała?

– Jak to służbowo?

– Podejrzewałem Karwickiego, że mnie szpieguje. Patrzy na ręce. W sumie nie ma się o co obrażać. Nawet towarzysz Stalin mawia, że kontrola jest najwyższym dowodem zaufania. Ale skoro nie kojarzysz jej nawet z widzenia, to nie z gminy ją przysłali, tylko raczej z powiatu. Albo i z województwa. Komisja kontroli wewnątrzpartyjnej, albo jeszcze gorzej...

Brygadzista bez słowa znów polał wódkę do szklanek. Wypili. Godzinę później flaszka pokazała dno. Zając zsunął czapkę na oczy i przysnął z twarzą na stole. Kociuba popatrzył na to z pewnym rozczuleniem.

– Jakie to piękne, sen strudzonego codzienną harówką człowieka pracy... Przejdę się trochę. – Dźwignął się ciężko. Bimber poszedł mu w nogi.

Wieczorny wiatr przyjemnie ochłodził rozpalone czoło. Kociuba długo spacerował między drzewami. Ale nie mógł się uspokoić. Nogi same zaniosły go w stronę chlewów. I nagle ją wypatrzył.

Dziewczyna stała na skraju zbiornika z gnojówką. Choć odwróciła się do niego plecami, rozpoznał ją od razu.

To ta bździągwa, co tu szpieguje! To na pewno ona nasłała na mnie tego zasranego inspektora! – uświadomił sobie. O gówniaro, teraz mi zatańczysz...

Wspomnienia napłynęły jak fala. Połajanka od Rodakowskiego, wytrzaskanie po gębie od gminnego sekretarza, straszliwe poczucie żalu i krzywdy... Przez chwilę zastanawiał się, co by tu zrobić, i nagle go olśniło. Wepchnie smarkulę do zbiornika. Nie utopi się gówniara, ale wpadnie w gnojówkę po pachy, a jak wylezie, będzie śmierdziała co najmniej dwa tygodnie! To ją nauczy nie wpychać nosa w nie swoje sprawy.

Podkradł się bliżej. Nie stała na samym brzegu, tylko jakieś pół metra od krawędzi.

Trzeba mocniej uderzyć, pomyślał. Z rozpędu.

Puścił się kłusem. Wyciągnął przed siebie ręce i pchnął z całej siły. Ale ku swemu zdumieniu nie poczuł pod dłońmi żadnego oporu. W ogóle nic nie poczuł poza falą parzącego chłodu. Wyhamować już nie zdążył. Przeleciał przez dziewczynę i jak pływak skaczący ze słupka wpadł na główkę w świńskie fekalia. Ohydna masa mlasnęła jak zadowolona maciora. Przyjęła go do swego łona, nakryła niczym grubą pierzyną i utuliła do wiecznego snu. Przez chwilę próbował się szarpać, lecz gnojówka była zbyt gęsta, aby dało się w niej pływać.

Już myślał, że po nim, ale coś pochwyciło go za wierzgające stopy. Chwyt był straszny, szarpnięcie, które po nim nastąpiło, jeszcze gorsze, a po chwili, ciężko dysząc, leżał na brzegu zbiornika żywy, choć sponiewierany i na wpół zatruty ohydnym smrodem. Otworzył oczy. Zapiekły i zaszły łzami, ale w zapadającym zmroku dostrzegł trzy dziewczyny w staromodnych ubraniach, stojące nad nim półkolem. I naraz zorientował się, że nie są tak do końca materialne. Gdy skupił wzrok, widział park za nimi.

– Duchy nie istnieją! – wykrztusił. – To tylko folklorystyczny element zabobonu religijnego.

– Gadaj zdrów – burknęła Marcelina. – Nie tylko istniejemy, ale w dodatku możemy cię rozdeptać jak karalucha.

Kopnęła go w żebra, aż wszystkie gwiazdy zobaczył. Przysiągłby, że rąbnęło go coś materialnego, ale gdy podniósł głowę, dalej widział prześwitujące przez dziewczyny pnie parkowych drzew. Wrzasnął i chciał rzucić się z powrotem do zbiornika, ukryć bezpiecznie jak mały robaczek w gnojówce, ale przeszywający ból zatrzymał go na miejscu. Nogi rwały wściekle, kolana i kostki miał chyba wyrwane ze stawów.

– Powinnyśmy cię utopić, głupia gnido – warknęła ta najtłustsza, podobna trochę z twarzy do prosięcia. – A mamy powody, bo zniszczyłeś nasz dom, więc bardzo nas rozgniewałeś.

– Najmocniej przepraszam – bąknął. – To w imię postępu, rozwoju produkcji żywca wieprzowego i wyższych wartości humanistycznych, które jedynie w warunkach przodującego ustroju społeczno-gospodarczego...

– Pozwolimy ci odejść. – Druga z dziewcząt wydęła pogardliwie wargi. – Choć nie zasługujesz.

– Ale jak to odejść? – Kociuba zakwilił niczym ptaszyna polna. – Nie mogę! Partia powierzyła mi odpowiedzialne zadania. Rozwijanie produkcji dóbr powszechnego użytku, zwłaszcza w kluczowym sektorze gospodarki uspołecznionej, narażonym na szczególną presję ze strony nieuświadomionych elementów społeczeństwa...

– Co on bredzi? – zdziwiła się prosiakowata.

– Że jeśli nie będzie wystarczającej ilości kiełbasy, to się ludzie zbuntują przeciw komunie – wyjaśniła najmłodsza. – Coś z racji w tej gadce nawet jest.

– Towarzyszki widma! Nawet będąc elementem zabobonu religijnego i przeżytkiem minionych epok ucisku, musicie zrozumieć, że w okresie odbudowy nieustanne rozwijanie kadry oraz niezbędnej bazy materiałowej... – zaczął znów, ale popatrzyły na niego tak, że głos uwiązł mu w gardle.

– Won! – Marcelina wskazała ręką bliżej nieokreślony kierunek.

Drogę do pałacu przebył kłusem, dusząc się od smrodu. Mokre szmaty obcierały ciało... Wpadł do holu i rzucił się do łazienki.

Jakie to szczęście, że jednak nie kazałem tego rozwalić, pomyślał, czule patrząc na kabinę prysznicową.

Zdarł z siebie cuchnące łachy, a potem w strumieniach lodowatej wody długo szorował się ryżową szczotką, zużywając przy tym prawie całą kostkę mydła. A potem pobiegł na górę, żeby się spakować.

★

Była może druga w nocy. Marcelina stanęła przed maszyną. Przyjrzała się uważnie konstrukcji. Nie była przesadnie skomplikowana. Silnik, rura wydechowa... Jak to robił traktorzysta? Kluczyk, stacyjka, biegi...

– Wypuśćcie świnie do parku – poleciła siostrze i kuzynce.

– A ty? – zainteresowała się Kornelia.

– A ja właśnie ulegam komunistycznej propagandzie, która wezwała kobiety na traktory – wyjaśniła Marcysia, z godnością sadowiąc się na siodełku. – Sprzęgło, biegi – mruczała. – To muszę wdepnąć, żeby odblokować, tym pewnie przekazuje się siłę na osie...

– Nie dasz rady – burknęła Kornelia. – Żadna z nas nie prowadziła nigdy samochodu, a co dopiero...

– Może dla ciebie to skomplikowane – odgryzła się Marcysia. – Jak całe dnie siedziałaś na kanapie i czytałaś romansidła, to nic dziwnego, że potem zawsze do najprostszych nawet czynności wołałaś służbę. A ja musiałam sobie sama radzić z różnymi rzeczami.

– Daj spokój – prychnęła Lukrecja. – Od razu widać, że traktor to nie na twoją głowę.

Ale mała musnęła dłonią dźwignię zmiany biegów. Wetknęła palce przez metal do środka stacyjki, pogmerała w kablach. Trzasnęło wyładowanie elektryczne i silnik zagrał. Z komina buchnął kłąb spalin. Dodała delikatnie gazu.

– I co? – Spojrzała z wyższością na hrabianki.

– Może i warczy, ale od zapuszczenia silnika do jazdy droga jeszcze daleka. – Lukrecja uśmiechnęła się pobłażliwie.

– Przygotuj się, moja droga, do przełknięcia tej żaby. – Marcysia przerzuciła drążek zmiany biegów.

Traktor, drąc murawę kołami, pomknął przez park i po chwili z impetem uderzył w bok pierwszego, na szczęście jeszcze pustego chlewa. Deski pękły z trzaskiem.

– Musimy uwolnić zwierzęta! – krzyknęła Kornelia i puściła się biegiem w stronę dalej położonych szop.

– Co za czasy, żebym ja, Lukrecja Anna Adelajda hrabina Liszkowska herbu Trzy Liszki, musiała uganiać się za traktorem i jeszcze pomagać świniom w ucieczce przed socjalistyczną mechanizacją rolnictwa! – Dziedziczka zrobiła minę pełną oburzenia, ale widząc, że nikt nie zwraca na nią uwagi, westchnęła i pobiegła ratować trzodę.

Powiatowa komisja śledcza przybyła następnego dnia w południe. Wzorcowy PGR przedstawiał sobą obraz nędzy i rozpaczy. Wszystkie chlewy były całkowicie zniszczone. Z dziesięciu baraków pozostały kupy połamanych desek. Świnie zniszczyły zapasy rozsypanej karmy i rozbiegły się po okolicy albo zostały wyłapane przez tutejszą ludność. Narzędzie zagłady – nowiutki traktor – też zostało zniszczone, bo ktoś wtoczył maszynę do bajora z gnojowicą.

Józef Kociuba zniknął bez śladu. Wprawdzie z kierownicy zatopionego traktora nie udało się wyodrębnić odcisków palców, a wydobyty z ruin chlewu skacowany brygadzista nic nie pamiętał z poprzedniego wieczora, ale sprawa wydawała się ewidentna. Kierownik po reprymendzie otrzymanej publicznie od towarzysza Rodakowskiego przeżył załamanie nerwowe, spił się i w przypływie szału zniszczył budynki.

Ślady zabezpieczone w łazience, a konkretnie: utytłany w gnojowicy przyodziewek, wskazywały, że to on utopił ciągnik. Następnie, ociekając fekaliami, wrócił do pałacu, umył się, przebrał, spakował walizkę i zbiegł w nieznanym kierunku. Z rzeczy osobistych zaginionego odnaleziono jedynie wetkniętą pod poduszkę książkę o zwalczaniu chorób wenerycznych. Dzieło nosiło ślady wielokrotnego intensywnego czytania, więc nie zdecydowano się przekazać go bibliotece. Długotrwałe poszukiwania towarzysza Kociuby prowadzone przez milicję i Urząd Bezpieczeństwa nie przyniosły rezultatu.

Straszny dwór

Liszków, 1974

Niebieska syrenka rzęziła resorami, pokonując muldy oraz dziury w nawierzchni. Droga wiła się pomiędzy wioskami i przysiółkami. Majowe słoneczko przygrzewało przyjemnie. Wiatr niósł woń obornika, niedawno rozrzuconego po polach. Wśród bruzd tu i ówdzie coś już się zieleniło.

– Asfalt to tu chyba zwijają na noc – burknął pod nosem Włodzimierz Rosół, świeżo upieczony magister historii i równie świeżo upieczony kierownik i organizator nieistniejącego na razie muzeum w Liszkowie.

Chciał mocniej wcisnąć gaz, ale co chwila na szosie pojawiały się rozklekotane furmanki, zaprzężone w dychawiczne szkapy. Mijał pordzewiałe rowery, często obwieszone pakunkami i tobołkami, pieszych wędrowców, a czasem pyrkające spalinami wysłużone traktory.

Mignęła mu tablica postawiona na poboczu. Czerwone litery głosiły wszem wobec: „Naród z Partią".

– Rozwija się nasza socjalistyczna wieś – zakpił.

Wreszcie za kolejnym zakrętem zobaczył chaty i kamieniczki Liszkowa. Domy kryte były przeważnie papą lub szarym eternitem, tylko na nielicznych dostrzegł blachę. Elewacje, niegdyś barwne, zmatowiały i poszarzały. Tynki sypały się na potęgę. Rynek miasteczka był częściowo brukowany, dziury w bruku uzupełniono elegancko żużlem i gruzem, ale pośrodku straszyło spore bajoro. Odbijał się w nim potężny granitowy cokół, a z góry spoglądał w świetlaną przyszłość masywny spiżowy posąg lejtnanta Kukuły.

– Co za syf... – podsumował przybysz.

Zatrzymał auto i przez chwilę kontemplował twarz bohatera. Wcześniej znał ją tylko ze zdjęć i oczywiście z tego starego radzieckiego filmu, ale aktor nie był tak do końca podobny do oryginału. Rosół wysiadł z auta i podszedł bliżej. Wrzucił między wargi extra mocnego i zaciągnął się głęboko ciężkim, bogatym w smołę i nikotynę dymem.

„Lejtnant Edward Kukuła – »Nieugięty«" – głosił podpis ułożony z metalowych liter. Powyżej umieszczono pięcioramienną gwiazdę. Pierwotnie była pociągnięta czerwonym lakierem, obecnie pozostały po nim tylko nieliczne bure łuski odpadające od zardzewiałego żelaza.

Oblicze partyzanta zdobiła mina nieźle oddająca ową stalową nieugiętość charakteru, szkoda tylko, że odchody gołębi pokryły głowę bohatera grubą warstwą i przez policzki ciekły na mundur. Urządzenie do rażenia ptaków prądem zepsuło się przed laty i nikt nie potrafił go ponownie uruchomić.

Tak jakby perukę założył albo trochę posiwiał, pomyślał przybysz wesoło i zaraz spoważniał.

Zdjął kaszkiet i niedbale zasalutował pomnikowi.

– Trzeba szacunek okazać, w końcu poniekąd zawdzięczam mu moją magisterkę, a pośrednio i tę fuchę – mruknął i ruszył do gminy.

Gabinet urządzony był skromnie, ale ze smakiem. Podłogę przykrywał dywan, sądząc po deseniu, z fabryki w Kowarach. Całą ścianę zajmowała elegancka meblościanka. Na parapecie zgromadzono imponującą kolekcję paprotek i kaktusów. Na drugiej ścianie wisiało godło tłoczone w blasze, portret towarzysza Gierka oraz słomiana mata, ozdobiona licznymi proporczykami. U góry regału stało kilkanaście kryształowych wazonów i gdy za oknem przejechała ciężarówka, zadzwoniły delikatnie.

– To pamiątki z podróży służbowych i wizyt roboczych w zaprzyjaźnionych jednostkach samorządu terytorialnego, zarówno w Polsce, jak i w bratnich krajach socjalistycznych – wyjaśnił z pewną dumą starszy mężczyzna w garniturze, stojący obok biurka. – Czekaliśmy na pana. – Wyciągnął dłoń. – Piotr Jaskólski, gminny sekretarz PZPR – przedstawił się.

– Magister Włodzimierz Rosół. – Nowo przybyły uścisnął dłoń gospodarza.

– Miło mi pana poznać. Liczymy na owocną współpracę – powiedział sekretarz. – Szkoda, że nie udało się z tym muzeum na majowy Dzień Zwycięstwa, ale myślę, że zdążymy przed dwudziestym drugim lipca? Rocznica Manifestu PKWN to dobra data. Rano, rzecz jasna, odbędzie się wiec, tu, w miasteczku, na rynku, ale potem można urządzić uroczysty pochód do pałacu i uroczyste otwarcie muzeum. W ten sposób symbolicznie połączymy żywym łańcuchem posąg bohatera i poświęconą mu wystawę. Na zdjęciach ładnie wyjdzie, taśmę do przecinania rozepnie się pomiędzy kolumnami, a cały aktyw upozuje na schodach.

– Bardzo dobry pomysł, zwłaszcza że okrągła rocznica. – Rosół kiwnął głową. – W sumie zadanie, które mi wyznaczono, nie jest przesadnie skomplikowane, od biedy i na Dzień Dziecka byśmy zdążyli – zażartował.

– Skoro już jesteśmy w temacie dzieci, trzeba by przygotować kącik zatytułowany „Dzieciństwo towarzysza Kukuły". – Gminny sekretarz zmrużył oko. – I może książeczki do kolorowania?

– Książeczki?

– Zlecimy jakiemuś plastykowi, tylko proszę wymyślić, co trzeba narysować. Ale proszę siadać, co będziemy tak stali? Napije się pan kawy czy herbaty?

– Kawy, jeśli można prosić.

– Pani Basiu, trzy kawy – zawołał Jaskólski do sekretarki, która w przyległym pomieszczeniu malowała pazurki lakierem. – Tylko nie zbożowej, na litość boską. Prawdziwej niech pani zrobi.

– Trzy...? – podchwycił gość.

– Zaraz powinien się zjawić mój przyjaciel. Pozwoli pan, że tymczasem pokażę panu naszą kronikę.

Faktycznie nie minęło pięć minut, a do gabinetu wparował rosły milicjant z naszywkami sierżanta MO.

– Marek Nowak. Jestem tu komendantem posterunku Milicji Obywatelskiej. – Uścisnął dłoń gościa. – Jakże się cieszę, że pana widzę. Od dawna chcieliśmy opracować historię gminy, urządzić izbę tradycji, ale proszę nas zrozumieć. My jesteśmy prości ludzie, a takie zadania wymagają odpowiednich kwalifikacji. Dlatego pańskie pojawienie się to dla nas prawdziwy dar niebios. W przenośnym sensie oczywiście – zreflektował się.

– No, panowie, nie ma co siedzieć tak o suchych pyskach... – Gminny sekretarz wydobył butelkę kubańskiego rumu oraz trzy kieliszki.

– Ja prowadzę – bąknął Rosół.

– A kto cię, człowieku, niby złapie? – uśmiechnął się milicjant. – Droga do pałacu prosta jak strzelił, ruch minimalny, dasz radę. Zresztą dużo nie wypijemy.

– To tak symbolicznie...

– Pół litra na trzech to dobra ilość, pod warunkiem, że dwóch nie pije – zażartował sekretarz i polał. – No to za nasze muzeum.

Stuknęli się nad stołem.

– Za muzeum!

Gość poczuł, jak przyjemne ciepło rozchodzi się po ciele. Kubański rum smakował zdecydowanie wykwintniej niż Tuzemski, przywożony z bratniej Czechosłowacji.

– Widzicie, towarzyszu muzealniku – zaczął Jaskólski. – Wy nas jeszcze nie znacie, ale my poniekąd znamy już was. Gdy doszły nas słuchy, że ktoś pisze pracę magisterską o towarzyszu Kukule, bardzo nas ta wiadomość zelektryzowała i z daleka wam kibicowaliśmy. Nie spodziewaliśmy się jednak, że pan tu do nas kiedyś trafi, i to jeszcze na takie stanowisko. A co do zadania... Plan zorganizowania ekspozycji chodził nam po głowie od dłuższego czasu. Już kilka lat temu zaczęliśmy gromadzić eksponaty.

Polał znów do kielonków, wypili tym razem bez toastów. Pierniczki w misce były twarde jak skała, ale pod taki napitek trzeba było czymś zakąsić. Włodarz gminy wstał i podszedł do szafy. Wewnątrz kryła się gruba teczka wycinków prasowych, radziecki wojskowy pas, aluminiowe etui na paczkę zapałek z wydrapanym rysuneczkiem chłopa orzącego pole na tle wschodzącego słońca oraz blaszana sowiecka manierka z wyskrobaną pracowicie trupią czaszką.

– To już niezły zaczątek zbioru – ucieszył się Rosół.

– Proszę zobaczyć, co tu jeszcze mamy. – Gminny sekretarz wydobył z wnętrza szafy tekturową rurę i wypiął dumnie pierś. – To chluba naszej kolekcji. Jeden z chłopów mieszkających na Wygonie Liszkowskim, jak się okazało, przechował sztandar oddziału towarzysza Kukuły!

– Niemożliwe!

Włodarz gminy wysunął z tubusu zawiniątko i rozłożył na stole. Sztandar miał wymiary mniej więcej metr na metr. Wykonano go z dziwnej tkaniny – chyba zabarwionego na czerwono płótna workowego. Na tym tle grubą dratwą wyhaftowano emblemat oddziału i napisy wokoło.

– Przekazał anonimowo, bo sami rozumiecie, że lejtnant Kukuła twardą ręką giął karki kułakom i innym przeciwnikom socjalizmu, siłą rzeczy nawet dziś nie wszyscy w gminie darzą go należnym szacunkiem.

A, przepraszam, przecież pan jest historykiem, wie o tym lepiej niż ja... W każdym razie do tej pory są ludzie, którzy blisko współpracowali z bohaterskim Kukułą, ale wolą się do tego otwarcie nie przyznawać.

– Są i tacy, którzy rozpuszczają o nim obrzydliwe plotki i rzucają kalumnie – dodał ponuro milicjant. – Ale my to jeszcze wyjaśnimy. – Zacisnął dłonie w pięści.

– Ten sztandar to niesamowite znalezisko – szepnął Rosół, oglądając zetlałą tkaninę. – Z pewnością chłop słono sobie policzył...

– Też się tego obawialiśmy, ale to dobry i skromny człowiek. Przekazał nam tę pamiątkę całkowicie za darmo, prosił w zamian jedynie o podłączenie wodociągu i przydział eternitu na pokrycie chałupy i zabudowań gospodarczych.

– To ciekawe, że tyle rzeczy zostało ukrytych po ludziach – zadumał się Rosół. – Bohater zakopał archiwum oddziału, przekazał w zaufane ręce sztandar... Czy lejtnant Kukuła obawiał się aresztowania?

– Być może, bo powierzył też komuś kasę oddziału. Ludzie wspominali, jakoby towarzysze radzieccy znaleźli u kogoś i skonfiskowali kilka tysięcy dolarów – rzekł komendant posterunku. – Ponoć bohater zdołał przechwycić zrzut broni i pieniędzy wysłanych samolotem z Londynu, a przeznaczonych dla oddziału AK operującego w którejś z sąsiednich gmin. Co do poczucia zagrożenia... No cóż. Czytaliście zapewne raport Scharführera Hansa Nockerla? Tam stoi jak byk, że jego ludzie zabijali sowieckich partyzantów regularnie jak w zegarku. Oddział kurczył się z tygodnia na tydzień. Pewnie domyślali się, że to już koniec.

– Taaa... Kukuła mógł przeczuwać, że esesmani depczą mu już po piętach – mruknął sekretarz. – Kto wie, może gdyby wcześniej rozpracował tego Piotrowskiego...

– Piotrowskiego...? – Rosół przejrzał w myślach swoją pracę magisterską. Czytał w trakcie zbierania materiałów dokumenty z archiwum oddziału wykopane jeszcze w czterdziestym czwartym przez majora Kabanowa. – No jasne, był raport. Zdrajca Piotrowski – przypomniał sobie. – Trzeba dotrzeć do stenogramów jego procesu. Nie pomyślałem o tym. A przecież mógł dużo wiedzieć.

– Piotrowski faktycznie mógłby niejedno nam opowiedzieć, ale to kanalia i reakcjonista, słowa nie piśnie – westchnął milicjant. – Próbowałem już z nim gadać.

– Jak to, on żyje? – zdumiał się muzealnik.

– Żyje, gnida, działa, a nawet kwitnie, sądząc po kolorze nosa – burknął gminny sekretarz. – Ano wiecie, towarzyszu, oczywiście został aresztowany przez UB. Wynikły jednak problemy z udowodnieniem winy. Lejtnant Kukuła tylko podejrzewał, że Piotrowski współpracuje z SS. Oczywiście UB zabrało się za niego po swojemu. Ale nic sensownego nie powiedział. Nie było żadnych świadków, którzy by widzieli, jak się brata z esesmanami, ba, nawet nie bardzo by się dało udowodnić, że w ogóle znali się z Kukułą. W raportach Nockerla i innych szwabów nie ma po nim żadnego śladu. Nawet dla stalinowskiego sądu to były za słabe dowody, żeby posłać go pod mur. Dostał piętnaście lat, ale po śmierci Bieruta ogłoszono amnestię i go wypuścili. To i wrócił. Pole po ojcu uprawia, babę sobie znalazł, dzieciaków napłodził...

– Hmmm...

– Jeśli chce pan z nim pogadać, zapiszę adres – powiedział Nowak. – Może coś się uda z niego wyciągnąć. Wiedzę z pewnością posiada. Ale czy zechce się podzielić z historykiem? Nie liczcie na to. To naprawdę paskudny typek. Plotkarz i reakcjonista.

– W czym jeszcze moglibyśmy pomóc? – zagadnął Jaskólski.

– Problem w tym, że mimo starannej kwerendy archiwów nie do końca znamy listę akcji bojowych oddziału lejtnanta Kukuły. Na przykład w książce towarzysza Polikarpowa jest kilka epizodów, których nie potwierdzają żadne inne źródła. – Rosół westchnął. – Gdyby tak dało się skontaktować mnie z kołem ZBOWiD-u.

– No fakt, Polikarpow opisał tam na przykład egzekucję młodego hrabiego Liszkowskiego, nawet na filmie to pokazali. A tymczasem, z tego, co nam wiadomo, ta gadzina nadal żyje w Anglii – mruknął Nowak.

– Wiemy, że literat dotarł tu zaledwie dzień po pogrzebie bohatera. Rozmawiał z pewnością z towarzyszem Kabanowem. Nie wiemy, do ilu bezpośrednich świadków wydarzeń dotarł. Można zakładać, że jego książka zawiera unikatowe elementy tradycji ustnej, które następnie zaginęły wraz z wymieraniem naocznych świadków wydarzeń – powiedział sekretarz. – Być może zakradły się drobne nieścisłości i zastrzelony dziedzic to nie był Liszkowski, tylko któryś z jego sąsiadów. Towarzysz Polikarpow nie znał zapewne dobrze języka polskiego i mógł coś pokręcić. Trochę.

– Moim zdaniem można traktować jego książkę jako dość wiarygodne źródło – odrzekł Rosół. – Oczywiście z drobnymi zastrzeżeniami. Problem w tym, że historycy po prostu lubią, gdy dane wydarzenie mogą badać na podstawie wielu różnych materiałów.

– Skoro mówimy tak szczerze i otwarcie, to tak się zastanawiałem czasem nad tą wiarygodnością. Bo w książce jest taki kawałek z wysadzeniem pociągu... – wyznał gminny sekretarz. – A tymczasem tu nigdzie w okolicy nie ma linii kolejowej.

– Oczywiście, że takie wydarzenie mogło mieć miejsce – uspokoił go przybysz. – Nie wiemy wprawdzie, gdzie konkretnie doszło do tej akcji. Zapewne oddział dokonał rajdu na teren któregoś z sąsiednich powiatów. Biorąc pod uwagę okoliczności, sądzę, że podczas tej właśnie akcji oddział został w jakiś sposób zidentyfikowany i namierzony przez SS. Zapewne Niemcy ponieśli znaczne straty, to by tłumaczyło ich zawziętość w tropieniu i mordowaniu partyzantów.

– Tak, to ma ręce i nogi. – Jaskólski wyjął dla odmiany butelkę armeńskiego koniaku. – Trzeba przyznać, macie łeb na karku!

– Nie na darmo jestem historykiem.

Stuknęli się kieliszkami.

– Jeśli mogę doradzić... – mruknął komendant. – Wie pan, jacy są ludzie. Moim zdaniem nie warto za dużo gadać z miejscowymi ani zbyt szczegółowo ich rozpytywać o te sprawy. Dokumenty to dokumenty. Co zapisano w książkach, zostaje tam na zawsze. A pamięć jest ulotna. I podatna na manipulacje.

– Zwłaszcza że to wieś – dodał gminny sekretarz. – Staramy się oczywiście zapewniać ludziom rozrywkę kulturalną, mają radia, coraz powszechniejsze są telewizory, ale jednak nudzi im się. A z nudów, jak przed wiekami, plotą niestworzone historie. Nawet ci nasi weterani ze ZBOWiD-u. Im więcej lat mija od wojny, tym więcej szkopów natłukli i czołgów spalili.

– Kompleks kombatanta się to naukowo nazywa – dorzucił uczenie komendant.

– Spokojnie, panowie. Na studiach nauczono mnie tak zwanej krytyki źródeł. Umiem odsiewać ziarno od plew – uspokoił ich Rosół. – A co do mojego zadania... Musimy zadbać o wizualną oprawę ekspozycji – rozważał na głos.

– Co myślicie o wykorzystaniu fotosów z tego sowieckiego filmu? Przypuszczam, że Mosfilm wykona nam zdjęcia bezpośrednio z negatywowej kliszy trzydzieści pięć milimetrów. To emulsja bezziarnowa, więc z malutkiej klatki zrobią nam odbitkę na przykład trzydzieści na czterdzieści centymetrów, a kto wie czy nie większą. Zależy, jak chcemy je wyeksponować. W gablotach, jak oryginalne fotografie z akcji bojowych, czy powiększone wyżej na ścianach? – sypnął pomysłami Jaskólski.

– Sam nie wiem – rzekł w zamyśleniu muzealnik. – Obie koncepcje mają swoje plusy i minusy. Najchętniej, szczerze mówiąc, zamówiłbym u jakiegoś artysty cykl obrazów na podstawie ujęć z filmu. Kolor zawsze wzmacnia siłę przekazu. Problem w tym, że takie zamówienia wymagają i czasu, i budżetu. Ale jeśli damy sztandar pośrodku, a wokoło czarno-białe zdjęcia, powinno ładnie zagrać. Mocny barwny kontrapunkt na ciemniejszym tle. Przykuje uwagę.

– Wy to chyba powinniście iść na ASP, a nie na historię. – Komendant pokręcił z uznaniem głową.

– Spędziłem trzy lata, badając dokumenty oddziału i dzieje bohatera. Chcę, żeby poświęcone mu muzeum...

eee... no, żeby poświęcona mu sala w naszym muzeum wywarła na zwiedzających niezatarte wrażenie.

– Tu jest plan pałacu. – Sekretarz wygrzebał z szafy odpowiedni dokument. – Popatrzcie i powiedzcie, jakie mamy możliwości.

Rosół poczuł, że alkohol coraz mocniej go rozbiera. Z trudem zogniskował wzrok na planach.

– Moja ogólna koncepcja jest taka. Przebijemy dodatkowe przejścia. Wejście główne zrobimy w lewej oficynie. Tam umieścimy kasę biletową i może stoisko z pocztówkami i książkami. Potem widzowie... eee... zwiedzający idą na prawo przez amfiladę pomieszczeń i wychodzą przez nowe wyjście, które przebijemy w oficynie prawej. Na piętrze umieścimy pokoje socjalne dla pracowników i gabinety dla kadry naukowej.

– Chce pan cały parter poświęcić na ekspozycję? – zdumiał się Jaskólski.

– A jak inaczej pan to sobie wyobrażał?

– Cztery pokoje po lewej i prawej głównego holu... Plus do tego salon... Proszę nie zrozumieć mnie źle, ale nie mamy budżetu na utrzymanie personelu pilnującego ekspozycji w szesnastu salach.

– Ani dość zabytków, żeby te sale zapełnić – dodał Nowak. – Praktycznie całe wyposażenie pałacu wyparowało.

– Hmm... Eee... No dobra, jakoś to ścieśnimy – uspokoił ich obawy Rosół. – W sumie możemy zrobić mniejsze muzeum, ale za to ciekawsze. Tak też może być. Ano, panowie... Miło się rozmawia, ale... eee... nie zrozumcie mnie źle. Daleka droga za mną. Trochę bym teraz odpoczął, a od jutra...

– Oczywiście. – Sekretarz uśmiechnął się wyrozumiale. – Wypoczynek jest niezbywalnym prawem człowieka pracy. Jak zajedziecie, towarzyszu, przed pałac, przejdziecie w lewo. Pod murem jest taka stara chałupka, domek ogrodnika. Mieszka tam stary dziadyga, który kiedyś był u Liszkowskich kamerdynerem. On ma klucze i wszystko udostępni. Ma na imię Nepomucen. Straszny reakcjonista, na pewno będzie chciał opowiadać o hrabiach.

– To w sumie też może być ciekawe, tylko trzeba starannie odsiać ziarno informacji od plew. Krytyka źródeł... To podstawa. Czasem nawet reakcjonista może być źródłem. Tylko ziarno łuskać... – Gość najwyraźniej miał już dosyć. – Pogadać warto... – Potrząsnął głową.

– A to już jak tam sobie chcecie. W każdym razie w piecach wam napali i termę uruchomi. Strasznie fikuśna, prawdziwy przedwojenny zabytek. Skomplikowana jak stos atomowy. Nikt poza nim nie umie tego obsługiwać. Ale najpierw chciałbym jeszcze pokazać kilka rzeczy, które mogą się przydać. Po maluchu?

– Oj, chyba nie powinienem... Chyba że po jednym tylko, z szacunku dla gospodarzy.

Włodzimierz Rosół obudził się w swojej syrence. Głowa bolała go potwornie. Kręgosłup też. I gardło, zdarte od gadania, a przy tym przepalone jakimiś wynalazkami. Rozejrzał się dookoła. Jego pojazd stał w poprzek jakiejś alei parkowej. W oddali historyk widział ganek kolumnowy. Pałac... Chyba właśnie wstawał nowy dzień.

– Co za kac... – jęknął.

Usiłował poukładać sobie wszystko w głowie. Plany, muzeum, zabytki... Wypili rum, koniak, a potem byli jeszcze w gościnie u sierżanta Nowaka, na jego posterunku. I w magazynie dowodów rzeczowych! To stamtąd milicjant wyciągnął skonfiskowany chłopom samogon.

– Więcej nie piję! – obiecał sobie solennie Rosół. – A w każdym razie nie tyle!

Popatrzył przez okno auta. Park był mocno zaniedbany. Pod drzewami leżała masa uschłych gałęzi, odłamanych przez wiosenne wiatry. Liści nie zgrabiono od ubiegłego roku. Budynki, zagubione pomiędzy drzewami, wyglądały marnie. Tynki poszarzały i sparszywiały, od dachów ciągnęły się smugi zacieków, od ziemi mury też penetrowała wilgoć. Rynny były pogięte i zardzewiałe, niektóre w ogóle znikły. Dachy wymagały czyszczenia z mchu.

Przekręcił kluczyk w stacyjce. Silnik zakaszlał rozpaczliwie, ale odpalił. Auto wolno ruszyło w stronę pałacu.

Muzeum w tym miejscu to kompletny bezsens, pomyślał Rosół, podjeżdżając przed wejście. Do Liszkowa nie dociera kolej, leży za bardzo na uboczu. Z Warszawy daleko... Z drugiej strony, skoro ministerstwo daje pieniądze, stworzą etat, posadzi się ciotkę wójta, żeby sprzedawała bilety, przyjdą dzieciaki ze szkoły dwa razy w roku. I może z sąsiedniej gminy od czasu do czasu...

Wysiadł i dłuższą chwilę kontemplował budynek. Klasycystyczna bryła, ganek kolumnowy, dwa skrzydła-oficyny obejmujące nieduży dziedziniec.

Gdyby to było moje... – rozmarzył się. Dałoby się trochę przebudować tę ruderę, zrobić mały, szykowny hotel z dansingiem, a w parku postawić domki kempingowe i dzierżawić ośrodek wczasowy bogatym zakładom pracy, na przykład kopalniom czy dużym fabrykom robiącym produkcję eksportową. No, ewentualnie w jednym z pomieszczeń można by zrobić izbę pamięci czy coś takiego. Ech, można by i konie trzymać, jazda na kucyku robi się modna wśród dzieciaków badylarzy z Warszawy. Miejsce ma jakiś tam potencjał.

W kieszeni namacał kopertę z kluczami. Zamek chodził gładko. Rosół zmarszczył brwi, usiłując przypomnieć sobie koniec wczorajszego dnia. Pili... Gadali... Obaj miejscowi ostrzegali go, że w pałacu straszy. Jakieś lokalne bajdy.

Zaglądał do kolejnych pomieszczeń, coraz bardziej rozczarowany. Pustka, pajęczyny, zapach stęchlizny i mysich siusków. Każdy krok budził echo. Mebli praktycznie nie było. Kilka krzeseł, dwa czy trzy stoliki o blatach z laminowanej płyty paździerzowej, porzucone pordzewiałe łóżka polowe... W większych pokojach i salonie na podłogach położono mozaiki z kolorowego drewna, niegdyś piękne, obecnie poszarzałe i zniszczone. Parkiety grzechotały pod stopami, drewno rozeschło się przez ostatnie dekady. Na sufitach widział resztki sztukaterii.

Tyle dobrze, że centralne ogrzewanie założone i jakoś tam działa, pomyślał.

Przed kilku, może kilkunastu laty ktoś zawiesił tu i ówdzie kaloryfery. W ściany wbito zaczepy, do nich przyspawano rury i rurki. Pomalowano je na biało klejówką, która odchodziła płatami. Ruszył dalej. W pustych salach jego kroki znów wzbudziły echo.

Westchnął ciężko.

Jadąc do tej dziury zabitej dechami, postawił przed sobą dwa cele. Po pierwsze, wycisnąć, ile się da, z pomysłu na muzeum. Po drugie, liczył, że jeśli się dobrze poszpera na pałacowych strychach, uda się znaleźć kilka zapomnianych drobiazgów, które po fachowej konserwacji w zaprzyjaźnionym warsztaciku będzie można odstawić do Desy. Już niemal czuł pod palcami plik banknotów... A tu rozczarowanie. Zanim tu przybył, wymarzył sobie przepastne kufry pełne starych fraków i sukien, szafy kryjące hrabiowską porcelanę, zapomniane bibeloty, z których wartości miejscowe kmiotki nie zdawałyby sobie sprawy. Miał też nadzieję, że uda się odkupić cichcem od chłopów coś cennego, choć niepozornego, jakiś fancik z pierwotnego wyposażenia pałacu. Tymczasem u celu podróży czekało go tylko rozczarowanie.

– Nie obłowię się tu – westchnął.

Zaszedł do łazienki na parterze. Z hrabiowskich czasów pozostał elegancki sedes, marmurowa umywalka i kabina prysznicowa. Po wannie nie było śladu, tylko zaszpuntowane rury sterczące ze ściany wskazywały miejsce, w którym niegdyś stała. Podszedł do kabiny. Wyglądała iście kosmicznie. Klatka z mosiężnych płaskowników, oszklona małymi szybkami. Otworzył drzwiczki. Porcelanowy brodzik, kuta kratka osłaniająca odpływ.

Gdyby to ładnie odczyścić, byłoby cacuszko, pomyślał. Sprzęt lepszy niż ten, który zachował się w Bristolu. Ciekawe, swoją drogą, czy działa... Dobrze byłoby wziąć po podróży ciepły prysznic. A tak, trzeba znaleźć starego, jak mu tam... eee...? A! Nepomucena. On umie to uruchomić.

Rosół opryskał twarz zimną wodą. Wszedł na piętro. Tu też zastał obraz nędzy i rozpaczy. Odnalazł sypialnię.

Składane polowe łóżko zasłano świeżą pościelą, chyba akurat na jego przyjazd. Uśmiechnął się.

Poleżę pięć minut, postanowił. Odpocznę chwilę i będę do życia.

Gdy się obudził, była szesnasta. Wstał, ból głowy trochę już mijał. Wyciągnął z walizki kiełbasę zawiniętą w przetłuszczony papier, ułamał sobie pół pęta. Wyszedł na korytarz i pociągnął nosem. Kawa?

Kierując się zapachem, zszedł na parter i odnalazł kuchnię. Na płycie pieca ustawiono maszynkę elektryczną, a w rondelku na niej znalazł trochę niedawno zaparzonej lury. Była jeszcze ciepła. Wypił ją trzema długimi łykami. Świat wydał mu się odrobinę weselszy.

Kto tę kawę zaparzył? – zadumał się. Pewnie ten, o którym mi wczoraj wspominali. Stary sługa, niegdyś kamerdyner u hrabiów, a teraz dozorca czy ktoś taki. Hmmm... Skoro tu zaszedł, to pewnie w kotłowni napalić i termę uruchomić. Prysznic!

Poszedł do łazienki i puścił wodę. Faktycznie, zagrzana. Przyniósł sobie świeże ubranie, ręcznik i mydło. Zasunął zasuwkę w drzwiach, rozebrał się i wszedł do kabiny. Zatrzasnął fikuśne drzwiczki. Przekręcił kurek. Znienacka lunęły na niego spiętrzone potoki wody. Biła z pięciu sitek prysznicowych jednocześnie.

Niezłe ciśnienie. Bicze wodne czy co!? – zdumiał się.

Woda była przyjemnie ciepła, a strugi mocno tłukły po ciele, pobudzając krążenie. Spojrzał zaniepokojony pod nogi, czy nie przelewa się przez brodzik, ale uchodziła przez kratki w podłodze równie szybko, jak napływała. Zamknął oczy, oddając się rozkoszy prysznica. Naraz poczuł coś jakby dotknięcie na łydce.

Cóż to się stało? – ocknął się z zamyślenia.

Woda sięgała mu już do kolan i co gorsza, szybko jej przybywało. Robiła się też coraz zimniejsza, widać w zbiorniku termy skończył się zapas ciepłej. Przesunął dźwignię kurka, ale bicze nadal siekły, teraz zupełnie już lodowatymi strugami.

Odpływ chyba się zablokował, bo Rosół z pewnym zaskoczeniem stwierdził, że woda sięga mu już do pasa i przybiera dalej. Szarpnął kurki, ale woda tylko trysnęła mocniej, teraz dla odmiany gorąca. Sięgała mu już do piersi.

Jak otworzę drzwiczki kabiny, zaleję połowę pałacu! – pomyślał, ale zaraz pociągnął klameczkę.

Ustąpiła lekko, lecz drzwiczki wcale się nie otworzyły. Spanikowany naparł na nie, a potem uderzył pięścią. Bez skutku. Zaczął miotać się i kopać w szyby, woda sięgała mu już do podbródka... Parzyła.

– Wynocha z naszego domu, bo następnym razem ugotujemy rosół na Rosole – usłyszał szept tuż nad uchem.

Szarpnął uchwyt raz jeszcze i ze spienioną rzeką wody wypadł na posadzkę... Woda z sitek natychmiast przestała płynąć, a odpływ czknął i większość fali znikła jak wessana.

Muzealnik długo leżał na mokrych kafelkach i dochodził do siebie. Skóra piekła go lekko po powierzchownym oparzeniu. Wreszcie wstał, wytarł się do sucha i ostrożnie obejrzał drzwiczki. Wyglądały zwyczajnie, prościutki rygielek, bez zatrzasków, sprężynek i innych udziwnień. Tu nic nie miało prawa się zaciąć czy zablokować. Szybki, w które kopał uwięziony wewnątrz, też nie wyglądały podejrzanie. Zwyczajne szkło z delikatnymi skazami i zmętnieniami, typowe dla okresu międzywojennego. Podniósł kratkę odpływu. Rura, obecnie pusta, biegła w dół. Nie było widać żadnych urządzeń ani zanieczyszczeń mogących ją zablokować. Zbadał jeszcze sitka prysznica i instalację. Dwie rurki z ciepłą i zimną wodą, wajcha do regulacji temperatury, kurek.

Co, u diabła, spowodowało ten efekt?! – zastanawiał się, oglądając kolejny raz całą instalację. Jakim cudem przy tak mikrej średnicy rur w kilka minut wylało się z nich półtora metra sześciennego wody? No fakt, ciśnienie było przyzwoite, ale...

Przypomniał sobie szkolne lata, lekcje matematyki i zadania o basenach napełnianych rurami różnej średnicy. Nienawidził ich serdecznie, a właśnie teraz zapomniane szczęśliwie wzory bardzo by się przydały. I jeszcze ten dziwny głos, który usłyszał. Nie, to bzdura, mózg przerażony perspektywą utonięcia zrodził jakieś omamy słuchowe.

– Przecież żadne duchy nie istnieją – powiedział na głos.

– Istnieją – podpowiedziało jakieś wredne echo.

Wzdrygnął się.

Pewnie było tak, rozważał, rura odpływowa nie jest tam w dole tej samej średnicy na całej długości, tylko w pewnym momencie się zwęża. Po prostu woda przez jakiś czas mieści się w tej szerokiej części, a potem układ przestaje odbierać nadmiar. Terma jest stara, pewnie jest tam jakiś mechanizm, zaczęła się kończyć ciepła woda, to poszła zimna pod większym ciśnieniem. A potem zagrzała się w kotle nowa porcja, więc jakiś automat w termie przełączył zawory i znów chlusnęło wrzątkiem. Szybki kabiny to pewnie nie takie zwykłe szkło, tylko lotnicze, hartowane. Liszkowski był członkiem FON-u, miał kontakty z wojskowymi, mogli mu trochę specjalnego szkła załatwić... A drzwiczek nie mogłem otworzyć, bo po prostu i zwyczajnie w panice zapomniałem, że otwierają się na zewnątrz, i ciągnąłem do siebie... Zasugerowałem się legendami, a tymczasem wszystko da się racjonalnie wytłumaczyć.

Odetchnął z ulgą.

Ciekawe, swoją drogą, kto rozpuścił te bajdy o duchach? – zadumał się. Może sami Liszkowscy? Postraszyli kmiotków, nikt im się nie włamywał, nikt nie buszował po parku. Nie, to bzdura, przecież mieli służbę, która wszystkiego pilnowała. Histeria pewnie zrodziła się sama z siebie. To jest prowincja, ciemnota i zacofanie.

Wyszedł z łazienki i usłyszał z daleka coś jakby podśpiewywanie. Dobiegało z kuchni. Zajrzał tam. W pomieszczeniu dreptał staruszek, zgięty wpół i zasuszony jak mumia egipska.

– O, pan muzealnik, jak widzę, już odświeżony po prysznicu. – Uśmiechnął się. – Jestem Nepomucen, były kamerdyner. Za ciecia tu obecnie robię. Dobra kawka była? Siada pan, woda na herbatę zaraz się zagotuje.

– Miło poznać. Proszę mi coś powiedzieć – zagadnął Rosół, zajmując krzesło. – Z pewnością pan jako dawny służący hrabiów Liszkowskich wie niejedno o dziejach tego pałacu i o wypadkach, które rozegrały się w jego murach.

– Coś tam wiem – mruknął stary. – Jak pan masz życzenie, to i o tym sobie pogadamy. W piecu od centralnego napaliłem i w piecyku od termy też, ale ziąb tu straszny. Najstarsze mury, gdzie teraz jest salon, pamiętają szesnasty wiek. Grube na kilkanaście cegieł. Trzymają chłód od zimy jeszcze. Gorąca herbata i kieliszeczek albo dwa czegoś na rozgrzewkę.

Muzealnik jeszcze dziś rano obiecywał sobie nie pić, ale na widok starej butelki z bursztynowozłocistą zawartością natychmiast i bez oporów zmienił zdanie.

– To lokalny samogon, w którym przez rok namakały rodzynki – wyjaśnił kamerdyner. – Nauczyłem się robić ten trunek w czasie okupacji. W ciężkich czasach zastępował nam koniak i szlachetniejsze alkohole.

– Napisałem pracę magisterską o oddziale towarzysza Kukuły – zaczął Rosół.

Dawny kamerdyner wyraźnie się ożywił.

– I dali tytuł naukowy?

– No tak...

– No to szacuneczek, młody człowieku. – Stary stuknął swoim kielonkiem o jego. – Jasne, dziś już nie tacy profesorowie jak przed wojną, ale mimo wszystko nie jest łatwo tak koncertowo zrobić w jajo uczelniane gremia. Gratuluję. Pamiętam tego całego majora Kabanowa. On to wszystko wymyślił. Te bzdury o Kukule jako sowieciarzu i tej jego rzekomej partyzantce. Lepszy łajdak. Enkawudzista pełną gębą. Niby po wierzchu grzeczny. Zawsze do mnie mówił „towarzyszu kamerdynerze". Nie rozkazywał, grzecznie prosił. I po polsku dobrze gadał, prawie co mógłby naszego udawać. Widać na kursach NKWD go wyuczyli. Ale pod tą powłoką niby to kulturalnego i sympatycznego człowieka krył się skurwysyn niewyobrażalny. Tylu ludzi w miasteczku aresztował, i to za głupstwa kompletne – ciągnął starzec. – Miałeś radio? Do aresztu. Zebrałeś kilka kilo makaronu? Do aresztu. Znaleźli przy rewizji złote carskie świnki?

– Do aresztu? – domyślił się Rosół.

– To swoją drogą, ale za złoto to groził rozwałką. I nauczyciela, kapitana Gryfa, jego ludzie zgarnęli, tyle dobrze, że go tu w piwnicy pod powozownią zamknął jako więźnia specjalnego. Przyszli jego ludzie i uwolnili. A ze dwudziestu innych nieszczęśników siedziało w lochu pod urzędem gminy. Pewnie by ich wszystkich kazał wysłać do Lublina na Zamek, w łapy ubecji albo gorzej jeszcze. Ponoć obóz na Majdanku nadal działał, tylko NKWD zastąpiło szwabów.

– Lepiej o takich rzeczach nie gadać – bąknął Rosół.

– Coś pan taki strachliwy? Kto niby doniesie? Nie licząc duchów, sami tu jesteśmy. O czym to ja...? A... Kabanow. Na szczęście długo to on nie porządził, spadł ze schodów i tyle. – Stary plasnął dłonią w blat stołu. – A naszych, znaczy tych aresztantów, w zamieszaniu wypuścili do domu.

– Ze schodów?

– Tych na pięterko. Jakby na główkę skoczył. Widziałem ciało. Od razu, jak tylko usłyszałem ten łomot, pomyślałem, że coś strasznego się stało. Taki huk, ale nie huk. Miękki, jakby kto worek kartofli z wysoka rzucił. Poszedłem i patrzę: leży. Złożony jak scyzoryk, wpół. Głowa do ciała pod takim kątem, że już było jasne. Żadna reanimacja nie pomoże. Kark skręcił. I tak leżał w koszuli i kurtce mundurowej, z gołą dupą wypiętą ku niebu, w kałuży moczu, bo mu po śmierci puściły zwieracze. – Nepomucen uśmiechnął się na wspomnienie. – Wielki zdobywca Liszkowa, bolszewicki szczur... Nawet nazwisko miał odpowiednie. Kaban to po rusku wieprz.

– Zaraz, zaraz. – Muzealnik pokręcił głową. – Przecież on jest pochowany na rynku, zaraz obok bohaterskiego Kukuły. Jako ofiara polskich reakcjonistów z AK czy WiN-u. I jeszcze dwóch jego ludzi. Obok leżą.

– No, skoro tak w książkach napisali, nie będę przecież polemizował – zakpił dziadek. – Mogło i tak być, że się akowcy zakradli, złapali go za fraki i pierdut zrzucili na główkę ze schodów. Skoro Wursta potrafili zarżnąć w jego własnym łóżku...

– Chwileczkę, bo nie kapuję. Przecież Wursta zabili chyba ludzie lejtnanta Kukuły – podpuścił rozmówcę Rosół.

– Tak? – zdumiał się były kamerdyner. – Ciekawe, jak to niby zrobili, skoro sam żeś, człowieku, napisał w swojej broszurze, że wszyscy wtedy już nie żyli. I ten cały Kukuła też pod murem leżał. A on przecież, jak ich odkopali, to był, że się tak wyrażę, najświeższy.

– No to kto niby dopadł Wursta?

– Armia Krajowa. Paweł hrabia Liszkowski ze swoimi ludźmi. Nikt inny.

– Coś pokręciliście. Powszechnie wiadomo, że AK nie mordowało niemieckich dygnitarzy. Prowadziło politykę zachowawczą, występowało przeważnie biernie, próbowało się dogadać z okupantem, a nawet kolaborować. Każdy szkolny podręcznik o tym pisze!

– Przyjmijmy zatem, że Liszkowski się wyłamał. – Kamerdyner poczuł się chyba zmęczony rozmową, ale dolał do kieliszków. – Weszli tajnym przejściem. Zaszlachtowali szwaba, a na ścianie zrobili napis cyrylicą, że to niby robota Sowietów. Jakiś cytat z dzieł Stalina. Właśnie po to, żeby się szkopy nie mściły na miejscowych. Zmyłka taka. Ale skoro po hitlerowca mogli przyjść tajnym przejściem, to co im szkodziło dwa lata później przyjść po enkawudzistę.

– Jakim znów tajnym przejściem? – zdziwił się gość i wychylił kieliszek.

– Prowadziło z ogrodu, tunelem pod trawnikiem i na górę, do biblioteki. Wejście było zamaskowane regałem z książkami. Był osadzony na potężnych łożyskowanych zawiasach. Otwierał się leciutko, jak drzwi szafy. Gdy ten ćwok Kociuba organizował tu pegeer, oczywiście umyślił sobie zniszczyć całe wyposażenie. W bibliotece zrobili selekcję, co jeszcze zostało z książek. Część najstarszych szczęśliwie oddali do muzeum w Lublinie. Co tam było z klasyki, trafiło do szkoły. Znaczy do szkolnej biblioteki i dzieciaki to już pewnie do cna zniszczyły. Przedwojenne albo takie, z którymi nie wiedzieli, co zrobić, wypierniczyli oknem i zrobili z nich ognisko. Ćwoki z tych komuszków, w antykwariacie albo na bazarze u bukinistów lepszy grosz by dostali. W każdym razie, jak porozbijali regały, znaleźli przejście. Nie było w nim nic ciekawego. Długi ceglany korytarz i uchwyty na pochodnie. No to zawalili śmieciami, gratami i zamurowali. I tak już zostało.

– Czyli Wursta załatwili partyzanci, wchodząc do pałacu przez tajne przejście? Nie wiedziałem o tym, a to bardzo ciekawa informacja!

– Bezapelacyjnie tamtędy. Skoro przyszli po jednego gada, to kto wie, może i drugiego tym samym sposobem?

Ale czasami tak myślę, że z Kabanowem to nie była ludzka robota. Oj, chyba nie.

– Nie ludzka?

Stuknęli się nad stołem. Bimberek szybko szedł do głowy.

– Taaa... Zagadkowa sprawa. Jak zleciał na mordę i kark skręcił, poszedłem schodami na górę. Byłem tam pierwszy, jeszcze przed jego ludźmi. Buty leżały, obok onuce, takie żółte i paskudne, z miesiąc niezmieniane. Koło nich jeszcze spodnie i gacie z długimi nogawkami, zapinane na guziczki. Ruskie ewidentnie, pamiętam z carskich czasów jeszcze. W wolnej Polsce nikt już takich nie nosił, nawet tu, na wsi. Wyglądało, jakby to z siebie zdarł w jakimś amoku. Jakby mu się bardzo spieszyło. Pomyślałem wtedy, że to delirka po alkoholu, bo w jego pokoju na stole obok papierów po Kukule stała flaszka po wódce. Tak wyglądało, jakby czytał i chlał. A potem poszedł korytarzem, otworzył drzwi, w pijackim widzie zobaczył basen i zaczął się rozbierać, żeby skoczyć na główkę. Ale wtedy przecież rozebrałby się do golizny.

– Yyy... no chyba tak.

Rosół wprawdzie nigdy w życiu nie miał takiego delirium, żeby zobaczyć basen, raz tylko próbował łapać krasnoludki.

– Ale wie pan, ja w tym pałacu całe życie przesłużyłem i myślę sobie, że to niekoniecznie musiała być delirka.

– Co chce pan przez to powiedzieć?

– Może się czegoś przestraszył? Wedle legend w pałacu straszy. Duchy trzech dziewczyn. Panienki Lukrecja i Kornelia oraz ich służąca Marcysia. Tak mi się zdaje, że to ich robota.

– Coś pan. – Muzealnik aż pokręcił głową nad taką ciemnotą. – Po pierwsze, duchów nie ma. Po drugie, co mu niby zrobiły? Przestraszony człowiek nie ściąga butów ani gaci! Gdyby uciekał przed jakimś widziadłem i spadł ze schodów, tobym jeszcze rozumiał...

– Gadają, że są bardzo zawzięte na ludzi złych i niegodziwych. Ja całe życie w pałacu mieszkam i parę razy widziałem rzeczy, których nie wytłumaczę rozumem. Ale nigdy nic złego mi nie zrobiły. A kto okupant czy wandal, to szybko ucieka albo rozstaje się z życiem. Nockerlowi odpuściły, to nie był zły szkop. Chciał wojnę przeżyć i ciut sobie na tym zarobić. Ale Wurst umarł, Kabanow umarł, a ten cały Kociuba omal nie utonął w gnojówce. Rozrywkowe gówniary. Dowcipne i złośliwe.

– Chce pan powiedzieć, że...

– Pozostały po nich wspomnienia, spisane przez ich ciotkę. Panna Lukrecja była łakoma i spać lubiła do południa, miała ze trzydzieści kilo nadwagi, ale trzeba przyznać, posiadała artystyczną duszę, wizje takie snuła, jak by to wszystko przebudować na park romantyczny, no i malować próbowała. Kornelia z bocznej gałęzi Liszkowskich pochodziła, też nie była taka głupia, tylko ciągle jakieś romanse po francusku czytała i szczerze wierzyła w te bzdury. Ale ich służąca Marcysia to było żywe srebro. Każdego wokół palca owinęła. Szafarz wiedział, że to ona wyżera owoce, ciastka i czekoladę z pater, ale starał się nigdy jej nie przyłapać. Wesolutka trzpiotka, a przy tym zaradna mała cwaniara. Chyba nawet śmierć jej z tego nie wyleczyła... – Nepomucen urwał i uśmiechnął się. – Późno, kłaść się trzeba. W krzyżach mnie łupie, to trzeba wyleżeć. Rozchodniaczka?

Muzealnik odruchowo podstawił kieliszek. Zapadając w sen, słyszał, jak coś wyje w kominach, ze strychu dobiegało tajemnicze szuranie, a gdzieś w oddali brzęczał łańcuch.

– Umrzesz, umrzesz! – skowytało coś za oknem.

Duchy? – dumał, leżąc na łóżku. Nie ma żadnych duchów. To wszystko da się przecież racjonalnie wytłumaczyć. Wyje w kominach, bo jest wiatr. A że łańcuch brzęczy? Pewnie zabezpieczenie jakiejś okiennicy.

Ale na wszelki wypadek spał tej nocy przy zapalonym świetle.

Chałupa Piotrowskiego leżała na skraju wsi Wólka Liszkowska. Nie była duża, na tle domostw sąsiadów prezentowała się raczej skromnie. Konstrukcję z belek oszalowano ładnie cieńszymi deskami, a całość pociągnięto farbą olejną. Pod oknem rosły malwy. Na rogach przybito dekoracyjne romby wycięte z drewna. Płot wypleciono z chrustu. W głębi podwórza widać było stodołę i spichlerzyk. Pomiędzy nimi uwijało się stadko kur i gęsi. Na płocie suszyły się kanki na mleko.

Rosół zaparkował syrenkę na poboczu i pieszo podszedł do furtki. Miał trochę szczęścia, bo gospodarz rąbał drwa na podwórzu.

– Dzień dobry, panie Piotrowski – ukłonił się grzecznie muzealnik, patrząc na masywny topór w dłoniach kmiotka. – Poświęciłby mi pan pół godzinki?

– Pan jesteś ten miastowy, co ma robić muzeum w pałacu? – Tubylec z toporem podszedł do płotu, ale obcego na teren obejścia najwyraźniej nie planował wpuścić.

– Magister Włodzimierz Rosół jestem.

– Aha... Ten naukowiec, chłe, chłe, chłe, co opisał oddział Kukuły. Czytałem, gmina rozdawała broszurę taką. Dobry papier, gazetowy i chropowaty, w sam raz, żeby w wychodku powiesić i do podcierania dupy użyć. Nie powiem, ubaw z tej lektury byłby po pachy, gdyby to nie była tak cholernie poważna sprawa. – Piotrowski splunął.

– Widzę, że nie jest pan nastawiony szczególnie przyjaźnie do radzieckiej partyzantki.

– Przyjaźnie czy nie przyjaźnie... Trudno mieć jakiekolwiek nastawienie do czegoś, czego nigdy w tych stronach nie było. To całe pieprzenie o Kukule i jego rzekomym oddziale... Z ludźmi pogadajcie, to się prawdy dowiecie. Tylko po grzyba wam ta prawda, skoro już ustaliliście wersję oficjalną? – Piotrowski wzruszył ramionami.

– No więc właśnie po to przyszedłem. Pogadać... Uzupełnić wiedzę.

– Chcesz pan prawdy? Oddział porucznika Liszki-Liszkowskiego, to właśnie trzeba zbadać i opisać. Miał takich plutonowych, chłopy jak dęby, Piącha, Majcher i ten trzeci... A, już wiem, Młot. Młode to wszystko były szczawiki, po dwadzieścia kilka lat, ale z takich tylko gwoździe kuć! Armia Krajowa. Wie pan, jak to było w okupację. Ludzie zrobili się gorsi od wilków. Byli tacy, co braci Polaków okradali w tak trudny czas. Ale u nas był spokój, właśnie dzięki nim. Ludzie Liszki całą okolicę za mordę trzymali. Likwidowali jak leci: złodziei, konfidentów, gwałcicieli. No i obce bandy rabunkowe nie miały tu czego szukać. Raz się jedna zapuściła, to ich rozstrzelali na wygonie, zakopali i tyle. A kapitan Gryf, który był za łącznika między Liszką a Lublinem... To był gość! Łeb miał nie od parady. Nawet ze szwabami umiał wejść w układ. Póki Nockerl rządził w gminie, trochę lżej się oddychało. A potem diabli nadali tego Wursta. Kanalia i oprawca.

– Armia Krajowa, pan powiada... – przerwał monolog historyk.

– Nie było tu innej partyzantki. Cały ten oddział Kukuły to bujda na resorach. Wymyślił go ten debil Kabanow, jeszcze podczas ekshumacji w pałacowym parku. Oj, dobrze pamiętam tego szczura z NKWD. Nie powiem, kręciłem się przy Ruskich jak ostatni idiota. Myślałem, że coś dla siebie ugram. Młody był człowiek, głupi jak but.

– Ale...

– Sam pomyśl, profesorku. Twoja książka przecież kupy się nie trzyma. Na przykład jak sądzisz, kto niby, jak nie nasze chłopaki z AK, stuknął tego esesmana Wursta? Chronologia sama wskazuje, że tylko Liszka. Kukuła już przecież nie żył. Ja tę historię znam od naocznych świadków. Nasi chłopcy z AK przyszli nocą, weszli do pałacu, zarżnęli szwaba jak świnię, uwolnili mieszkańców Liszkowa, których trzymał w lochu pod powozownią. To Liszka z Gryfem zasługują na muzeum, a nie ten złodziej.

Rosół odetchnął głęboko.

– To wasza teoria nie trzyma się kupy – zaatakował. – My, historycy, opieramy się na faktach. Mamy niepodważalne dowody, archiwum oddziału. No i przecież kilkudziesięciu współpracowników lejtnanta Kukuły należy do koła ZBOWiD-u. Są ich relacje w archiwach.

– Muchy lezą tam, gdzie czują konfiturę – burknął chłop. – Władza daje dodatkowy ochłap do emerytury, to wyłażą jak spod ziemi tacy partyzanci ze spalonego lasu – szydził. – A prawdziwi bohaterowie naszej ziemi Liszka-Liszkowski i Gryf-Kowalski szczęśliwie siedzą za granicą. Daleko, daleko stąd. Ich nie dopadniecie, zasrańcy! A prawda? Prawda wcześniej czy później wyjdzie na jaw! – I zaniósł się obłąkańczym śmiechem.

Nie było sensu ciągnąć rozmowy. Tubylec najwyraźniej trzymał się swoich urojeń jak pijany płotu. Pożegnali się chłodno. Rosół siadł za kierownicę i popatrzył na mapę. Gdyby przejechał dwa kilometry szutrówką, trafiłby akurat na Liszkowe Wzgórze.

– Obejrzymy sobie zamek – zadecydował.

Ruiny zamku z bliska nie wyglądały szczególnie intersująco. Czas i ręka wandali mocno poszczerbiły mury. Łuk bramy jakoś się jeszcze trzymał, ale było widać, że długo nie postoi.

Z turystycznego punktu widzenia badziewie... – ocenił muzealnik, rozglądając się wokoło. Remont nieopłacalny. Jedyne, co warto by zrobić, to przeprowadzić tu wykopaliska w poszukiwaniu artefaktów do gablotek oraz wyrwać z murów i przenieść do muzeum ciekawe detale architektoniczne, o ile jakieś są. Gdyby tak na przykład rzeźbiony portal drzwi...

Obszedł ruiny w ciągu dziesięciu minut. Zajrzał do loszku. Choć od wojny minęło trzydzieści lat, mocna woń chlewu nadal unosiła się w powietrzu.

Ktoś tu trzymał świnie? Ciekawe, kto i po co, zdziwił się.

Zamek mocno go rozczarował. Wprawdzie sądząc po wielkości cegieł i wątku, w jakim je ułożono, pewne partie murów pamiętały czasy Kazimierza Wielkiego, brakowało tu jednak zabytków możliwych do pozyskania.

– Ano zobaczmy, czy gleba kryje coś ciekawego – mruknął.

Z plecaka wydobył dobry wykrywacz metali, przysłany mu przez krewniaka z USA. Założył na uszy mocne ebonitowe słuchawki i omiótł cewką powierzchnię dziedzińca. Urządzenie dosłownie zawyło. Jednak już pierwszych kilka sztychów saperką przyniosło rozczarowanie. Ziemia usiana była dziesiątkami, jeśli nie setkami kapsli po piwie. Najwyraźniej całe pokolenia liszkowskich wagabundów raczyły się w plenerze złocistym napojem. Kilka mocniejszych sygnałów pochodziło od przerdzewiałych konserw po szprotkach i tuszonce.

Skarbów tak czy siak nie należy się tu raczej spodziewać... – westchnął w duchu, coraz bardziej rozczarowany.

Zaszedł do tej części ruin, gdzie grube ściany i resztki potężnych zawiasów głęboko wpuszczonych w mur kazały się domyślać kaplicy. Tu zabrał się do wyjątkowo starannego badania podłogi. Trafił na bryki ołowiu z wtopionymi jeszcze drzazgami kolorowych szybek. Rozpoznał w nich fragmenty zniszczonych przez ogień witraży. W kilku miejscach wykonał niewielkie wkopy, ale poza zardzewiałymi gwoździami nie znalazł kompletnie nic interesującego.

Ciekawe, czy są tu krypty, zadumał się.

Nic na to jednak nie wskazywało. Nakłuwał glebę tu i ówdzie metrowej długości stalową szpilą, ale ostrze wszędzie wchodziło bez przeszkód.

Trzeba by ściągnąć Pawła, pracuje w tym, no... eee... zwiadzie geologicznym? Przyjechałby z wiertnicą. Trzy, może cztery otwory, każdy na głębokość kilkunastu metrów, pomyślał. Wpuścić dziurami mały radziecki aparacik Łomo z malutką lampką błyskową i samowyzwalaczem. Gdyby było coś ciekawego, można by się wtedy przebić.

Ruszył w stronę pozostawionego u stóp wzgórza auta. Gdy dotarł do Liszkowa, było już prawie południe. Gminny sekretarz oczekiwał w swoim gabinecie.

– No i jak tam pańskie prace koncepcyjne? – spytał. – Rozejrzał się pan po pałacu?

– Tak. Pomieszczenia po obu stronach salonu da się połączyć, przebijając dodatkowe drzwi. W salonie urządzimy główną ekspozycję poświęconą historii ruchu partyzanckiego w okolicach Liszkowa – mówił przyszły kustosz. – Szkoda wielka, że w zasadzie nie mamy żadnych pamiątek po bohaterskim Kukule. Tylko jedno zdjęcie i te papiery, które wykopało NKWD. Jak rozkręcimy muzeum, można by tu urządzić plener artystyczny. Zjedzie się malarzy, poprosimy ich, żeby każdy machnął choć jeden obrazek przedstawiający bohaterskie czyny lejtnanta, uzupełnimy to fotosami. Myślę, że Mosfilm nam pomoże. Ale brak czegoś autentycznego. Sam nie wiem... Gdyby tak ekshumować, wyjąć z grobu na przykład klamrę do pasa z gwiazdą albo mundur może...

– Tam na pewno wszystko zgniło – pokręcił głową sekretarz. – Większe powodzie zalewają rynek. Jeśli coś zostało, to najwyżej ta klamra i guziki munduru. No i chyba narobilibyśmy sobie kłopotów.

– Ale to w imię wyższego dobra! No bo co ja położę w gablotach...

– Myślę, że można temu zaradzić – podsunął Jaskólski. – Wprawdzie chata bohatera została nieopatrznie zburzona, ale na Liszkowej Porębie było obozowisko partyzanckie. Cztery ziemianki. Widać jeszcze zaklęśnięcia w ziemi. Zresztą miejscowi od lat mówią na to Partyzancka Poręba.

– Tam była baza oddziału Kukuły!? – zapalił się muzealnik.

– Przecież sami piszecie, towarzyszu, książki historyczne. – Sekretarz wzruszył ramionami. – Ludzie gadają swoje, ale skoro innych partyzantów tu w okolicy nie było... Na pewno wszystko, co znajdziecie, będzie miało związek z leśnymi. A i miejsce po chacie Kukuły można by w sumie przekopać. Kto wie, co tam w ziemi ocalało.

– Doskonale. Zrobimy tam wykopaliska! – Rosół zatarł ręce.

– Zrobimy... – zasępił się gminny sekretarz. – Do tego chyba trzeba archeologa?

– Miałem na studiach wykłady z archeologii. Wiem, co i jak. To nie jest obiekt zabytkowy, od wojny minęło trzydzieści lat. Wystarczy zgoda gminnej rady narodowej i może jeszcze nadleśnictwa. Tylko, szczerze powiedziawszy, przydałoby się kilku ludzi do pomocy. Dokumentacją dla wojewódzkiego konserwatora sam się zajmę.

– To może jutro zaczniemy? Myślę, że... hmm... trochę licealistów do pomocy na pewno się znajdzie. Mój brat jest belfrem od wuefu. Zwerbuje kilku ochotników, którzy zamiast kisić się w szkole, zechcą pomachać łopatami, poznać piewcę dziejów naszej wiochy, może i autograf wezmą na pańskiej książce... Zorganizuję to. Po maluchu? Mam rewelacyjną kaukaską wódkę z morwy. Dostałem na raucie dla szefów gminnych kół przyjaźni polsko-radzieckiej.

– Eee... to tak tylko na dno kieliszka, na spróbowanie.

Dwie godziny później, gdy doczłapał wreszcie do pałacu, Rosół był już prawie trzeźwy. Stary kamerdyner pucował okna w salonie.

– Starość nie radość – powiedział na widok muzealnika. – Ale ktoś to musi robić. Skoro gmina coś tam płaci, to ja coś tam popracuję. To muzeum... Myśli pan, że się tu zjawią jacyś turyści?

– Miasteczko brzydkie nie jest. Wiadomo, to nie Kazimierz nad Wisłą ani Zamość. Trzeba by wsadzić spore pieniądze, żeby przynajmniej ryneczek jakoś doprowadzić do ładu. Ale kto wie. Z Lublina niedaleko, okolica sympatyczna. Gdyby tak odkryć jeszcze jakieś wody mineralne... W Nałęczowie są, a to przecież niedaleko.

– Byli geolodzy, robili odwierty. Mamy węgiel, ale podobno marny i dość głęboko, trzeba by szyb kopalni dobrze zaizolować, bo wody zaskórne. Ale do źródeł mineralnych się nie dowiercili. A w każdym razie się tym nie chwalili.

– To szkoda, bo faktycznie można by zrobić z Liszkowa drugi Nałęczów.

– Ludzie uciekają do większych miast – westchnął stary. – Zabrakło dziedzica, który o okolicę dbał, a te ćwoki z gminy nie mają ani pomysłów, ani pieniędzy. Przecież tu by można robić wszystko. Dawniej browar był, gorzelnia, przędzalnia lnu, cukrownia... Przetoczyły się dwie wojny, przyszli czerwoni i do reszty zmarnowali.

– A gdyby zrobić hotel i stadninę koni? Prywatna inicjatywa za niemałe pieniądze. – Rosół przyciszył głos. – W Warszawie widać coraz więcej zagranicznych samochodów. I to nie takich produkowanych w demoludach.

– Jest to jakaś idea. Liszkowscy mieli piękne konie. Dawno, jak młody byłem. Bo przed wojną to już się do aut poprzesiadali.

– Szkoda, że z wyposażenia pałacu wszystko zniszczono lub rozszabrowano – westchnął Rosół. – Zostały tylko te portrety w salonie.

– Nikt nie odważył się ich zdjąć. Boją się ludzie. I dobrze. Dla nas te opowieści o duchach nawet przydatne. Od niepamiętnych czasów nikt się nie próbował włamywać do pałacu, nie ma też większych zniszczeń w parku i zabudowaniach parkowych. Pijaczki, wandale, znudzona młodzież... Wszyscy wolą omijać park i pałac, szczególnie po zmroku. – Stary uśmiechnął się krzywo.

– Wspomniał pan o samochodach... Podobno Liszkowscy byli bogaci?

– Na nasze dzisiejsze pieniądze milionowa fortuna. Przed wojną mieli rolls-royce'a. Hrabia Liszkowski był straszliwym hazardzistą, ale karta mu zazwyczaj szła. We wrześniu trzydziestego dziewiątego zapakował rodzinę i najcenniejsze rzeczy do auta i prysnął na Węgry. Miał żonę, małe dzieci, podobno żyją gdzieś w Australii czy USA. A jego bratanek, młody hrabia Paweł, poszedł na front. Dostał się do niewoli, uciekł, przedarł się tu i został dowódcą małego oddziału AK. O tym już wczoraj opowiadałem.

– W archiwum lejtnanta Kukuły jest dokument, że jakiś Paweł Liszkowski mu pomagał – przypomniał sobie muzealnik. – To pewnie on. Ale nie ma żadnych informacji, żeby miał jakiś oddział. Myślę, że z tym AK to wymysły.

– Może i tak było. Ale pan historyk to pewnie wie, co o tym Kukule ludzie gadają? Paskudny typek. Kradł, co tylko się dało. W Lublinie obrabował aptekę. Zdaje się, że kilka lat odsiedział. Potem ściągnął w nasze strony.

– Czytałem. Mają w starych aktach przedwojennej policji informacje, że faktycznie został aresztowany za wynoszenie morfiny. Ale to niezupełnie tak. Widzi pan, to przed wojną była częsta praktyka. Sanacyjna policja, jak ktoś był komunistą, oskarżała go o pospolite przestępstwa kryminalne. Zwłaszcza przed wyborami. Zamykali takiego na jakiś czas pod zarzutem kradzieży czy gwałtu, a po wyborach wypuszczali. I dbali, żeby wieści się rozchodziły. Wie pan, jacy są ludzie. W ten sposób sanacja dyskredytowała szczególnie zasłużonych towarzyszy.

Stary odłożył szmatę na parapet i krytycznie ocenił swoje dzieło. W kuchni zagwizdał czajnik.

– Herbaty?

– A nie odmówię.

Zasiedli przy stole. Spojrzenie Rosoła błądziło po nielicznych pustych szafkach.

– Wyposażenie pałacu przepadło – wrócił do interesującego go zagadnienia.

– Najcenniejsze rzeczy ukradli Niemcy, potem – Nepomucen przyciszył głos – w pałacu zaraz po wojnie siedziało NKWD. Ci też ukradli, co się dało. Był taki pułkownik Grusztyn. Zwierzchnik tego Kabanowa. Dobrze pamiętam kanalię... Dywany ukradł, bibeloty, trochę mebli. Całą ciężarówkę rozmaitego dobra jego ludzie załadowali. To, co zostało po wielkich złodziejach, takie mniej wartościowe graty, przylepiło się ludziom do rąk po wojnie, gdy robiono tu pegeer. Portrety ocalały chyba tylko dlatego, że nie było odważnych, żeby zdjąć je ze ściany. Był tu taki ćwok, świeżo po szkole rolniczej, Kociuba się nazywał. Prosto z czworaków chyba wypuszczony. Nienawidził wszystkiego, co stare i piękne. Część mebli kazał porąbać i poszły do pieca. Podobnie z książkami. W pokoju na piętrze był klawesyn hrabiny. Takie coś jakby mały fortepian.

– Wiem, jak to wygląda.

– Śliczny, okleina w czeczotkę. Osiemnastowieczna wenecka robota. Wymyślili, żeby go dać do szkoły, do nauki muzyki, ale jak spuszczali po schodach, zerwała się linka i trach... Szkoda instrumentu, ładny był, takie miał obrazki intarsjowane na górnej klapie i po bokach. I dźwięk niebrzydki. Pamiętam, jak pani Liszkowska na nim grała. Ktoś sobie zabrał te deski.

– Kto konkretnie?

– Nie mam pojęcia. Nie pracowałem tu wtedy. Szczerze powiedziawszy – skrzywił się – siedziałem w więzieniu. Takie czasy były.

– Do muzeum warto byłoby odnaleźć coś po przedwojennych właścicielach – podpuścił starego Rosół. – Jakieś drobne bibeloty, pamiątki z czasów powstań narodowych... A do tego rękawiczki, wachlarze, torebki, buciki z klamerkami, fraki szamerowane złotem, słowem, przedmioty zbytku, które umieszczone w gablotach uświadamiałyby zwiedzającym, w jakim luksusie żyły klasy posiadające. Zwłaszcza zestawienie tego w sąsiednich gablotach z wyrobami miejscowych chłopów da odpowiedni efekt. Ładny wizualnie i oddziałujący ideologicznie. Proste sprzęty zwykłych wieśniaków, a obok przepych żerującej na nich rodziny hrabiowskiej.

– Oj, było w tym pałacu rzeczy, było... – westchnął stary. – Nawet pan sobie nie wyobrażasz, ile wszelakiego dobra. Liszkowscy jednym tylko samochodem uciekli. Niemcy chyba kilka ciężarówek wywieźli, a co zostawili, to potem rozkradziono. Gdyby nie to... ech, tu było fajnych rzeczy nie na jedno, ale na dziesięć muzeów... Nagrzałem wodę.

– A dziękuję, dziś chyba umyję się w miednicy.

Beznadziejnie to wszystko wygląda, rozmyślał wieczorem Rosół, leżąc już w łóżku. Wymietli pałac do czysta, ogryzione kosteczki dla mnie zostały... Ale gdzieś przecież to dobro poszło. Z pewnością nie wszystko pojechało do Rzeszy, nie wszystko też zniszczono. Trzeba się rozpytać wśród okolicznych chłopów. Pewnie mają to i owo zachomikowane.

Coś zawyło w kominie. W pokoju mimo ciepłego kaloryfera panował iście cmentarny ziąb. Muzealnik się wzdrygnął.

– Odwalę robotę jak najszybciej i wracam do stolicy – postanowił twardo. – Trzeba tylko tak zrobić, żeby się ten wyjazd opłacił.

– ...bez gaci – odszepnęło echo z kąta.

Uczniów, którzy chcieli urwać się z lekcji, zgłosiło się aż nadto. Gdy Rosół podjechał na Liszkową Porębę, na miejscu byli już sekretarz, komendant MO, starszy facet w dresie, zapewne nauczyciel wuefu, oraz dziesięciu nastolatków wyposażonych w łopaty, saperki i szufle od węgla, pewnie ze szkolnej kotłowni.

Rosół rozejrzał się wokoło. Polanka nie była szczególnie rozległa. Stanowiła jakby zaklęśnięcie w szczycie rozległego pagórka. Otaczał ją stary las świerkowy. W glebie mimo upływu trzydziestu lat widać było prostokątne zaklęśnięcia – ślad po dużych półziemiankach.

Sierżant Nowak ustawił łebków w szereg.

– Droga młodzieży – zaczął – w miejscu, gdzie stoimy, przed trzydziestu laty bohaterscy partyzanci z oddziału lejtnanta Edwarda Kukuły mieli leśny obóz. Tu żyli, stąd wyruszali, żeby bić faszystów...

– Ale mi dziadek opowiadał... – zaczął jeden chłopak, jednak umilkł w pół zdania pod karcącym spojrzeniem milicjanta.

– Powie pan dwa słowa do naszej młodzieży? – Jaskólski zwrócił się do Rosoła. – Tak żeby nie tylko zrozumieli doniosłość tej chwili, ale jeszcze żeby wiedzieli, czego będziemy szukać.

– Tak, oczywiście... Widzicie, zebraliśmy się w tym miejscu, gdyż organizuję w pałacu muzeum poświęcone dziejom okolicy. Ponieważ na ekspozycji nie może zabraknąć części dotyczącej naszych bohaterów z czasów okupacji, podjęliśmy z towarzyszem Jaskólskim i panem komendantem decyzję o przeprowadzeniu poszukiwań materialnych pozostałości... Krótko mówiąc, przydałoby się w gablotach trochę drobiazgów osobistych. Coś, co pokaże niezłomnych bohaterów walki o wolność jako zwyczajnych ludzi. Podobnych do nas.

Gminny sekretarz zaklaskał i po chwili wszyscy bili brawo. Rosół na praktykach wykopaliskowych z archeologami był tylko raz, ale na szczęście dużo zapamiętał. Wbili paliki, naciągnęli sznurki, zdjęli warstwę darni, doczyścili grackami. Muzealnik wykonał szereg zdjęć.

– Teraz myślicie tylko o tym, że fajnie było urwać się z lekcji i pobyć trochę na świeżym powietrzu. Ale pomyślcie o czasach, które nadejdą. Powiększone fotosy z dzisiejszych prac zawisną na ścianach muzeum – obiecał dzieciakom. – Kiedyś przyprowadzicie tam swoich synów, albo i wnuków. Wówczas z dumą im pokażecie, jak badaliście przeszłość ojczystej ziemi.

Zaraz też musiał zrobić kilka dodatkowych zdjęć, bo sekretarz, komendant i belfer też postanowili skorzystać z okazji i w tej historycznej chwili zapozować z łopatami.

Najciekawszych znalezisk należało się spodziewać w zasypiskach pomieszczeń mieszkalnych. Ziemianki nie były szczególnie głębokie. Oddział, opuszczając obozowisko, podciął słupy, kryte darnią dachy runęły. Płytko pod warstwą gleby uczestnicy badań znaleźli zmurszałe dechy, a pod nimi „poziom użytkowy", czyli resztki prycz, przegniłych sienników, moszczenie podłóg... Były też drobne przedmioty, które porzucono jako nieprzydatne. Uczniowie, ciężko pracując szpadlami, wygrzebali dwie obtłuczone emaliowane miski, służące zapewne do mycia, przepalony mosiężny czajnik, pogniecioną aluminiową mydelniczkę, jakieś poszczerbione kubki, pogięte, zardzewiałe sztućce, nadgniłą szczoteczkę do zębów i fifkę do papierosów. Muzealnik spoglądał na rosnący stosik fantów z coraz większym zadowoleniem. Dokładnie o takie rzeczy mu chodziło – zniszczone przez wojnę i czas, naznaczone wielką historią. Wymowne. W myślach już rozkładał je po gablotach.

– Bardzo dobrze wam idzie – pochwalił, robiąc kolejną porcję zdjęć. – Kopcie głębiej – polecił chłopakom.

– Ale na co panu te śmiecie? – burknął jasnowłosy.

– Dla wsiowego głupka śmiecie, a dla wrażliwego miłośnika historii cenne pamiątki po dzielnych obrońcach ojczyzny, partyzantach towarzysza Kukuły – pouczył go surowo komendant.

– Tu we wsi gadają, że z tym Kukułą to było zupełnie inaczej, niż w książce napisali – bąknął drugi, ciemnowłosy. – Ponoć...

Ale przyjaciel dał mu sójkę w bok.

– Nie wiesz, to nie gadaj. A nawet jak wiesz, to też lepiej nie gadaj. Naukowcy sprawdzili i opisali. Ci ze ZBOWiD-u i milicjanci potwierdzili. Oni wiedzą lepiej!

– No tak – bąknął jego kumpel, jakby przestraszony.

Rosół przyniósł z bagażnika wykrywacz metali, uruchomił go i zaczął omiatać glebę. Ciekawskie oczy śledziły jego poczynania. Coś pisnęło pod wykrywaczem. Saperka poszła w ruch. Wykopali przerdzewiały rewolwer Nagan oraz równie zardzewiały karabin. Kolba szczęśliwie wytrzymała, ale części metalowe pokryła kaszka korozji.

No to do chrzanu, westchnął w duchu Rosół. Chyba że by... Jak już doczyszczę, utnę lufę i skrócę kolbę. Obrzyn karabinu Mausera, broń krótka, typowe uzbrojenie oddziałów partyzanckich. Tak, to będzie dobrze wyglądało. Nie, odpada, widzieli, jak to wykopywałem.

– Co tam macie? – zainteresował się, widząc, że chłopcy gapią się na coś, co odgrzebali.

– Tobół jakiś ze szmatami.

Podszedł zaciekawiony. Faktycznie szpadel przebił przegniły worek. Rosół schylił się i podniósł guzik z gwiazdą. Obok wypatrzył kolejny.

– To są mundury! Radzieckie mundury! – zachwycił się. – Jednoznaczny, niepodważalny dowód, że faktycznie było to obozowisko oddziału. Obkopcie to ostrożnie i wydobądźcie.

W tym momencie opodal coś brzęknęło pod szpadlem.

– Ostrożnie! – rozkazał Rosół.

Podszedł ze szpachelką i zaczął obkopywać znalezisko.

– Wek jakiś – zauważył ciemnowłosy. – Pewnie też do gabloty go pan wstawi jako przykład partyzanckiej kolacji? – zakpił.

Ale uczony wydobył już słój z ziemi. Faktycznie był to wek. Jednak pokrywka, choć dociśnięta drutem, nie miała gumowej uszczelki. Wnętrze zabezpieczono wałkiem wosku. Przez nieco zmatowiałe szkło widać było zwitki papieru, zapisanego na maszynie.

– Co to może być? – zdumiał się któryś z uczniów.

– Chłopcy! – Głos uczonego zadrżał ze wzruszenia. – Towarzysze! – Ukłonił się dorosłym. – Dokonaliśmy wielkiego, sensacyjnego odkrycia. Odkrycia, które rzuci nowe światło na dzieje bohaterskiej walki z najeźdźcą. To mi wygląda na kolejną część zaginionego archiwum oddziału towarzysza Kukuły!

– Major Kabanow znalazł przecież koło chaty na Wygonie Liszkowskim... – zaczął Jaskólski.

– Owszem. Pisząc pracę magisterską, od razu zauważyłem po numeracji dokumentów i datach meldunków, że to tylko część. W urzędzie gminy zapewne jest sejf?

– Tak.

– Ja też mam sejf – odezwał się sierżant Nowak. – Może nawet lepszy. To bezcenne dokumenty, w urzędzie gminy po godzinach nikogo nie ma, jeszcze się nie daj Boże ktoś włamie, towarzysze... A na posterunku milicji dyżur dwadzieścia cztery godziny na dobę.

– Pojedziemy zatem do was, rozłożę sobie wszystko na stole, zewidencjonuję, skataloguję, przejrzę na szybko... Czy w miasteczku jest fotograf?

– Oczywiście.

– Trzeba go będzie wezwać. Niech to wszystko obfotografuje, żebym na jutro miał komplet odbitek. Oryginały bezpiecznie spoczną w kasie pancernej, wolę pracować na kopiach.

W czasie gdy muzealnik dyrygował młodymi badaczami przeszłości, na ścieżce prowadzącej z pałacu do Liszkowa pojawił się stary kamerdyner. Dreptał niespiesznie, wspierając się na laseczce, która niegdyś służyła jednemu z hrabiów Liszkowskich.

Ech, porobiło się z człowiekiem, westchnął w duchu, przystając w którymś momencie. Kiedyś biegłem całą drogę z listami hrabiego na pocztę. Albo brałem rower i gnałem jak wicher. Teraz hrabiego nie ma, nogi już nie te. Nawet rowery stały się dziwnie deficytowym towarem. Tyle dobrze, że poczta nadal działa.

Po kilkunastu minutach dreptania przysiadł ciężko na ławeczce. Rozejrzał się po ryneczku. Sklep z dywanami, spożywczak GS-u, wiecznie zamknięty sklepik z meblami, księgarenka, będąca też sklepem papierniczym i pasmanterią.

Westchnął, przypominając sobie młode lata. Dziesiątki sklepów, sklepików, warsztatów i warsztacików. Było gdzie podzelować buty albo zamówić nowe. Żydowscy handlarze potrafili w tydzień sprowadzić figi czy daktyle. Na rogu była cukiernia, w której po pracy flirtował z nauczycielką. Przypomniał sobie żydowskie dziewczęta o egzotycznej urodzie, wspomniał zapach świeżo pieczonego chleba z piekarni, smak śledzików prosto z beczki.

I mięso można było kupić bez żadnego problemu. I piwo było lepsze... I nie myślę tak, bo wtedy byłem młody!

Zagryzł wargi. Przypomniał sobie lato trzydziestego szóstego, gdy pojechał z państwem do Indii i Egiptu. Taki szmat drogi przebył, takie cuda widział. A teraz? Pojechać do bratanka do Szwecji nijak, paszport nie przysługuje. Wstał, wyprostował się, aż mu w krzyżu strzyknęło. I pomaszerował dalej. Odpoczynek, choć krótki, pozwolił odzyskać siły.

Wreszcie dotarł na pocztę. W pomieszczeniu po lewej do jedynego czynnego okienka kłębił się tłum petentów chcących zapłacić za prąd i inne świadczenia. W pokoju po prawej telefonistka, znudzona jak mops, dziergała sweter na szydełku. Za nią centrala migotała kolorowymi żaróweczkami. W kącie czerniała drewniana szafa – rozmównica telefoniczna. Słysząc człapanie klienta, dziewczyna poderwała się spłoszona.

– Chciałbym zamówić rozmowę międzynarodową – powiedział były kamerdyner. – Z Anglią.

– Normalna czy błyskawiczna?

– Błyskawiczna.

– To potrwa cztery do pięciu godzin – zaczęła telefonistka i urwała, widząc banknot pięciodolarowy leżący na brzegu lady. – No, jak dla pana, to będzie dwie... eee... półtorej godziny. – Uśmiechnęła się sympatycznie, chowając papierek do torebki. Sięgnęła po książkę rejestracji rozmów. – Poproszę pański dowód albo inny dokument ze zdjęciem.

– Nie wiem, czy na tej fotografii wyszedłem wystarczająco wyraźnie – powiedział przepraszającym tonem i położył na ladzie kolejny banknot.

– Myślę, że podobieństwo jest całkowicie wystarczające. – Kobieta schowała książkę i banknot.

– I gdyby mogła pani zgubić gdzieś słuchawki na te pięć minut, gdy będę rozmawiał... – Nie wiadomo jak i skąd na desce znalazł się jeszcze jeden.

– Oczywiście. A poza tym myślę, że pana tu nie ma, jakby kto pytał, to nigdy nie było. – Chuchnęła na trzeci papierek. – Proszę siąść i gazetę poczytać, a ja spróbuję nawiązać połączenie.

Jak się okazało, żeby przekazać wieści hrabiemu Pawłowi, wystarczyły trzy minuty i piętnaście sekund.

Rosół wracał do pałacu podekscytowany jak diabli. Wygrzebane „zabytki" zaniósł do łazienki, wypłukał z ziemi, wyszorował i wysuszył. Największy kłopot był z mundurami. Tkanina zgniła. Namoczył je w miednicy z odrobiną proszku, potem poukładał na szybach ze starych inspektów.

Jak wyschną, to je delikatnie napuszczę parafiną, pomyślał, i zobaczymy, co z tego wyjdzie.

Naszykował karty katalogowe. Sfotografował wszystkie fanty i poukładał je w jednym z pustych pokoi.

Czterdzieści dwa, policzył. Niby sporo, ale jak się rozłoży po gablotach, to jednak marnie. Kwadrans oglądania. Żelazne trzeba dać do konserwacji... W sumie można by zrobić makietę... Pośrodku sali, tak dwa na dwa metry, obozowisko partyzantów Kukuły, rozmarzył się. Tak w skali jeden do dziesięciu. Dzieciaki uwielbiają makiety. Trzeba by listewek, gipsu, farby... albo niech gmina da kasę, to się komuś zleci i tyle. I trochę fotokopii dokumentów. Oryginały są zbyt cenne, żeby je narażać.

Zapisał pomysły na kartce. Zaprojektował treść tabliczek, które w przyszłości umieści się na eksponatach... Powoli nadszedł wieczór.

Popracowaliśmy sobie dla dobra społeczeństwa, teraz pora popracować dla siebie, postanowił.

Przeszedł do dawnej biblioteki. Obejrzał ściany i dość szybko wypatrzył miejsce, w którym pod warstwą klejówki łatwo można było zauważyć tynk o zupełnie innej fakturze. Zapewne w tym miejscu pierwotnie stał regał, a za nim znajdowało się wejście do tajnego korytarza.

Stary powiedział: „graty"... – rozważał Rosół. Jeśli robili tu taką demolkę, mogli powrzucać w tę dziurę różne niepotrzebne rzeczy. Niepotrzebne wedle ich mniemania. Bibeloty czy zegary to raczej nie. Ale mniejsze mebelki? Intarsjowane szafki, toaletki, krzesła i tak dalej? Kilimy, kto wie, może nawet obrazy? Albo i książki, uświadomił sobie, przecież wylot jest w bibliotece... Tylko że po tylu latach w wilgoci to już chyba niewiele będą warte. Nic, zobaczymy.

Popukał w ścianę.

Ten cały Nepomucen bez przerwy kręci się po budynku. Jak tu wywalę dziurę, to zaraz się zorientuje... Oczywiście, jeśli mnie podkabluje, to wyjaśnię w gminie, że szukałem eksponatów. Ale po co ktokolwiek ma widzieć, że coś robiłem? To tajne przejście miało dwa końce. Skoro tu było wejście, to wyjście... Muzealnik spojrzał przez okno. Hm... zapewne w wodozbiorze!

Wyszedł na zewnątrz, z bagażnika syrenki wydobył torbę z narzędziami. Ruszył przez park. W oddali w oknie domku ogrodnika połyskiwało żółte światełko.

Stary robi sobie kolację, pomyślał Rosół. No i dobra.

Wodozbiór od dawna popadał w ruinę. Dach budynku zawalił się albo został rozebrany. Wewnątrz murów wzniesiono dziwaczną szopę, chyba na narzędzia, teraz pustą. Muzealnik zajrzał do środka. Na podłodze leżało tylko złamane stylisko od łopaty. Zatrzasnął drzwiczki, a one chrupnęły i zawisły smutno na jednym zawiasie. Rosół przypatrzył się podłodze pomieszczenia ułożonej z płyt piaskowca. Pomiędzy nimi ziały szpary szerokie na palec. Jeden z kamieni był nieco poszczerbiony i wydawał się nie przylegać do podłoża tak równo jak sąsiednie.

Pewnie w dawnych czasach były spasowane tak, że nie wzbudzały podejrzeń. Ale kilka razy otwierano przejście nie takimi narzędziami, co trzeba, i krawędź się wyłupała.

Miał w torbie łom, z szopy wydobył złamane drzewce łopaty. Kij wytoczony z grabowego drewna był jeszcze całkiem mocny. Rosół wbił go w szczelinę. Po kilku nieudanych próbach podważył. Płyta nie była lekka, ale nie była też przesadnie ciężka. Odwalił ją na bok. Przed sobą miał wlot szybu, metr pionowo w dół, a potem schodki w ciemność. Poświecił latarką. Z tunelu zionęło stęchlizną i wilgocią.

Wszedł po kilkudziesięciu stromych schodkach i stanął na dnie lochu. Światło słabej latarki wydobyło z mroku długi, półkoliście sklepiony tunel z cegieł. Dno było pokryte mułem, ale nigdzie nie stała woda. Muzealnik przypomniał sobie gadki miejscowych o duchach. Przełknął nerwowo ślinę.

Może lepiej przyjść tu z kimś? – pomyślał. We dwójkę raźniej i bezpieczniej... W razie jakiegoś zawału albo coś...

Spojrzał na sufit, ale ten jak na złość trzymał się mocno, jak wczoraj wymurowany. Żadnego pretekstu, by zrezygnować z wyprawy. Latarka świeciła mocno i jasno. Dno tunelu było stabilne. Ruszył przed siebie. Echo niosło tupot butów. Zdenerwował się, próbował stawiać stopy jak najdelikatniej, ale bez skutku. Buciory wybijały istne werble.

Przecież idąc po błocie, nie powinny w ogóle wydawać dźwięku! – zirytował się.

Przystanął. Przez chwilę słyszał jeszcze człapanie, a potem ucichło. Poczuł zimny pot na karku.

To tylko echo... – wziął się w garść. Wrócił z opóźnieniem dźwięk, który sam wywołałem. Taki efekt akustyczny. Ciekawy, ale to nic wielkiego.

Rosół obejrzał się, by ocenić, ile już przeszedł. Ale nie zobaczył żadnego poblasku dziennego światła. Promień latarki gubił się w mroku. Historyk ruszył dalej. Tunel zdawał się nie mieć końca. I nagle ukazała się ściana. W bok odchodził jeszcze węższy chodnik, zakończony schodkami.

Do biblioteki... W zasadzie to bardzo ciekawe i historyczne miejsce, uświadomił sobie. Tędy ludzie Kukuły... eee... to znaczy jacyś partyzanci weszli do pałacu, żeby zamordować esesmana terroryzującego całą okolicę.

Zaczął się wspinać po stopniach. Faktycznie, po chwili drogę zagrodził mu stos jakichś gratów. Rosół oświetlił je. Zniszczone półki regałowe, ozdobione zaśniedziałymi mosiężnymi tabliczkami: „jeografia", „historia" „dzieje sztuki".

To porozbijane regały biblioteczne, uświadomił sobie.

Zawał piętrzył mu się nad głową. Od dołu Rosół nie widział nic ciekawego. Gdy wchodził do lochu, oczyma wyobraźni rysował sobie książki, obrazy, wielki globus, jaki widział w bibliotece pałacu w Nieborowie... A tu figa. W dodatku nie było szans wspiąć się wyżej i poszukać ciekawych rzeczy na tej stercie. Czuł, że jeśli wyciągnie choćby jedną dechę, całe zwałowisko runie na niego jak lawina. Cofnął się pół kroku. Stos przedmiotów nad nim zatrzeszczał złowieszczo. Zszedł jeszcze dwa stopnie. Znów usłyszał niepokojące trzaski. Instynkt podpowiadał, żeby uciekać. Zarazem muzealnik czuł dziwną obawę przed ponowną wędrówką tunelem.

Gdybym zaczepił pasek o którąś z grubszych desek, potem szarpnął i rzucił się po schodach w dół, to wszystko runie, zadumał się. Wtedy przelezę jakoś i przebiję zamurowaną ścianę do biblioteki.

Stos zaskrzypiał, zupełnie jakby ktoś mocował się z nim od drugiej strony.

Nie, to bez sensu.

Rosół podreptał na dół i po chwili był już w tunelu. Szedł i szedł, nieoczekiwanie potknął się, zupełnie jakby ktoś podstawił mu nogę. Upadł, latarka gdzieś się potoczyła i zgasła.

– Cholera! – zaklął na głos.

– Umieraj – odpowiedziało echo.

Namacał w kieszeni pudełko zapałek. Zapalił jedną. Migotliwy płomyczek na chwilę rozjaśnił mrok. Cienie tańczyły niepokojąco i Rosół odniósł wrażenie, że z ciemności przyglądają mu się jakieś oczy... I nagle płomyk zgasł, zupełne jakby został zdmuchnięty.

– Przeciąg – uspokoił sam siebie, ale wiedział, że to nieprawda.

W lochu nie było przewiewu... Zapalił kolejną zapałkę i nim zgasła, spostrzegł w błocie srebrny błysk. Zaczął rozpaczliwie macać i wreszcie zacisnął palce na chłodnej blaszanej obudowie latarki. Odetchnął z ulgą. Prztyknął przełącznikiem. Bez skutku. Przez chwilę bał się, że od uderzenia zerwał się drucik w żaróweczce, ale na szczęście, gdy potrząsnął latarką, zabłysło jasne światło elektryczne. Odetchnął z ulgą. Otarł pot z czoła. Poświecił na spodnie. Jego ulubione jeansy – i to nie byle jakie z bazaru, tylko kupione w Peweksie – były tak strasznie ubabrane błotem, że miał ochotę się rozpłakać.

Mam za swoje, trzeba było włożyć gorszy łach.

Ruszył szybkim krokiem i po chwili... Znów stanął u wylotu tunelu ze schodkami. Gapił się na ścianę w ciężkim szoku.

Jak to możliwe?! – przeraził się. Aaa... Już wiem. Jak upadłem i wstałem, po prostu pomyliłem kierunki. Tak, to jedyne wytłumaczenie. Ciemno było, a to dezorientuje. Zamiast iść do ruin wodozbioru, wróciłem do pałacu.

Przez chwilę oddychał głęboko. I nagle zamarł. W ciemności coś dyszało... Wstrzymał oddech. I ucichło.

To tylko echo, odetchnął z ulgą i znów zamarł, słysząc dla odmiany głuche warczenie.

Zacisnął palce na łomie, nerwowo omiótł loch snopem światła. Nic podejrzanego nie wypatrzył. Dźwięk oddalał się, aż ucichł.

– Co to mogło być!? – szepnął.

– ...w rzyć – odszepnęło echo.

Wilk? W tak gęsto zaludnionej okolicy to raczej niemożliwe. Tu nie ma wilków. Zresztą czego niby dzikie zwierzę miałoby szukać w miejscu, gdzie śmierdzi człowiekiem? A może jakiś kundel? – rozważał. Bezpański pies?

– ...bies... – przedrzeźniło jego myśl echo.

– Trzeba stąd wyjść, do cholery – warknął. – Pojedynczy tunel bez rozgałęzień to nie jest labirynt.

– Labirynt! – roześmiało się coś w ciemności.

– Pojedynczy tunel, naprzód... Za pięć minut będę na zewnątrz.

– ...wewnątrz – upierało się echo.

Ruszył. Żaróweczka latarki pożółkła, chyba wyczerpywała się bateria. Cienie zdawały się zbliżać, czepiać nogawek. Z trudem zmuszał się, by nie zacząć biec. Wreszcie dotarł do schodków prowadzących do lamusa. Wszedł parę stopni i ujrzał nad sobą zawał z desek. Mimowolnie zawył dziko, a echo w tunelu zwielokrotniło to w jeden ponury ryk.

Zaraz jednak Rosół zmusił się do racjonalnego myślenia. Przecież schodki do biblioteki były na końcu poprzecznego tunelu. A tu są na wprost. Oświetlił deski, a potem naparł desperacko i odwalił je na bok. Światło i świeże powietrze na chwilę kompletnie go oszołomiły.

To tylko ta stara buda, uświadomił sobie. Gdy byłem w środku, zawaliła się i pogrzebała mnie w podziemiu. Ale dlaczego runęła akurat teraz?

Powlókł się do pałacu jak zbity pies.

Łomot do drzwi obudził Rosoła parę minut po ósmej. Pospiesznie wciągnął koszulę i bez spodni zbiegł na parter. Otworzył drzwi.

– Pan Rosół? – zapytał listonosz.

– To ja – bąknął zaspany muzealnik.

– Telegram zagraniczny do pana. Proszę pokazać dowód osobisty i pokwitować.

– Coś płacę?

– Opłacony z góry. Do widzenia.

Rosół ruszył do swojego pokoju, obracając w ręce zaklejony blankiet.

– Z Anglii? Kowalski? – Potrząsnął głową. – Nie znam żadnego Kowalskiego, i to jeszcze mieszkającego w Anglii!

Ale w rubryce „odbiorca” stało jak byk: Włodzimierz Rosół, pałac hrabiów Liszkowskich, Liszków.

Usiadł przy stoliku i otworzył telegram. Wewnątrz wklejono papierową taśmę – wydruk z dalekopisu. Telegram był długi jak maszerująca kolumna wojska.

Ja Bronisław Kowalski kapitan Armii Krajowej pseudonim Gryf stojąc w obliczu rychłej śmierci czynię wiado-

mym wszem wobec STOP Jedyną organizacją partyzancką na terenie Liszkowego dominium był oddział AK pod dowództwem porucznika Pawła Liszkowskiego pseudonim Liszka STOP Ja osobiście z racji wieku i przebytych chorób nie mogąc dowodzić w terenie pełniłem funkcję oficera łącznikowego między nim a komendą AK w Lublinie STOP Edward Kukuła był pospolitym złodziejem STOP Nie posiadał oddziału partyzanckiego STOP Nie był też komunistą STOP Został zlikwidowany przez oddział AK porucznika Pawła Liszkowskiego Komendanta Liszki w ramach operacji ochrony ludności miejscowej przed elementem bandyckim STOP Zwłoki kryminalisty przechwycił kapral/SS-Rottenführer nazwiskiem Jeschke podwładny Scharführera/sierżanta Hansa Nockerla STOP Ciało Kukuły przebrane w sowiecki mundur posłużyło Niemcom do sfabrykowania dowodów skutecznej likwidacji partyzantki sowieckiej STOP Podobnie inni ekshumowani jako rzekomi partyzanci sowieccy byli w rzeczywistości lokalnymi złodziejami i bandziorami poprzebieranymi post mortem w odpowiednie mundury STOP Wszyscy byli miejscowi STOP Należy pozyskać z grobu na rynku czaszki i po odtworzeniu rysów twarzy metodą Gierasimowa porównać odlewy gipsowe z fotografiami w gminnym archiwum ewidencji ludności STOP Archiwum oddziału Kukuły jest w całości falsyfikatem STOP Bezpośrednio po wkroczeniu wojsk sowieckich wykonałem je osobiście na maszynach do pisania marki Olimpia i Continental lub pisząc odręcznie około 270 sfałszowanych dokumentów STOP Miały zapewnić alibi partyzantom z AK legendując ich jako sympatyków komunizmu i ofiarnych współpracowników partyzantki sowieckiej STOP Zbiór podzielony na trzy części zakopany został w zawoskowanych słojach na Liszkowej Porębie w zabudowaniach Kukuły na Liszkowym Wygonie oraz w ruinach młyna nad rzeką Liszką STOP Łączę wyrazy poważania STOP Kapitan Gryf STOP

Muzealnik siedział długą chwilę jak rażony piorunem. Jeszcze wczoraj po południu przeglądali w sekretariacie Jaskólskiego papiery ze słoja. Raporty, informacje, nasłuchy radiowe... Wtedy czuł, że los się do niego uśmiechnął. Zdobył fantastyczny, unikatowy, bezcenny materiał źródłowy, w sam raz do napisania doktoratu. A teraz...

– O nie! – syknął. – O nie!!!

Wizja kariery naukowej rozprysła się na kawałki.

Jak to się rypnie, mogą mi zakwestionować zdobyty tytuł! – przeraził się. Przecież wychodzi na to, że moja praca magisterska jest stekiem bzdur. Nieistniejący oddział, nieistniejący partyzanci. Akcje bojowe zmyślone lub dokonane przez kogoś zupełnie innego.

Poczuł, jak włosy stają mu dęba. Co gorsza, zrozumiał teraz aluzje i niedopowiedzenia, jakimi raczyli go miejscowi. Zagryzł w rozpaczy zęby i naraz uśmiechnął się krzywo. Przeczytał ponownie początek złowieszczego telegramu. Potem nalał sobie do kubka na ołówki wódki i pociągnął długi, drażniący łyk. I od razu rozjaśniło mu się w głowie.

„Stojąc w obliczu rychłej śmierci"... – rozważał. Znaczy się to jakiś stary pryk. Albo chory. Niebawem kojfnie i już nikomu niczego nie chlapnie. Problemem może być ten cały hrabia Liszkowski, dziedzic i tak dalej, ale on tu raczej nigdy nie przyjedzie, niech sobie siedzi na swojej emigracji. A ja...

Raz jeszcze przeczytał list słowo po słowie.

– A właśnie że będzie doktorat! – syknął przez zęby. – Będzie świetny doktorat, książka popularnonaukowa, fura artykułów w czasopismach, może i nagroda ministerialna! I ty mi w tym, dziadygo, sam dopomogłeś!

Telegram byłego nauczyciela cisnął do kosza na śmieci. Wyszedł na taras. Po prawej widział dachy Liszkowa. Na wprost były łąki i rzeczka, a po jej drugiej stronie las. Nad rzeczką była nawet kładka. Ruiny młyna widział stąd jak na dłoni.

Chodzi o ten młyn? – zadumał się.

Przekopywał wnętrze głównego pomieszczenia przez cztery godziny. W glebie były różności. Kapsle, puszki po konserwach, resztki metalowego łóżka, pordzewiałe pułapki na szczury... Znalazł nawet przedwojenną pięciozłotówkę z głową kobiety. Prawie tracił już nadzieję, gdy pod szpadlem zazgrzytało szkło. Obkopał ostrożnie znalezisko i po chwili wydobył słój identyczny jak z poprzedniego dnia. W pierwszej chwili chciał go zanieść do gminy, ale zrezygnował z zamiaru.

Cholera wie, co jest w tych papierach, pomyślał. Stary pryk mógł coś zdrowo namieszać, a nawet zdradzić całą mistyfikację! Najpierw to przejrzę na spokojnie.

Do pałacu dotarł wczesnym przedpołudniem. Wziął prysznic, rozłożył papiery na stole. Na dnie słoja była pieczątka, którą Gryf sygnował wyprodukowane „dokumenty".

– Ładnie będzie wyglądała w gablotce – mruknął zadowolony. – Oryginalna pieczęć towarzysza Kukuły!

Przeglądał lipne archiwum z pewnym podziwem. Przygotowane zostało bardzo profesjonalnie. Na szczęście nie znalazł nic „trefnego". Gdyby tak jeszcze zdołał zapomnieć o feralnym telegramie...

Szkoda, dumał. Wielka szkoda, że to pic na wodę. Z drugiej strony czym właściwie jest ta cała historia? To tylko garść legend, które zanotowano i w ten sposób stały się faktami. Za sto lat, gdy wymrą świadkowie, istnienie oddziału towarzysza Kukuły będzie równie dobrze udokumentowane, co dzieje wojen napoleońskich. W zasadzie moim obowiązkiem wobec przyszłych pokoleń jest przekucie tej mitologii w prawdę historyczną. Dla ludzi, dla społeczeństwa, dla dobra ojczyzny... Żeby krzewić bohaterskie postawy, żeby młodzi mieli wzór do naśladowania i źródło inspiracji.

Skończył pracę i popatrzył na stos pożółkłych papierów. W pierwszym odruchu chciał je od razu zanieść do urzędu i dołączyć do pozostałych, ale po chwili namysłu wzruszył ramionami.

Nie ma co się spieszyć, postanowił. Odpisy sobie najpierw zrobię. Dzień lub dwa zwłoki są bez znaczenia. U mnie przecież nie zginą.

Przekartkował plik raz jeszcze. Odłożył i zatarł z radości ręce. Doktorat będzie. Albo i habilitacja... Tylko ta cholerna poczta. Właściwie jak działa cały ten system telegraficzny? A jeśli gromadzą kopie wszystkich wiadomości przychodzących dalekopisem? To by groziło dekonspiracją...

E, pewnie wpinają to w jakieś skoroszyty, a po pięciu latach likwidują i pakują do pieca, uspokoił sam siebie. Zresztą czy można wierzyć jakiemuś tam emigrantowi? A jakby kto pytał, znalazłem to na strychu pałacu. I nic nie wiem o żadnym młynie!

Z zadumy wyrwał go dźwięk klaksonu gdzieś na dziedzińcu. Rosół zbiegł na parter i otworzył drzwi. Przed pałacem parkował żuk. Kierowca wysiadł i ćmił sobie papieroska.

– Gablotki przywiozłem – zameldował. – Do tego, znaczy się, muzeumu, co tu robią.

– A, to proszę pownosić.

– Coś pan, przywieźć kazali, to przywiozłem. Mi tam za wnoszenie nadgodzin nie płacą. – Kierowca spojrzał wyczekująco, ale widząc, że Rosół nie kwapi się, by dorzucić parę stówek ekstra, otworzył pakę i ostentacyjnie patrząc na zdobienia obok okien, nadal ciumkał peta.

Muzealnik, klnąc w żywy kamień, pościągał wszystkie kartony, pokwitował i sapiąc z wysiłku jak parowóz, pownosił ładunek do pałacu. Tam ładne kilka godzin składał wszystko do kupy. Gdy skończył, musiał przyznać, że efekt jest niezły. Przyniósł fanty oraz plik karteczek z podpisami, rozłożył po gablotach. Zagryzł wargi. Nieliczne pamiątki zagubiły się w przestrzeni. Mundury partyzantów po wysuszeniu wyglądały fatalnie, ale za to niezwykle autentycznie.

Trzeba będzie je chyba wsadzić między dwie szklane tafle, bo inaczej nie da się ich eksponować, tkanina jest zbyt słaba, pomyślał. Trzeba będzie też napisać do jakiejś dużej jednostki wojskowej. Gdyby udostępnili nam kilka przewierconych karabinów, pepeszy, temu podobnych zbędnych już wojskowych gratów...

Szczęknęły drzwi wejściowe i w progu pojawił się stary kamerdyner. W dłoni trzymał paczkę herbaty, na ramieniu powiesił wypchaną czymś siatę na zakupy, a z kieszeni marynarki wystawała szyjka butelki, zatkanej zwitkiem papieru gazetowego.

– Fiu, fiu! A to się pan nieźle przyłożył – pochwalił. – Będzie muzeum jak ta lala. Ano właśnie, jak pana nie było, zaszła babina i eksponat przyniosła. Nie chce pieniędzy, ale prosiła, żeby pan wypisał ładny dyplom uznania z podziękowaniami za przekazanie.

– Oczywiście!

– Mam tu jej imię i nazwisko zapisane.

– A co przyniosła? – zaciekawił się Rosół.

– Pamiątkę po tym waszym Kukule. Autentyczną... A ło! – Nepomucen wydobył z siatki dziwaczny ceratowy worek z doszytymi hakami i kawałkiem paska.

– Do czego to niby służyło? – zadumał się muzealnik. – Zaraz... Przecież widziałem identyczne w muzeum etnograficznym. To taka torba, w której Cyganie noszą pod płaszczem kradzione kury!

– A bo ja wiem, do czego to? Znalazła, jak chatę Kukuły na Liszkowym Wygonie rozbierali. Skoro to taki bohater, to przecież kur nie kradł. Może nosił w środku coś innego? Zające upolowane dla oddziału, prowiant, albo i granaty – uśmiechnął się krzywo kamerdyner.

– Torba na amunicję towarzysza Kukuły... To może być ciekawy element ekspozycji.

Przeszli do kuchni. Stary zaparzył herbaty i postawił na stół butelkę.

– O nie, dziś ja stawiam – zaprotestował Rosół, wyciągając flaszkę armeńskiego koniaku i pęto kiełbasy.

– Głupi odmawia, gdy niegłupi stawia – mruknął stary. – Ale co szkodzi napić się jednego i drugiego? Zwłaszcza że już po robocie.

Nalali sobie po stakanie, stuknęli się nad stołem, wypili. Świat od razu wydał się lepszy i bardziej kolorowy.

– He, he... Powiem panu coś, ale nie do publikacji. Babka tego całego Kukuły... – Kamerdyner wydął pogardliwie wargi. – Ta babka pracowała w pałacu. No i miała córkę, z małżeństwa ze stajennym. Strasznie głupi to był dzieciak, zresztą cała rodzinka inteligencją nie grzeszyła. Ta córka miała tak z piętnaście lat, jak ją zaczęliśmy przyuczać do roboty. Wie pan, dzieciak niby, ale już nadawała się do prostych czynności. Przynieś, podaj, pozamiataj... A Liszkowscy coś tam nawet za to płacili. No i pewnego dnia ta mała wlazła sobie do windy. Przejechać się gówniara chciała. Pan z miasta, to nie rozumie. Dla nas coś takiego jak winda to był wtedy cud techniki.

– Wlazła do windy? Tu nie ma windy!

– To była mała winda, towarowa, z piwnicy do salonu. Żeby ze wszystkim po schodach nie ganiać. Na korbę chodziła, bo silnik dopiero tuż przed wojną założyli. W każdym razie wcisnęła się jakoś do środka i w drogę. No i utknęła, że się tak wyrażę, między piętrami. To ja ją uratowałem. Jak wyciągnąłem windę rękami za łańcuch, dziewczyna już całkiem sina była, bo w szybie powietrza niewiele. Zatem gdyby nie ja, toby tego całego Kukuły na świecie nie było! Orderu, niestety, za to nie dadzą.

Nepomucen roześmiał się, dopił herbatę i polał kolejkę.

– Tak, Liszkowscy... Mieli klasę... – Uśmiechnął się do swoich wspomnień. – Hrabia Paweł nie raz zaproszenia przysyłał, żebym go w Anglii odwiedził. Tylko gady paszportu dać nie chcą. Mówią, że skazanym nie przysługuje. A przecież za Stalina mnie posadzili, w okresie błędów i wypaczeń! – rozżalił się. – Występowałem o rehabilitację. Ale się dowiedziałem, że skoro siedziałem za przestępstwa walutowe, to nie przysługuje. A te dolary nawet prawdziwe nie były! I nie handlowałem nimi, w puszce sobie leżały.

– Hmm... – zadumał się Rosół. – Jak to było za Stalina, to niech się pan nie kłopocze rehabilitacją, tylko wystąpi o zatarcie wyroku. Ćwierć wieku minęło. Jak się przez dwadzieścia pięć lat niczego nie zmalowało, to można, że się tak wyrażę, uzyskać czyste konto.

– A na to nie wpadłem.

– Pomogę panu wniosek napisać – zaproponował muzealnik.

A w duchu zatarł ręce.

Muszę tu posiedzieć jeszcze z pół roku, albo i lepiej. Niech sobie dziadek spada do tej Anglii, nie będzie mnie szpiegował, to pobuszuję na spokojnie, pomyślał.

W drugiej flaszeczce była nalewka jeżynowa. Mocna jak diabli, na spirytusie, ale dobre kilka lat przegryzała się, stojąc w piwniczce domku ogrodnika. Spływała gardłem gładko jak woda.

Wreszcie butelka pokazała dno. Staruszek pożegnał się i poczłapał do siebie. Rosół długą chwilę siedział przy stole, by nie spłoszyć myśli, która dobijała mu się do głowy.

Zaraz, zaraz. Co ten stary pryk opowiedział? Winda towarowa z salonu do piwnicy? Szyb...

Przecież tam nie ma żadnej windy. Piwniczka jest mała. Stary coś pomylił? Niemożliwe... Tacy jak on zapominają, co było wczoraj, ale świetnie pamiętają, co się zdarzyło siedemdziesiąt lat temu... Była winda, a teraz jej nie ma. A jeśli... Jeśli hrabiowie przed wyjazdem napchali do środka swoich skarbów, a potem zamurowali szyb od góry i od dołu?

Otworzył drzwi na korytarz.

– Panie Nepomucenie – zawołał kontrolnie.

Ale odpowiedziała mu cisza. Wbiegł na piętro i z okna dawnej biblioteki spostrzegł staruszka, jak powłócząc nogami, drepta do siebie.

Skrytka. Wiedziałem, że tu musi być coś takiego... – triumfował. Liszkowscy głupi nie byli. Uciekli przed wojną. Ale przecież nie zostawiliby swoich skarbów na zatracenie!

Rosół przeszedł do salonu, rozejrzał się. W czasach PGR-u ściany pomalowano do wysokości dwu metrów i szpeciły je olejne lamperie w burobrązowym kolorze. Muzealnik zaczął opukiwać mur. Miejscami słyszał bardziej głuchy dźwięk, ale to tylko tynki odspoiły się od cegieł.

Na jakiej wysokości mogła być klapa lub drzwiczki kryjące wlot do szybu windy? Pół metra od podłogi? Metr? Ściany salonu były grube, pamiętały siedemnaste stulecie, mogło się w nich kryć cokolwiek.

Poszedł do auta i wrócił z wykrywaczem metali. Jeździł po ścianach metr po metrze i nagle głośnik zawył, a wskazóweczka wychyliła się do końca skali. „Obwąchał" cewką ścianę.

Tu pod tynkiem jest duża metalowa klapa, a ten mocny sygnał powyżej to pewnie silnik... – wydedukował. Kłopot w tym, że jak wypiernniczę tu dziurę w ścianie, każdy to zauważy. Nie da się wyrąbać jej nocą, zamurować i zamalować, bo nie mam farby tego koloru, zresztą od razu byłoby widać, że coś tu grzebano.

– A może od piwnicy? – zapytał na głos.

– ...w kostnicy – odszepnęło echo.

Odszukał w sieni pod schodami klapę. Po jej uniesieniu z wnętrza doleciała woń stęchlizny. Rosół przekręcił ebonitowy przycisk i w środku zabłysło światło. Zszedł na dół. Pod ścianami stały regały na butelki i stojaki po beczkach. Przez chwilę miał nadzieję, że znajdzie jakąś zapomnianą flaszeczkę, ale Niemcy i Ruscy wyczyścili piwniczkę dokładnie.

– To tutaj – mruknął, patrząc na ciężki regał stojący pod ścianą. Sapiąc z wysiłku, odsunął go od muru.

Ściana jak ściana, zauważył. Tylko dlaczego pokryta tynkiem? Pozostałe nie są otynkowane...

Serce uderzyło mu mocniej. Zaczął opukiwać mur kłykciami. Nic to nie dało.

Zapewne zamurowali okienko windy na jedną cegłę, może na dwie... – rozważał. Trzeba skuć tę zaprawę i poszukać miejsca, gdzie nie zgadza się wątek cegieł. Zresztą chyba da się też na skróty.

Uruchomił wykrywacz. I niebawem znalazł miejsce, gdzie w głębi ściany krył się metal. Zaznaczał ołówkiem na tynku. Szybko wyrysował prostokąt. Drzwiczki, a może klapa? Z auta przyniósł młotek geologiczny i wybijak. Ściana nie poddawała się łatwo. Skuł tynk, odsłaniając mur. Cegły dobrano identycznie, wpasowano je tak, że jedynie odrobinę odmienny kolor zaprawy zdradzał miejsce, gdzie zamurowano skrytkę.

– O wy cwane sukinsyny – warknął z uznaniem.

Spoina była twarda – kuł i kuł, wreszcie obluzował pierwszą cegłę. Wyrwał ją z muru. Pod spodem była kolejna. Znów kuł i kuł. Ktokolwiek przygotował skrytkę, włożył w to bardzo dużo wysiłku.

Wreszcie udało się wybić otwór. Pod drugą warstwą zobaczył blachę. Przez te trzydzieści kilka lat na lakierze tu i ówdzie pojawiły się purchle i plamki rdzy.

Tak nie przebiję, pomyślał ze złością i zaczął kuć wokoło, by odsłonić krawędzie.

Służąca i obie hrabianki zasiadły wokół stołu w kuchni domku ogrodnika. Popatrzyły po sobie.

– Trzeba zaplanować kolejną porcję manifestacji sił nadprzyrodzonych, bo to, co nawywijałyśmy do tej pory, nijak nie działa – zaczęła Marcelina.

– Zasadniczo popieram – mruknęła leniwie Lukrecja. – Może pozamieniamy mu eksponaty w gablotach? Albo chociaż podpisy? Ewentualnie można coś powywracać i porozbijać.

– Moja droga kuzynko, przypominam, że jesteśmy dusze pokutujące, najwyższy możliwy sort duchów błąkających się po ziemi. Nie zniżajmy się do poziomu jakichś poltergeistów. – Kornelia wywinęła wargi. – Trzeba wymyślić coś skutecznego, błyskotliwego, a przy tym eleganckiego i z klasą.

– Chleje jak świnia, może zamienimy zawartość butelek... – zaczęła służąca.

– Powiedziałam: z klasą!

W tym momencie ktoś zapukał do drzwi, a potem przeniknął przez nie jak dym.

– Dzień dobry, dziewczęta – ukłonił się nieznajomy.

Dygnęły ładnie i spojrzały zaciekawione. Nieczęsto ktoś je odwiedzał.

– Czy myśmy się kiedyś już nie spotkali? – Marcelina zmarszczyła czoło. – Znaczy za pańskiego życia.

– Owszem, miałem przyjemność brać udział w likwidacji esesmana Wursta. Kapitan Gryf – przedstawił się.

– A... to pan we mnie nie wierzył! – prychnęła służąca.

– Przepraszam.

– Boś się za mocno zmaterializowała i wyglądałaś jak żywa. – Lukrecja spojrzała na przyrodnią siostrę z wyższością.

– A co, nie wolno? A może lubię wyglądać po ludzku? – odcięła się mała.

– Przestańcie się żreć – ochrzaniła je Kornelia. – Gość przyszedł, a wy nawet nie zapytacie, co go tu sprowadza. Ty niby taka „ą" i „ę", arbiterka elegantiarum – obsztorcowała kuzynkę. – A ty to zawsze miałaś siano we łbie – huknęła na służącą. – Przepraszam pana, kapitanie, sam pan widzi, są takie baby, którym nawet tragiczna śmierć nie wyprostuje charakteru.

– Zatem czym możemy służyć? – Lukrecja przybrała godną postawę i przechyliła pytająco głowę.

– Anioł Epifaniusz mnie tu skierował. Wprawdzie sprawy żywych i sprawy umarłych nie powinny się mieszać, a czego nie załatwiliśmy na ziemi, z reguły ma już pozostać niezałatwione, ale coś się jego świetlistości nie spodobał pan muzealnik. W każdym razie załatwiono mi przepustkę, żebym dokonał z waszą pomocą jakiejś korekty. Mam trzy dni, żeby załatwić te sprawy, a potem wracam do normalnego czyśćca. Na siedemdziesiąt lat.

– Spory wyrok. Obmacywało się uczennice? – zainteresowała się Lukrecja.

– No co też pani – zirytował się. – To była męska szkoła. Do chłopców też się nie dobierałem! – zastrzegł, widząc trzy rozbawione spojrzenia.

– Czyli wlepili odsiadkę w czyśćcu tak jak nam, praktycznie za niewinność? – zadumała się Kornelia.

– Że za niewinność, tego bym nie powiedział. Sądy po tej stronie są surowsze niż ziemskie, ale sprawiedliwe. Dowalili mi za zawyżanie ocen co głupszym uczniom i przeciągnie za uszy beztalenci – wyznał. – Oczywiście, gdy naciągałem, myślałem, że to w sumie dobry uczynek, ale pokazano mi, co nawywijali ci moi maturzyści. Gdybym wiedział, do czego doprowadzi ta ich matura, toby skończyli, układając bruk uliczny!

Drzwi sypialni skrzypnęły i w progu stanął stary sługa. Marcysia pstryknęła palcami i cała czwórka siedząca przy stole stała się widoczna. Stary spojrzał na duchy bez szczególnego strachu, choć nie uszło ich uwadze, że uszczypnął się, a potem przeżegnał dyskretnie.

– O, to i pan kapitan też nie żyje? – zdziwił się. – To już, że się tak wyrażę, z mojej półki wybierają.

– A tak, od wczoraj dopiero. Witam pana – bąknął nauczyciel, nieco speszony. – Nie wie pan czasem, czy dotarł mój telegram?

– Dotarł, ale ten czerwony ćwok wywalił go do śmieci. Wydobyłem z kosza i na pamiątkę schowałem. Może się jeszcze przyda.

– A to lipne „archiwum"?

– Wykopał, a jakże, bada – wyjaśniła Marcysia. – Odczytałam jego myśli. Właśnie kombinuje, jak tu na jego podstawie doktorat napisać. Oczywiście wszystkie dokumenty będą uchodzić za autentyczne.

– Co za menda! – Gryf złapał się za głowę. – A lipna pieczęć? Zniszczył?

– Przeciwnie, widziałem ją, leży w gablocie jako cenny autentyk – westchnął Nepomucen. – Czy to narada jakaś? I skoro u mnie w domu, to znaczy, że i ja jestem zaproszony?

Cała czwórka skinęła głowami. Kamerdyner dostawił sobie krzesło i usiadł przy stole.

– Herbaty, a może coś mocniejszego? – zaproponował odruchowo. – Mam w szopie klatkę z królikami. W „Odysei" jest taki kawałek... Gdy Odyseusz chciał pogadać z nieżyjącym wróżbitą Terezjaszem, popłynął na wyspę w krainie Kimeryjczyków, tam wylał krew zwierząt ofiarnych...

Wymówili się grzecznie.

– Zaszliśmy do pana, bo potrzebujemy pomocy. Zawsze był pan bardzo mądrym i przewidującym człowiekiem – zaczęła Marcysia.

– Jakbym był mądry i przewidujący, tobym prysnął na Zachód przy pierwszej okazji, a nie pilnował pałacu – mruknął stary. – No dobra, pokazaliście się, i to, że się tak wyrażę, całą drużyną. Ale... to jeszcze chyba nie jest mój czas?

– Nic nam o tym nie wiadomo – odezwała się Lukrecja.

Gryf tylko pokręcił przecząco głową.

– Zatem czego trzeba tym razem?

– Donosik musimy napisać – wyjaśniła Lukrecja. – A w zasadzie to napisać i wysłać. Pieniędzy nie mamy, znaczka nie kupimy, a i przybory piśmiennicze w ręce utrzymać to dla nas spory problem, gdyż...

– Rozumiem – uciął Nepomucen. – A na kogo konkretnie napiszemy? – Zazezował w stronę pałacu.

Skinęli głowami.

– Mnie też się ten typek nie podoba – przyznał. – Z drugiej strony muzeum to nie jest taka głupia rzecz, zwłaszcza na tle innych pomysłów zagospodarowania waszego domu.

– Dobrał się do skrytki, tej w szybie windy – powiedziała Kornelia.

– O mój Boże! – szepnął stary.

– Co więcej, ten złodziejaszek nie planuje znalezionych kosztowności ani zabytków umieścić na ekspozycji – dodała Lukrecja. – Ja też czytałam jego myśli, chce zabrać to do Warszawy i sprzedać. Zatem najpierw trzeba zepsuć auto, żeby ten buc nie mógł odjechać.

– Świece mam wykręcić?

– Pracowałem po wojnie w Anglii jako mechanik w warsztacie samochodowym – wtrącił się Gryf. – Wyjaśnię, co uszkodzić, żeby przez wiele godzin bezskutecznie szukał przyczyn awarii.

– A w międzyczasie poszczujemy go milicją – zatarła ręce Kornelia.

– Jasne. Co mam napisać?

– Drogi Nepomucenie – uśmiechnęła się Marcysia – myślę, że można by to ująć następująco...

– Pora na moją wypłatę – szepnął Rosół.

Wykuł wszystkie cegły, odsłaniając całą pordzewiałą klapę. Była zapięta skorodowaną przedwojenną kłódką. Muzealnik wydobył z torby piłkę do metalu. Kabłąk okazał się jednak zaskakująco twardy, ząbki ślizgały się po powierzchni.

– Diabli nadali, hartowana stal – mruknął muzealnik zirytowany.

Zabrał się dla odmiany do skobla. Żelazo powoli ustąpiło. Podważył łomem. Zawiasy zaskrzypiały rozdzierająco i ustąpiły. W szybie było sucho i pusto. Poświecił do góry. Klatka stała między piętrami. Bez większego przekonania wcisnął guzik na ebonitowym panelu. Z góry dobiegł odgłos jakiegoś rzężenia, najwidoczniej cała instalacja nadal była pod prądem, ale silnik, nieużywany od niemal czterdziestu lat, nie chciał ruszyć.

Trzeba by to ręcznie jakoś ściągnąć, pomyślał.

Oświetlił szyb. Na tylnej ścianie biegł podwójny łańcuch, jakby rowerowy, tylko grubszy. Obiegał koło zębate. Rosół owinął dłoń kawałkiem szmaty, wpełzł do połowy do szybu i pociągnął ostrożnie. Winda bez ostrzeżenia runęła w dół. W ostatniej chwili muzealnik szarpnął się w tył, unikając zmiażdżenia.

– O, do diabła! – syknął.

– ...do diabła – zgodziło się echo.

Klatka gładko wyhamowała dwadzieścia centymetrów nad dnem. Była wypakowana starymi skórzanymi walizami i kartonowymi pudłami.

★

Sierżant Nowak siedział wygodnie rozparty na krześle, nogi oparł „po amerykańsku" na blacie biurka.

– Co o tym sądzicie? – Komendant końcem linijki dotknął koperty.

– No, to co zwykle sądzę – odparł młody milicjant. – Adres napisany jest drukowanymi literami, nadawcy brak. Ani chybi donos. Rano przyszło?

– Taa... Że donos, to nie ma dwóch zdań. Coś podobnego! Trzy lata nikt nam takiego nie przysłał. – Dowódca pokręcił głową ze zdumieniem. – Nie przypuszczałem, że ten stary umie coś takiego naskrobać.

– Stary?

– Były kamerdyner z pałacu, ten cały Nepomucen.

– Skąd pan wie, że to on? – zdziwił się młody.

– To elementarne, mój drogi Watsonie. Popatrz, koperta nie biała, ale barwy kości słoniowej. Papier nie byle gówno z makulatury, jak u nas w papierniczym, tylko od razu widać, że grubszy, gładszy i ze znakiem wodnym. Jak się pod światło spojrzy, herb widać. I to nie jakiś tam herb, ale z robalami, znaczy się Trzy Liszki, ten sam co na frontonie pałacu. Hrabiowska papeteria, przedwojenna. Idę o zakład, że dziadek coś tam sobie z dawnych czasów zachomikował. W dodatku pisane piórem wiecznym, a nie długopisem. Litery niby to drukowane, ale spójrz, jaka kaligrafia. Przedwojenna, i nie mam tu na myśli drugiej światowej.

– Szefie, jest pan geniuszem.

– Wiem... Posłuchaj, przeczytam ci, co też za interes ma do nas ten przeżytek poprzednich epok.

– Musiało go zdrowo przypilić, skoro zwraca się do organów ścigania socjalistycznej Polski.

– A żebyś wiedział.

Uważam za swój społeczny i obywatelski obowiązek poinformować, że obywatel Włodzimierz Rosół, zatrudniony przez władze gminy celem organizacji muzeum, dokonał nielegalnych poszukiwań, w wyniku których pozyskał trzecią część partyzanckiego archiwum legendarnego lejtnanta Edwarda Kukuły. Znaleziska tego nie zgłosił odpowiednim służbom, ale ukrył w bagażniku swojego auta celem wywiezienia go z gminy i przekazania do muzeum w Lublinie albo co gorsza, w Warszawie.

Pragnąc, aby bezcenne dokumenty dotyczące naszej bohaterskiej przeszłości pozostały na terenie ziemi liszkowskiej, stanowczo proszę o interwencję i podjęcie niezbędnych działań, a w miarę możliwości także zastosowanie pozaregulaminowych metod dyscyplinowania elementu przestępczego.

– Że niby co!? – Młody z niedowierzaniem potrząsnął głową. – Przecież przy panu wykopał tamten słój... Aaa... Tamto była druga część, a potem samodzielnie odnalazł trzecią, zapewne najcenniejszą! I schował pod sukno. To sukinsyn!

– Taaa...

– Jedziemy po niego!

– Tak. Jedno mi tylko w tej sprawie śmierdzi – bąknął komendant.

– To znaczy?

– Ten dziadek kamerdyner nijak nie wygląda mi na entuzjastę ani obecnego ustroju, ani samego towarzysza Kukuły. Myślę, że stary koniunkturalista chce sobie u nas zapunktować, żeby dostać paszport i drapnąć do swojego pana, który siedzi w Anglii. A o! – Pokazał figę. – Tyle będzie miał, nie paszport. Ano nic, młody, pojechać sprawdzić trzeba, a co dalej, zobaczymy na miejscu.

Nie minął kwadrans, jak milicyjna warszawa mknęła w stronę pałacu, podskakując na wybojach.

– Słyszysz te jęki resorów, młody? – zapytał komendant. – To stal szepcze nam, z czego powinny być nasze jaja!

– Ku chwale Ojczyzny!

– Wychodzi na to, że koleś, po którego jedziemy, to jakiś lepszy cwaniak. Cholera wie, co może być w tych dokumentach. Z jakiegoś powodu ukrył informację o znalezisku. Może znalazł na przykład dane szkalujące obecne władze gminy?

– To brzmi poważnie – zasępił się starszy szeregowiec.

– Oj, nie powiem, kilka haków na gminnego sekretarza bardzo by się przydało. Tak czy inaczej, będziemy musieli działać szybko i zdecydowanie. Kto wie, kim naprawdę jest ten człowiek, skąd i po co tu przybył...

– Myśli pan, szefie, że to może być szpieg? – Twarz podkomendnego stężała.

– Oj, tobyśmy zapunktowali. Za szpiega murowany awans dla mnie, a może też i dla ciebie... Ale to, niestety, raczej mało prawdopodobne, choć wykluczyć tego nie możemy. Oglądałeś może „Kobry”?

– No, zdarzało się – kiwnął głową młody.

– A w zeszłym tygodniu? Był taki film o imperialistycznych amerykańskich gliniarzach...

– Oj tak. – Młody uśmiechnął się, a oczy zrobiły mu się lekko maślane.

– Zapewne pamiętasz, jakie mają metody przesłuchań. Najpierw z zatrzymanym gada zły glina, a potem przychodzi dobry. W zaufaniu mogę wam powiedzieć, że identyczną technikę stosowały po wojnie organa bezpieczeństwa państwowego. A dziś zastosujemy ją my.

– Ku chwale Ojczyzny!

Syrenka Rosoła stała przy podjeździe. Rozłożony na żwirze koc i skrzynka z narzędziami świadczyły, że właściciel usiłował coś naprawić. Muzealnik musiał usłyszeć, że ktoś podjeżdża, bo wyszedł z pałacu. Na widok milicjantów uśmiechnął się szeroko.

– Witam w skromnych progach naszego muzeum – zagaił. – Na razie to dopiero przymiarki do ekspozycji, ale zapraszam do obejrzenia.

– My tu służbowo – zgasił go Nowak.

– Służbowo? – Rosół pobladł.

– No cóż, obywatelu – westchnął komendant bardzo ciężko. – Zgrzeszyliście przeciwko muzeum, które sami zakładaliście, i przeciw pamięci towarzysza Kukuły w szczególności.

– Że niby co!? – zdumiał się muzealnik.

Młody poskrobał się po głowie. Szef miał zagrać złego glinę, ale zaczął coś łagodnie... Czyli co? Gadać jeszcze łagodniej, czy może zmiana planów i to on ma być tym złym gliną?

– Nie bardzo rozumiem, o co chodzi – zaczął Rosół.

– Otwieraj bagażnik syrenki, gnido! – ryknął młody, wyciągając tetetkę z kabury.

W jednej chwili twarz podejrzanego zzieleniała. Drżącymi palcami wsunął kluczyk w zamek i przekręcił.

Przez chwilę jakby się zawahał, a potem na jego twarzy odmalował się wyraz udręki. Uniósł klapę.

Obaj milicjanci zamarli. Spodziewali się zobaczyć szklany słój z pożółkłymi papierami, a tymczasem z niedowierzaniem gapili się na kilkadziesiąt bibelotów upchniętych w ciasnym wnętrzu. Zegary, platery, porcelana, część już owinięta do transportu w płachty „Trybuny Ludu", część jeszcze rzucona luzem, pokryta starym kurzem. Paradne szable zdobione turkusami, zdobyte pod Wiedniem, sąsiadowały z myśliwskimi strzelbami najlepszych warszawskich rusznikarzy.

– Nie tego szukamy. Gadaj, gdzie jest trzecia część archiwum towarzysza Kukuły! – warknął komendant.

– Yyy... A, to o to się rozchodzi... U mnie w gabinecie. Zaraz wszystko przyniosę. Za minutkę będzie.

Zostawił milicjantów przy samochodzie, wbiegł do pałacu, ale zamiast na piętro pognał do salonu, przez drzwi ogrodowe, wydostał się na taras, stoczył po skarpie i puścił pędem przez łąki. Nim dwaj dzielni stróże prawa zaczęli się zastanawiać, czemu tak długo nie wraca, był już w połowie drogi do sąsiedniej gminy.

Plener

Liszków, 1985

Wiosna zapowiadała się ciepła. Pachniało mokrą ziemią, zbutwiałymi liśćmi leżącymi tu od jesieni oraz budzącym się życiem. Na drzewach pojawiły się pączki i pierwsze drobne listki.

Lecz nie tylko liście leżały pod drzewami. Tu i ówdzie wiosenne słoneczko odbijało się w szkle porzuconych flaszek lub w sreberkach z paczek po papierosach. Na trawnikach obok przebiśniegów bielały kawałki papieru śniadaniowego, pety, skrawki papieru toaletowego i dziesiątki innych śmieci. Na jednym z krzaków wisiały nawet kobiece majtki. Opuszczony park przyciągał amatorów pikników spędzanych na koedukacyjnej konsumpcji niedrogich trunków i prowadzeniu nieskomplikowanych rozmów.

Wysłużona nyska zatrzymała się przed drzwiami pałacu. Kierowca wysiadł i z westchnieniem ulgi rozprostował plecy. Rozejrzał się, ale nie dostrzegł nigdzie zaparkowanego fiata. Poczuł delikatne ukłucie niepokoju. Podszedł do drzwi i nacisnął klamkę. Były zamknięte na głucho. Przez chwilę łomotał pięściami, ale drzwi nie zrobiły się od tego ani trochę mniej zamknięte. Skwitował to grubszym słowem i siadłszy ciężko na marmurowych schodkach, zapalił sporta.

– W dupę kopane artysty – burknął. – Pacykarze niedojdy, pies im mordę lizał. Po co to wszystko? Komu niby potrzebne te knoty, co malują? Kierownik pleneru miał być już na miejscu, widać nie dotarł. Pewnie chleje gdzieś w miasteczku albo pognał za babą i zabarłożył. Pieprzony erotoman. Ale jak zostawię tu te ich graty, jeszcze coś zginie i będzie na mnie. Jakbym mało miał zmartwień.

– Mogę w czymś pomóc? – usłyszał za plecami.

Podskoczył jak oparzony i obejrzał się. Drzwi nadal były zamknięte, ale pomiędzy kolumienkami stała ładna, choć bardzo blada dziewczyna. Skąd się wzięła, u licha?

– Coś ty za jedna!? – zdumiał się.

– Marcelina – przedstawiła się, dygając.

Otaksował ją wzrokiem. Miała na oko piętnaście, może szesnaście lat. Rude włosy wiły się w naturalnych loczkach, ocieniając miłą twarzyczkę. Dziewczyna miała na sobie prostą płócienną sukienkę o dość archaicznym kroju i buciki też jakby z innej epoki.

Pewnie po babci łaszki ze strychu ściągnięte, pomyślał z melancholią. Kryzys, psiamać. Jeszcze w mieście się tego tak mocno nie odczuwa, butiki zawalone towarem, a i na bazarach duży wybór tureckiego przyodziewku, ale na prowincji to już pewnie zupełnie kuso.

– Mieszkasz tu? – Wskazał pałac.

– Kiedyś tu pracowałam.

– Masz może klucze? Zamknięte na głucho.

– Miał stary Nepomucen. Znaczy przedwojenny kamerdyner, potem tu za stróża robił. Ale on już od kilku lat nie żyje. Mają drugi komplet w gminie, tylko że już po szesnastej. Jak znam życie, zamknęli biuro i poszli do domu.

– No to klops! – westchnął.

– A co konkretnie się stało?

– Miałem przywieźć składane łóżka, materace, sztalugi, farby, pędzle i inne takie. Planowałem wyładować, przekazać kierownikowi i zaraz muszę wracać do Lublina. Myślałem, że ten głupi fagas będzie już na miejscu, ale...

– Farby i sztalugi? – podchwyciła.

– To ty nic nie wiesz? Początkujący artyści z całego kraju przyjadą tu na plener. Będą się przez tydzień uczyć i malować pałac, park, miasteczko i krajobrazy.

– No, bez farb i sztalug to chyba niewiele namalują? – Zmarszczyła brwi i rozejrzała się wokół, jakby chciała się upewnić.

Kierowca łypnął na nią podejrzliwie, ale nie wyglądało, żeby próbowała się z niego nabijać. Stała sympatycznie uśmiechnięta.

– A czemu ten plener akurat tutaj? – zaciekawiła się.

– Gmina wydzierżawiła pałac związkowi artystów. Zobacz sama. – Wskazał czerwoną tablicę umieszczoną koło wejścia.

„Dom Pracy Twórczej Stowarzyszenia Artystów Plastyków” – głosiły groźnie białe litery.

– Co to niby jest dom pracy twórczej? – zdziwiła się.

– Różne organizacje mają po całym kraju takie ośrodki – wyjaśnił. – Oficjalnie po to, żeby w ciszy i spokoju, z dala od zgiełku i spalin wielkich miast uprawiać sztukę. Literaci takie mają i inni artyści. Jeżdżą tam potem chlać i gzić się z dala od postronnego oka.

– Gzić się? Eee... to znaczy po naszemu ryćkać?

– A skąd ty, dziecko, w ogóle znasz takie słowa?

– No, w sumie jedno to chyba od pana. Albo nawet dwa, bo jeszcze wcześniej pan powiedział „pieprzony erotoman". Nie wiem, co znaczy to drugie, ale chyba też jest niecenzuralne – przekomarzała się z uśmiechem, ale i tak zrobiło mu się głupio.

– Przepraszam, powinienem był ugryźć się w język – westchnął. – Nie wiedziałem, że ktoś słucha. Nabrałem głupiego nawyku gadania do siebie.

– Oj tam, oj tam, co z tego, że do siebie? Z mądrym zawsze warto pogadać.

Zaciągnął się raz jeszcze i pstryknięciem wyekspediował kiepa na klomb.

– No i sam nie wiem, co robić – westchnął. – Nie mogłabyś mi pokwitować, że wyładowałem, a potem tego popilnować? Myślę, że szef tego cyrku przed nocą jakoś się pojawi. Gorzej, jeśli jednak nie dotrze... – Poskrobał się po głowie.

– Nikt tego nie ruszy, miejscowi tu nie przyłażą. Gadają, że straszy – ściszyła głos.

– Jaaasne – zakpił. – Wiejskie chłopaki miałyby się bać duchów? Już to widzę. Zresztą ty jesteś najlepszym dowodem.

– Dowodem, że tu straszy? – Uśmiechnęła się.

– Nie, dowodem, że miejscowi się nie boją. Bo skoro ty tu łazisz, to i inni mogą przyleźć, a towaru mam w aucie na kilkadziesiąt tysięcy.

– A może jest otwarte? – Popatrzyła na drzwi pałacu. – Wstawi się wszystko do środka, zatrzaśnie i tyle.

– A gdzie tam, zamknięte na głucho, już sprawdzałem – odparł kierowca i aby potwierdzić swoje słowa, pociągnął za klamkę. Ku jego zdumieniu drzwi ustąpiły ze zgrzytem dawno nieoliwionych zawiasów.

– O, w mordę... – zdziwił się.

– Pewnie zamek puścił, tam jest zatrzask. Wstawimy sztalugi i inne takie tu, do holu – zakomenderowała. – Drzwi się zatrzaśnie. Jak kierownik ma klucz, to sobie otworzy. A jak nie będzie miał, to przekoczuje na schodach, a rano w gminie odbierze. A pan może zaraz wracać do domu.

– No, niegłupi pomysł – przyznał. – Tylko roboty będzie od cholery. Liczyłem, że wywalę to wszystko na podjazd, a kierownik kursu już sobie powciąga do środka.

– Pomogę dźwigać – zaofiarowała się.

Kierowca otworzył drzwi nyski i zanim zdążył cokolwiek powiedzieć, dziewczątko złapało karton z farbami. I bez najmniejszego wysiłku zaniosło do pałacu.

Toż to waży ze dwadzieścia kilo, zdumiał się. Pewnie jak od małego przy krowach robiła, takie pudło to dla niej tyle, co nic.

Nyska faktycznie wypakowana była na sztywno, ale z pomocą dziewczyny robota poszła jak z płatka. Wypakowali wszystko, łóżka, materace i przybory malarskie. Pozanosili do środka. Poustawiali równiutko pod ścianą w holu.

– Dziękuję. – Uśmiechnął się do dziewczyny.

– Nie ma problemu, i tak mi się nudziło, a lubię pomagać. Zajdę jutro, pogadam z artystami... Z pewnością ciekawi ludzie.

– Tylko uważaj na kierownika – ostrzegł ją. – Podobno niezły ogier i pies na baby.

– Ogier? Aaa... znaczy erotoman, który lubi się gzić? – Puściła oko do kierowcy. – Będę uważała.

– Obleśny typek i ma fatalną opinię. – Kierowca spoważniał. – Podobno żadnej nie przepuści i strasznie jest łasy na ten miód. A ty jesteś niebrzydka. Uważaj, żeby nie wystartował do ciebie z łapami. Najlepiej trzymaj się z dala i nie zostawaj z nim sam na sam.

– Mam swoje zasady. Nawet mnie nie dotknie. Ale dziękuję za ostrzeżenie. – Kiwnęła głową.

Kierowca odpalił silnik i ruszył. Był w połowie podjazdu, gdy uświadomił sobie, że przecież mógł jej zaproponować chociaż podwózkę do miasteczka. Zatrzymał auto i wyjrzał, ale nigdzie nie dostrzegł dziewczyny. Pewnie poszła alejką między drzewami.

Kierownik pleneru przyjechał swoją zastawą dopiero koło osiemnastej. Zły był jak osa. W Warszawie trochę się zasiedział u jednej znajomej artystki. Najpierw stracił ładne parę godzin, podziwiając jej paskudne bohomazy. Potem zdrowo nadszarpnął budżet, bo była głodna, więc wykosztował się, zabierając ją na obiad do restauracji. Gdy był już przekonany, że wszystko rozwija się w odpowiednim kierunku, nieoczekiwanie wymówiła się niedyspozycją. A jakby tego było mało, gnając do tego zakichanego Liszkowa, po drodze złapał gumę.

Okres srokres, pomyślał zirytowany. Komu to wszystko potrzebne? Okresy, migreny, opryszczka, dni płodne i tak dalej?

W zapadającej wieczornej szarówce pałac wydał mu się ponury i opuszczony. Zaparkował przed gankiem. Wysiadł, trzasnął ze złością drzwiczkami. Furgonetki z materiałami oczywiście ani śladu.

Psiamać! Kierowca idiota nie mógł głupich czterech godzin zaczekać?! W tym kraju wszyscy mają artystów w dupie, a przecież to my stanowimy czynnik kulturotwórczy!

Zapalił carmena i z niechęcią popatrzył na budynek.

Kompletne zadupie... Tyle dobrze, że trochę tę ruderę odświeżyli.

Raz jeszcze rozejrzał się po parku, ale furgonetki nadal nie było widać.

Jak Boga kocham, pójdę rano na pocztę, zadzwonię i obsobaczę jak burą sukę! Do czego to podobne? Co za kretyn! Jak ja poprowadzę zajęcia bez materiałów, jak ja rozlokuję kursantów bez łóżek polowych?!

Podszedł do drzwi, rozgniótł niedopałek peta na kolumnie i wydobył z kieszeni klucze. Przez chwilę szarpał się z opornym zamkiem. Wreszcie rygle przesunęły się ze zgrzytem. Namacał archaiczny bakelitowy kontakt i przekręcił go.

Hol zalało marne światło z kilku słabych żarówek. Ale ku swojej uldze i pewnemu zdumieniu kierownik spostrzegł pod ścianą poukładane wszystko, co trzeba. Były i łóżka, i pasiaste materace, i skrzynki z przyborami.

Dalej stało dwadzieścia sztalug i całe paczki zagruntowanych podobrazi, związanych do kupy konopnym sznurkiem od snopowiązałki. Duże parciane worki kryły zapewne kołdry i powłoczki.

No i świetnie. Uśmiechnął się kwaśno. Czyli kierowca nie taki znów głupi. Klucz umiał skombinować.

Pchnął drzwi na wprost. Salon idealnie nadawał się na pracownię. Był przestronny, dobrze doświetlony dużymi oknami i całkowicie pozbawiony mebli. Spokojnie mógł pomieścić dwadzieścioro kursantów.

Na ścianie wisiały portrety dwóch dziewcząt. Artysta popatrzył na nie krzywo.

Dziewiętnasty wiek, ocenił. Prowincjonalny pacykarz to wykonał, choć nie powiem, rękę i oko miał...

– Ciekawe, co to za jedne? – zastanowił się głośno.

– ...wredne – odpowiedziało echo.

Zgasił światło i wrócił do holu. Wdrapał się na piętro, obejrzał sypialnie. Potem zszedł na parter i pogwizdując, pchnął kolejne drzwi. Kuchnia... Kuchenka elektryczna miała swoje lata, ale gdy sprawdził, okazało się, że o dziwo, działa. Na jednym palniku umieścił czajnik, na drugim patelnię. Przyniósł z auta zapasy. Pokroił oszczędnie kiełbasę, a gdy się podsmażyła, wbił dwa jajka. Rozłożył na stole gazetę, na niej ustawił talerz z jajecznicą, położył pół bochenka chleba, flaszkę czyściochy oraz musztardówkę. Nalał sobie szklaneczkę, golnął wódy, zagryzł jajecznicą i chlebem. Palący ból egzystencji trochę osłabł.

– Kolacja godna wybitnego malarza, będącego przedstawicielem kultury środkowoeuropejskiej – mruknął z zadowoleniem. – „Nam nie trzeba ananasów, ni kawioru, ni frykasów, jeszcze z głodu ten nie zginął, kto jadł kluski ze słoniną" – zaintonował.

– Zginął – podpowiedziało z korytarza jakieś złośliwe echo.

Kolejna szklaneczka spłynęła gładko do żołądka.

Kićka i jej okres... Jak z Ameryki przyjechał ten idiota Kovalsky, to z całą pewnością nie miała ani okresu, ani migreny. Artysta zarechotał paskudnie. Ale nie mam się czym przejmować. Na pewno na plenerze będą jakieś fajne dupcie. Coś się zaliczy, może nawet kilka...

Wsunął niedopitą flaszkę do kieszeni i wyszedł z kuchni. Podłoga odrobinę tańczyła przed oczami i uciekała mu spod nóg.

Za mało zakąsiłem czy jak? – zadumał się. Zmęczony jestem, długa droga za mną, to i trochę ścina. Ludzka rzecz nadużyć!

I naraz zamarł. Echo z korytarza niosło jakieś podejrzane odgłosy. Szuranie, coś jakby przesuwanie mebli. Czyżby ktoś się włamał? Zaniepokojony ruszył za dźwiękami i po chwili stanął na progu jednego z pomieszczeń. Ustawiono tu pięć łóżek polowych, jakaś nastolatka w szarej sukience rozkładała właśnie pościel.

– A co ty tu robisz!? – zdumiał się.

– Ścielę łóżka dla uczestników pleneru – wyjaśniła. – Przecież jutro przyjadą. Droga daleka, zmęczeni będą. Półgodzinna drzemka, potem mocna kawa i można malować do białego rana.

– Eee... Przysłali cię z gminy?

– Nie, ja z własnej inicjatywy, żeby okazać szacunek wybitnym artystom – odparła. – Pomogłam rozładować transport, pomyślałam, że szkoda tracić czas. Nieraz już pracowałam w pałacu.

– Pani nie jest z naszego pleneru?

– Nie. – Wyraźnie posmutniała. – Ale proszę mnie zrozumieć, ja bardzo interesuję się sztuką i nawet kiedyś myślałam o tym, żeby malować. Niech mnie pan nie wygania. Mogę wam gotować, mieszać farby, zamiatać. Czegoś się przy okazji nauczę.

– Przyjmujemy na zajęcia tylko osoby, które wpłaciły wpisowe i posiadają rekomendacje domów kultury – uciął.

– Nic się nie da zrobić? Bardzo mi zależy. Zrobię wszystko, żeby móc...

– Czekaj, czekaj... – mruknął, patrząc na nią. – Daj pomyśleć.

Dłuższą chwilę taksował ją obleśnym spojrzeniem.

Ależ laleczka, przemknęło mu przez głowę. Ładna buzia, nieźle rozwinięte ciało, szczupła, prosta jak trzcina, niezwykle harmonijnie zbudowana. W dodatku głupiutka dziunia z prowincji. Trochę za młoda, ale co tam. Na przystawkę przed głównym daniem chyba się nada.

– Możesz zostać na plenerze i uczyć się z pozostałymi kursantami, jeśli nam zapozujesz – zaproponował.

– To nie tylko nauczycie mnie malować, ale może jeszcze będę miała swój portret? – ucieszyła się, robiąc słodką minkę.

– Co tam portret, namalujemy coś znacznie lepszego! – Uśmiechnął się trochę do niej, a trochę do swoich myśli. – Zostaw tę pościel i chodź!

Przeszli do salonu. Rozstawił jedną ze sztalug znalezionych w holu, oparł na niej zagruntowane podobrazie. Rozłożył farby, węgiel, miękkie ołówki.

– Unieś nieco głowę – polecił. – I stój nieruchomo.

Kilkunastoma pociągnięciami naszkicował jej buzię i burzę włosów wokoło twarzy, poprawił pastelami. Podobieństwo udało mu się uchwycić niemal idealnie.

– Widzisz? – Pokazał barwny szkic.

– Piękny. – Jej twarz wyrażała niekłamany entuzjazm. – Ale byczo! Nikt nigdy nie namalował mi portretu.

Mimowolnie spojrzała na podobizny hrabianek, nadal zdobiące ścianę koło kominka.

– To, zdaje się, z pierwotnego wystroju pałacu? – zagadnął artysta.

– Tak, portrety dziedziczki Lukrecji Liszkowskiej i jej kuzynki Kornelii.

– Zapasione jak prosiaki. – Skrzywił się.

– Żarły za sześciu, do tego mało ruchu, bo nie biegały po łąkach, tylko spały do południa, a potem co najwyżej dostojnie kroczyły po alejkach. Ale lepiej źle o nich nie mówić, a zwłaszcza w ich domu. – Pokręciła głową. – Zna pan lokalne legendy?

– Taaa... coś tam słyszałem, że tu straszą jakieś trzy idiotki, które wyleciały w powietrze, bawiąc się armatą. – Machnął lekceważąco ręką.

– To właśnie dwie z nich – wyjaśniła. – Całe wyposażenie pałacu rozszabrowali albo zniszczyli po wojnie, ale portretów nikt nie ośmielił się tknąć.

– Nie ma się czego obawiać. – Wzruszył ramionami. – Żadne duchy nie istnieją. Bajania starych bab i rozmaitych nawiedzonych religijnie przygłupów. Jestem zdecydowanym przeciwnikiem jakichkolwiek zabobonów i przesądów.

– Hmm... – Zmarszczyła brwi, ale nie zdobyła się na polemikę z mistrzem.

– Ten portrecik to tylko taka wprawka – wyjaśnił, pociągając łyk z flaszki. – Szkic w zasadzie. Jak będziesz miła, olejny też ci namaluję. Tylko widzisz, jak jutro przyjadą artyści... Bo mamy taki plan, że na pierwszych dniach zajęć będziemy malować akt.

– Akt to taki obrazek bez ubrania? – upewniła się. – Fajnie! A kto będzie modelką? Eee? Znaczy się, że ja? – Przechyliła głowę w wyrazie zdziwienia.

– Taki jest warunek. No i jeszcze jeden kłopot. Nie wiem, czy... Sama rozumiesz, obrazy, malowanie, to wszystko bardzo poważne sprawy. Kwestia kompozycji, kształtu, faktury... Do tak odpowiedzialnego zadania nie każdy się kwalifikuje. Nie chciałbym, żeby doszło do jakiejś kompromitacji. – Spojrzał na nią znacząco.

– Musi pan najpierw ocenić, czy się nadaję? – pisnęła, jakby nieco speszona.

Nie jest taka głupia, pomyślał.

– Oczywiście – powiedział i wzruszył ramionami, jakby bagatelizując całą sprawę.

– Czyli mam się rozebrać teraz? – zdziwiła się dziewczyna. – Hmm... eee... Ale że tak całkiem do naga!?

– Bezapelacyjnie. Żadnych drobnomieszczańskich przesądów. Dwudziesty wiek mamy. Proszę absolutnie wszystko z siebie ściągnąć!

– No, jak wszystko, to wszystko. – Wzruszyła ramionami i przybrała minę, która miała świadczyć, że sili się na obojętność.

Ubranie opadło na podłogę i po kilkunastu sekundach stała przed nim, olśniewając urodą świeżo rozkwitłego nastoletniego ciała. Malarz nerwowo przełknął ślinę. Spodziewał się niezłego kina, ale ten widok...

Chrzanić Kićkę, Jovitę, Gośkę, ich fochy i migreny. To jest konkret! – myśli mknęły przez mózg z szybkością pociągu pospiesznego. Zabiorę ją do Warszawy, z pewnością taka młoda, naiwna dupcia tylko marzy, żeby się wyrwać z tego zapyziałego miasteczka. Koło pracowni na Mokotowie jest pakamerka, tam ją ulokuję. Pewnie jeszcze dziewica, ale to nic. Poradzimy sobie z tym. Dam jej parę groszy miesięcznie i będę ją miał tylko dla siebie, no, ewentualnie od czasu do czasu dla kumpli oczywiście, jak sobie na to odpowiednio zapracują albo coś pod stołem dorzucą. Wszyscy wielcy artyści mieli kochanki, a ja jak głupi ganiam po prośbie do jakichś zmanierowanych idiotek. Zasługuję na coś lepszego. Pewnie jest nieletnia, więc może być problem z jej rodzicami. Ale coś się wymyśli.

– Tak dobrze? – Uniosła ręce nad głowę.

Piersi miała niewielkie, ale jędrne jak połówki pomarańczy.

– Idealnie – wykrztusił, z najwyższym trudem panując nad głosem. – Stań tylko troszkę bokiem i nie ruszaj się.

Postawił na sztaludze kolejne podobrazie. Taksując dziewczynę wzrokiem, czuł przyjemne mrowienie tu i ówdzie.

W pół godzinki machnę obrazek, pomyślał. Tu jest chłodno, zmarznie przez ten czas na kość, wtedy zaproponuję trochę wina na rozgrzewkę, do tego muzyka z magnetofonu. A potem damy dojść do głosu naturze i pierwotnym instynktom.

I naraz spostrzegł, że dziewczyna ma skarpetki na stopach.

– Żadnych takich! – Machnął gniewnie pędzlem.

– Ale podłoga jest zimna.

– Do aktu to powinnaś wszystko ściągnąć! – Pogroził jej surowo palcem.

– Wszystko, co się da? – upewniła się, choć już nie miała niczego na sobie.

– Tak. – Kierownik pleneru roztargniony kiwnął głową.

– No to wedle życzenia, wszystko to wszystko. – Marcysia zaczepiła paznokciem pod obojczykiem i jednym pociągnięciem zdarła z siebie całą skórę. – Mam kontynuować? – zapytała pro forma.

Wrzask rozległ się taki, że w drzwiach na taras zadrżały szybki. A po chwili i same drzwi rozsypały się kaskadą szklanych drzazg, bo artysta, uciekając, nie zawracał sobie głowy ich otwieraniem.

Dziewczyna pstryknęła palcami i znów była ubrana. Podniosła porzucony portret i powiesiła obok wizerunków siostry i kuzynki. Cofnęła się dwa kroki i podziwiała go przez chwilę.

– Gorszy o trzy klasy – oceniła. – Ale przynajmniej jest wreszcie odrobina sprawiedliwości na tym świecie. Zawsze chciałam, żeby i mój wizerunek tu wisiał.

– Coś ty tam znowu odstawiła, siostrzyczko? – zaciekawiła się Lukrecja, przełażąc niezdarnie przez ścianę.

– Portret mi namalowano! – Marcysia wskazała obraz.

– Kiepski – oceniła Kornelia, materializując się pośrodku pomieszczenia. – I niezbyt dobrze uchwycone podobieństwo. Nie jesteś aż taka ładna.

– Mnie się podoba.

– I co? Ten malarz ot tak, za bezdurno cię namalował? – zirytowała się dziedziczka. – Za mój portret tatko musiał zapłacić w złocie, a ty masz gratis?!

– Nie ma sprawiedliwości na tym świecie. – Kornelia też wyglądała na zdegustowaną.

– Wszystko odbyło się uczciwie, na zasadzie wymiany barterowej dóbr i usług – uśmiechnęła się Marcysia.

– Dałaś mu dupy!? – kuzynka arystokratka wyraziła oburzenie w zdecydowanie mało arystokratyczny sposób.

– Nie oceniaj innych przez pryzmat własnej małości. – Przyrodnia siostra pokazała jej język. – O co ty mnie podejrzewasz?! Nie pozwoliłam się nawet dotknąć!

– Czemu drzwi są wywalone? – zainteresowała się druga z hrabianek. – I chyba słyszałam jakiś wrzask... Co tu się właściwie stało?

– Nie wiem. – Marcysia wzruszyła ramionami. – Malarz czegoś się chyba przeraził i uciekł – dodała z niewinną miną, choć w oczach błyskały jej figlarne iskierki. – No wiecie, w tym pałacu przecież straszy.

Przez cały kolejny tydzień młodzi artyści jedli, trunkowali i chędożyli z ogromnym zapałem. Z braku odpowiednich sił fachowych wójt oddelegował do poprowadzenia pleneru nauczyciela plastyki. Doszło do obopólnej wymiany doświadczeń, szczególnie w zakresie alkoholizmu oraz rozkładu moralnego, ale nie wpłynęło to w żaden dostrzegalny sposób na poziom nielicznych namalowanych obrazków.

Koncert

Liszków, 1993

Marek Jaskólski, wójt gminy, spojrzał przez okno gabinetu. Robotnicy kończyli montować trybunę. Inna ekipa rozwieszała girlandy, które miały choć trochę zamaskować sypiące się elewacje. Naprzeciw okna wisiał wielki transparent: „Liszków wita Annę Piecyk-Smith".

Wokoło rozwieszono kilka flag oraz dyskretnie umieszczono dwa proporce z emblematem Socjaldemokracji Rzeczypospolitej Polskiej. Tak dla pokazania „Amerykance" i filmującej ją telewizji, kto rządzi w gminie.

– Diabli nadali tę starą purchawę – westchnął ciężko wójt. – Ale przetrzymamy to jakoś.

– Z propagandowego punktu widzenia to się kalkuluje – mruknął szef Gminnego Domu Kultury. – To światowej sławy skrzypaczka i pianistka. W dodatku ożeniona z amerykańskim milionerem, nafciarzem z Teksasu.

Mamy przecieki, że jakiś prezent dla gminy przygotowała. I telewizja będzie.

– No właśnie tego się obawiam. Żeby czegoś przed kamerami nie palnęła. Ale może się uda... Jak została w Anglii, wylali jej ojca z roboty. Ale to przecież nie my. A mój ojciec sekretarzem został kilka lat później!

– Z tego, co pamiętam, wyrzucił go ówczesny dyrektor szkoły. Stary piernik szczęśliwie już nie żyje. Nie powinna się nas czepiać.

– To jeszcze raz. Jaki jest plan?

– Przyjedzie około dziesiątej, najpierw powitanie, nadanie honorowego obywatelstwa, potem zagra koncert na rynku i zjemy oficjalny obiad w remizie. Po obiedzie w kościele odsłonięcie tablicy na cześć jej ojca, odsłonięcie tablicy na cześć partyzantów z oddziału Liszki i Gryfa, uroczysta msza, potem wizyta na cmentarzu, gdzie są pochowani jej rodzice. I niech spada – zreferował spec od kultury. – Na szczęście stary budynek szkoły został zburzony, a nowy postawiony jest gdzie indziej, bo jeszcze by sobie tę tablicę i na szkole zażyczyła.

– Karierę na Zachodzie zrobiła. Czy jej tam źle? Mogłaby już nie wracać... – westchnął wójt. – I na cholerę ta tablica dla akowców?

– Liszkowski miał tam dojścia, zaproszenie jej przysłał, ugościł, pomógł załatwić papiery azylowe, a potem wypromował smarkulę. Dalej już się samo potoczyło. To i nic dziwnego, że chce się zrewanżować. Tyle dobrze, że się ten cały Liszka osobiście nie wybrał na odsłanianie tablicy. Na szczęście dziadyga jest już zbyt stary i schorowany.

– Fart, że nie planuje pałacu odzyskać!

– A niechby sobie nawet odzyskał, i tak budynek pusty stoi i niszczeje. – Szef domu kultury wzruszył ramionami. Choć z drugiej strony, jakby on odzyskał, to zaraz byłby jazgot na pół kraju i dziesiątki innych byłych ziemian też by zażądały...

Milczeli przez chwilę.

– Czytałeś pismo w sprawie naszego pomnika? – zagadnął Jaskólski.

– Nie było czasu przez te wszystkie przygotowania. Klucze do miasta wykuć, dyplom honorowego obywatelstwa... A właśnie, dzieci do wręczania kwiatów. Miały być w strojach ludowych.

– No i co?

– W Cepelii w Lublinie mieli tylko krakowskie i góralskie, no to wziąłem krakowskie – sumitował się spec od kultury.

– A to źle? – nie zrozumiał wójt.

– No wiadomo, lepsze nasze, lubelskie, albo ja wiem, krzczonowskie czy biłgorajskie ewentualnie...

– Daj spokój, i tak nikt nie zauważy różnicy. Weź lepiej to przeczytaj. – Jaskólski podsunął współpracownikowi papier.

Lublin, 23 sierpnia 1993

Nadawca: Komisja Ścigania Zbrodni
przeciwko Narodowi Polskiemu
Do: Marek Jaskólski, Wójt Gminy Liszki

Wyniki ustaleń śledztwa Komisji oraz rekomendacje ws. pośmiertnego kultu Edwarda Kukuły

Na wniosek Koła Weteranów Armii Krajowej Oddział w Lublinie, poparty przez członka Światowego Związku Żołnierzy Armii Krajowej porucznika Pawła Liszki-Liszkowskiego, przeprowadziliśmy kwerendę archiwalną oraz analizę materiałów dotyczących rzekomego oddziału sowieckiej partyzantki pod dowództwem lejtnanta Edwarda Kukuły.

W toku śledztwa ustalono, co następuje.

Dokładna analiza grafologiczna wskazuje, że rzekome podpisy Edwarda Kukuły widniejące pod dokumentami tzw. Archiwum Oddziału Kukuły (3 zespoły akt) nie wykazują cech wspólnych z jego podpisami na dokumentach Urzędu Stanu Cywilnego oraz na archiwalnych dokumentach policyjnych. Eksperci Centralnego Laboratorium Kryminalistycznego Policji potwierdzili zbieżność wielu indywidualnych cech pisma z dostarczonymi listami kapitana „Gryfa" Kowalskiego (zm. 1975 r.).

Treść większości dokumentów wchodzących w skład zasobu pozwala zidentyfikować fałszerstwo. Meldunki składające się w dziennik oddziału oraz te będące rzekomym zapisem nasłuchów radiowych są nieznacznie zmienionymi stylistycznie tekstami artykułów z okupacyjnych gadzinówek „Nowy Głos Lubelski", „7 dni", „Nowy Kurier Warszawski" i „Fala", co potwierdza informacje pozyskane od porucznika Pawła Liszkowskiego.

Sprawozdania w kronice działań dywersyjnych zawierają informacje o szeregu akcji zbrojnych przeciw okupantowi. Około 70 procent stanowi wytwór fantazji autora – nie potwierdzają ich żadne inne źródła historyczne. Nie ma też po nich żadnych śladów w przejętej dokumentacji SS, Kripo i Gestapo. Nie stwierdzono żadnych represji na ludności cywilnej, które z całą pewnością nastąpiłyby w ich wyniku. W pozostałych 30 procentach oddziałowi fałszywie przypisano działania podejmowane przez operujące na Lubelszczyźnie oddziały Armii Krajowej i Batalionów Chłopskich.

Wyizolowane z rzekomych dokumentów oddziału odciski palców nie pasują do materiałów dotyczących Edwarda Kukuły zachowanych na przedwojennych policyjnych kartach daktyloskopijnych. Szczątkowy odcisk palca odbity w rozmazanym tuszu odcisku pieczęci pasuje do odcisku palca kapitana „Gryfa" Kowalskiego.

W materiałach Armii Ludowej i organizacji komunistycznych działających pod okupacją hitlerowską brak informacji o kontaktach z rzekomym oddziałem lejtnanta Kukuły.

W materiałach z archiwów rosyjskich, do których udało się uzyskać dostęp, nie ma żadnych dokumentów dotyczących rzekomego sowieckiego oddziału, a wytworzonych przed rokiem 1945.

Informacje o pośmiertnym przyznaniu Edwardowi Kukule tytułu Bohatera Związku Sowieckiego są fałszywe. Człowiek o takim nazwisku nie figuruje w oficjalnym wykazie odznaczonych. Legenda o nadaniu mu tego orderu jest pokłosiem sowieckiego filmu fabularnego, nakręconego na podstawie książki stalinowskiego pisarza Iwana N. Polikarpowa. Ani sowieckie, ani rosyjskie opracowania wojskowe nie zawierają biogramu Edwarda Kukuły.

Z Centrali Badania Zbrodni Narodowosocjalistycznych w Ludwigsburgu pozyskano kopię zeznań esesmana Hansa Nockerla, złożonych po wojnie przed komisją denazyfikacyjną. Zeznał on, że do służby w SS trafił przypadkiem, wbrew własnej woli i skutkiem intrygi rodzinnej. Obowiązki w zakresie germanizacji powierzonego mu terenu starał się w miarę możliwości sabotować. Nawiązał przy tym daleko idącą współpracę z miejscowymi strukturami AK. Jej celem było symulowanie obecności na tym terenie partyzantki sowieckiej oraz jej pozorowane zwalczanie, co w rezultacie przyczyniło się do powstania fałszywej legendy oddziału lejtnanta Kukuły. W zeznaniach Hansa Nockerla nigdzie nie pada nazwisko „Kukuła".

Prawdziwość zeznań Nockerla potwierdzili jego podwładni, osadzeni w alianckich obozach jenieckich, oraz przebywający w Anglii członkowie siatki AK – kapitan Bronisław „Gryf" Kowalski, a także porucznik „Liszka" – Paweł hr. Liszkowski.

Wedle informacji przekazanych przez por. Liszkowskiego Edward Kukuła podczas okupacji kontynuował przedwojenną działalność przestępczą. W trakcie postępowania wyjaśniającego jego winy zostały w sposób bezsporny potwierdzone. Ponieważ wspomniany złodziej nie reagował na ostrzeżenia, a jego działalność była w znacznym stopniu uciążliwa dla ludności, podjęto decyzję sięgnięcia po środki ostateczne. Likwidacji elementu kryminalnego dokonano na wniosek mieszkańców okolicznych wsi. Egzekucji porucznik dokonał osobiście, a kopię protokołu przekazał sołtysowi.

W świetle powyższych ustaleń:

Wnioskujemy o natychmiastowe pozbawienie członkostwa i wykreślenie z ewidencji Związku Kombatantów RP i Byłych Więźniów Politycznych (d. ZBOWiD) żyjących jeszcze rzekomych partyzantów i współpracowników oddziału Edwarda Kukuły oraz postawienie ich przed sądem za poświadczenie nieprawdy, nielegalne pozyskanie odznaczeń państwowych i wieloletnie wyłudzanie świadczeń oraz dodatków kombatanckich.

Rekomendujemy natychmiastowe usunięcie z rynku w Liszkowie pomnika rzekomego bohatera. Rzeźbę projektu Igora Kowalewa, jako wybitne dzieło sztuki o znacznych walorach artystycznych, proponujemy przekazać do Galerii Sztuki Socrealizmu w Kozłówce, cokół zaś zburzyć lub wykorzystać w inny sposób.

Pochowanych na rynku rzekomych partyzantów należy ekshumować, a szczątki poddać analizie antropologicznej celem ustalenia tożsamości. Po uzgodnieniu sprawy ze stroną kościelną proponujemy pogrzebać ich na cmentarzu parafialnym. Zwłoki majora Kabanowa i pozostałych funkcjonariuszy NKWD przekazać należy zarządowi cmentarza przy ul. Lipowej w Lublinie celem pogrzebania ich w kwaterze żołnierzy sowieckich. Pogrzeb winien się odbyć w obecności przedstawiciela Ambasady Federacji Rosyjskiej, bez asysty wojskowej.

Eksponaty izby pamięci oddziału skreślić z ewidencji i zniszczyć.

[Podpis nieczytelny]

– I co sądzisz? – zagadnął wójt, kiedy jego współpracownik zakończył lekturę.

– No cóż... Myślę, że możemy to olać ciepłą strugą moczu. Ta komisja nie ma władzy, żeby nam cokolwiek nakazać. Lewica w miażdżącym stylu wygrała wybory, wszelkie bzdurne rozliczenia z przeszłością z pewnością zostaną szybko ukrócone.

– To wiem. Zastanawiam się, co z Kukułą. To naprawdę tylko wymysł?

– Nasi ojcowie zakładali tu Polskę Ludową. Potrzebowali mitów założycielskich. Mogli to i owo naciągnąć, podpiąć się pod legendę stworzoną częściowo przez Sowietów. Ale gra toczyła się wówczas o najwyższą stawkę. A dziś? Po tylu latach bohaterstwo oddziału Kukuły stanowi część dziedzictwa i chwalebnej lewicowej tradycji naszej gminy. Ja bym z tego nie rezygnował. No bo co w zamian? Kult tego całego Liszkowskiego? To bandzior z AK był. Niejednego chłopa powiesił.

– Podobno wieszał złodziei – zadumał się wójt.

– A dowody? Może i papiery po oddziale Kukuły to lipa... Tak przynajmniej twierdzą ci „eksperci” z Lublina. – Szef domu kultury wykrzywił pogardliwie wargi. – Ale jest tego prawie trzysta sztuk. Trzysta papierów ukrytych w słojach, wykopanych z ziemi, w tym dwa na oczach licznych świadków! A po Liszce i jego oddziale nie ma praktycznie żadnych dokumentów! Kilka protokołów z wieszania lub rozstrzelania jakichś nieszczęśników. Na maszynie napisane i z bazgrołem w miejscu podpisu, żadnej pieczątki, nic! To są jakieś świstki, a nie dokumenty o wartości historycznej. Po tylu latach nie dojdziemy prawdy, a zresztą nie trzeba! Poza tym nie żyliśmy w tamtych czasach. W czasie okupacji panowały ekstremalne warunki. Różne były ludzkie motywy i okoliczności! Nawet jeśli coś było na rzeczy, przecież wiejska biedota musiała kraść, żeby przetrwać! Moim zdaniem pomnik Kukuły zostanie, a tablica ku czci zbirów od Liszkowskiego zawiśnie na kościółkowym terenie, trudno się mówi. Na razie w sprawie kleru niewiele mamy do gadania. Przydałoby się jednak puścić nasz przekaz w świat.

– W jaki sposób?

– Za jakiś czas można by sesję naukową zorganizować. Niejeden lewicowy historyk przygotuje referat po linii. Wystarczy kilkanaście, no, może kilkadziesiąt milionów. Na nowe pieniądze kilka tysięcy. Żaden wydatek dla gminy. Kukuła zostaje, Liszkę tolerujemy, ale pomniejszamy jego udział. I – spec od kultury chytrze zmrużył oczy – urabiamy gadowi kontropinię! Można by poszukać potomków tych, których powiesił lub zastrzelił. Spisać ich relacje. Opublikować, tak mimochodem.

– Dobry, oj, dobry pomysł – pochwalił wójt. – Zanotujmy i zaplanujmy działania.

Szyby zadrżały – to orkiestra strażacka przystąpiła do próby generalnej.

Najpierw na rynek wjechały dwa terenowe jeepy. Za nimi wtoczył się potężny amerykański traktor, ciągnący przyczepę ze sprzętem nagłaśniającym. Z jeepów wysypali się technicy, którzy szybko i sprawnie rozstawili na scenie co trzeba. Tłum gęstniał. Pojawiła się furgonetka telewizji. Filmowcy rozstawili swoje kamery. Jaskólski skrzywił się, widząc, że ekipa wykorzystała płyty nagrobne Kukuły i Kabanowa jako podstawę pod statywy. Ale wiedział, że telewizja to potęga, więc nie ośmielił się zwrócić im uwagi. Traktor odjechał za cokół.

Wreszcie w asyście kolejnych dwóch jeepów nadjechała nieprawdopodobnie długachna limuzyna. Orkiestra strażacka ryknęła. Z auta wyskoczył chłopaczek w liberii i z ukłonem otworzył drzwiczki. Z wnętrza wysiadła starsza dama w szałowej sukni i mężczyzna w garniturze i kowbojskim kapeluszu. W kobiecie rozpoznano krajankę, choć z pewnym trudem. Domyślano się, że kowboj w kapeluszu to jej mąż, teksański milioner.

Dzieci w strojach krakowskich podały kwiaty, kierownik domu kultury wręczył tacę z chlebem i solą oraz dwoma kielonkami samogonu. A wójt gminy poduszkę z kluczami do miasta. Goście wychylili samogon, rozdeptali kieliszki na bruku. To znaczy w błocie, bo ryneczek nadal nie został wybrukowany. Urwali sobie po kawałku chleba. Pani Anna przyjęła dyplom, medal pamiątkowy i triumfalnym gestem uniosła nad głowę symboliczny klucz, wykuty ze starego pogrzebacza.

– Serdecznie pozdrawiam zebranych mieszkańców mojej rodzinnej gminy i mojego kochanego miasteczka – powiedziała. – I dziękuję za to wyróżnienie.

Mówiła po polsku z piękną dykcją, mimo lat spędzonych na obczyźnie nie było słychać śladu obcego akcentu.

– Tu chodziłam do szkoły, tu brałam pierwsze lekcje gry na skrzypcach, tu uczyłam się gry na instrumentach klawiszowych. Dlatego wraz z moim mężem zdecydowaliśmy się ufundować stypendia dla najzdolniejszych dzieci z miejscowej szkoły. Moje umiejętności ćwiczyłam dzięki klawesynowi, który mój ojciec nauczyciel ocalił cudem, gdy komuniści niszczyli meble, księgozbiór i pozostałe wyposażenie pałacu hrabiów Liszkowskich.

– O cholera! – szepnął Jaskólski.

– Też nie ma czego wywlekać. To było czterdzieści lat temu, w czasach stalinowskich. W epoce błędów i wypaczeń – zirytował się kierownik domu kultury.

– ...dlatego dla uczczenia jego pamięci ufundowałam dla szkoły i Gminnego Domu Kultury dwa pianina oraz sfinansuję dwa etaty dla ludzi, którzy zajmą się kształceniem młodych talentów. A dla uczczenia pamięci mojego drogiego przyjaciela, opiekuna i mentora Pawła hrabiego Liszkowskiego funduję dla miejscowej drużyny harcerskiej sto pięćdziesiąt miejsc na obozach strzelecko-survivalowych, do wykorzystania przez pięć kolejnych lat.

Wójt odetchnął z ulgą i chciał podziękować, ale dama najwyraźniej jeszcze nie skończyła.

– Wiążą mnie z tym miejscem wspomnienia zarówno bardzo miłe, jak i bardzo złe. Przez lata serce moje rwało się do Liszkowa. Także dlatego, że pozostawiłam tu wiele niedokończonych i niezałatwionych spraw.

Szef domu kultury poczuł, jak pot spływa mu strużką po plecach.

– Mam pewien prezent dla rodzinnej gminy – ciągnęła artystka. – Te czerwone zombie – spojrzała na Jaskólskiego i jego towarzyszy – nigdy nie ruszą czterech liter, żeby tu posprzątać. Dlatego postanowiłam skorzystać z okazji i odrobinę pomóc przemianom historycznym zachodzącym w naszej ojczyźnie.

Włodarze popatrzyli po sobie skonsternowani. Artystka wskazała pomnik lejtnanta Kukuły. Teraz dopiero wszyscy spostrzegli, że podczas przemówienia jej ludzie założyli partyzantowi na szyję stryczek z grubej stalowej liny.

– Ależ... – zaczął przerażony Jaskólski.

Jednak nic już nie zdążył zrobić. Za cokołem zaterkotał traktor, lina napięła się. Nagle pomnik trzasnął jak zgnieciona skorupka jajka i rozleciał się na kawałki. Stojący najbliżej spostrzegli, że postać „bohatera" wcale nie była wykonana z uczciwego spiżu, ale wyspawano ją z cienkiej blachy żelaznej, powleczonej galwanicznie brązem.

– A teraz zapraszam na mój koncert. – Dama popłynęła w stronę sceny.

Zebrani na placu spojrzeli po sobie niepewnie, wreszcie stary Piotrowski nieśmiało zaklaskał. Po chwili brawo bili już wszyscy zgromadzeni.

Epilog

Lishkhoof, 2047

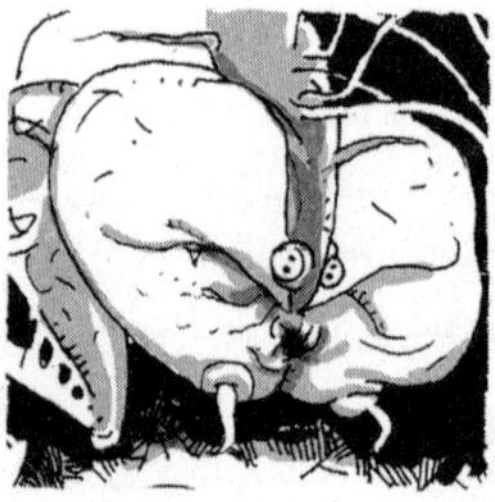

Pumex Dżojint Kwiatkowski, wójt gminy Lishki, na widok latającego spodka podchodzącego do lądowania skrzywił się, wciągnął nosem kreskę syntetycznej kokainy i splunął pogardliwie przez okno.

– Wreszcie się raczyli zjawić, galaktyczni zasrańcy – burknął.

Choć od zakończenia inwazji mijało już pół roku, jak do tej pory nie widział na żywo żadnego kosmity. W TV owszem – pokazywali ich do znudzenia. Najpierw z całą wsią oglądał relacje z walk. Całkiem to było ciekawe, a w każdym razie o niebo lepsze niż najnowszy epizod siódmej trylogii „Gwiezdnych wojen".

Amerykańcy, Chińczyki i Ruscy naprawdę dawali z siebie wszystko. I tam, koło Księżyca, i na orbicie wokoło Ziemi obie strony naparzały się, aż miło. Gmina szczęśliwie przy tym nie ucierpiała. Z dala tylko widzieli rozbłyski bomb atomowych, a może i wodorowych. Nawet fajnie to wyglądało, zapalały się jakby dodatkowe słoneczka tu i ówdzie, a po kilku sekundach gasły. Wprawdzie belfrzy ze szkoły gadali, że niedobrze takie rzeczy oglądać, bo razem ze światłem mocne promieniowanie idzie, ale jeden dziadek, co to jeszcze Czarnobyl pamiętał, sposób zdradził, że wystarczy pić dużo czerwonego wina, które krew z radiacji oczyszcza.

Raz tylko omal w gacie nie narobili, gdy obcy stracili cierpliwość i walnęli w Księżyc antymaterią. Poważnie to wyglądało, najpierw błysnęło tak, że w nocy się zrobiło jasno jak w samo południe, a gdy blask przygasł, ludzie zobaczyli, że na Księżycu nowy krater przybył. W dodatku największy, najgłębszy i czerwony od żaru stopionych skał. Przez kolejne dni sporo wyłupanego księżycowego gruzu w okolicy pospadało. Ksiądz proboszcz ze swoim partnerem nawet skup tych kamulców urządzili, bo ładnie zeszklone były na powierzchni i świeciły w ciemności. Umyślili kaplicę Świętego Judasza nimi wyłożyć, ale ktoś się domyślił, że to świecenie pewnie od radiacji i lepiej tego nie ruszać.

No i raz nawiedził okolicę opad, też radioaktywny, ale na szczęście słaby, a izotopy, które spadły z nieba, miały krótki okres połowicznego rozpadu. Ile ich spadło, to nawet nie wiedzieli, bo nikt w gminie licznika nie posiadał. Ale kury nie pozdychały, krowy nie straciły mleka, więc i dla ludzi nie mogło to być bardzo szkodliwe.

A potem, jak się amunicja skończyła, były te rozmowy w ONZ i decyzja, że trzeba się nieziemcom poddać. Przykra sprawa, ale co poradzić. Planeta skapitulowała.

Kosmici zaraz przylecieli do ważniejszych miast przejmować sprawy, ale na prowincję początkowo się nie zapuszczali. Sam początek ich rządów odznaczał się terrorem i bezwzględnością. Obcy nie uszanowali wartości europejskich, wypuścili z obozów reedukacyjnych homofobów, zoofobów, nekrofobów i pedofobów, wyłączyli Internet, a w TV zostawili tylko jeden program. Radio w ogóle umilkło. W dodatku pojeździli po hurtowniach i skonfiskowali połowę zapasów alkoholu, podobno do płukania silników swoich pojazdów. Tyle dobrze, że kobiet ani gejów nie gwałcili, bo jak gadano, nie mieli do tego odpowiednich narządów, albo może nawet mieli, ale marne i wstydzili się przy Ziemianach taką lichotę na wierzch wyciągać.

Zaraz potem, to znaczy tak po miesiącu, widząc, że nastraszyli ludzkość solidnie i nikt oporu nie stawia, represje trochę złagodzili. Programów w TV puszczono sześć, potem nawet osiem. Ludzie trochę narzekali, bo nie wszystkie monitory obsługiwały dziadowską rozdzielczość 64K. Za to alkohol i mocniejsze używki wróciły do sklepów. A ostatnio, o dziwo, Internet się pojawił, ale tylko na godzinę dziennie i wyłącznie strony z materiałami sex vintage dla mniejszości hetero. Tak czy inaczej, szło chyba ku normalności.

O sobie najeźdźcy mówili niewiele. Twierdzili, że ich cywilizacja opanowała planety krążące wokół gwiazd znanych ziemianom jako Warkocz Bereniki, a ziemię podbijają, bo można tu zrabować dużo aluminium. Ci, którzy przyjeżdżali ze stolicy, rzecz potwierdzili. Od nieziemskich żołnierzy patrolujących miasto za kilka puszek po piwie czy rolkę folii aluminiowej można było to i owo wyhandlować. Wójt nawet oglądał te skarby. Fikuśne zegarki, co na tarczy miały nie dwanaście godzin, ale czterdzieści jeden. Coś jakby fioletowe, miękkie skrzypce z dziewięcioma strunami. Do nich szklane smyczki z tęczowym włosiem. Ludziom szczególnie spodobały się nieziemskie latarki. Świeciły może i nie najmocniej, ale nie trzeba było ogniw wodorowych ładować, bo zamiast żaróweczek miały kuleczki czystego radu. Za to termosy obcych były do niczego – zamieniały herbatę w żrący zielony szlam. Najciekawsze z tego galaktycznego barachła były kryształy pamięci z nieziemskimi pornosami. Ale tylko obrazki na obwolutach ludziska pooglądali, bo same kryształy były za duże i za grube, nie pasowały do ziemskich komputerów, a adapterów ani przejściówek z braku netu nie szło kupić.

Włodarz gminy do problemu inwazji podszedł spokojnie, ale też odpowiedzialnie. Na szczęście miał odpowiednie wykształcenie kierunkowe – ukończył Wydział Historii Gender Studies.

Jego praca doktorska nosiła tytuł „Tęczowa partyzantka". Temat był dość oczywisty i jako świeżo upieczony doktor Pumex Dżojint gratulował sobie w duchu, że nikt wcześniej na to nie wpadł. A przecież każdy, dosłownie każdy student mógł się domyślić, że szesnastu młodych, samotnych mężczyzn nie bez powodu zamieszkało na trzy lata w lesie! Doktorant postawił też w jednym z końcowych rozdziałów śmiałą tezę, że istniały kontakty seksualne przerzucające mosty porozumienia pomiędzy tęczowym oddziałem AK porucznika Liszki i programowo postępową sowiecką partyzantką lejtnanta Kukuły. Pracę dostrzeżono, jej pochlebne recenzje ukazały się w najważniejszych serwisach. To oprócz sowitego grantu zapewniło Kwiatkowskiemu dodatkowe punkty w konkursie na stanowisko wójta.

Jednak gdy zaczęły się rozmowy o warunkach kapitulacji, postanowił dokształcić się historycznie. Przeczuwał, że co innego tytuł naukowy, a co innego realna wiedza.

Przez bite dwa tygodnie siedział w dziale prohibitów biblioteki gminnej i czytał pregenderowe książki o różnych okupacjach. Chciał się choć trochę duchowo przygotować na nieuniknione. Jako gospodarz gminy i jej formalny przywódca musiał także zasięgnąć informacji, jak okupantów kiwali nasi przodkowie, i na tej podstawie obmyślić plany, coby obecnych najeźdźców też koncertowo robić w balona. Jak się okazało, miał nosa, pomiędzy okupacjami historycznymi i obecną znalazł wiele podobieństw. Na przykład przybysze już w pierwszych rozporządzeniach oficjalnie obiecali poszanowanie ludzkich praw własności i przejęcie opieki nad ludzkością.

To się akurat wójtowi cholernie nie spodobało – znalazł w książkach informacje, że podobne deklaracje składali wkraczający do Polski hitlerowcy i Sowieci. Autorzy sporo napisali o tym, jak to się później Polską „zaopiekowali" jedni i drudzy. Do tego starzy ludzie pamiętali okres opieki komunistycznej, a młodsi aż za dobrze wiedzieli, czym pachnie opieka Unii Europejskiej... Obcy zapowiadali też bezwzględną eksploatację ekonomiczną podbitej planety, ale to się akurat wójtowi spodobało. Przynajmniej walili otwartym teksem, bez owijania w bawełnę.

Na radzie gminy rozważano, czy nie użyć prasy balansowej i nie przygotować klocków celem bicia własnej monety, bo zapas aluminiowej blachy akurat mieli –

ale pomysł upadł. Najpierw pokłócono się o to, jakiej płci i narodowości powinien być artysta, który wykona projekt. Gdy wreszcie przedstawiono wstępną koncepcję, mniejszość muzułmańska poczuła się urażona i oprotestowała nazbyt chrześcijańską symbolikę monet. Drugi projekt postępowi multikultinarodowcy uznali za kryptofaszystowski z uwagi na obecność orła. Feministki zażądały umieszczenia na awersie postaci kobiecych, co z kolei, jak się okazało, nadmiernie dyskryminowało konserwatywnych gejów i lesbijczyków.

Długo darto koty o napisy, a gdy wreszcie znaleziono kompromis, okazało się, że w prasie strzelił gwint. W gminie wykształconych ludzi było na pęczki, ale wśród rzesz technologów żywności wegańskiej, trenerów personalnych, kulturoznawców, psychologów, socjologów, politologów i filozofów nie znaleziono ani jednego ślusarza. Kilku afroeuropejskich inżynierów z Somalii usiłowało naprawić maszynę, korzystając z rysunków w starych książkach, ale w efekcie zepsuli ją do reszty. Całe szczęście, że własna waluta nie była mieszkańcom jakoś szczególnie potrzebna. Pomimo inwazji chipy płatnicze nadal działały, a ceny wzrosły nieznacznie.

Konspiracja, powołana do życia przez dyrektora szkoły, historyka i wuefistę, szybko rozpadła się na trzy drące koty frakcje ideologiczne, a potem w ogóle na trzy dyszące do siebie nienawiścią organizacje. Z frekwencją w oddziałach też było nienadzwyczajnie. Młodych ludzi początkowo przyciągała wizja koedukacyjnych biwaków w lasach, palenia trawki w plenerze oraz obietnica, że będzie sobie można powalić z prawdziwych spluw. Niestety, przez dwa tygodnie ćwiczeń wystrzelali po wzgórzach cały zapas nabojów i wyczerpali ogniwa wodorowe do laserów. Brak wroga do zwalczania miał negatywny wpływ na morale. Ten i ów wprawdzie przebąkiwał, że z braku nieziemców można by postrzelać do siebie nawzajem, oczyścić wreszcie gminę z przeciwników politycznych i fundamentalistycznej mniejszości religijniackiej, ale na szczęście brakowało amunicji do przeprowadzenia takiej akcji. Ostateczny kres partyzantce położyła aura. Mokra jesień i równie paskudna zima skutecznie zniechęciły młodzież do błąkania się po lasach.

Przybycie kosmicznych okupantów jakoś się odwlekało i odwlekało. Aż do dzisiaj.

– No i kobyłka u fenca – burknął wójt, widząc, jak UFO, pulsując światełkami, opadło na skwerek przed urzędem gminy.

Obciągnął na sobie garnitur, poprawił krawat. W poczekalni jego sekretarka Deneris stała przy oknie z nosem przylepionym do szyby.

– Przyleciały te w dupę kopane kosmiczne dzbany – zameldowała, skubiąc w zadumie brodę. – Przygotować kwiaty, chleb bezglutenowy i sól? Czy może coś mocniejszego? Gdyby zamiast soli dać na ten przykład guaranę...

– A wuj wie, co oni jedzą. Zresztą najeźdźcom to chyba co najwyżej klucze od miasta się daje, a może i tego nie wypada? – Wójt poskrobał się po holotatuażu na ciemieniu. – Nie wiem, w książkach o tym nie pisali. Zresztą może i pisali, tylko jeszcze nie wszystko przeczytałem. Ale przywitać chyba trzeba. Tylko spokojnie i bez pośpiechu. Miejmy swoją godność. Skoro oni tyle czasu olewali swoje okupacyjne powinności, to i ja nie będę gnał na złamanie karku!

– Dawniej kolaboranci na powitanie wrogich armii budowali bramy triumfalne – zauważyła sekretarka.

– Mamy coś takiego? – ożywił się wójt.

– Niestety nie. Zapewne z braku kolaborantów. Ale przodkowie Piotrowskiego... – przyciszyła głos – oni stawiali bramę Sowietom w czterdziestym czwartym. Babcia opowiadała.

– Ale tym razem jakoś się nie postarali – westchnął, na wszelki wypadek spoglądając kontrolnie przez okno. Niestety, bramy na trawniku nie było ani na lekarstwo. – Wszyscy w tej gminie olewają swoje obowiązki – poskarżył się. – A jeśli potem coś się przytrafi, to do mnie po ratunek biegną. Jak sarenki do wodopoju.

– Po to przecież szefa wybrali wójtem. – Deneris wzruszyła umięśnionymi czarnymi ramionami. – Żeby im pozdejmował issuesy z głów.

– Czyli jak zwykle, ze wszystkim muszę sobie radzić sam.

Wyszedł przed budynek. Z bliska UFO wyglądało jeszcze lepiej niż przez okno. Wielkie było jak namiot cyrkowy, unosiło się dobry metr nad ziemią. Spod spodu wystawały groźnie wyglądające lufy wszelakiej możliwej broni.

Włodarz gminy rozejrzał się. Nie był sam. Ludzie z miasteczka też przyszli się pogapić. Trochę ich widać cykor obleciał, bo stali przyczajeni za tęczowym cokołem pomnika, na którym niegdyś stał posąg bohaterskiego Kukuły, później wieszcza Adama Michnika, a od dekady już tylko rzeźba Zwycięskiej Vaginy Grającej na Wuwuzeli. Druga, liczniejsza grupka stłoczyła się koło meczetu, konkretnie: za ekranem, na którym migotała reklama chińskich sterydów.

Wójt zachęcił ich gestem, żeby podeszli, ale oni tylko ślepili się na UFO jak sroka w gnat i komentowali. W końcu co innego oglądać taki pojazd w TV, a co innego na własne oczy. Kwiatkowski przełknął ślinę. Z bliska nie wyglądało to dobrze. Ale zaraz zrozumiał, że przed swojakami trzeba za wszelką cenę trzymać fason. Ruszył nieśmiało przez trawnik i ostrożnie podszedł bliżej nieziemskiego latadła. Mokra gleba mlaskała pod butami.

Mają sukinsyny i technikę, i niezły design, pomyślał z pewną zawiścią.

Dłuższą chwilę stał obok pojazdu. Nic się nie działo. Tylko wiatr gonił po niebie chmurki. Wreszcie zniecierpliwiony wójt zapukał urzędowo w kadłub. Nie bardzo wiedział, czy tak wypada. Obawiał się, czy nie porazi go przy tym prąd albo czy nie strzelą w niego laserem. Ale na szczęście nie strzelili. Za to spod spodu pojazdu błysnęło na zielono i już po chwili na trawniku stanął obcy. Był z grubsza humanoidalny, ale jego skóra lśniła jasnooliwkową barwą. Nie miał żadnych włosów na ciele. Założył elegancki uniform, a może i mundur, za to był boso. U nóg miał po cztery palce, ale u dłoni po sześć. Uśmiechał się przyjacielsko wąskimi ustami pozbawionymi warg. Nie miał w rękach żadnej widocznej broni. Kawałek za nim zajęło pozycję czterech ochroniarzy, a może podkomendnych. Przypominali przerośnięte karaluchy, ewolucja wyposażyła ich w sześć odnóży. Na dwóch stali, a w czterech trzymali groźnie wyglądające spluwy. Obcy byli dość kurduplowaci, metr pięćdziesiąt najwyżej, rączki i nóżki mieli cieniutkie, ale mimo to budzili pewien respekt.

– Eluwina, szanowni najeźdźcy! – Urzędnik nie bardzo wiedział, czy wypada wyciągać dłoń na przywitanie, więc zasalutował. – Pumex Dżojint Kwiatkowski, jestem tu wójtem.

– My, kapral Vold345, informujemy, że na podstawie aktu bezwarunkowej kapitulacji tej planety z dnia trzeciego października bieżącego roku obejmujemy pod zarząd okupacyjny okrąg administracyjny A987/412 – wyszczekał obcy przez umieszczony na ramieniu translator.

– Ku chwale cywilizacji gwiazdozbioru Warkocza Bereniki – odburknął wójt, ponownie salutując.

Olewają nas, pomyślał z pewnym smutkiem. Nawet Sowieci przysłali do okupacji gminy majora, a ci ledwie jakiegoś kaprala.

Zapadła krępująca cisza. Wójt przemógł się pierwszy.

– Czyli teraz wy będziecie rządzić, a ja mam oddać pieczątki, formularze, kody do komputerów i klucze do sejfu? Net żeście wyłączyli i nie dostałem żadnych instrukcji, co i jak. I teges, na przelew pensji czekam już drugi miesiąc. U nas, na Ziemi, taki jest zwyczaj, że kto okupuje, ten łupi podbity kraj, ale też ponosi koszta administracyjne.

– Pozostajecie na stanowisku co najmniej do chwili wydania nowych rozporządzeń, podlegacie bezpośrednio moim rozkazom – wyjaśnił stwór. – Cywilizacja nasza w kontaktach z ludnością podbitych planet wykazuje się łagodnością i wyrozumiałością. Zajmiemy pod nasze osadnictwo dziesięć procent powierzchni niezabudowanej w zwartym obszarze. Będziecie oddawali nam połowę wyprodukowanej żywności i ziół, a w zamian możecie żyć, rozmnażać się i kultywować waszą kulturę oraz korzystać z kultury naszej.

Połowę żarcia?! Nawet za Hitlera i Stalina kontyngent był mniejszy, pomyślał wójt ze zgrozą, ale powstrzymał się przed splunięciem obcemu pod nogi.

– A moja zaległa wypłata? – nacisnął.

– Środki finansowe zostaną przelane na konto wraz z odsetkami umownymi natychmiast po unormowaniu spraw włączenia waszej planety do systemu walutowego naszych kolonii.

– Czyli tak konkretnie kiedy?

– Przeważnie zajmuje to wedle waszej miary czasu od siedmiu dni do dwunastu lat.

– No faktycznie, pięćdziesiąt okupowanych planet to jest robota administracyjna nie w kij dmuchał. Jak do gminy przyłączyliśmy cztery sołectwa, też był burdel w komputerach przez trzy lata. – Kwiatkowski pokiwał głową.

Ale w duchu zatarł ręce i nawet prawie się ucieszył, że galaktyczni biurokraci okazali się braćmi w rozumie urzędasów ziemskich.

Biurwa biurwie łba nie urwie, przypomniał sobie przysłowie sięgające korzeniami jeszcze czasów głębokiego PRL-u.

– Siedziba władz okupacyjnych powinna wyróżniać się na tle pozostałej zabudowy. Zazwyczaj konfiskujemy najokazalsze budynki w okolicy, o ile nie stanowią miejsc tubylczych kultów – ciągnął najeźdźca. – Religia nasza jest najdoskonalsza w Galaktyce, niebawem przybędą też nasi misjonarze, ale pozwalamy waszym zabobonom zaniknąć w sposób naturalny.

– Znaczy kościoła ani meczetu się nie czepiacie? To miłe. – Wójt z uznaniem kiwnął głową. – Czyli przygotujemy panu gabinet w urzędzie gminy i pan będzie mną zarządzał. A zakwaterowanie w sensie podstawowych potrzeb socjalno-bytowych?

– Potrzebujemy wyróżniającego się obiektu o wysokich walorach architektonicznych. – Kosmita, patrząc na biurowiec, nieznacznie podniósł głos.

– Hmm... Jak rozumiem, mój urząd jest na wasze potrzeby zbyt skromny i wymagacie bardziej reprezentacyjnej kwatery. To może... Ten budynek by wam podpasował? – Wskazał gestem remizę strażacką.

A w duchu kolejny raz zatarł ręce, jako że z komendantem OSP od dawna miał na pieńku. Teraz koncertowo utrze bucowi nosa, i to rękami obcych. Nie będzie dupek więcej jeździł strażackim poduszkowcem po zabytkowym rynku! A niech tylko spróbuje im fikać...

– Nie wygłupiaj się, człowiecze. Z naszych danych wynika, że macie tu pałac.

– Pałac? – Wójt wytrzeszczył oczy. – Chcecie zająć pałac!?

– Pałac hrabiów Liszkowskich z Liszkowa. – Wróg miał widocznie precyzyjne informacje.

– A... ten pałac. – Przez moment wójtowi prawie się zrobiło żal kosmity. – No, mamy. Skoro wam potrzebny... Pusty stoi ostatnimi czasy. Jak go potrzebujecie, to oczywiście mam klucze w biurze. Zaraz skoczę.

Lot latającym talerzem był ciekawym przeżyciem. Wójt wcześniej latał helikopterem i samolotem, ale co antygrawitacja, to jednak antygrawitacja. Tylko ciasno było, bo fotele dostosowano do innych gabarytów. Śmignęli nad plantacją bambusa jarzynowego, niemal otarli się spodem pojazdu o wierzchołki palm sojowych i już byli. Nieziemiec zręcznie posadził maszynę na klombie zaraz przed wejściem do pałacu. Dziedziniec był strasznie zapuszczony. Spomiędzy kamieni bruku wyrastały samosiejki krzewów koki. Na widok brudnych szyb, obłażących z sidingu ścian i mchu porastającego akrylowy dach włodarz gminy poczuł się bardzo nieswojo. Nieczęsto tu bywał. Zresztą nikt z miasteczka bez uzasadnionego powodu nie przekraczał pałacowej bramy. Gdy był jeszcze mały, dziadek sporo mu opowiadał. I prababka też znała niejedną opowieść o wyczynach panienek Lukrecji, Kornelii i Marceliny. Nawet jeśli większość z tego była bajaniem starych ludzi...

– Nie bój się, człowiecze, przestań tak dygotać – powiedział obcy przez translator. – Rasa nasza jest oświecona i autochtonom niewolnikom krzywdy bez powodu nie czynimy.

– Nie was się boję – mruknął wójt. – Po prostu nie lubię tu zachodzić. Powiadają, że przed dwustu... eee... dwustu trzydziestu pięciu laty żyły tu trzy dziewczęta. Zginęły podczas zabawy armatą, a ich duchy po dziś dzień nawiedzają to miejsce. Jedynie Liszkowscy z Liszkowa i ich potomkowie mogą tu bezpiecznie mieszkać.

– To tylko wasze ziemskie zabobony, które zanikną, w miarę jak oświeci was wiara w naszych bogów. Zrozumiecie wówczas, że żadne duchy poza naszymi nie istnieją – wyszczekał kosmita.

Mniej więcej tak samo sowiecki komisarz gadał mojemu pradziadkowi, pomyślał wójt i nieoczekiwanie poweselał.

Wszedł po wydeptanych schodkach na ganek, wsunął klucz do zamka. Zapadki trochę się zastały, ale po chwili majstrowania ustąpiły. Nieoliwione od lat zawiasy zaskrzypiały rozdzierająco i drzwi stanęły otworem. Z wnętrza zionęło wonią stęchlizny, kurzu i myszy. Z progu widać było hol, schodki prowadzące na piętro, a przez uchylone drzwi kawałek salonu i trzy portrety wiszące na ścianie. W pałacu było pusto, cicho, martwo. A nawet tak jakby trochę zbyt pusto, zbyt cicho i zbyt martwo.

– Proszę się rozgościć, obejrzeć sobie obiekt, nie będę przeszkadzał. Jeśli wolno, pójdę już. – Urzędnik mimo wszystko wolał nie przekraczać progu nawiedzonego budynku.

– Zezwalam. – Obcy po ziemsku kiwnął głową.

– Jakby coś było potrzeba, to w godzinach urzędowania jestem u siebie. Albo zadzwonić można, jak już włączycie sieć. I teges, pamiętajcie, proszę, o tej mojej wypłacie.

– Będziemy niepokoić w razie konieczności – wyszczekał translator. – Gdy będzie potrzebna pomoc, to jej zażądamy.

– Narka!

Czterej owadopodobni żołnierze wbiegli do wnętrza pierwsi. Poruszali się szykiem ubezpieczonym, a broń trzymali gotową do strzału. Widocznie chcieli sprawdzić budynek. Kilka ośmiornicowatych pokrak zaczęło wydobywać z wnętrza UFO jakieś skrzynki i tubusy ze srebrzystego metalu. Wójt obserwował to przez chwilę, a gdy małe roboty wspięły się na okna i zaczęły pucować szyby, ruszył w stronę uchylonej bramy. Obejrzał się tylko raz i krzywy uśmiech wypełzł mu na wargi.

Pałacu się kosmicznym przybłędom zachciało? Spróbujcie szczęścia, nieziemscy frajerzy, zakpił w duchu. Nie tacy próbowali. Nie lubią nasze panienki okupantów, oj, nie lubią... Obstawiam, że za miesiąc już was tu nie będzie.

Przez ułamek sekundy wydawało mu się, że w oknie bocznej oficyny dostrzega trzy dziewczęce buzie. Puknął się palcami w skroń, by uruchomić zapis i odpalić procesor do rejestracji obrazu w rozszerzonej palecie barw, ale gdy skupił wzrok w tym samym miejscu, niczego już nie zobaczył.

– Powodzenia, dziewczyny! Dajcie galaktycznym sukinsynom wycisk – mruknął pod nosem, walnął sobie jeszcze kreskę i na wszelki wypadek przyspieszył kroku.

Koniec

Spis treści

5 ◦ Prolog

41 ◦ Układ

100 ◦ Bohater na miarę epoki

169 ◦ PGR

257 ◦ Straszny dwór

331 ◦ Plener

347 ◦ Koncert

360 ◦ Epilog

Książki Andrzeja Pilipiuka wydane nakładem Fabryki Słów

Zbiory opowiadań

2586 kroków
Czerwona gorączka
Rzeźnik drzew
Aparatus
Szewc z Lichtenrade
Carska manierka

Reputacja
Litr ciekłego ołowiu
Wilcze leże
Zły las
Przyjaciel człowieka

Cykl o Jakubie Wędrowyczu

Kroniki Jakuba Wędrowycza
Czarownik Iwanow
Weźmisz czarno kure...
Zagadka Kuby Rozpruwacza
Wieszać każdy może
Homo bimbrownikus
Trucizna
Konan destylator
Karpie bijem

Cykl Oko Jelenia

Droga do Nidaros
Srebrna Łania z Visby
Drewniana Twierdza
Pan Wilków
Triumf lisa Reinicke
Sfera Armilarna
Sowie Zwierciadło

Cykl Kuzynki Kruszewskie

Kuzynki
Księżniczka
Dziedziczki
Zaginiona

Powieści

Operacja
Dzień
Wskrzeszenia

Cykl Wampir z...

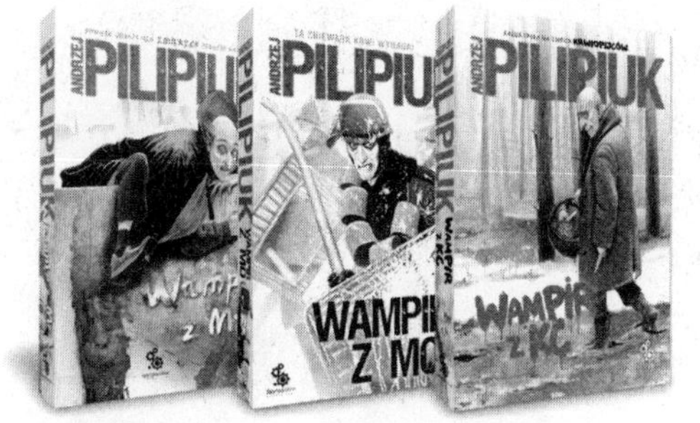

Wampir z M-3
Wampir z MO
Wampir z KC

Powieść

Upiór w ruderze

Cykl Norweski dziennik

Norweski dziennik – tom 1. Ucieczka
Norweski dziennik – tom 2. Obce ścieżki
Norweski dziennik – tom 3. Północne wiatry

Wspomnienia

Raport z północy

ZAUFAJ MI
JESTEM
EGZORCYSTĄ

fabryka słów®
WYDAWNICTWO

WYDAWCA
Fabryka Słów sp. z o.o.
20-834 Lublin, ul. Irysowa 25a
tel.: 81 524 08 88, faks: 81 524 08 91

www.fabrykaslow.com.pl
e-mail: biuro@fabrykaslow.com.pl
www.facebook.com/fabryka

SPRZEDAŻ INTERNETOWA
swiatksiazki.pl

WYŁĄCZNY DYSTRYBUTOR
DRESSLER
Dressler Dublin sp. z o.o.
05-850 Ożarów Mazowiecki,
ul. Poznańska 91
tel. (+ 48 22) 733 50 31/32
e-mail: dystrybucja@dressler.com.pl
www.dressler.com.pl

DRUK I OPRAWA
OPOLGRAF S.A.
www.opolgraf.com.pl

PROJEKT I ADIUSTACJA AUTORSKA WYDANIA
Eryk Górski, Robert Łakuta

GRAFIKA NA OKŁADCE ORAZ ILUSTRACJE
Anrzej Łaski

PROJEKT OKŁADKI
Konrad Kućmiński | Grafficon
Szymon Wójciak

REDAKCJA
Rafał Dębski

KOREKTA
Magdalena Byrska

SKŁAD
Konrad Kućmiński | Grafficon

Wydanie I

ISBN 978-83-7964-574-9

/ fabrykaslow   / fabryka